Tim LaHaye • Greg Dinallo

Das Geheimnis der ehernen Schlange

Roman

Über die Autoren

Tim LaHaye wurde vom *Institute for the Study of American Evangelicals* des *Wheaton College* zum einflussreichsten Evangelikalen der letzten 25 Jahre gewählt. LaHaye ist international bekannt als Autor, Referent und Experte für biblische Prophetie. Er hat zusammen mit Jerry B. Jenkins die Millionen-Bestsellerserie »Finale« verfasst.
Die Familie LaHaye lebt im Süden Kaliforniens.
Greg Dinallo hat eine Reihe von spannenden Romanen verfasst. Er lebt mit seiner Frau Gloria in New York.

Tim LaHaye • Greg Dinallo

Das Geheimnis der ehernen Schlange

Roman

Gerth Medien

Titel der Originalausgabe:
Babylon Rising

Published by Bantam Dell, a division of Random House, Inc., New York, New York

This translation is published by arrangement with The Bantam Dell Publishing Group, a division of Random House, Inc.

Best.-Nr. 816 069
ISBN 3-89651-069-6
1. Auflage 2006

Übersetzung: Eva Weyandt
Umschlaggestaltung: Hanni Plato
Umschlagfoto: getty images/Derek Davies
Satz: Die Feder GmbH, Wetzlar
Druck und Verarbeitung: Schönbach-Druck, Erzhausen

Ich widme dieses Buch

Lewis Wallace. »Ben Hur« – der Klassiker aus dem 19. Jahrhundert, der im Original den Untertitel »Eine Geschichte des Christus« trägt – zeigt, dass ein Roman gleichzeitig spannend und lehrreich sein und eine christliche wie auch eine säkulare Leserschaft ansprechen kann. Dieses Buch wurde mehr als sechs Millionen Mal verkauft und das Bühnenstück bis zur Jahrhundertwende von mehr als einer halben Million Menschen gesehen. Dieser Roman ist in aller Welt beliebt und wurde dreimal verfilmt, einmal als Stummfilm, einmal in Schwarz-Weiß und dann 1959 von William Wyler in Farbe mit Charlton Heston in der Hauptrolle. Dieser letzte Film ist einer der beliebtesten aller Zeiten.

Jerry B. Jenkins, meinem Koautor und Partner bei der »Finale«-Serie, die auf dem internationalen Buchmarkt ein phänomenaler Erfolg war. Gemeinsam haben wir meine Vision von einer fiktionalen Darstellung der biblischen Prophetie zu Papier gebracht, wie sie uns im Buch der Offenbarung überliefert ist.

Greg Dinallo, meinem Koautor bei diesem Buch. Er hat meine Vision von einem actionreichen Thriller für das 21. Jahrhundert geformt. Grundlage für dieses Buch sind biblische Prophezeiungen, die nicht in den »Finale«-Büchern abgehandelt werden.

Und den hebräischen Propheten. Unter göttlicher Inspiration haben sie ihre Visionen von den Weltereignissen an die weitergegeben, die in der »Zeit des Endes«, wie sie es nannten, leben würden. Moderne Historiker nennen diese Zeit auch gern »das Ende der Geschichte«, das in der ersten Hälfte des 21. Jahrhunderts eintreten könnte.

Eine Botschaft von Tim LaHaye

LIEBER LESER,

willkommen zu meinem neuen prophetischen Roman »Babylon Rising«. Ich hoffe, Sie werden meine Begeisterung für dieses Buch teilen. Vielleicht gehören Sie ja zu den Millionen von Lesern, die die Romane der »Finale«-Serie verschlungen haben, vielleicht lesen Sie zum ersten Mal ein Buch von mir.

»Babylon Rising« begeistert mich mehr als jedes andere meiner bisherigen Bücher. Ich bete, dass es denselben Einfluss auf das Leben der Leser haben wird wie die »Finale«-Romane.

Die große Beliebtheit der »Finale«-Serie (von der wir bislang über 54 Millionen Exemplare verkauft haben) überzeugte mich davon, dass Fiktion sich gut dafür eignet, meinen Lesern etwas von dem mitzuteilen, was mich an den Endzeitprophetien so fasziniert. Zum Glück lassen sich auch die Leser von der Mischung aus spannenden Abenteuern und wichtigen Erkenntnissen faszinieren.

»Babylon Rising« stellt meinen neuesten Versuch dar, eine zufrieden stellende Kombination aus Spannung und Tiefgang zu schaffen. Diese aufregende Geschichte basiert auf einer wichtigen biblischen Prophezeiung über die internationalen Ereignisse, die einen nicht zu unterschätzenden Einfluss auf unsere heutige Gesellschaft hat.

Biblische Prophezeiungen und ihre Deutungen weisen auf das hin, was diese Welt in der Gegenwart und Zukunft noch erwartet, und sie bilden immer wieder die Grundlage für meine schriftstellerische Tätigkeit. In »Babylon Rising« habe ich wichtige und faszinierende Erkenntnisse aus meinem noch andauernden Studium der biblischen Prophezeiungen verarbeitet.

Ich hoffe, dass Sie dieses Buch nicht einfach nur spannend finden, sondern dass es Ihnen dabei hilft, zu begreifen, dass sich die endzeitlichen Prophezeiungen noch zu unseren Lebzeiten erfüllen könnten und dass Sie die »Zeichen der Zeit« verstehen, die wir sich in aller Welt erfüllen sehen, wann immer wir die Nachrichten einschalten oder eine Zeitung lesen.

Wie Sie vielleicht wissen, beginnen die »Finale«-Bücher mit der Entrückung der Gemeinde Jesu und führen die Welt durch die Trübsalzeit bis zum Tausendjährigen Reich Christi und in den Himmel. »Babylon Rising« beginnt in unserer gegenwärtigen Zeit, meiner Meinung nach eine besonders aufregende Zeit in der Geschichte der Welt, und bewegt sich auf die Entrückung zu.

Damit dieses Buch auch wirklich ein »fesselnder« Roman wird, ist der Held von »Babylon Rising« ein Mann, der vor die Herausforderungen unserer Zeit gestellt wird, wie wir alle sie kennen. Diesen Helden, Michael Murphy, mag ich ganz besonders. Ich mag Murphy sogar so sehr, dass ich ihn nach meinem Schwiegersohn benannt habe. Es gibt viele Wunder in unserer Welt, aber auch viele Gefahren, und der Held dieser Serie sollte sehr sympathisch, aber auch in der Lage sein, sich der in den Büchern zunehmend größer werdenden Gefahr zu stellen.

Murphy ist ein Wissenschaftler, der sich auf dem Gebiet der Archäologie auskennt, aber auch mit den biblischen Prophezeiungen vertraut ist. Doch im Gegensatz zu anderen Wissenschaftlern ist er ebenfalls ein Abenteurer, der das Risiko nicht scheut, wenn er einem Artefakt auf der Spur ist, mit dem er die Authentizität der Bibel belegen kann. Murphy ist ein Mann der Tat und ein Mann des Glaubens, ein wahrer Held unserer Zeit – und das ist gut so, denn wie Sie bereits zu Beginn sehen werden, wird Murphy mit dem Bösen konfrontiert. Einer bösen Macht, die ihn, wie er bald entdecken wird, in Ereignisse hineinzieht, die die Welt schließlich vor eine Entscheidung stellen werden.

Ich danke Ihnen für Ihr Interesse an meiner Arbeit. Ich hoffe, Sie werden auch diesen Roman spannend und informativ finden. Ich wünsche Ihnen ein großes Lesevergnügen und überlasse Sie nun »Babylon Rising«!

Tim LaHaye

Kapitel 1

Genau 33 Stunden und 47 Minuten nach seinem letzten Gottesdienstbesuch stürzte Michael Murphy in einen tiefen, pechschwarzen Abgrund. Es hatte wohl noch keinen Augenblick gegeben, in dem er das Gebet dringender gebraucht hätte als diesen. Dunkelheit hüllte ihn ein und außer dem Zischen seines abstürzenden Körpers war kein Geräusch zu hören. Murphy hatte keine Ahnung, was ihn unten erwartete – was immer dieses »Unten« war.

Vor noch nicht allzu langer Zeit hatte Murphy auf dem Dach einer scheinbar verlassenen Lagerhalle in einer tristen Straße in Raleigh, North Carolina, gestanden. Für ihn während des Semesterbetriebes an der Universität ein ausgesprochen ungewöhnlicher Ort an einem Montagabend, denn zu diesem Zeitpunkt bereitete er normalerweise die Vorlesung für den folgenden Tag vor.

Doch es hatte nur eines Wortes bedurft, damit er alles stehen und liegen ließ und zu diesem feuchten und verlassenen Ort fuhr. Zugegeben, dieses Wort war Aramäisch gewesen, und Aramäisch war eine der zahlreichen Sprachen, die Michael Murphy einigermaßen fließend lesen konnte.

Die aramäischen Buchstaben waren kunstvoll in hellblauer Tinte geschrieben, die gierig von dem dicken, elfenbeinfarbenen Papier aufgesogen worden war. Dieses Papier war mit großer Sorgfalt um einen schweren Stein gewickelt und mit einem durchsichtigen Band befestigt worden.

Um einen Stein, der am Spätnachmittag durch das untere Fenster von Murphys Büro auf dem Campus geflogen kam.

Wer immer diesen Stein in sein Büro geworfen hatte, war bereits verschwunden, als Murphy das Fenster erreichte. Nachdem er das Blatt Papier aufgefaltet und das einzelne Wort übersetzt hatte, das darauf stand, starrte er zuerst auf das Wort, dann begann er zu zählen.

Es dauerte 30 Sekunden, bis sein Telefon zu läuten begann. Er wusste, wessen Stimme er am anderen Ende hören würde. Das zu dieser Stimme gehörende Gesicht hatte er allerdings noch nie gesehen.

»Hallo, Methusalem, Sie alter Halunke.«

Ein hohes Lachen ertönte, ein Geräusch, das Murphy überall wieder erkennen würde. »Oh Murphy, Sie enttäuschen mich nie. Ich nehme an, ich habe Ihr Interesse geweckt.«

»Sie schulden mir eine Fensterscheibe.« Er starrte erneut auf das Wort, das auf dem Zettel statt. »Ist das echt?«

»Murphy, habe ich je Ihre Erwartungen nicht erfüllt?«

»Nein. Sie haben mir zwar mehrfach nach dem Leben getrachtet, aber enttäuscht haben Sie mich nie. Wo und wann?«

Das Kichern wich nun einem empörten Schnalzen der Zunge. »Na, kommen Sie schon, nur nichts überstürzen. Es läuft nach meinen Regeln. Nach meinem Zeitplan. Das ist mein Spiel. Aber vertrauen Sie mir, es hat noch nie ein besseres gegeben. Zumindest für mich nicht.«

»Dann, nehme ich an, würde sich kein vernünftiger Mensch dieser Herausforderung stellen?«

»Nur ein besonders eifriger wie Sie. Aber Sie haben wie immer mein Wort. Wenn Sie überleben, bekommen Sie, weswegen Sie gekommen sind. Und vertrauen Sie mir: Für diesen Schatz werden Sie überleben wollen!«

»Ich möchte immer überleben, Methusalem. Im Gegensatz zu Ihnen bedeutet mir mein Leben sehr viel.«

Der alte Mann schnaubte. »Aber offensichtlich nicht so viel, dass Sie nicht wie ein aufgeregter Hund hinter jedem Knochen her gehechelt wären, den ich Ihnen hingeworfen habe. Aber genug geredet. Heute Abend, 21 Uhr 17. Seien Sie auf dem Dach der Lagerhalle am Cutter Place 83 in Raleigh. Und lassen Sie sich einen Rat geben, Murphy: Falls Sie kommen, und ich weiß, dass Sie kommen werden, sollten Sie diese letzten Stunden genießen.«

Der Unbekannte kicherte erneut und unterbrach die Verbindung.

Murphy legte kopfschüttelnd den Hörer auf und nahm das Blatt Papier zur Hand. Er überprüfte seine Übersetzung noch einmal. Dieses Mal ließ der darauf stehende Name seine Gedanken noch schneller rasen.

Es gab keinen Propheten, der Michael Murphy mehr faszinierte – der ihn als Wissenschaftler faszinierte, der sich nicht auf staubige Bücher und alte Wälzer beschränken konnte, sowie als Archäologen, der sich der Aufgabe verschrieben hatte, Artefakte zu retten, die in der Bibel beschriebene Ereignisse belegen konnten:

DANIEL

Den Rest des Tages konnte Murphy kaum an etwas anderes denken als an das abendliche Treffen mit Methusalem. Es waren jetzt ungefähr zwei Jahre her, seit dieser Exzentriker zum ersten Mal Kontakt zu Murphy aufgenommen hatte. In den darauf folgenden Monaten ließ Methusalem Murphy jedes Mal aus heiterem Himmel und ohne jemals sein Gesicht zu zeigen, eine Nachricht zukommen, immer nur ein einziges Wort in einer alten Sprache, das sich dann als der Name eines der biblischen Bücher entpuppte.

Dann folgte innerhalb von einer Minute eine geheimnisvolle Wegbeschreibung, immer zu irgendeinem verlassenen Ort, an dem Methusalem ihn aus einem sicheren Versteck heraus beobachtete und verspottete, während Murphy versuchte, eine sehr reale, sehr tödliche Herausforderung zu überleben.

Das Risiko, dass er dabei ums Leben kam, war jedes Mal sehr hoch und sehr real. Offenbar waren Methusalem die sadistischen Spielchen genauso ernst wie die wissenschaftlichen Erkenntnisse hinter seinen Funden. Und offensichtlich verfügte er über genügend Geld, um den Erwerb der Artefakte nicht nur zu finanzieren, sondern er konnte auch seine wildesten Ideen verwirklichen und Murphy in die ausgeklügeltsten Todesfallen locken. Würde er wirklich zulassen, dass Murphy umkam, falls es so weit käme? Bislang hatte sein Leben jedes Mal an einem seidenen Faden gehangen, und jedes Mal hatte er keinen Zweifel daran gehabt, dass Methusalem ihn hätte sterben lassen.

Doch trotz zwei gebrochener Rippen, eines verrenkten Handgelenks und unzähliger Narben war es Murphy bisher dank seiner beträchtlichen Fähigkeiten irgendwie gelungen, so lange am Leben zu bleiben, dass er seine Belohnung einfordern konnte.

Und die Beute war wirklich sehenswert gewesen: drei Artefakte, die Murphy sonst nie zu Gesicht bekommen hätte. Jedes war im Labor auf seine Echtheit überprüft worden, doch Methusalem hatte seine Quellen nie verraten. Murphy hatte große Bedenken wegen dieser Kostbarkeiten, aber nicht einmal hatte eine Organisation, eine Regierung oder ein Sammler Anspruch auf diese Artefakte erhoben, nachdem Murphy damit an die Öffentlichkeit gegangen war.

Wo auch immer Methusalem diese einzigartigen Schätze herhatte, sie waren herausragende Funde und keine Diebstähle.

Methusalem blieb Murphy ein Rätsel. Wenn er behauptete, dieser sei ein Exzentriker, würde das dessen Handeln nicht auch nur annähernd erklären. Der Mann schien ein Experte auf dem Gebiet der alten Artefakte zu sein, doch Murphy konnte keinen Hinweis darauf finden, wo er herkam oder wie er auf diese Artefakte gestoßen war, nach denen sich jeder Archäologe die Finger lecken würde. Unverständlich war auch, warum er diese Artefakte nicht für sich behielt oder einem Museum übereignete oder warum er sich diese ausgefallenen Spielchen ausdachte, um Murphy die Gelegenheit zu geben, sie für sich einzufordern.

Obwohl er ein zutiefst integrer Mensch war, vertrat Murphy die Meinung, dass er durchaus einmal ein Auge zudrücken konnte, wenn es um die Grauzone ging, aus der diese Artefakte stammten. Methusalem war vermutlich irgendein reicher, ziemlich verrückter Sammler mit hervorragenden Beziehungen, das war jedenfalls Murphys Erklärung. Doch da war noch der beunruhigende religiöse Aspekt.

Denn Methusalem war eindeutig kein religiöser Mensch. Ganz im Gegenteil. Es schien ihm ein besonderes Vergnügen zu bereiten, Murphy wegen seines Glaubens zu verspotten. Bislang hatte Murphy jede Herausforderung angenommen, und er musste zugeben, dass es ihm nicht nur darum ging, in den Besitz der Artefakte zu gelangen. Ihn spornte auch die Gelegenheit an, Methusalems hässlichen Beleidigungen in Bezug auf seinen Glauben zu trotzen.

Wenn sich Murphy auch durchaus bewusst war, dass das alles noch lange keine Rechtfertigung dafür war, dass er sein Leben in Gefahr brachte. Trotzdem, Stolz, Temperament und Eigensinn standen ganz oben auf der Liste von Michael Murphys Unvollkommenheiten. Sein tiefer Glaube ließ ihn allerdings seine Methusalem-Abenteuer infrage stellen, denn es fiel ihm schwer, die Tatsache zu rechtfertigen, dass er sein Leben und seine Gesundheit riskierte.

Er musste es jedoch nicht nur vor sich selbst rechtfertigen, sondern vor allem vor seiner Frau Laura.

Bislang hatte seine Begeisterung für die Suche nach Artefakten Lauras Liebe zu Murphy arg auf die Probe gestellt. Natürlich war es von Vorteil, dass sie selbst ebenfalls Archäologie studiert hatte. Auch wenn es nach jedem neuen »Fund« viel Streit, viele Bitten, er möge das nächste Mal der Versuchung widerstehen, gab, wusste Laura, dass es immer wieder eine neue verrückte und gefährliche Methusalem-Falle geben würde. Dieser Mann brauchte ihrem Ehemann nur ein weiteres Artefakt vor die Nase zu halten.

Und aus diesem Grund hatte Murphy Laura schnell eine Nachricht geschrieben, bevor er an diesem Abend nach Raleigh aufbrach. Sie nahm an einer Konferenz in Atlanta teil und würde erst am folgenden Abend wiederkommen. Murphy teilte ihr den Ort des Treffens mit. Den Zettel legte er auf das Kaminsims in ihrem Wohnzimmer. Nur für den Fall.

◇ ◇ ◇

Auf dem Weg von Preston nach Raleigh hielt sich Murphy genau an die Geschwindigkeitsbegrenzungen, damit er nicht geblitzt wurde. Zumindest dieses eine Risiko konnte er an diesem Abend umgehen. Die Adresse, die Methusalem ihm genannt hatte, entpuppte sich als achtstöckiges Gebäude in einer verlassenen Straße einer verlassenen Gegend. Als er auf das Dach hinaustrat, sah er sich suchend nach irgendeinem Hinweis auf den nächsten Schritt um.

Augenblicke später tat sich ohne Vorwarnung das Dach unter seinen Füßen auf und jetzt befand er sich im freien Fall durch das Gebäude.

Im absolut freien Fall.

In den Sekunden seines Sturzes ging ihm durch den Sinn, wie schön Laura gestern Nachmittag ausgesehen hatte, bevor sie zum Flughafen gefahren war. Dann sprach er ein kurzes Gebet und konzentrierte sich auf seine Kampfsport-Ausbildung, vor allem darauf, wie man seinen Körper bei der Landung am besten abrollte.

Die Vorstellung, dass er irgendwann auf dem Boden aufschlagen würde, war alles andere als angenehm.

Er stellte sich auf die Kombination ein, die er den »Letzten Atemzug der Katze« nannte, seine eigene armselige Interpretation eines tibetanischen Landemanövers. Für ihn waren das die Bewegungen einer Katze in ihrem neunten Leben, die eine sichere Landung gewährleisten sollten. Murphy lockerte seine Muskeln und kämpfte gegen den natürlichen Drang an, sich angesichts des zu erwartenden schrecklichen Aufschlages zu verspannen.

Doch der Aufschlag blieb aus. Stattdessen wurde er wieder hochgeworfen. In der pechschwarzen Dunkelheit wurde sein Körper offenbar von einem großen Netz aufgefangen, und Murphy federte auf und ab, so schnell, dass er überhaupt nicht mehr wusste, wo oben und wo unten war.

Dieses Gefühl wurde noch durch einen hellen Lichtstrahl verstärkt, der Murphy blendete.

»Wie schön, dass Sie kommen konnten, Murphy.«

Methusalem. Obwohl Murphy noch immer nichts sehen konnte, war das gackernde Lachen nicht zu überhören. Murphy wusste auch, dass Methusalem sich wie immer ein gutes Versteck gesucht haben würde.

»Sie versuchen vermutlich immer noch, sich zu orientieren, nicht wahr, Murphy? Sie können im Augenblick noch gar nicht richtig beurteilen, was für ein großartiges altes Gebäude das ist. Dieser Schacht führt durch alle Stockwerke hindurch und ist sozusagen ein Abwurfschacht. Meine Leute haben ihn speziell für Sie gebaut, doch im letzten Augenblick hatte ich Mitleid mit Ihnen und habe das Netz spannen lassen. Ich werde allmählich weich. Hoffen wir, dass das bei Ihnen nicht so ist.«

Das Netz federte langsam aus und Murphy rollte sich zum Rand. Allmählich hatten sich seine Augen an das Licht gewöhnt, aber in diesem Gebäude gab es nicht viel zu sehen. Weiße Wände schlossen eine riesige Bodenfläche ein. Die Decke, falls es eine gab, schien mehrere Stockwerke hoch zu sein, aber die Kombination aus düsterer Dunkelheit und dem blendenden Licht der an der Wand montierten Scheinwerfer machten es ihm unmöglich, dies mit Sicherheit zu sagen.

Das Netz war an einer Seite der Bodenfläche aufgespannt. Es bestand aus dicken Seilen und war an vier stabilen, im Boden verankerten und mit Säcken, vermutlich Sandsäcken, stabilisierten Holzpfosten befestigt. Auf der gegenüberliegenden Seite des riesigen Raumes befand sich eine große Schiebetür, die offenbar aus glänzendem Wellblech bestand. Sie war geschlossen.

An den Wänden zog sich ein erhöhter Arbeitsbereich entlang, der durch schweres Glas geschützt war. Dort musste Methusalem sich aufhalten, aber Murphy konnte niemanden erkennen. Ganz allmählich legte sich der Schwindel und seine Atmung normalisierte sich.

»Für dieses Erlebnis hat sich die Fahrt hierher ganz bestimmt gelohnt, Methusalem. Also, bekomme ich jetzt meine Belohnung, damit ich mich auf den Heimweg machen kann?«

»Sie denken, Sie hätten sich Ihre Belohnung bereits verdient, Murphy? Das war doch nur meine besondere Art, Sie in die Arena zu holen. Bereiten Sie sich auf die eigentliche Show vor, die jetzt beginnt.«

Murphy vernahm ein unheimliches Geräusch, ein leises Rumpeln in der leeren Halle, aber er war nicht sicher, was es war. »Ah, an Ihren aufgestellten Ohren sehe ich, Professor Murphy, dass Sie bereit sind, sich Ihrem Gegner zu stellen.«

Murphy seufzte. *Jetzt fängt es also erst richtig an*, dachte er. Dann ertönte ein zweites noch unheilvolleres Geräusch. Irgendetwas warf sich von der anderen Seite gegen die Metalltür. Irgendetwas, das, wie Murphy plötzlich klar wurde, durch diese Tür geschossen kommen würde, sobald sie sich auftat.

»Sagen Sie, äh, Methusalem, wollen Sie mich nicht zuerst mit einem Blick auf Ihr neuestes Artefakt locken? Damit ich wenigstens weiß, worum es sich handelt und weswegen Sie sich so große Mühe geben, mich umzubringen.«

»Ja, Sie wissen sehr wohl, wie gerne ich meinen Spaß mit Ihnen treibe, Murphy. Ich wünsche mir wirklich, dass Sie am Leben bleiben und diesen Schatz bekommen. Er ist wirklich große Klasse. Sagen Sie mir, wieso hat Sie das Wort ›Daniel‹ so elektrisiert?«

Bevor Murphy antworten konnte, ertönte ein weiterer, noch lauterer Schlag gegen die Tür. Murphy zuckte unwillkürlich zusammen und starrte besorgt auf das ratternde Metall.

»Bislang haben Sie einige erstaunliche Artefakte aus biblischer Zeit ins Spiel eingebracht, Methusalem. Ich weiß nicht, wie Sie darangekommen sind, aber allein hätte ich sie nie gefunden. Und Daniel, nun, Sie wissen, dass er der wichtigste Prophet der Bibel war. Ich beschäftige mich schon seit Jahren mit ihm. Gönnen Sie mir wenigstens einen Blick auf das Artefakt, auf das Sie gestoßen sind.«

»Nein. Wir haben genug geredet. Sie werden jetzt einen besseren Blick darauf bekommen, als Ihnen lieb ist. Denn heute Abend werden Sie Daniel nicht nur *studieren*, Sie werden Daniel *sein*.«

Mit einem metallischen Klicken wurde die Schiebetür auf der anderen Seite des Raumes zur Seite geschoben.

Ein ausgewachsener Löwe stand brüllend in der Tür. Unwillkürlich musste Murphy seine gelbbraune Farbe, die gespannten Muskeln an seinen Flanken, die volle Mähne und seine Pranken bewundern, die im Flutlicht von den Wänden beinahe funkelten.

Der Löwe dagegen vergeudete keine Zeit damit, Murphy zu bewundern. Mit einem lauten Brüllen, das von den Wänden widerhallte, und einem mächtigen Satz stürzte sich das Tier auf Murphy, als wäre er eine leichte Beute und ein willkommener Leckerbissen für das Abendessen.

Instinktiv ließ Murphy sich hinfallen und landete mit einem dumpfen Schlag links von der Stelle, an der er gestanden hatte, doch so dicht, dass ihm der heiße, faulig riechende Atem des Löwen in die Nase drang.

»Kommen Sie schon, Murphy, laufen Sie nicht davon. Kämpfen Sie, seien Sie ein Mann.«

Der Löwe bremste ab und schüttelte zornig seine Mähne. Sein Speichel spritzte in Murphys Richtung. Nachdem er zunächst auf dem Gesicht gelandet war, bewegte Murphy sich bereits wieder, rollte sich zweimal herum und rappelte sich auf die Beine. Mit einem Satz war er bei einem der Holzpfähle und schwang sich wieder in das Netz. Der Löwe war ihm dicht auf den Fersen. Er schlug mit seiner Pfote nach Murphys Bein und verfehlte es nur um Zentimeter. Nachdem er sein Ziel nicht getroffen hatte, schlug der Löwe sofort erneut aus, und auch dieses Mal verfehlte er ihn. Beim dritten Schlag zerfetzte er Murphys linken Ärmel.

Bevor er erneut gekratzt werden konnte, begann Murphy, in dem Netz zu hüpfen. Er landete einen Meter entfernt und sprang sofort wieder hoch. Der Löwe schlug immer wieder nach dem Seil aus, aber er wirkte frustriert und durch diese hüpfende Beute verwirrt.

Der Holzboden erwies sich als zu rutschig für seine Pfoten und er verfing sich mit seinen Krallen im Netz. Der Löwe brüllte vor Frust. Murphy hüpfte so weit vom Löwen fort, wie es ging, denn er wusste, dass seine letzte Stunde geschlagen hatte, wenn der Löwe ihn erwischte, und wäre es nur mit einem Schlag seiner Pfote.

»Murphy, hören Sie auf, sich wie Popcorn in einem Topf zu verhalten. Kommen Sie herunter, und geben Sie dem Kätzchen Gelegenheit, richtig mit Ihnen zu spielen.«

Ich werde herunterkommen, dachte Murphy, *aber nicht so, wie Sie denken.* Er griff in seine Tasche und holte sein Armeemesser heraus. Eigentlich wollte er einem anderen Lebewesen nicht das Leben nehmen, auch wenn das Untier vier Pfoten mit ausgesprochen scharfen Krallen hatte, während er nur ein Messer besaß. Als der Löwe versuchte, ihn anzuspringen, hüpfte Murphy in vier Sprüngen zu einem der Pfosten. Dort schnitt er das Seil durch, das das Netz mit dem Pfosten verband.

»Murphy, das ist nicht fair«, schrie Methusalem.

»Sagen Sie mir nicht, was fair ist, Sie Wahnsinniger.«

Murphy sprang zum nächsten Pfosten. Der Löwe wirbelte wütend herum, aber er schien müde zu werden. Vielleicht war es aber auch nur Wunschdenken, dachte der Archäologe, doch der Löwe wirkte durch Murphys schnelle Bewegungen definitiv verwirrt.

Als die zweite Seite des Netzes Murphys Messer zum Opfer fiel, bemerkte der Löwe zu spät, was ihm nun drohte. Zwei seiner Vorderpfoten hatten sich bereits hoffnungslos in dem schweren Seil verfangen. Murphy sprang auf den Boden, wobei er darauf achtete, außer Reichweite der Löwenklauen zu bleiben.

Das dachte er zumindest, bis ihn ein schneidender Schmerz durchzuckte. Eine der Hinterpfoten, die der Löwe aus dem Netz hatte befreien können, traf ihn an der linken Schulter. Murphy zwang sich, zu einem der beiden noch verbleibenden Seile zu rennen, die das Netz hielten. Auf dem Boden war er eindeutig schneller. Er hatte im Höchstfalle noch zehn Sekunden, bis der Löwe sich von den Seilen befreit hatte, die ihn bereits gefangen hielten.

Der Schmerz in seiner Schulter verriet ihm, dass er seinen linken Arm nicht mehr würde benutzen können. Er würde sich allein mit seinem rechten Arm wieder hochziehen müssen. Wie dankbar war er jetzt für die unzähligen Klimmzüge, zu denen er sich jede Woche beim Fitnesstraining zwang. Er kletterte erneut auf das Netz und schwang herum, dann hüpfte er wieder auf und ab, ergriff den Pfosten, um das dritte Seil durchzuschneiden, das in dem Augenblick auf den Löwen herabsank, als dieser sich gerade aus dem über ihm liegenden Netz befreit hatte.

Nachdem er nun von Neuem gefesselt worden war, sank der Löwe kurzfristig auf dem Boden zusammen. Er brüllte unter schweren, mühsamen Atemzügen, während er nach wie vor versuchte, seine Klauen von dem Seil zu befreien. Murphy rollte sich auf den Boden, doch dieses Mal achtete er sehr genau darauf, auch wirklich nicht in die Reichweite des Löwen zu kommen.

»Ach, Murphy, Sie haben alles verdorben«, schimpfte Methusalem. »Aber Sie haben Kampfgeist in sich, Junge. Für einen nutzlosen Bibellehrer haben Sie ganz schön Schneid, das muss ich Ihnen lassen.«

Murphy atmete beinahe genauso schnell wie der Löwe. »Wie wäre es, wenn Sie mir jetzt mein Artefakt geben würden?«, keuchte er.

»Nun, Sie haben es sich verdient, schätze ich. Nur ist es nicht das, was Sie vermutlich erwartet haben.«

Murphy richtete sich auf und sah zu der Plattform hinauf. »Was versuchen Sie hier abzuziehen, Methusalem?«

»Halten Sie den Mund und hören Sie zu. Es liegt genau vor Ihnen. Sie müssen es sich nur noch holen.«

»Was holen? Wo?« Murphy hatte ein ungutes Gefühl.

»Oh, Ihr Körper ist noch fit, Murphy, aber ich wette, alle diese Ausgrabungen haben Ihr Gehirn eingestaubt. Sehen Sie sich doch den Hals des Löwen etwas genauer an.« Und richtig, zum ersten Mal bemerkte Murphy das schmale Lederband am Hals des Löwen. Daran hing eine rote Röhre, die etwa die Größe und Form eines sehr großen Zigarrenhalters hatte.

»Oh nein, Methusalem. Sie denken, ich würde erneut gegen diesen Löwen kämpfen, um an das Ding an seinem Hals zu kommen? Das ist zu verrückt, selbst nach Ihren Maßstäben.« Murphy hielt inne. Er spürte, dass ihm seine Gelegenheit durch die Finger schlüpfte. »Was befindet sich eigentlich in dem Röhrchen?«

Methusalem stieß wieder sein gackerndes Lachen aus. »Oh Murphy, heute Abend habe ich Sie aber wirklich am Wickel. Sie können nicht widerstehen. Ich kenne Sie zu gut. Sie werden wieder hingehen; Sie können gar nicht anders. Und dieses Mal ... ha-ha-ha, dieses Mal wird Ihre Neugier der Katze die Gelegenheit geben, *Sie* zu töten.«

Murphy betrachtete das Messer in seiner Hand. Die Versuchung war groß, doch dann klappte er es wieder zusammen und steckte es in seine Tasche.

»Oh, oh, Sie sind ein guter Pfadfinder, Murphy. Es soll also ein fairer Kampf werden.«

Kopfschüttelnd ging Murphy zu dem Holzpfosten in der Nähe der Stelle, an der der Löwe lag. »Nein, Methusalem, nicht wirklich fair, aber damit kann ich leben. Ich würde diesen Löwen genauso wenig töten, wie ich Sie heute Abend töten würde, und Gott weiß, Sie haben mir mehr Zeit zum Nachdenken gelassen als er. Aber das wird mich nicht davon abhalten, Nutzen aus seiner misslichen Lage zu ziehen, wenn ich die Gelegenheit dazu habe.«

Er hob den schweren Sack auf, der den Pfosten stabilisierte. Dazu musste er beide Arme benutzen. Ein Schmerzensschrei entfuhr ihm, als er seine blutende Schulter belastete, und beinahe hätte er sich den Sack auf den Fuß fallen lassen. Doch unter Aufbietung aller Kräfte gelang es ihm, den Sack zu dem Löwen zu schleppen, der nach wie vor an dem Seil riss, in dem sich seine Pfoten hoffnungslos verfangen hatten.

»Das wird dir definitiv mehr weh tun als mir«, brummte Murphy und ließ den Sack auf den Schädel des Löwen niederkrachen. Dieser sank bewusstlos in sich zusammen.

Murphy beobachtete, wie das reglos daliegende Untier mehrere schwache Atemzüge tat, bevor er seine Hand langsam nach dem Lederband ausstreckte, an dem das rote Röhrchen hing. Den Atem anhaltend, riss er das Röhrchen aus der Mähne des Löwen.

Fest umklammerte er seine Beute. Das Röhrchen war so leicht, dass er befürchtete, es sei leer. »Was ist das, Methusalem? Ich hoffe, das ist nicht nur eine Zigarre, sondern etwas anderes.«

Zunächst antwortete Methusalem nicht, dann wurde die Metalltür hochgerollt. »Sie haben gewonnen, Murphy, und jetzt verschwinden Sie. Erfreuen Sie sich an Ihrer Beute aus diesem Krieg, wann immer Sie möchten. Ich möchte Ihnen jedoch noch drei Dinge sagen, denn ein Sieger in einem Krieg hat einigen Respekt verdient. Erstens, diese Sache ist heiß, sehr heiß.«

»›Heiß‹ im Sinne von ›gestohlen‹?«

»Ihnen sollte egal sein, wie es in meinen Besitz gelangt ist. Wie bei den anderen Artefakten, die ich Ihnen überlassen habe, gibt es auch in diesem Fall keinen zornigen Besitzer, der Sie verfolgen wird. Aber es gibt jemanden, der sich an Ihre Fersen heften wird, sobald er erfährt, dass Sie es besitzen. Wer das ist, weiß ich nicht, ich weiß auch nicht, warum sein Interesse daran so groß ist, aber wie Sie sehr genau wissen, bemühe mich darum, keine Spuren zu hinterlassen. Ich habe jedoch mehrere Hinweise erhalten, dass jemand dieses Teil ganz verzweifelt in seinen Besitz bringen möchte und vor nichts Halt machen wird, um es zu bekommen – und ich meine wirklich vor nichts.«

»Was bekommen? Was ist drin?«

»Das ist das zweite. In dem Röhrchen befindet sich nicht das Artefakt, sondern der Schlüssel zum Fundort des Artefakts. Sie werden selbst herausfinden müssen, was der Schlüssel und was das Artefakt ist. Aber ich denke, Sie gehören zu den wenigen Menschen, die in der Lage sind, das Rätsel zu lösen. Und ich weiß auch, dass es der Fund Ihres Lebens sein wird, wenn Sie es erst einmal entschlüsselt haben. Falls Sie am Leben bleiben.«

»Aber hat es etwas mit Daniel zu tun?« Allmählich verlor Murphy die Geduld.

»Das ist die Nummer drei und mehr werde ich dazu nicht sagen. Die Verbindung ist für Sie vielleicht nicht so offensichtlich, aber ich schwöre Ihnen, ich bin von seiner Echtheit überzeugt, und es wird Sie zum Herrscher Ihres kostbaren christlichen Kreises machen. Das garantiere ich Ihnen. Und jetzt verschwinden Sie.«

»Kommen Sie, Methusalem, Sie können mich doch jetzt nicht so hängen lassen. Was ist es?«

»Und ob ich das kann, Murphy. Verschwinden Sie. Ich bin ein schlechter Verlierer, das sollten Sie wissen.«

Murphy warf einen letzten Blick über seine verletzte Schulter zurück zu dem Löwen und machte sich auf den Weg zur Tür, das Röhrchen fest von seiner Hand umschlossen. »Dann auf Wiedersehen, Sie Verrückter. Und ich schätze, dass ich Ihnen danken sollte.«

Kurz bevor Murphy durch die Tür verschwunden war, brummte Methusalem: »Murphy, werden Sie mir bloß nicht zu übermütig. Ich rate Ihnen, seien Sie dieses Mal sehr vorsichtig. Ihr Leben sollten Sie nur in einem unserer kleinen Wettkämpfe verlieren.«

Murphy blickte zur Plattform hinauf. »Nun seien Sie mal nicht so sentimental, Methusalem. Danke für die Warnung, aber bisher steht es 1:0 im Spiel der Christen gegen die Löwen.«

Kapitel 2

Babylon, 604 v. Chr.

Ein Schrei zerriss die babylonische Nacht wie das Geheul eines großen Ungeheuers in tödlicher Pein. Er hallte durch die steinernen Korridore und war sogar noch außerhalb der Palastmauern zu hören, auf dem mondbeschienenen Marktplatz, in den zahllosen verzweigten Gassen, in denen die Bettler schliefen. Selbst die Wasservögel am Ufer des großen Flusses begannen als Reaktion auf den Schrei beunruhigt zu kreischen, dann flatterten sie aufgeregt über das breite Ufer hinweg, an dem die Stadt gebaut war.

Auf den Schrei folgte eine Stille, die noch beängstigender war, falls das überhaupt möglich war.

Dann ein Trommeln, ein Winden, das unkontrollierbare Verdrehen von Augen, die echte Tränen über den schrecklichsten aller Träume vergossen. Eine unheimliche Umgebung, wirbelndes Chaos, Bilder und Geräusche aus einem Reich zwischen Wachen und Schlafen.

Der Herrscher der größten Weltmacht der Erde war machtlos und konnte sich gegen diesen unablässigen Angriff seines eigenen Geistes nicht wehren.

Ein Dutzend seiner Elitesoldaten, starke Männer, deren kräftige Beine über die großen Steinfliesen trampelten, brüllte Befehle. Das Licht von hastig angezündeten Fackeln fiel auf behelmte Gesichter, die vor Furcht verzerrt waren, während sie losrannten, um die schreckliche Bedrohung abzuwenden, die sie nicht hatten vorhersehen können.

Mit gezückten Schwertern stürmten die Wachen in das Schlafgemach des Königs und suchten aufmerksam die flackernden Schatten nach dem Funkeln des Mörderdolches ab. Doch sie fanden keine bedrohliche Gestalt. Aber sie empfanden darüber keine Erleichterung, denn jede der Wachen hätte sich lieber einem Mörder gestellt, als den Blick auf den Körper des Königs gerichtet.

Nebukadnezar, der Herrscher des babylonischen Weltreiches, Eroberer der ägyptischen Armee bei Karkemisch, der Jerusalem in einem Jahrzehnt sogar zweimal zerstört hatte und dessen Name selbst im furchtlosesten Herzen Angst hervorrief, saß nun mit weit aufgerissenen Augen und zitterndem Mund aufrecht auf dem großen Bett aus Ebenholz. Seine Haut war totenblass. Die königlichen Kissen waren schweißgetränkt.

»Mein Herr.« Arioch, der Hauptmann der königlichen Wachen, trat einen Schritt näher. Er wusste, dass er sein Leben aufs Spiel setzte, wenn er dem König zu nahe kam. Aber er musste sich überzeugen. Der Leib des Königs schien unversehrt zu sein und sicher hatte ein Mörder keine Zeit gehabt zu entkommen. War er vielleicht vergiftet worden? Der König keuchte mühsam, seine Hand fuhr an sein Herz. Er schien zwar sehr erregt, doch er schien keine Schmerzen zu haben. Falls es sich um Gift gehandelt hätte, hätte er sich mittlerweile vor Schmerzen gekrümmt.

Der Hauptmann fasste sich, da er wusste, dass er seine verängstigten Männer durch sein Vorbild beruhigen musste.

»Ein Traum.«

Die Stimme des Königs war kaum lauter als ein Flüstern. Seine normalerweise laute Donnerstimme war auf das Wispern des Windes reduziert.

»Ein Traum, mein Herr?« Der Hauptmann zog die Augenbrauen zusammen. Die Gefahr schien noch nicht gebannt. Ein Traum, der von einem Zauberer geschickt worden war, welcher die schwarzen Künste beherrschte, konnte genauso sicher töten wie eine Klinge.

»Verzeiht mir, Herr. Was für ein Traum war es?« Der König wirbelte zu ihm herum. »Gewiss ein ganz schrecklicher«, fügte der Hauptmann rasch hinzu.

Der König schloss nachdenklich die Augen, als versuche er, sich an einen Namen zu erinnern oder sich das Gesicht eines lange verstorbenen Freundes in Erinnerung zu rufen.

»Nein«, erwiderte er schließlich mit wutverzerrtem Gesicht. Seine Stimme wurde lauter und kam wieder an seinen normalen Tonfall heran. Er griff nach dem irdenen Weinkrug an seinem Bett und schmetterte ihn auf den Boden. »Ich kann ihn nicht erzählen. Ich erinnere mich nicht mehr daran!«

◇ ◇ ◇

»Sprecht!« Der König umklammerte die Armlehnen seines goldenen Thrones. Seine Finger gruben sich in die kunstvoll geschnitzten Löwenköpfe, während sein Blick über die vor ihm stehenden Männer glitt.

Ihm bot sich ein seltsamer Anblick. Zwei Chaldäer mit geschorenen Köpfen und vermummten Augen, nackt bis auf den leinenen Lendenschutz und den heiligen Amuletten an ihrem Hals. Ein schwarzhäutiger Nubier mit einem Gepardenfell um die knochigen Schultern. Ein Ägypter, dessen einfaches Baumwollgewand durch einen dicken Ring schwarzen Khols um die Augen aufgewertet wurde. Und ein Babylonier, ein Priester Marduks, des Bringers von Plagen.

»Bringt mir die besten Zauberer unserer Zeit«, hatte sein Dekret gelautet. »Sammelt sie von den vier Enden Babylons, denn mein Geist ist beunruhigt. Ich muss die Bedeutung meines Traumes erfahren.«

Sie standen mit vor Furcht verzerrten Gesichtern im Halbkreis vor dem Thron des Königs, während der König erneut losbrüllte.

»Sprecht, ihr Hunde, oder eure wertlosen Kadaver werden noch vor Sonnenuntergang den Schakalen zum Fraß vorgeworfen.«

Sie hatten keinen Grund, an seinen Worten zu zweifeln. Seit seinem Traum hatte der König an nichts anderes mehr denken können. Seine Seelenpein raubte ihm nachts den Schlaf, und tagsüber zermarterte er sich vergeblich den Kopf, um sich wenigstens an eine winzige Einzelheit der Vision zu erinnern.

Jetzt sollten die Wahrsager sich für ihn an den Traum erinnern. Falls sie es nicht vermochten, so zeigten die hinter dem Thron aufgestellten Soldaten mit den gezückten Speeren, welches die Konsequenzen sein würden.

Als sich die Stille quälend hinzog, räusperte sich Amukkani, der Führer der chaldäischen Wahrsager, und versuchte sich an einem verbindlichen Lächeln.

»Vielleicht ist meinem Herrn eine Vision von Kischar selbst zuteil geworden, eine Vision, derer nur Ihr würdig seid. Vielleicht hat der Gott Eure Erinnerung genommen, damit Ihr sie nicht an gewöhnliche Menschen weitergebt.«

Er verneigte sich tief, während Nebukadnezar den Chaldäer mit seinen stechenden schwarzen Augen ansah. »Welcher Sinn liegt darin, du Tor? Warum sollte er mir eine Vision schenken und sie mir dann wieder nehmen? Falls sie nur für mich bestimmt gewesen wäre, müsste ich doch wissen, was es war!«

Der König spielte mit den geölten Locken seines Bartes und wandte sich an Arioch. »Sorge dafür, dass die Spitzen eurer Speere scharf sind. Diese so genannten weisen Männer sind schlüpfrig wie Aale.«

Der Hauptmann der Wachen grinste. Wie die meisten Babylonier fürchtete er die Macht der Zauberer beinahe ebenso sehr wie Dämonen. Er war nur allzu gern bereit, sie auf einen Speer aufzuspießen. Da er spürte, dass ihre Zeit schnell verrann, schnappte der Ägypter theatralisch nach Luft, als wäre ihm ganz plötzlich ein Gedanke gekommen. »Mein Herr! Ich sehe es! Mein Geist ist mit einem Licht erfüllt, als würden tausend Fackeln brennen. Und da, inmitten der Flammen, fließt ein Fluss aus Feuer und über dem Fluss – «

»Ruhe!«, donnerte die Stimme des Königs. »Wollt ihr mich zum Narren halten? Denkt ihr, ich wäre eins von den törichten alten Weibern, die euch bezahlen, damit ihr ihnen die Zukunft voraussagt? Wenn mir jemand meinen Traum erzählt, dann werde ich es wissen. Und ich werde es wissen, wenn ein räudiger Hund so tut, als würde er ihn kennen. Genug! Das Eisen in eurem Bauch wird euren Lügen ein Ende bereiten!«

Er hob die Hand und bedeutete den Soldaten mit den Speeren, sich bereitzumachen.

»Wartet! Ich flehe Euch an, Herr.« Der zweite Chaldäer war vorgetreten, als wollte er in seiner Angst Hand an den König legen. »Verschont uns, und ich schwöre Euch, Ihr werdet Euren Traum erfahren.«

Nebukadnezar ließ die Hand sinken. Mit einem amüsierten Lächeln betrachtete er den Sprecher. »Keiner von euch hat mir irgendetwas sagen können. Von euch kamen nur Lügen und Ausflüchte. Falls ich euch verschone, was habe ich davon?«

Der Chaldäer schluckte. Sein Mund war trocken. »Wir können Euch Euren Traum nicht sagen, Herr. Das stimmt. Aber ich kenne jemanden, der es kann.«

Der König sprang auf und die Wahrsager wichen unwillkürlich zurück. »Wer? Wer ist dieser Mann?«

»Einer von den Hebräern, Herr«, fuhr der Chaldäer fort. »Die aus Jerusalem hergebracht wurden.« Er stand nun hoch aufgerichtet. Die Chancen standen gut, dass er einen weiteren Sonnenaufgang erleben würde.

»Dieser Hebräer trägt den Namen Daniel.«

Kapitel 3

Shane Barrington war ein Mann, der keine Furcht kannte. Als Kind war er auf den Straßen Detroits aufgewachsen, wo jeder gegen jeden kämpfte, und dort hatte er schnell gelernt, dass man niemals Schwäche zeigen durfte, wenn man überleben wollte. Der Gegner durfte niemals die Angst spüren, die man selbst empfand, gleichgültig, wie groß und stark er war.

Und die Lektionen der Straße hatten ihm in den Vorstandszimmern der amerikanischen Geschäftswelt gute Dienste geleistet. *Barrington Communications* gehörte mittlerweile zu den größten Medien- und Technologieriesen der Welt, und sein Erfolg gründete sich genauso sehr auf Barringtons gnadenlose Vernichtung seiner Konkurrenten wie auch auf seine beinahe geniale Fähigkeit, Zahlen zu manipulieren.

Während sich seine Privatmaschine gerade der schottischen Küste näherte, starrte er in die eisige Dunkelheit hinaus und empfand ein Schauern, das ihm durch Mark und Bein ging. Zum ersten Mal in seinem Leben hatte Shane Barrington Angst.

Zum hundertsten Mal überflog er den Computerausdruck, der mittlerweile verknittert und mit Schweißflecken übersät war. Zum hundertsten Mal ging er die Zahlenreihen durch, diese kleinen Zahlenreihen, die leicht das Ende all dessen bedeuten könnten, wofür er gearbeitet, Ränke geschmiedet und gelogen hatte. Kleine Zahlenreihen, die ihn ebenso sicher vernichten könnten wie eine Kugel durch den Kopf.

Er hatte es mittlerweile aufgegeben, sich zu fragen, wie die Beweise für die kreative Buchhaltung bei *Barrington Communications* nach draußen gesickert waren. Maßgeschneiderte, modernste Verschlüsselungssysteme und die Androhung bitterster Konsequenzen für jeden, der es wagte, ihm in die Quere zu kommen, hatten seine Geheimnisse 20 Jahre lang gewahrt. Zweifellos war keiner seiner Angestellten so klug – oder so dumm –, ihn zu betrügen. Dann vielleicht einer seiner ehemaligen Konkurrenten? Eine ganze Reihe von Namen und Gesichtern stand ihm vor Augen, aber er verwarf sie alle. Einer war mittlerweile ein verlotterter Alkoholiker, ein anderer hatte sich in seiner Garage erhängt. Alle hatte er auf die eine oder andere Weise vernichtet.

Wer also hatte ihm diese E-Mail geschickt?

Er würde es bald herausfinden. Als die ersten hellen Streifen der Morgendämmerung am Horizont sichtbar wurden, blickte er auf seine Rolex und errechnete seine Ankunftszeit in Zürich. Er würde kurz vor dem Zeitpunkt ankommen, den der Erpresser genannt hatte. In wenigen Stunden würde er ihm von Angesicht zu Angesicht gegenüberstehen. Dann würde er erfahren, was der Preis für sein Überleben sein würde.

◇ ◇ ◇

Als die *Gulfstream* auf einer abgelegenen Landebahn in der Nähe von Zürich zum Stehen kam, hatte Barrington geduscht, sich rasiert und einen dunkelblauen, maßgeschneiderten Anzug angezogen, der seine sportliche Figur besonders betonte. Aus dem Badezimmerspiegel blickte ihm ein Gesicht entgegen, das zu hart war, um wirklich ansprechend auszusehen – mit dünnen Lippen, hervorstehenden Wangenknochen unter steingrauen Augen, in denen noch das Feuer jugendlichen Ehrgeizes brannte. Seine grauen Schläfen milderten das Aussehen des kaltherzigen Unternehmenskriegers ab, der er war.

Die vergangenen Stunden hatte er genutzt, ein wenig ruhiger zu werden, und er hatte einen großen Schluck aus dem Brunnen des Glaubens an sich selbst getrunken, um seine Energien zu konzentrieren. Als er nun auf die Landebahn trat, fühlte er sich gefasst, wach, wie ein Krieger vor einer Schlacht. Eines war sicher: Er würde nicht kampflos untergehen.

Ein glänzender schwarzer Mercedes wartete neben dem Flugzeug. Daneben ein Fahrer in Uniform mit bleicher Haut und leerem Blick. Als Barrington näher trat, öffnete er die hintere Tür und ließ ihn wortlos einsteigen.

»Also, wohin fahren wir?«, erkundigte sich Barrington, als der Mercedes über eine kurvenreiche Bergstraße rollte, die direkt in die Wolken zu führen schien. Im Rückspiegel sah er nur das gepresste Lächeln seines Fahrers.

»Ich habe Ihnen eine Frage gestellt. Und ich erwarte eine Antwort. Ich *fordere* eine Antwort von Ihnen.« Die eisige Drohung in seiner Stimme war unüberhörbar, aber der Fahrer zuckte nicht einmal mit der Wimper. Er hielt Barringtons Blick einen Augenblick lang stand, bevor er seine Aufmerksamkeit wieder der Straße zuwandte.

Der Zorn, den Barrington in den vergangenen 24 Stunden mühsam unterdrückt hatte, brach nun hervor. Er beugte sich vor, packte den Fahrer an der Schulter und fuhr ihn an: »Sprechen Sie mit mir, oder ich schwöre bei Gott, Sie werden es bereuen.«

Der Fahrer brachte den Wagen mitten in einer Haarnadelkurve sanft zum Stehen. Langsam drehte er sich um und blickte Barrington an. Er schaltete das Licht im Wagen an, dann öffnete er den Mund, um seinem Fahrgast zu zeigen, dass er keine Zunge mehr hatte.

Schockiert ließ sich Barrington in den Sitz zurücksinken. Vor Erstaunen blieb ihm der Mund offen stehen. Der Wagen setzte sich wieder in Bewegung und das einzige Geräusch, das nun noch zu hören war, war das gleichmäßige Schnurren des Motors und das Pochen seines Herzens.

Das Schloss schien aus dem Berg herauszuwachsen wie ein bösartiger Wasserspeier, der sich an einen Kirchturm klammert. Auf den massiven Steinmauern saßen spitze Türmchen, die in den wolkenverhangenen Himmel reichten, als würden sie die Dunkelheit umarmen. In einer Hand voll alter vergitterter Fenster brannte ein flackerndes Licht.

Nach Barringtons Uhr war es fast Mittag, aber als der Himmel sich öffnete und der Regen auf das Wagendach trommelte, war es so dunkel, als sei es Nacht. In der Düsternis vor ihnen wirkte das Schloss, als sei es einem Albtraum entsprungen.

Während Barrington noch versuchte, sich an diese mittelalterliche Erscheinung der vom Regen verdunkelten Türme zu gewöhnen, hielt der Fahrer an, stieg rasch aus und riss den Wagenschlag auf. Dann führte er ihn, geschützt durch einen großen, altmodischen Regenschirm, zu dem massiven Eisentor des Eingangs.

Barrington atmete tief durch und erinnerte sich im Stillen daran, dass helllichter Tag war und er sich in einem modernen, zivilisierten Land und im 21. Jahrhundert befand.

Es überraschte ihn kaum, dass die schwere Tür sich lautlos nach innen öffnete und er in eine riesige Halle geschoben wurde. Was ihn verwirrte, war der plötzlich auftauchende Lichtstrahl, der auf einen Teil der Wand links von ihm zeigte, die aus funkelndem Stahl zu bestehen schien. Sollte er diesen Weg einschlagen? Er wandte sich zu dem Fahrer um, doch die Finsternis hatte diesen bereits verschluckt. Barrington war allein, und trotz der ungewöhnlichen Kälte spürte er, wie ihm ein Schweißfaden über den Rücken lief.

Er zwang sich weiter, ging zu der Stahltür, die sich bei seiner Ankunft mit einem leisen Zischen öffnete. Als er in den Aufzug trat und die Tür hinter ihm zuglitt und losfuhr, hätte er beinahe ein Gebet gesprochen.

Augenblicke später kam der Aufzug wieder zum Stillstand und öffnete seine Türen. Barrington hatte das Gefühl, in die Tiefen des Berges gefahren zu sein. Die überirdische Stille verursachte ihm einen Augenblick atemloser Panik, als wäre er lebendig begraben worden.

Eine dröhnende Stimme brachte ihn wieder zur Vernunft.

»Willkommen, Mr Barrington. Wir sind so froh, dass Sie es schaffen konnten. Bitte, nehmen Sie doch Platz.«

Wie ein Zombie taumelnd, tastete sich Barrington durch die Dunkelheit zu einem mit Holzschnitzereien verzierten Sessel rechts von ihm. Ganz vorsichtig ließ er sich darin nieder, als wäre es ein elektrischer Stuhl, der ihm das Leben nehmen könnte. Er hob den Kopf und hoffte, endlich seinem Peiniger in die Augen sehen zu können.

Stattdessen entdeckte er nur die steifen Umrisse von sieben Personen, die an einem Rauchglastisch saßen, der das wenige Licht noch aus dem Raum zu ziehen schien.

Die Gestalten wurden von hinten angestrahlt und blieben somit für ihn im Dunkeln und zweidimensional, wie der Mond während einer Sonnenfinsternis. Es war unmöglich, ihre Gesichter zu erkennen.

Die Stimme setzte erneut zum Sprechen an. Sie schien von der Gestalt in der Mitte der Sieben zu kommen. Sie war jetzt nicht mehr dröhnend, sondern sprach leise und deutlich, doch mit einer Härte, die Barrington durch Mark und Bein ging, weil sie ihn an das Geräusch von Fingernägeln erinnerte, die über eine Tafel kratzen.

»Ihre Anwesenheit lässt darauf schließen, dass Sie den Ernst Ihrer Lage erkannt haben, Mr Barrington. Doch es gibt noch Hoffnung für Sie. Aber nur, wenn Sie genau das tun, was wir Ihnen von diesem Augenblick an befehlen.«

Barrington fühlte sich schwindelig. Er fühlte sich wie ein Frosch, der von einer Schlange fixiert wurde, aber das war zu viel.

»*Befehlen*? Ich kenne Sie gar nicht – ich weiß nicht einmal mehr genau, wo ich mich befinde –, aber eines weiß ich genau. Niemand *befiehlt* Shane Barrington irgendetwas.«

Seine Worte hallten in der Dunkelheit wider und einen Augenblick lang fragte er sich, ob er einen Sieg errungen, das Gleichgewicht der Macht ein wenig zu seinen Gunsten verschoben hätte. *Also gut, gehen wir in die Offensive*, dachte er.

Dann begann das Gelächter. Leise zuerst, schließlich immer lauter, bis es wie ein herunterfallender Felsbrocken durch den Raum hallte. Es war das Lachen einer Frau und es kam von der letzten Gestalt auf der linken Seite.

»Oh, Mr Barrington. Wir wussten, dass Sie absolut keine Moral besitzen. Aber eigentlich hatten wir Ihnen etwas mehr Verstand zugetraut. Begreifen Sie denn nicht? Sie gehören jetzt *uns*. Mit Haut und Haaren. Und wir würden Ihnen auch Ihre Seele nehmen, wenn Sie eine hätten.«

Amüsiert hielt sie inne, damit Barrington sich ihrer Worte bewusst werden konnte. »Die Informationen, die wir im Laufe der vergangenen zwei Jahrzehnte über die Geschäftspraktiken von ›Barrington Communications‹ zusammengetragen haben, würden ausreichen, um Sie für den Rest Ihres Lebens ins Gefängnis zu schicken – falls etwas davon an die Öffentlichkeit dringen würde.«

Und wieder legte sie eine wirkungsvolle Pause ein. »Das heißt, falls Ihre wütenden Teilhaber, die Sie so gründlich betrogen haben, nicht zuerst Ihre Geschäftsbüros stürmen und Sie zusammenschlagen.«

Eine neue Stimme ertönte aus dem Schatten, eine tiefe Stimme mit einem eindeutig britischen Akzent. »Machen Sie keinen Fehler, Mr Barrington, unsere Einladung an Sie war kurz gehalten, sie enthielt nur die Spitze einer massiven Ansammlung Ihrer Geschäftsvergehen. Wie ein Eisberg, ein Eisberg an finanziellen Verfehlungen, Sir, die Sie so weit in die Tiefe ziehen könnten, dass der Untergang der ›Titanic‹ dagegen eine Lappalie wäre.«

Barrington erhob sich aus seinem Sessel und nahm den letzten Rest seiner Arroganz zusammen. »Unmöglich. Sie haben ein paar Leute bezahlt, um ein wenig Schmutz zu finden, das habe ich gesehen, aber Sie können nicht mehr als ein paar peinliche Finanzmanipulationen haben, die ich – «

Die britisch klingende Stimme unterbrach ihn. »Halten Sie uns nicht für dumm, Mr Barrington. Wir haben alles – Informationen über die Kapitalaufwendungen, die als Gewinne verbucht wurden, die Auslandsfirmen, die als Vermögenswerte geführt werden, obwohl sie eigentlich Verbindlichkeiten kaschieren. Ganz zu schweigen von den Drohungen an Ihre Konkurrenten, die Einschüchterungen. Und selbst in diesen eindrucksvollen Zeiten von unrechtmäßig erworbenen Gewinnen haben Sie, Sir, ein Sündenregister, das ins ›Guinness-Buch der Rekorde‹ aufgenommen werden könnte.«

Das ist es jetzt also, dachte Barrington. *Die Vergeltung*. Er hatte immer gedacht, er sei zu klug, zu rücksichtslos, als dass man ihm eines dieser Vergehen anlasten könnte. Doch nun standen ihm auf einmal die Gesichter der Menschen vor Augen, die er auf dem Weg zur Spitze ruiniert hatte. Die trauernde Witwe eines ehemaligen Geschäftspartners, den er in den Selbstmord getrieben hatte. Die alten Leute, aus deren Pensionsfonds er seine Schulden gedeckt hatte.

»Und Sie wollen mich nun anzeigen?«, krächzte Barrington schwach.

Eine neue Stimme antwortete. Es war die Stimme eines Mannes mit lateinamerikanischem Einschlag. Er sprach mit einer gewissen Schärfe und seine Stimme erinnerte an den Schrei eines Beutevogels. »Wir haben Sie nicht herzitiert, um Ihnen eine Auszeichnung für eine gute Geschäftsethik zu verleihen, Señor Barrington, aber nein, wir haben kein Interesse daran, unser Material an die Behörden weiterzuleiten.«

Ein Funke des Verstehens flackerte in Barringtons Augen auf. »Oh, ich verstehe. Sie selbst wollen einen Vorteil daraus ziehen.«

Sein Mund klappte zu, als eine Hand auf den Tisch klatschte, was umso verwirrender war, als Barrington klar wurde, dass das Geräusch von der Frau gekommen war. »Setzen Sie sich und hören Sie auf mit Ihrem dummen Geschwätz.«

Barrington sank wieder in den Sessel zurück.

»Einen Vorteil? Sie sind hier nicht bei der Mafia. Haben Sie es immer noch nicht begriffen? Sie gehören uns, Barrington.«

Ein Husten ertönte und dann sprach die britische Stimme wieder.

»Nun, da Sie, wie ich sehe, Ihre Lage begriffen haben, möchte ich Ihnen eine Alternative zu einem Leben hinter Gittern anbieten – so kurz, wie dieses Leben zweifellos sein würde.«

Barrington konnte beinahe die Schadenfreude auf dem verdunkelten Gesicht erkennen. »Wir haben Sie erwählt, Mr Barrington, weil Sie einiges für uns tun können. Sie können uns in unseren … Bemühungen unterstützen. Wir haben vor, ein Minimum von fünf Milliarden Dollar in ›Barrington Communications‹ zu investieren, um alle Schulden zu tilgen, die Sie so geschickt kaschiert haben. Das sollte auch ausreichen, um Ihre noch verbleibenden Konkurrenten zu schlucken.

Es sollte ausreichen, um Sie … zur *Numero uno* im weltweiten Kommunikationsgeschäft zu machen. Unter der einen Bedingung natürlich, dass Sie für *uns* arbeiten werden. Für die Sieben.«

Barrington wurde auf einmal von einem Schwindelgefühl erfasst. Er fühlte sich wie ein Verurteilter, dessen letzten Sekunden gekommen waren und dessen Gnadengesuch ganz plötzlich bewilligt worden war – und der außerdem noch einen Scheck über fünf Milliarden Dollar bekam. Lächelnd wurde ihm klar, dass er alles – *wirklich alles* – tun würde, was von ihm verlangt würde.

»Nun, ich denke, ich entscheide mich für die zweite Alternative«, erklärte Shane Barrington. Ein Adrenalinstoß ging durch seine Adern. »Sagen Sie mir nur, was ich tun soll.«

◇ ◇ ◇

Draußen schienen die Wolken die Schlossmauern noch enger zu umschließen und ein schneidender Wind tanzte um den Festungswall. Inmitten der wirbelnden Elemente lag das Schloss kalt, schwarz und schweigend da.

In der undurchdringlichen Stille der unterirdischen Kuppel war das Zuschlagen der eisernen Eingangstore nicht zu hören. Auch vernahmen die Sieben nicht das Aufheulen des Motors, als der Mercedes seine Fahrt zum Flughafen antrat. Aber sie wussten, dass Barrington unterwegs war, voller Begeisterung für seine neue Aufgabe.

Weiches Licht von verborgenen Scheinwerfern ließ die Sieben wieder zu normalen Menschen werden. Doch obwohl die Anspannung langsam nachließ, umgab sie weiterhin eine Furcht erregende Aura. Der Dritte von rechts, ein Mann mit einem runden Gesicht und einem silbergrauen Haarschopf, richtete seine Halbmondbrille und drehte sich lächelnd zu dem Mann mit der dröhnenden Stimme um, der zuerst die Stille durchbrochen hatte.

»Nun, John, ich muss mich entschuldigen. Barrington war tatsächlich eine ausgezeichnete Wahl. Ich bin beinahe erstaunt, dass er sich nicht schon vorher freiwillig für die Sache zur Verfügung gestellt hat. Seine neuen Aufgaben scheinen ihm sehr zu gefallen.« Seine Worte gingen in ein leises Lachen über.

Ohne zu lächeln und ohne den Blick von dem Sessel zu nehmen, auf dem Barrington nur wenige Augenblicke zuvor noch gesessen hatte, sprach John Bartholomew mit eiskalter Stimme. »Noch ist die Zeit für Gratulationen längst nicht gekommen, denke ich. Unser großes Projekt hat gerade erst begonnen und es ist noch viel zu tun.«

»Aber John, John! Ganz sicher kann das, was wir jetzt ins Rollen gebracht haben, nicht mehr aufgehalten werden. Steht es denn nicht so geschrieben?«, fuhr der Engländer fort. »Ich verbeuge mich vor deiner überlegenen Weisheit auf dem Gebiet der Finanzen. Aber als Geistlicher, denke ich, kann ich mich einer gewissen Kenntnis der, sagen wir, geistlichen Dimensionen rühmen. Denk an Daniel, denk an Nebukadnezars Traum. Denk an das, was er bedeutet!« In seiner Aufregung umklammerte er Bartholomews Arm. »Ganz bestimmt wird durch die Pläne von uns Sieben die wahre Macht Babylons – die dunkle Macht Babylons – wieder auferstehen!«

Kapitel 4

Murphy wusste nicht so genau, was schlimmer war: die feurigen Schmerzen, die seine Schulter durchzuckten, oder der Wutausbruch seiner Frau. Zumindest würde ihr Zorn irgendwann verpuffen. Das hoffte er zumindest.

»Also, Michael«, – wenn sie wütend auf ihn war, nannte sie ihn immer *Michael* –, »erklär mir mal, warum ich so etwas Besonderes bin.«

Er brummte, während sie seine Schulter mit einem Desinfektionsmittel betupfte. Etwas fester, als nötig gewesen wäre, fand er.

»Andere Frauen kommen unerwartet in den frühen Morgenstunden nach Hause und finden ihre Männer mit einer anderen Frau im Bett vor, oder sie verspielen das Geld, das für das College der Kinder zurückgelegt wurde, oder sie sind einfach nur stockbesoffen.« Sie hielt inne, um noch mehr antiseptische Flüssigkeit auf den Wattebausch zu geben. »Aber ich, ich Glückliche, *ich* komme heim und finde meinen Mann halb tot vor, weil er von einem *Löwen* angegriffen wurde!« Sie hielt mit ihrer Tätigkeit inne und lächelte ihn freundlich an. »Bitte erklär mir genau, was ich getan habe, um das zu verdienen.«

Nicht zum ersten Mal sprach Murphy ein stummes Dankgebet, dass es ihm gelungen war, eine so wundervolle Frau zu finden und dass sie auf wundersame Weise, so schien es ihm zumindest, bereit gewesen war, seine Frau zu werden. Im Augenblick bezog er verbale Prügel von ihr – und das nicht zum ersten Mal –, aber er wusste, dass sie dies nur tat, weil sie so große Angst hatte. Und wie immer hatte er die Schelte auch verdient.

Es war eine glückliche Fügung gewesen, dass sie früher als erwartet nach Hause gekommen war. Der letzte Tag ihrer Konferenz über die Katalogisierung verlorener Städte und ihre Lage war ausgefallen, nachdem der Starredner der Veranstaltung, Professor Delgado vom Mexikanischen Archäologischen Institut, krank geworden war. Mit einer Mischung aus Enttäuschung, weil sie die legendären Geschichten des großen Mannes nun nicht hören konnte, und Begeisterung darüber, dass sie früher nach Hause zurückkehren konnte, war sie in Atlanta in das erste Flugzeug gestiegen, das sie bekommen konnte.

»Ich hatte gehofft, dich zu überraschen«, hatte sie trocken gesagt. »Aber ich schätze, ich hätte es besser wissen sollen. Ich bin ja immer diejenige, die hier überrascht wird.«

Sie beendete ihre Arbeit, und Murphy sah im Badezimmerspiegel, wie sie, zufrieden mit ihrer Arbeit, nickte, bevor sie ihm half, vorsichtig ein sauberes T-Shirt über den Kopf zu ziehen. Beide wussten, allein hätte er das nicht geschafft.

Unten half sie ihm in einen der Schaukelstühle, dann ging sie in die kleine Küche und kam mit zwei dampfenden Tassen Tee zurück.

»Also gut, Professor Murphy, wie es scheint, wirst du an deinen Wunden nicht sterben. Deine wundervolle, geduldige Frau hat sich darum so weit beruhigt, dass sie in der Lage ist, sich die haarsträubende Geschichte anzuhören, die du ihr erzählen wirst. Also bleib da sitzen und lass mich deine spannende Geschichte hören.«

Murphy seufzte. Sie würde ihr nicht gefallen.

»*Er* war es wieder. Methusalem. Während ich in meinem Büro saß, erhielt ich eine Nachricht von ihm. Ich konnte ihr einfach nicht widerstehen.«

»Und deshalb hast du einfach alles stehen und liegen gelassen und bist dorthin gefahren, wo dieser Verrückte dich hinbestellt hat?« Sie verdrehte die Augen. »Oh, ich vergaß, du bist ja Michael Murphy, der weltbekannte Archäologe und Abenteurer. Keine Aufgabe ist ihm zu gefährlich. Je verrückter, desto besser.«

Sie schüttelte den Kopf. Er wartete, bis er sicher sein konnte, dass sie ihre Gardinenpredigt beendet hatte. Schließlich trank sie einen Schluck Tee. Das war für ihn das Zeichen weiterzuerzählen.

»Er sagte: ›Daniel‹. Das Buch Daniel. Wie konnte ich da nicht interessiert sein?«

»Ach, daher die Löwengrube. Ich verstehe.«

»Genau.« Murphy stellte seinen Becher auf den kleinen Tisch zwischen den Schaukelstühlen und beugte sich zu ihr herüber. »Eines der wichtigsten Bücher der ganzen Bibel. Die Hauptader der Prophezeiung. Es steht alles drin, Nebukadnezars Traum, die Statue, alles.« In seiner Aufregung vergaß er den pochenden Schmerz in seiner Schulter. »Methusalem bot mir ein Artefakt an, das etwas mit dem Buch Daniel zu tun hat. Ein solcher tragender Beweis würde ganz bestimmt die Skeptiker dazu bringen, ihre

Skepsis abzulegen und endlich anzuerkennen, dass das Buch Daniel keine reine Fiktion ist. Stell dir das nur mal vor!«

Laura lehnte sich in ihrem Schaukelstuhl zurück und war somit außer Reichweite. »Und du brauchtest nichts weiter zu tun, als drei Runden mit einem menschenfressenden Löwen zu kämpfen.« Ihre Stimme klang eiskalt.

»Na, komm, Schatz, es hätte viel schlimmer sein können«, grinste Murphy. »Wenn es die Offenbarung gewesen wäre, dann hätte ich vielleicht mit dem Tier, sprich mit dem Antichrist höchstpersönlich, kämpfen müssen.«

Der Blick, den sie ihm zuwarf, war noch kälter, falls das überhaupt möglich war. Sie fand seinen Einwurf nicht lustig, nein, überhaupt nicht lustig.

Murphy versuchte es mit einem anderen Ansatz. »Schatz, weißt du, man muss sich vor Methusalem vielleicht mehr in Acht nehmen als vor einem Eimer Schlangen, aber er hat sich immer an die Spielregeln gehalten – «

»*Seine* Spielregeln«, unterbrach ihn Laura. »Die Regeln eines verrückten, geheimnisvollen Mannes, der mit seinem Geld nichts Vernünftigeres anzustellen weiß, als dich in Situationen zu locken, wo dein Leben in Gefahr ist. Und jedes Mal fällst du darauf rein!«

»Ja, weil seine Regeln besagen«, fuhr Murphy unbeirrt fort, »dass ich die Belohnung bekomme, wenn ich das Spiel gewinne. Sieh mal, wir haben doch schon häufiger darüber gesprochen, Laura. Ich weiß, das klingt verrückt, aber es stimmt. Ich mache keine halben Sachen. Ich liebe meine Arbeit von ganzem Herzen, ich möchte Gott von ganzem Herzen lieben und vor allem liebe ich dich von ganzem Herzen. Es ist eine Frage der Verpackung, Schatz, selbst an Abenden wie diesem, wo du das Gefühl hast, der Preis, den du zu erwarten hast, sei der Trostpreis für den schlechtesten Teilnehmer.«

Laura runzelte geschlagen die Stirn. Sie hatte gesagt, was sie zu sagen hatte. Sie wusste, dass Murphy der Verlockung von Methusalems Artefakten genauso wenig widerstehen konnte, wie er beschließen konnte, nicht mehr zu atmen. Und obwohl sie ihm das nicht sagen würde, liebte sie ihn doch gerade wegen seiner furchtlosen Leidenschaft, die Wahrheit der Bibel ans Licht zu bringen, so sehr.

Sie zögerte es noch zehn Sekunden hinaus, dann gab sie nach und umarmte ihn. »Michael Impossible Murphy«, flüsterte sie. Den mittleren Namen hatte sie ihm sieben Jahre zuvor gegeben. »Du weißt genau, dass ich dir nicht lange böse sein kann, obwohl du so absolut unmöglich bist. Und auch das nächste Mal wirst du dich wieder bedenkenlos in Schwierigkeiten manövrieren.«

Er deutete mit dem Kopf zum Tisch. Beide betrachteten das rote Röhrchen, das unschuldig wie eine noch nicht explodierte Bombe zwischen ihnen lag. »Also gut, Murphy.« Sie lächelte ihn freundlich an, und als er bemerkte, wie sich ihr Lächeln in ein besorgtes Stirnrunzeln verwandelte, fragte er sich, was jetzt wohl kommen würde. »Die Blutung ist immer noch nicht zum Stillstand gekommen. Die Kratzer sind doch tiefer, als ich gedacht hatte. Ich fahre dich jetzt ins Krankenhaus, damit du genäht wirst. Keine Widerrede.«

Zwar hatte er sich zuerst mit Händen und Füßen gewehrt, sich ins Krankenhaus bringen zu lassen, doch jetzt leistete Murphy nicht den geringsten Widerstand.

Lauras Stimme wurde wieder milder. »Hey«, sagte sie und legte ihre Hände auf Murphys gesunde Schulter, »da du so viel Mühe auf dich genommen hast, dieses Ding zu bekommen, könnte ich doch morgen nach deiner Vorlesung in dein Labor kommen und mir mit dir gemeinsam anschauen, was drin ist, was meinst du?«

Kapitel 5

»So, Sie setzen also jeden Tag Ihr Leben aufs Spiel, ja?«

»Genau, mein Freund. Ein falscher Schritt und *platsch*!«

Der Barkeeper, der gerade dicht genug bei seinen einzigen Gästen stand, dass er ihr Gespräch mit anhören konnte, schüttelte den Kopf und blätterte weiter die Zeitung durch. An diesem mauen Dienstagnachmittag hatte er in seiner schmuddeligen Vorortbar in Astoria, das im Schatten des nicht allzu fernen Manhattan lag, das Gefühl, eine Million Meilen von dem Glanz der großen Stadt entfernt zu sein.

Seit 20 Minuten hörte er nun schon dem Gespräch dieser beiden Typen zu und nur ein Bier stand vor ihnen. Das gehörte Farley, dem großen Helden, einem seiner Stammgäste.

Der andere Mann war ein Unbekannter. Er *musste* fremd in der Stadt sein, wenn er sich so lange mit Farley unterhielt. Jeder andere Stammgast wusste, dass Farley ein Langweiler war, der immerzu davon sprach, wie gefährlich sein Job sei. Der Typ war Fensterputzer und nicht bei der Kriegsmarine! Der Barkeeper betrachtete erneut den Fremden. Er hätte gedacht, der Mann müsste taub sein, dass er sich Farleys Geschwätz aussetzte, aber der Fremde hörte ganz interessiert zu. Und er trank nichts Stärkeres als Wasser.

Als der Fremde ein Wasser bestellt hatte – nicht einmal ein Mineralwasser –, hatte der Barkeeper schon zu seiner Standardvorhaltung angesetzt, dass dies eine Bar sei, keine öffentliche Trinkquelle, aber der Fremde hatte irgendetwas an sich gehabt, das ihn innehalten ließ. Nicht weil er bedrohlich wirkte. Farley war ein langweiliger Typ mit aufgequollenem Gesicht, aber dieser Fremde sah noch gewöhnlicher aus – er war grauhaarig, trug eine klobige Brille, hatte eine dicke, vernarbte Nase und eine krumme Haltung. Während Farley einen jedoch nur zu Tode zu langweilen drohte, ging von diesem schmächtigen Fremden etwas aus, das den Barkeeper veranlasste, ihn nicht herauszufordern.

»Hey«, hörte er den Fremden fragen, »wie wäre es mit einem Burger?« Und dann fügte er noch hinzu, da alle wussten, dass Farley der geizigste Mann in ganz Astoria war: »Auf meine Rechnung natürlich.«

Nachdem die beiden Männer die Bar verlassen hatten, verkniff es sich der Barkeeper nachzusehen, ob Farley ihm ein Trinkgeld dagelassen hatte, doch zu seiner Verblüffung entdeckte er eine Fünf-Dollar-Note neben dem leeren Wasserglas des Fremden. *Mann*, dachte der Barkeeper, *hoffentlich sehe ich ihn bald wieder.*

Natürlich konnte er nicht wissen, dass er keinen der Männer je wieder sehen würde.

◇ ◇ ◇

Vor der Bar schlug der Fremde vor: »Wir könnten doch meinen Wagen nehmen. Er steht gleich hier um die Ecke.«

Farley nickte und folgte ihm. »Sagen Sie, mein Freund, nennen Sie mir doch noch einmal Ihren Namen.«

»Ich habe mich noch gar nicht vorgestellt.« Vor einem dunkelgrünen Jeep blieb er stehen und Farley blickte ihn verwirrt an.

»Hey, das stimmt. Also, wie heißen Sie nun?« Der Fremde schenkte ihm keine Beachtung, sondern blickte die verlassene Straße hinauf und hinunter. Dann beobachtete Farley, wie der Fremde einige schnelle Bewegungen um seinen Kopf machte. »Hä?« Farleys Verwirrung nahm zu.

Erst dann drehte sich der Fremde um und blickte Farley an. Aber das Gesicht, das Farley vor sich sah, war ein ganz anderes. Verschwunden waren die grauen Haare, die Brille und die auffällige Nase. »Den brauchst du nicht zu wissen.«

Mit einer raschen Bewegung schoss die rechte Hand des Fremden an Farleys Kehle. Sie hinterließ einen dünnen Blutfaden, bevor Farley noch die Gelegenheit hatte, aufzuschreien. Zumindest versuchte er zu schreien, aber aus seinem Mund drang kein Laut.

»Du brauchst gar nichts mehr zu wissen.« Rasch packte er Farley und warf seinen schlaffen Körper in den Wagen. »Nun, da ich die wenigen wirklich wichtigen Dinge, die du wusstest, erfahren habe.«

Der Fremde setzte sich ans Steuer. Am Hemd des toten Mannes neben ihm wischte er sich das Blut von seinem rechten Zeigefinger. Farley würde schon nichts dagegen haben, dachte er. Er holte sein Handy aus der Tasche und betrachtete in dem grünlichen Licht des Displays seinen Zeigefinger, während er wählte. Der Finger sah wie ein normaler Zeigefinger aus, bis man ihn näher betrachtete und bemerkte, dass es ein künstlicher Finger war, der so modelliert und gefärbt worden war, dass er wie ein echter Finger aussah. Mit Ausnahme der Fingerspitze, wo der Nagel sitzen sollte, der zu einer tödlichen Spitze geschliffen worden war.

Sein Anruf wurde mit einem einzigen Wort beantwortet. »Status.«

Mit kalter, ausdrucksloser und akzentfreier Stimme entgegnete er: »Ich bin bereit, auf Ihren Befehl hin weiter vorzugehen.« Diese Stimme klang ganz anders als die, mit der er sich mit Farley unterhalten hatte. In freudiger Erwartung richtete er sich auf.

»Nur zu«, lautete die Antwort. »Und, Talon, sehen Sie zu, dass Sie nicht versagen – machen Sie keine Fehler!«

Der Mann, der mit »Talon« angesprochen worden war, beendete das Gespräch, nahm sich den Bruchteil einer Sekunde Zeit, um zu überprüfen, dass alles Blut von dem Finger abgewischt war, dem er seinen Namen verdankte.* Er drückte Farley so weit in den Sitz, dass dieser durch das Seitenfenster nicht zu sehen war, und fuhr zu der Stelle, an der er den Leichnam ablegen würde. Einer Stelle, an der er nie gefunden werden würde.

Er gestattete sich ein grimmiges Lächeln. Versagen oder Fehler waren keine Optionen für ihn, so wie auch das Atmen keine Option mehr für Mr Farley sein würde.

Kapitel 6

Der König und der Gefangene aus Juda sahen einander in die Augen, und Nebukadnezar stellte fasziniert fest, dass der Sklave seinem Blick standhielt. Sicher, es standen keine Wachen an seiner Seite, die den Mann mit ihren Schwertern und ihren mörderischen Blicken einschüchterten. Aber reichte nicht allein seine königliche Gegenwart, die Majestät und Macht Nebukadnezars, dessen Name Könige und Fürsten erzittern ließ, aus, um einen armseligen jüdischen Sklaven in Angst und Schrecken zu versetzen?

Und doch schien der Mann die Ruhe selbst zu sein, während er geduldig darauf wartete, dass der König das Wort ergriff. Es war wirklich seltsam. Diese Menschen galten eigentlich als sehr klug. Doch der nun vor ihm stehende Mann schien nicht zu begreifen, dass sein Leben in Gefahr war, wenn er dem König keine Antwort geben könnte. Eine Antwort, die die klügsten und weisesten Männer im Königreich bisher nicht hatten geben können.

Der König betrachtete das einfache Wollgewand, seine entspannte Haltung – die weder arrogant noch unterwürfig war – und den ausdruckslosen, geduldigen Blick seines Gegenübers und fragte sich, ob

---

* engl. *talon* = dt. Kralle (Anm. d. Übers.)

dies wirklich der Mann war, der seinen Traum enthüllen würde. Falls er wie alle anderen versagte, dann war eines sicher: Daniel würde als Erster von vielen seinen Zorn zu spüren bekommen. Noch bevor der Zorn des Königs verpufft war, würden die Abflussrinnen Babylons überfließen vom Blut.

Der König rutschte auf seinem geschnitzten Thron aus Zedernholz herum und durchbrach die Stille. »Nun, Daniel.« Er sprach den hebräischen Namen des Sklaven spöttisch aus, als würde er auf ein beschämendes Geheimnis anspielen. »Ich brauche dir wohl nicht zu erklären, warum du hier bist.«

»Ich bin hier, weil du es befohlen hast, mein König.«

Nebukadnezar blickte ihn prüfend an und suchte nach Anzeichen von Unverschämtheit. Der Tonfall des Sklaven war genauso aufreizend neutral wie sein Gesichtsausdruck in dem flackernden Licht der Fackeln.

»Tatsächlich, Daniel. Ich bin sicher, in deiner Weisheit begreifst du, warum ich das befohlen habe. Und was ich von dir erwarte.«

Daniel nickte leicht mit dem Kopf. »Dich beunruhigt ein Traum, mein König. Ein schrecklicher Traum, der deinen Geist bewegt, und doch blieb davon kein Bruchstück, kein Schimmer in deiner Erinnerung zurück, als du aufwachtest. Nur ein leerer Widerhall, wie der Klang eines Wortes in einer fremden Sprache.«

Nebukadnezar umklammerte unwillkürlich das Amulett von Anu, das an seinem Hals hing. Bei allen Göttern, woher kannte dieser Mann seine innersten Gedanken so gut?

»Ja, ja, alle Babylonier wissen davon. Aber kannst du mir den Traum erzählen, Daniel? Kannst du mein Erinnerungsvermögen wiederherstellen?« Alarmiert stellte er fest, dass seine Stimme brüchig und sein gewohnheitsmäßig befehlender Tonfall dem ängstlichen Wimmern eines Kindes gewichen war.

Daniel schloss die Augen und atmete tief und langsam durch. Der Augenblick zog sich in die Länge und Nebukadnezars Nerven wurden bis zum Zerreißen gespannt. Schließlich öffnete Daniel die Augen. Als er zu sprechen begann, leuchteten sie mit einer neuen Intensität.

»Die Geheimnisse, die du zu erfahren verlangst, können dem König nicht durch Wahrsager, Zauberer oder Astrologen eröffnet werden. Nur der Gott des Himmels kann solche Geheimnisse offenbaren.« Daniel verstummte und konzentrierte sich.

»Ja, ja, hör jetzt nicht auf«, rief Nebukadnezar.

Daniel ließ sich nicht drängen. Schließlich sah er den König ruhig an und sprach langsam und mit lauter Stimme, damit seine Botschaft nicht missverstanden wurde.

»Der Gott des Himmels hat dir, König Nebukadnezar, in diesem Traum offenbart, was in späterer Zeit geschehen wird.«

Kapitel 7

Auf seinem Weg zum Hörsaalgebäude B sah Michael Murphy überhaupt nicht wie ein Akademiker aus. Sicher, er wirkte leicht schlampig, wie jemand, dem Konzepte wichtiger waren als die äußere Erscheinung – die Krawatte hing etwas schief über einem verknitterten Baumwollhemd, er trug ein altes Leinensakko, das an den Ellbogen zerschlissen war, und die Schuhe waren auch nicht mehr die neuesten.

Aber wenn man etwas genauer hinsah, erkannte man an seinem gemessenen Schritt, den schwieligen Händen und den leichten Narben, die sein gutes Aussehen hervorhoben, dass dies kein Bewohner eines Elfenbeinturms war. Dieser Mann fühlte sich draußen wohler als drinnen, und am glücklichsten war er, wenn er sich schwierigen körperlichen Herausforderungen stellen konnte.

Einen kurzen Augenblick lang wünschte sich Murphy, er würde plötzlich zu einer solchen körperlichen Herausforderung abberufen. Egal, welche, ihm war alles recht. Normalerweise war er kein Mann, dem es an Selbstvertrauen mangelte, aber als er in der späten Augusthitze über den Campus der Universität von Preston ging, hatte er sich bereits darauf eingestellt, dass die Teilnehmerzahl seiner Vorlesung peinlich niedrig sein würde.

Die Vorlesung über biblische Archäologie und Prophetie war erst vor kurzem in den Lehrplan aufgenommen worden. Murphys reguläre Vorlesungen wurden von einer begeisterten Zuhörerschaft besucht, aber es waren eben wenige. In einer Universität wie *Preston* gab es einfach nicht so viele Studenten, die sich für das Studium der Vergangenheit interessierten – und schon gar nicht das der biblischen Vergangenheit. Dann, am Ende des letzten Semesters, hatte irgendeiner der reichen Absolventen Druck auf den Dekan der Universität ausgeübt, damit mehr biblisch fundierte Kurse für die allgemeine Studentenschaft angeboten wurden.

Segne ihn, dachte Murphy, obwohl es sich als ein gemischter Segen herausstellen konnte. Die beiden unangenehmsten negativen Begleiterscheinungen waren, dass er den Spendern viele Erklärungen würde abgeben müssen, falls sich niemand für den Kurs einschreiben sollte, und dass es Dekan Fallworth von der Fakultät Kunst und Wissenschaft überhaupt nicht gern sah, dass ein weiterer Kurs in biblischer Archäologie angeboten wurde.

Obwohl sein Bekanntheitsgrad durch die Entdeckungen von biblischen Artefakten zunehmend stieg, versuchte Murphy, keinen Stolz zu empfinden. Bislang hatte er in drei Fernsehsendungen über seine Arbeit berichtet. Diese Sendungen hatten seiner Fakultät einige finanzielle Mittel beschafft und dem Universitätsmuseum einige neue Ausstellungsstücke beschert, die das Interesse daran steigerten.

Diese Aufmerksamkeit hatte jedoch den Neid und Zorn von Dekan Fallworth geweckt. Er hatte einige verschleierte Bemerkungen gemacht, die Murphy als religionsfeindlich gewertet hatte, aber Dekan Fallworth war sehr direkt gewesen, als er bekundete, das, was Murphy studiere und lehre, sei weder wissenschaftlich noch glaubwürdige Geschichte.

Und dies von einem Mann, so hatte Murphy Laura in der vergangenen Woche erzählt, dessen aktuellster wissenschaftlicher Aufsatz die Überschrift trug: »Knopfmaterial der Georgia-Plantagen im 18. Jahrhundert«.

Murphy begeisterte sich für seine Arbeit, und diese zusätzlichen Geldmittel ermöglichten es ihm, einen weiteren Kurs anzubieten, den er im Lehrplan mit den Worten beschrieben hatte: »Die Vergangenheit studieren, die Bibel beweisen und die Vorhersagen der Propheten deuten«.

Zum ersten Mal hatte nun jeder Student, egal, mit welchem Hauptfach, die Möglichkeit, einen seiner Kurse zu besuchen. Er plante, den Lehrstoff durch einige der Videos, die bei den Fernsehsendungen keine Verwendung gefunden hatten, etwas zu beleben, und vermutlich würde er auch einige seiner neuesten Funde vorführen.

Gespannt hatte er vor seinem ersten Kurs auf die Anmeldeliste gewartet. Er hatte das Beste gehofft, aber eine penetrante kleine Stimme mahnte ihn – wie sie es immer tat, wenn es ihm gelang, sich von seinen Studien der alten Welt loszureißen und sich der realen Welt zu stellen: *Wir leben im 21. Jahrhundert. Wer interessiert sich in einer modernen Welt schon für die Hethiter?*

»Nun, ich tue es«, murmelte Murphy vor sich hin. Er hatte die Worte gar nicht laut aussprechen wollen. »Ich werde eine tolle Vorlesung halten, auch wenn nur ich und meine Dias da sind.«

Als er das aufgeregte Stimmengewirr vernahm, atmete er tief durch und marschierte entschlossen in den Vorlesungssaal. Sehr zu seinem Erstaunen war jeder Platz besetzt. Mehrere Studenten hatten keinen Sitzplatz mehr gefunden und standen an den Wänden oder hatten sich sogar auf dem Boden vor dem Pult niedergelassen.

Murphy klatschte in die Hände und schlagartig wurde es still im Saal. »Also gut, Leute, wir sollten anfangen. Unser Stoff erstreckt sich über Tausende von Jahren Geschichte und wir haben nur 45 Minuten. Wir sollten also keine Zeit vergeuden.« Sein Blick wanderte über die vielen Gesichter, und er fragte sich, was sie von diesem Kurs erwarteten. Worauf hofften sie? Und würde er ihre Erwartungen erfüllen können? Als er in der ersten Reihe Shari Nelsons strahlende Augen und ihr eifriges Lächeln entdeckte, konnte er ein Grinsen nicht unterdrücken. Zumindest eine Freundin saß unter den Zuhörern. Falls sie anfingen, ihn mit Tomaten oder faulen Eiern zu bewerfen, könnte Shari sie beruhigen.

»Ich freue mich, dass so viele gekommen sind, und ich möchte kurz noch einmal erläutern, worauf Sie sich eingelassen haben. Dieser Kurs trägt den Titel ›Biblische Archäologie und Prophezeiung‹ und wie im Vorlesungsverzeichnis aufgeführt, werden wir uns mit dem Alten und Neuen Testament beschäftigen unter besonderer Berücksichtigung der archäologischen Funde, die die Historizität und das prophetische Wesen der Bibel untermauern. Jeder, der sich auf dem Weg zu dem Seminar ›Matrix: Film oder Bauplan für unsere Zukunft?‹ einfach nur verlaufen hat, hat jetzt die Gelegenheit, sich hinauszustehlen.«

Ein paar lachten, aber niemand stand auf, um den Hörsaal wieder zu verlassen. Okay, sie waren immer noch da.

»Also, was bedeutet ›biblische Archäologie‹ denn nun? Lassen Sie mich Ihnen ein paar Fragen stellen: Hat Noah tatsächlich eine Arche gebaut und zwei Vertreter jedes Lebewesens hineingehen lassen?

Hat Mose tatsächlich das Rote Meer mit einer Bewegung seines Stabes geteilt?

Hat ein Mann mit Namen Jesus tatsächlich gelebt, geatmet und ist er vor 2.000 Jahren tatsächlich im heiligen Land herumgezogen, hat gelehrt, geheilt und Wunder vollbracht?

Wie können wir das mit Gewissheit wissen?«

Ganz hinten im Saal wurde eine schlanke Hand in die Höhe gereckt. Sie gehörte einem blonden Mädchen mit langen, glatten Haaren und einer großen, runden Brille. Er hatte sie schon ein paar Mal in der Universitätskapelle gesehen.

»Weil die Bibel es uns sagt«, erklärte sie mit leiser, aber fester Stimme.

»Und weil Hollywood es uns sagt«, meldete sich eine andere Stimme. Sie gehörte einem stämmigen, schwarzhaarigen Studenten, der mit vor der Brust verschränkten Armen und einem selbstgefälligen Grinsen im Gesicht auf seinem Stuhl saß. »Wenn Charlton Heston es glaubt, dann muss es stimmen, richtig?« Das brachte ihm Gelächter von einigen und ein wenig Applaus ein.

Murphy lächelte und wartete darauf, dass die Studenten wieder ruhig wurden.

»Wissen Sie, als ich in Ihrem Alter war, war ich auch sehr skeptisch. Vielleicht bin ich es noch. Christen sollen die Wahrheit der Bibel im Glauben annehmen. Aber manchmal braucht der Glaube ein wenig Hilfe. Und hier kommt die biblische Archäologie ins Spiel.«

Er deutete auf den noch immer grinsenden jungen Mann, der in der Reihe hinter Shari saß. »Womit könnte ich Ihnen beweisen, dass es Noahs Arche tatsächlich gegeben hat? Was würde Sie überzeugen?«

Der Student dachte kurz nach. »Ich schätze, ich würde einen handfesten Beweis brauchen.«

Murphy ließ sich etwas Zeit. »Einen handfesten Beweis. Das klingt irgendwie gut. Nun, mal sehen. In der wissenschaftlichen Forschung müssen Sie bereit sein, dorthin zu gehen, wo der Beweis Sie hinführt. In den letzten 150 Jahren sind bei mehr als

30.000 unterschiedlichen archäologischen Grabungen Fundstücke ans Licht gekommen, die die Korrektheit allein des Alten Testaments der Bibel belegen.

Jahrhundertelang haben Skeptiker die Vorstellung als lächerlich abgetan, es könnte, wie in der Bibel berichtet, das Volk der Hethiter gegeben haben, bis archäologische Funde unwiderlegbar die Existenz der Hethiter belegten. Allein die Erwähnung der Stadt Ninive ließ die nichtgläubigen Menschen in Gelächter und Spott ausbrechen, bis die Stadt von dem großen Archäologen A. H. Layard in der Nähe des Tigris entdeckt wurde.

Doch bisher *gibt es nicht einen Fund, der gegen die Authentizität der Bibel* spricht.«

»Wow! Das ist aber eindrucksvoll!«, rief jemand aus den hinteren Reihen. Der Student, der unwiderlegbare Beweise brauchte, war noch nicht zufrieden. »Ich würde trotzdem gern Noahs Ruder sehen, wenn Sie mir die Arche als echt verkaufen wollen.«

Murphy lächelte. »Nun, bisher wurde das Ruder der Arche nicht gefunden. Aber es gibt etwas, das für Sie vielleicht interessant wäre.«

Murphy zeigte auf der großen Leinwand hinter dem Pult sein erstes Dia. Darauf war eine mit einem Laken abgedeckte Kiste zu sehen. Auf dem folgenden Dia war eine Steinkiste mit einem überlappenden Deckel unter dem Laken zu sehen. Etwa 60 Zentimeter lang, 37 Zentimeter breit und 25 Zentimeter tief. Die Spuren der primitiven Werkzeuge, mit der sie aus einem festen Block Kalkstein gehauen worden war, waren noch zu sehen.

»Weiß jemand, was das ist?«, fragte Murphy.

»Fred Feuersteins Frühstücksdose?«, ertönte die mittlerweile bekannte Stimme.

Shari drehte sich um und bedachte den Sprecher mit einem vernichtenden Blick, ehe sie eine Antwort gab. »Ist das ein Sarkophag? Vielleicht ein Kindersarkophag?«

»Gut geraten, Shari.« Murphy lächelte sie herzlich an. »Es ist tatsächlich ein Sarg – ein Knochensarg. Man bezeichnet das Ganze auch als ›Ossarium‹. Vor Tausenden von Jahren war es in einigen Teilen der Welt Sitte, die Knochen der Toten wieder auszugraben, nachdem das Fleisch verwest war, diese dann in ein Tuch einzuschlagen und in eine von diesen Kisten zu legen.«

»Und wessen Knochensarg haben wir hier vor uns?«, kam eine Stimme von hinten. »Den von Russell Crowe vielleicht?«

Murphy ignorierte das Gelächter. »Nun, schauen wir es uns einmal an.« Das nächste Dia war eine Seitenaufnahme der Kiste mit der verblassten Inschrift. »Hier steht: ›Jakobus – ‹«

»Hey, Jimmy Hoffa, wir haben uns schon gefragt, wo du abgeblieben bist!«

Scheinbar in Gedanken versunken, nahm Murphy diese Bemerkung und das anschließende Gekicher gar nicht wahr. Er war ganz woanders. Irgendwo weit zurück in der Vergangenheit. Er zeigte nun ein sehr stark vergrößertes Dia von der Seite des Ossariums und begann die Inschrift vorzulesen.

»›Jakobus … Sohn des Josef …‹«

Stille legte sich über den Hörsaal.

»›… *Bruder von Jesus*‹.«

Er ließ seine Worte wirken, dann wandte er sich wieder seinen Zuhörern zu. »In dieser kleinen Kiste, die Sie hier sehen – und die ich tatsächlich berührt habe –, liegen die Gebeine des Bruders Jesu.

Normalerweise wurde damals nur der Name des Vaters des Verstorbenen auf ein Ossarium geschrieben, *es sei denn,* der Verstorbene hatte einen anderen Verwandten, der sehr bekannt war. Und in diesem Teil der Welt war in dieser Zeit niemand berühmter – oder berüchtigter – als Jesus.

Wichtig ist hier, dass dieses Ossarium nicht nur die Historizität Jesu belegt – das heißt, dass er tatsächlich existiert hat –, sondern es bestätigt auch seinen hohen Bekanntheitsgrad, sodass die Familie des Jakobus seinen toten Bruder mit ihm identifiziert hat. Wenn die Echtheit dieses Ossariums erst einmal bewiesen ist, wird es zeigen, dass Jesus nicht nur in dieser Zeit gelebt hat, sondern zu seiner Zeit auch sehr bekannt war. Genau wie in der Bibel dargestellt.«

Wie jedes Mal, wenn er sich die Fotos dieses steinernen Behältnisses ansah, empfand Murphy auch jetzt wieder ein seltsames, verwirrendes Gefühl, als wären die unzähligen Jahre, die ihn von diesem schon so lange verstorbenen Mann trennten, wie weggefegt, als wären sie in diesem zeitlosen Augenblick irgendwie vereint.

Eine Stimme aus Sharis Nähe holte ihn abrupt in die Realität zurück.

»Das steht vielleicht auf der Kiste, aber woher wissen wir, dass das keine Fälschung ist? Sie wissen schon, genau wie alle diese

Reliquien der Heiligen, die im Mittelalter als billige Souvenirs verkauft wurden. Das Leichentuch von Turin zum Beispiel. Das soll doch eine Fälschung sein, oder, Professor Murphy?«

Murphy blickte den Fragesteller eindringlich ein. Er schien ein Skeptiker zu sein, das stimmte, aber er schien ernsthafter, nachdenklicher und besser informiert zu sein als der Klassenclown, der bislang nur dumme Bemerkungen gemacht hatte. Auch Shari hatte sich umgedreht, um ihn anzusehen.

»Das ist ein guter Einwand …«

»Paul«, half der Student aus, dann errötete er, denn die Aufmerksamkeit, die ihm gerade zuteil wurde, war ihm eher peinlich.

»Okay, Paul. Einige Experten sind zu dem Schluss gekommen, dass das Leichentuch von Turin vermutlich eine Fälschung aus dem Mittelalter ist. Ich bin nicht davon überzeugt. Wie können wir denn nun die Fälschungen vom Echten unterscheiden? Wieso denke ich, dass in diesem Ossarium tatsächlich die Gebeine des Bruders von Christus liegen?«

»Mit der C-14-Methode?« Die Antwort kam schnell und selbstbewusst.

»Danke, Paul. Wenn du gern nach vorn kommen und die Vorlesung übernehmen möchtest, sag mir Bescheid. Du scheinst alle Antworten parat zu haben«, meinte Murphy lächelnd.

Paul errötete erneut, und Murphy merkte sofort, dass er zu hart mit ihm umgesprungen war. Dieser Junge wollte ihm das Leben nicht schwer machen, er war nur einfach sehr viel findiger als der Durchschnittsstudent.

»Ja, mithilfe der C-14-Methode, die auch Radiokarbonmethode genannt wird, können wir beinahe bis aufs Jahr genau bestimmen, wann ein Artefakt entstanden oder in Gebrauch gewesen ist«, fuhr Murphy fort. »C-14 ist ein radioaktives Isotop, das sich in allen organischen Objekten befindet. Da es in einem bekannten Maß zerfällt, kann uns der verbleibende Rest von C-14 in einem Gegenstand dessen Alter verraten.«

Paul wirkte mittlerweile ziemlich verlegen. Er mochte nicht im Rampenlicht stehen. Aber er konnte seine Fragen auch nicht für sich behalten. »Äh, Professor Murphy, würde uns die C-14-Methode im Grunde nicht nur sagen, wie alt der ursprüngliche Stein ist, und nicht, wann die Kiste, das ›Ossarium‹, daraus gehauen wurde?«

»Ja, Sie haben vollkommen Recht, Paul. Aber im Inneren der Kiste, in den winzigen Spalten, haben wir Rückstände eines Baumwollstoffes und Fragmente von Blütenstaub gefunden, die mithilfe dieser Methode auf die Zeit Christi datiert wurden – etwa um 60 nach Christus. Und nicht nur das, die Inschrift ist in einer Form des Aramäischen verfasst, die einzigartig war für diese Zeit. Und wenn Sie noch mehr Beweise möchten: Die mikroskopische Untersuchung der Patina auf der Inschrift beweist, dass sie nicht zu einem späteren Datum hinzugefügt wurde.«

Murphy hielt inne. Aufmerksame Gesichter schauten ihn an. In den hinteren Reihen gab es kein Getuschel mit den Nachbarn. Keine Zettelchen wurden durch die Reihen gegeben. Niemand spielte den Clown. Selbst wenn sie nicht überzeugt waren, zumindest schien er ihre Aufmerksamkeit zu haben. Und nun würde sich zeigen, ob er sie tatsächlich hatte.

»Alles schön und gut, meine Damen und Herren, aber das, was ich Ihnen gerade erzählt habe, ist alles Blödsinn. Diese Kiste ist eine komplette Fälschung.«

Im Hörsaal wurden empörte Rufe laut. Verwirrung zeichnete sich auf den Gesichtern der Studenten ab. *So viel zur guten alten, langweiligen Archäologie*, dachte Murphy.

»Entscheiden Sie sich, Mann.«

»Das stimmt, dieses Ossarium ist eine Fälschung. Das haben mehrere Wissenschaftsteams behauptet. Meine Meinung gründet sich dagegen sowohl auf die C-14-Überprüfung, mit der wir uns in einer späteren Vorlesung beschäftigen werden, als auch auf die aramäische Schrift, die es nur im ersten Jahrhundert gegeben hat. Dieses Ossarium ist ein relativ neuer Fund, in den folgenden Jahren wird es noch eine Menge weiterer Studien und Debatten darüber geben. Ganz bewusst stelle ich all dies an den Beginn unserer Reise in die Vergangenheit.«

Murphy hielt inne. »Ich bin Wissenschaftler, und die Leute, die die Authentizität dieses Ossariums infrage gestellt haben, sind ebenfalls Wissenschaftler. Ich bin sehr stolz darauf, auch überzeugter und praktizierender Christ zu sein. Die Wissenschaftler, die behaupten, dass wir es hier mit einer Fälschung zu tun haben, stellen diese sehr wichtige Entdeckung vermutlich nur deshalb infrage, weil die Echtheit sie dazu zwingen könnte, ihre vorgefassten Zweifel in Bezug auf Christus neu zu überdenken. Vernebelt mein Glaube mein Denken? Verzerrt ihr fehlender Glaube ihr Urteilsvermögen? Leute, dies sind nur einige der interessanten Randthemen, mit denen ein Archäologe, der nach Beweisen für die Authentizität der Bibel sucht, konfrontiert ist. Ich würde mich freuen, dies alles und noch mehr in den kommenden Wochen mit euch zu erforschen.«

Oh, nein. Er bemerkte Dekan Fallworth, der hinten im Hörsaal auf und ab lief. *Wie lange ist er wohl schon da?,* fragte sich Murphy. »Nun, ich möchte Sie nicht im Ungewissen lassen und versichere Ihnen, die Frage, ob Jesus von Nazareth eine reale Gestalt in der Geschichte gewesen ist, hängt nicht von der Authentizität dieses Ossariums ab. Wir werden uns in diesem Kurs mit einigen Beweisen für seine Existenz beschäftigen. Aber wenn sich herausstellt, dass das Ossarium authentisch ist – wovon ich ganz fest überzeugt bin –, wird dies ein weiterer Beweis für diejenigen sein, die an Jesus glauben und daran, dass er einmal auf der Erde gelebt hat.«

Murphy blickte auf die Uhr. »Wir wollen nun die Leseliste für diesen Kurs durchgehen, bevor die Zeit um ist.«

◇ ◇ ◇

»Einen Augenblick, Murphy!«

Als er den Hörsaal verließ, legte sich eine knochige Hand auf Murphys Rucksack.

»Dekan Fallworth. Sie geben den Studenten wirklich ein gutes Beispiel, indem Sie meine Vorlesung besuchen.«

»Ach, Quatsch, Professor Murphy.« Fallworth war genauso groß wie Murphy, aber er fluchte mit einer Wortgewandtheit, die alles andere in den Schatten stellte. »Das nennen Sie eine Vorlesung? Ich nenne es eine Schande. Du meine Güte, das Einzige, was Sie von einem Sonntagsprediger unterscheidet, ist die Tatsache, dass Sie nicht den Kollektenbeutel herumgehen lassen.«

»Nun, wenn Sie etwas spenden möchten, werde ich sicher nicht Nein sagen, Dekan. Brauchen Sie übrigens einen Lehrplan?«

»Nein, Mr Murphy, ich habe alles, was ich brauche, um das Universitätsdirektorium davon zu überzeugen, Zulassungsanhörungen für dieses evangelistische Geschwätz abzuhalten, das Sie eine Vorlesung nennen.«

»Ganz ruhig«, murmelte Murphy in sich hinein. »Dekan, wenn Sie das Gefühl haben, meine Arbeit sei in irgendeiner Hinsicht unprofessionell, dann helfen Sie mir doch bitte, meine Lehrfähigkeiten zu verbessern, aber wenn Sie auf den Christen herumhacken möchten – das brauche ich mir nicht anzuhören.«

»Wissen Sie, wie man diesen dummen Zirkus auf dem Campus bereits nennt? ›Bibel für Dummies, Jesus für Arme und Geschichten aus Galiläa‹.«

Murphy musste unwillkürlich lachen. »Das Letzte gefällt mir. Dies soll eine intellektuell stimulierende Vorlesung werden, Dekan, aber ich gestehe, ich habe für die Teilnahme keine IQ-Mindestanforderung festgelegt. Ich verspreche Ihnen, dass Wissen vermittelt werden wird, aber ich werde vermutlich hinter Ihrer offensichtlichen Forderung zurückbleiben, die einzige akzeptable Lehrmethode sei es, seine Studenten in ein frühes Ossarium zu langweilen.«

»Denken Sie an meine Worte, Murphy. Wenn Sie hoffen, dass dieser Kurs überlebt und Sie an dieser Universität fest angestellt werden, dann sind Sie genau so auf dem Holzweg wie bei Ihrer Einschätzung dieser Knochenkiste.«

»Ossarium, Dekan. Wir befinden uns an einer Universität, wir sollten doch versuchen, Fremdwörter zu verwenden. Falls sich herausstellt, dass sie nicht echt ist, kann ich sie vielleicht billig für Sie erwerben, und Sie können Ihre Knöpfe darin aufbewahren. Wenn Sie mich jetzt bitte entschuldigen wollen, ich muss an einem neuen Artefakt arbeiten.«

Kapitel 8

Murphy schloss die Labortür hinter sich und atmete erleichtert auf. Dies war sein Allerheiligstes, ein Ort, an dem aufgeblasene Egos und kleine akademische Machtkämpfe nichts zu suchen hatten. Das Einzige, was hier zählte, war die Wahrheit. Passenderweise war der Raum in einem reinen Weiß gestrichen. In helles Halogenlicht getaucht und mit hochtechnisierten Laborbänken und chromverkleideten Geräten ausgestattet, war hier nur das leise Brummen der Computer und der Hightech-Kontrollsysteme zu hören.

Mitten im Raum stand ein Tisch mit zwei Halogen-Stroboskopen für schattenlose und farblose Beleuchtung und Waagen für die

Größenreferenz. Das Ganze war speziell für das Fotografieren der Artefakte ausgerüstet. Auf einem Stativ war eine hochmoderne Kamera aufgebaut. Shari Nelson, die nun einen sauberen weißen Laborkittel trug, beugte sich gerade darüber und legte eine Diskette ein.

»Hallo, Shari«, sagte Murphy. »Danke, dass du dir heute Nachmittag frei genommen hast, um mir zu helfen. Laura wird auch kommen, wenn sie es schafft, aber wir können ja schon mal anfangen, denn ich bin sicher, dass in ihrem Büro ein Haufen zusammengekauerter Jugendlicher sitzt, der sich kostenlos bei ihr ausheulen will.«

»Professor Murphy, manchmal denke ich, Sie waren niemals jung.«

»Das war ich auch nicht. Ich habe eine alte Seele. Frag meine Mumie.«

»Zumindest Ihre Witze sind alt.« Sie strahlte ihn an. »Ich bin schon seit einer Stunde hier und bereite alles vor. Oh, das ist so aufregend!« Sie deutete auf das Metallröhrchen, das er fest in seiner Hand umklammert hielt. »Ist es das?«

Er legte es vor sie auf den Tisch. »Du solltest nicht allzu sehr enttäuscht sein, wenn sich herausstellt, dass es doch nichts Bedeutendes ist, Shari. Ich selbst habe auch noch keine Ahnung, worum es sich handelt.«

»Aber Sie denken, es könnte etwas Großes sein, richtig? Sie haben es gesagt. Ich meine, ich habe Ihrer Nachricht entnommen, wie aufgeregt Sie sind.«

Sie hatte Recht. Um drei Uhr morgens, als er vor Schmerz und Erschöpfung halb im Delirium war, war Murphy davon überzeugt gewesen, dass er etwas von höchster Bedeutung in die Hände bekommen hatte, und das war seiner leicht manischen E-Mail an Shari wohl zu entnehmen gewesen. Nun, im kalten Tageslicht, schlichen sich Zweifel ein. Außerdem quälte ihn nach wie vor der pochende Schmerz in seiner Schulter.

»Ich hoffe es, Shari. Aber du kennst doch das erste Gesetz der biblischen Archäologie?«

»Ich weiß, ich weiß«, zirpte sie. »›Stell dich immer auf eine Enttäuschung ein.‹«

»Richtig. Man darf sich durch seine Hoffnungen nie die eigene Objektivität trüben lassen.« Sie kannte die Regel, aber es klang nicht so, als hätte sie sie sich wirklich zu Herzen genommen. Er hoffte um ihrer beider willen, dass in dem Röhrchen mehr war als nur eine Hand voll alter Staub.

Bevor Laura und er endlich in einen tiefen Schlaf gesunken waren, hatten sie das Röhrchen genau untersucht und den beinahe unsichtbaren Spalt in der Mitte entdeckt. Es sah aus, als bestünde es eigentlich aus zwei Hälften, die so exakt aneinandergeschraubt waren, dass sie ein perfektes Siegel bildeten.

Sharis Blick hing wie gebannt an Murphy, als dieser das Röhrchen in beide Hände nahm und sich daranmachte, es auseinander zu schrauben.

»Warten Sie!«, rief Shari. »Haben Sie nicht noch etwas vergessen?«

Murphy blickte sie verwirrt an. »Ach, du meinst, wir sollten es lieber erst einmal röntgen? Shari, du machst deinem alten Professor wirklich alle Ehre. Du hast Recht, normalerweise würden wir eine Vorstellung davon bekommen wollen, was darin ist, bevor wir es der Luft aussetzen und ihm dadurch möglicherweise Schaden zufügen. Aber ich wette mit dir um ein Mittagessen, dass wir hier drin eine Papyrusrolle finden werden. Nur ein Papyrus ist so klein und leicht und könnte trotzdem die Hinweise enthalten, die mir versprochen wurden. Und falls es sich um einen Papyrus handelt, der mehrere tausend Jahre überlebt hat, ohne Schaden zu nehmen, dann ist er ziemlich gut ausgetrocknet und dann müssen wir ihn, sobald du deine Fotos gemacht hast –«

»– befeuchten!«

Murphy musste unwillkürlich über Sharis Enthusiasmus lächeln. Obwohl sie noch Studentin war, war sie die vernünftigste Person, die er je kennen gelernt hatte. Aber die Aussicht auf einen echten biblischen Fund sorgte dafür, dass sie wie ein hyperaktives zweijähriges Kind auf ihren Fußballen wippte. »Genau. Also, alles vorbereitet? Gut, dann mal los.«

Während Murphy fester zupackte und begann, Druck auf das Siegel auszuüben, schob Shari ein weißes Plastiktablett unter seine Hände. Auf dem Tablett würden alle Schmutzpartikel aufgefangen, die sich vom Papyrus lösten, Fragmente, die für die Radiokarbonbestimmung verwendet werden könnten. Das leise Summen der Maschinen schien lauter zu werden, während sie sich auf das Röhrchen konzentrierten. Mit einem *Plopp* gab das Siegel schließlich nach. Murphy war ziemlich sicher, dass Methusalem das Röhrchen bereits geöffnet hatte, um zu sehen, was sich darin befand, aber irgendwie hatte er es genauso perfekt wieder versiegelt wie der ursprüngliche Besitzer. Jetzt glitten die beiden Hälften auseinander und eine vergilbte Papyrusrolle kam zum Vorschein. Murphy ließ sie vorsichtig auf das Tablett gleiten.

»Ich schätze, das Mittagessen geht auf mich, Professor«, sagte Shari atemlos. »Ich würde sagen, das ist echter Papyrus.« Sie zögerte. »Oder etwa nicht?«

Murphy hörte sie zuerst gar nicht. Er beugte sich über seinen Fund und versuchte bereits, die verblassten Zeichen auf der Oberfläche der Rolle zu entziffern. War es Tinte? Oder nur Flecken des Verfalls? War dies ein von Menschen geschriebenes Gebilde oder nur ein Fleck? Nach einer Weile breitete sich ein Grinsen auf seinem Gesicht aus und er tätschelte ihr die Schulter.

»Ich nehme das Übliche, Shari. Chili-Cheeseburger mit einer Extraportion saurer Gurken.«

»Und ein Bier«, fügte sie fröhlich hinzu.

Sie machten sich an die Arbeit. Shari fotografierte und saugte den Staub und die Schmutzpartikel mit einem taschenlampengroßen Staubsauger von dem Tablett auf, während Murphy die Rolle von jedem Blickwinkel aus untersuchte. Als sie fertig war, brachte Murphy das Tablett zu einem Gerät, das eine Fenstertür und eine elektronische Bedieneinheit an der Seite hatte und an eine übergroße Mikrowelle erinnerte. Er schob das Tablett in die Überdruckkammer, schloss die Tür und stellte die Werte für die Feuchtigkeit und den barometrischen Druck ein.

Mit etwas Glück würden die alten Fasern der Rolle ganz allmählich die Feuchtigkeit aufnehmen, bis sie geschmeidig genug war, dass sie aufgerollt werden konnte, ohne zu zerfallen. Falls nicht, würden die Fotos, die Shari gerade gemacht hatte, seine Geheimnisse offenbaren müssen.

Gemeinsam versuchten sie, durch das blickdichte Glas zu sehen – wie frisch gebackene Eltern, die ihr Baby ängstlich im Inkubator beobachten.

»Und nun«, sagte Murphy, »müssen wir abwarten.«

◇ ◇ ◇

Als Shari Nelson Professor Murphys Labor verließ, musste Paul Wallach seinen Schritt beschleunigen, um sie einzuholen. Beinahe hätte er sie aus den Augen verloren, so schnell eilte sie durch die labyrinthartigen Korridore des Fakultätsgebäudes.

»Entschuldige. Kann ich dich kurz sprechen?«

Shari drehte sich um, und Paul war erstaunt, dass sie ihn anlächelte. Mit ihren schwarzen Haaren, die zu einem kurzen Pferdeschwanz zurückgebunden waren, und ihrer dunkelblauen Jogginghose samt Sweatshirt sah sie nicht aus, als käme sie gerade von der Arbeit. Aber die Wirkung, vor allem dieser funkelnden grünen Augen, war faszinierend. Paul suchte auf einmal nach Worten.

»Sieh mal, ich … ich weiß, du arbeitest mit Professor Murphy zusammen, und ich wollte mich nur für das entschuldigen, was ich in der Vorlesung gesagt habe. Du sollst nicht denken, ich hielte mich für besonders schlau oder so was.«

Sie neigte den Kopf zur Seite, als würde sie über seine Worte nachdenken.

»Du hast eine wichtige Frage gestellt. Werden wir nicht immer wieder dazu aufgefordert, Fragen zu stellen?«

»Vermutlich schon. Es ist nur so, mir fiel auf, dass du … du weißt schon.« Sein Blick wanderte zu dem einfachen Silberkreuz an ihren Hals.

Sie runzelte die Stirn, und er spürte, wie er schon wieder errötete. Sie war sehr nett und jetzt hatte er sie beleidigt. Wieso nur verhielt er sich in ihrer Nähe so unbeholfen?

»Auch Christen können Fragen stellen, weißt du. Und hier ist eine. Wer bist du?«

Er errötete noch mehr. »Paul Wallach. Ich bin in diesem Semester nach ›Preston‹ gewechselt.«

Shari hielt ihm die Hand hin. »Shari Nelson. Nett, dich kennen zu lernen, Paul. Und ich habe dich nicht für einen Blödmann gehalten. Was die wirklich großen Fragen betrifft, sind es meistens die *Atheisten*, die sich nicht trauen, sie zu stellen.« Sie lachte. »Tut mir Leid, du bist sicher nicht nach ›Preston‹ gekommen, um dir von *mir* eine Vorlesung halten zu lassen.«

»Nun, nein, ich meine, das ist in Ordnung, du kannst …«

Er atmete tief durch, um sich zu beruhigen. *Komm schon, reiß dich zusammen.*

»Ich würde dir gern ein paar Fragen stellen, wenn dir das Recht ist. Falls du Zeit hast. Über die Vorlesung und Professor Murphy. Ich habe gehört, in der Cafeteria gäbe es ein paar Donuts, die dringend eine Karbonbestimmung brauchten. Was meinst du?«

»Also, wie ist er, dieser Professor Murphy?«, fragte Paul. »Er wirkt ziemlich cool.«

»Für einen biblischen Archäologen, meinst du?«

Paul und Shari plauderten schon seit 20 Minuten miteinander. Ein nicht mehr ganz frischer Donut lag auf einem Papierteller vor ihnen, daneben zwei mittlerweile geleerte Kaffeebecher, und soweit er sagen konnte, schien sie sich in seiner Gesellschaft nicht zu langweilen. Aber noch immer hatte sie diese enervierende Fähigkeit, ihn als Trottel dastehen zu lassen.

»Nein, das habe ich nicht gemeint. Wirklich. Ich meinte, cool für einen Professor.«

Sie schenkte ihm ein Lächeln, um ihm zu zeigen, dass sie ihm glaubte, oder vielleicht dass sie ihn nur geneckt hatte. Wie auch immer, sein Seufzer der Erleichterung war scheinbar hörbar.

»Murphy ist wirklich cool. Und er ist der Beste in seinem Fach. Ich habe so viel von ihm gelernt.«

»Und du sagst, er lässt dich manchmal in seinem Labor arbeiten, an seinen Funden. Stimmt das?«, fragte Paul.

»Das ist das Allerbeste. Ich bin so froh darüber. Manchmal kann ich kaum glauben, dass er mir das zutraut und keine Angst hat, ich würde diese Dinge fallen lassen. Denn es handelt sich wirklich um wichtige historische Artefakte, weißt du.«

Sie sah Paul mit ihren grünen Augen an, die, wie er mittlerweile gemerkt hatte, genauso einschüchternd wie verführerisch sein konnten. Vielleicht hatte sie ihm mehr erzählt, als sie vorgehabt hatte.

»Also gut, Paul, genug jetzt von mir und Professor Murphy.« Sie betrachtete ihn von oben bis unten. »Du hast mir noch gar nichts von dir erzählt. Hmmm.« Sie legte den Zeigefinger an ihr Kinn. »Wenn ich so deine gebügelte Hose betrachte, das Hemd, den Haarschnitt und natürlich deine auf Hochglanz polierten Schuhe, dann würde ich sagen, du gehörst nicht gerade zu den typischen Studenten von ›Preston‹. Eigentlich«, fuhr sie mit leiserer Stimme fort und beugte sich über den Tisch zu ihm herüber, »bin ich gar nicht sicher, ob du überhaupt ein Student bist.«

Er zuckte zusammen, verschluckte sich beinahe an einer Antwort, und Shari merkte sofort, dass sie zu weit gegangen war. Sie hatte sich über ihn lustig gemacht, und das war falsch.

»Sieh mal, ich wollte nicht –«

»Nein, du hast Recht«, gestand er, den Blick verloren auf die leeren Becher geheftet. »Ich passe wirklich nicht so ganz hierher. Ich bin gar nicht mehr sicher, wohin ich überhaupt passe.«

»Warum sagst du das? Du hast bestimmt einen Grund gehabt, in diesem Jahr nach ›Preston‹ zu wechseln.«

Paul überlegte, ob er ihr seine Geschichte erzählen sollte. Er mochte Shari wirklich. »Nun, du hast es nicht anders gewollt. Ich habe vorher am ›Duke‹-College studiert.«

Shari war verblüfft. »Wow, es gibt nicht viele Studenten, die das ›Duke‹-College aufgeben, um hierher zu kommen.«

»Nein, und ich habe es mir bestimmt nicht leicht gemacht. Siehst du, mein Dad saß mir ziemlich im Nacken. Er hatte keinen College-Abschluss, sondern hat aus eigener Kraft und nach herkömmlichen Methoden das Familienunternehmen aufgebaut, eine Druckerei. Als ich noch ziemlich klein war, hat er Tag und Nacht gearbeitet und dadurch meine Mom vertrieben. Und auch für mich hatte er wenig Zeit. Ständig sagte er mir, wie froh ich sein könnte, dass ich die Möglichkeit hätte, das College zu besuchen und das Geschäft auf ›moderne Art‹ zu erlernen, wie er es nannte. Er verdiente viel Geld, sodass er mich auf ein Internat schicken konnte, und dort war es üblich, dass man sich für die Schule schick machte. Außerdem hatten wir zu Hause immer viele Dienstboten, die mich aufgezogen haben, und sie waren ziemlich streng. Ich ging ans ›Duke‹-College, um Wirtschaft zu studieren, weil mein Dad immer davon geträumt hat. Und im vergangenen Winter ist mein Vater an einem Herzinfarkt gestorben – *wamm!* –, ganz ohne Vorwarnung.«

Instinktiv ergriff Shari Pauls Hand. »Paul, das tut mir so Leid. Das muss schwer für dich sein.«

Paul versuchte, sich auf seine Geschichte zu konzentrieren und nicht darauf, wie gut es sich anfühlte, Sharis Hand zu berühren. »Weißt du, ich habe meinen Vater nicht besonders gut gekannt, so schlimm das auch klingt. Ich habe ihn nach seinem Tod gar nicht richtig vermisst. Schlimm wurde es, als die Buchhalter und Anwälte anfingen, seine Bücher durchzusehen, und feststellten, dass ihm die Schulden über den Kopf gewachsen waren. Ich ging vom College ab und half mit, die geschäftlichen Angelegenheiten zu ordnen, aber es war hoffnungslos. Wir mussten das Geschäft und unser Haus verkaufen. Der Erlös reichte gerade für die Schulden, aber natürlich konnte ich es mir nicht mehr leisten, ans ›Duke‹-College zurückzukehren und mein Studium dort zu beenden, selbst wenn ich es gewollt hätte. ›Preston‹ gefiel mir, und außerdem ist es nicht weit von zu Hause entfernt, und da dachte ich, ich könnte hier vielleicht das Studium abschließen. Falls ich einen Job bekomme.«

»Und warum hast du dich für Wirtschaft eingeschrieben, wenn dich dieses Fach eigentlich gar nicht interessiert?«

»Mein Dad hat mir fast mein ganzes Leben lang eingetrichtert, dies sei der richtige Beruf für mich, sodass ich es beinahe selbst schon glaube. Ich möchte das College zu Ende bringen, und ich gebe mir Mühe, das nicht einfach planlos zu tun. Also bleibe ich bei Wirtschaftswissenschaften, wie ich es ursprünglich vorhatte. Ich habe mir vorgenommen, ein paar andere Kurse zu belegen, um auch etwas anderes kennen zu lernen, und der von Professor Murphy schien mir interessant zu sein.«

Shari lächelte. »Ich weiß. Ich hatte dasselbe Gefühl. Mit Sicherheit hätte ich nicht im Traum daran gedacht, Archäologin zu werden.«

Pauls Blick wanderte erneut zu dem Kreuz an ihrem Hals. »Nun, zumindest hast du einen religiösen Hintergrund. Ich habe nicht einmal das. Religion stand auf der langen Liste der Dinge, für die mein Vater nie Zeit gehabt hat – oder Verwendung.«

»Auch meine Eltern hatten kein Interesse daran, aber das Tolle an unserer Kirche ist, dass man jederzeit einsteigen kann.«

»Bestimmt. Aber zuerst werde ich mich um mein Hauptfach kümmern, denke ich. Ich fühle mich wie ein Sportler, der trainiert hat und dann nicht an der Olympiade teilnimmt. Mein Vater hat mich immer in diese Richtung getriezt, aber ich hasse es einfach.«

Shari blickte auf ihre Uhr. »Ich muss zu meinem nächsten Kurs, aber da du neu auf dem Campus bist, wie wäre es, wenn du die Woche mal zum Abendessen zu mir kommst, dann können wir uns noch weiter unterhalten?«

Paul zögerte nicht. »Da musst du mich nicht zweimal fragen.«

Kapitel 9

Im Gegensatz zu vielen Bewohnern von Luxusapartments in Großstädten, die ein ganzes Vermögen für eine Terrasse bezahlten, sich jedoch nur selten die Zeit nahmen, hinauszugehen und den Ausblick zu bewundern, legte Shane Barrington großen Wert darauf, jeden Morgen von der Terrasse seines Penthauses aus die atemberaubende Skyline der Stadt zu bewundern. Ähnlich wie die Lords in den großen Herrenhäusern in alter Zeit hatte er das Gefühl, dies alles eines Tages zu besitzen.

Morgens verlor sich Barrington oft in seinen Plänen für kurzfristige und langfristige Geschäftsvorhaben. Hier störte ihn der Lärm von der Straße nicht, die 62 Stockwerke unter ihm lag. An diesem bestimmten Morgen wurde er in seinem Ränkeschmieden von einem sich wiederholenden Geräusch gestört, das er nicht zuordnen konnte.

Ein Schatten fiel kurz über die Terrassenmauer, und Barrington wandte sich um, weil er sehen wollte, was sich ihm von hinten näherte. Ein großer Wanderfalke stieß aus dem Himmel herab und landete kaum zwei Meter von ihm entfernt auf einem schmiedeeisernen Tisch auf der Penthaus-Terrasse.

Die Bewegungen des Vogels waren majestätisch, beinahe hochmütig und erinnerten Barrington an sich. Die zwei räuberischen Wesen betrachteten einander mit eisigem Respekt.

Als er die Krallen des Falken erblickte, wandte Barrington den Blick zuerst ab. Dieser hielt ein winzig kleines, ultramodernes Fernglas in seinen Krallen. Nachdem Barrington das Fernglas wahrgenommen hatte, ließ der Vogel es los, und es fiel scheppernd auf den Tisch. Barrington wartete, bis der Falke die Flügel wieder ausgebreitet hatte und über die Dächer davongeflogen war, bevor er zum Tisch ging und das Fernglas zur Hand nahm.

Während der Falke sich langsam und majestätisch in die Lüfte erhob, bemerkte Barrington zu seinem Erstaunen, dass sich an der anderen Kralle des Vogels ein kleines Banner entfaltete. Barrington stellte rasch das Fernglas auf das Stück Stoff ein, um zu lesen, was dort stand:

ENDICOTT ARMS, 14. STOCK, IN 12 MINUTEN

Neugierig geworden, suchte Barrington nun das *Endicott Arms*-Gebäude ab, das schräg gegenüberlag, und zählte 14 Stockwerke von der Straße hoch, dann setzte er das Fernglas an die Augen. Die unglaublich fein geschliffenen Linsen platzten zwar ab, aber sie zerbarsten nicht, als Barrington das Fernglas vor Schreck über das, was er durch diese Linsen sah, fallen ließ.

Denn durch ein Fenster im 14. Stock des *Endicott Arms*-Gebäudes sah er ein Gesicht, das er sofort erkannte. Es war nicht das Gesicht eines Bekannten, den er regelmäßig traf; eigentlich hatte er die Person seit etwa drei Jahren nicht mehr gesehen. Aber das Gesicht zeigte viel Ähnlichkeit mit einem Gesicht, das Barrington erst an diesem Morgen gesehen hatte und jeden Morgen seines Lebens im Spiegel sah – seinem eigenen.

Durch das Fernglas starrte Barrington in das Gesicht seines 25-jährigen Sohnes Arthur. Der einzige Nachkomme seiner kurzen Ehe hatte sich zu einer gut aussehenden, jüngeren Ausgabe seines Vaters entwickelt. Abgesehen von seinen Unterhaltszahlungen und gelegentlichen Ferienbesuchen, hatte Barrington wenig Interesse an Arthur gezeigt, vor allem, nachdem seine Ex-Frau mit ihrem neuen Mann nach Kalifornien gezogen war.

Barrington hatte sich jedoch von seinen Sekretärinnen sowohl über seine geschiedene Frau als auch über Arthur auf dem Laufenden halten lassen, um eventuellen Unterhaltsansprüchen vorzubeugen. Darum war er nicht erstaunt, als Arthur, nachdem er aus der vierten Kunsthochschule geworfen worden war, nach Manhattan zog, um sich von seinem reichen Vater als Bildhauer etablieren zu lassen.

Barrington senior war also vorbereitet, als sein Sohn mit purpurfarbenen Haaren, eingerissenen Lederhosen und einer gepiercten Zunge in seinem Büro auftauchte, um von ihm Geld für eine Bildhauerwerkstatt zu fordern. Arthur Barrington bekam einen eineinhalbminütigen zornigen Vortrag von seinem Vater darüber, dass es kein Geld für einen »Loser und verrückten Schnorrer«

gebe, und dies waren die letzten Worte, die zwischen ihnen gewechselt worden waren, denn die Sicherheitskräfte hatten ihn ganz schnell aus den Geschäftsräumen von *Barrington Communications* gezerrt.

Nun konnte Barrington seinen Sohn durch das Fernglas erkennen, aber sein Sohn konnte ihn natürlich nicht von der anderen Straßenseite aus und so viele Stockwerke über sich erkennen. Trotzdem, sein Kopf war in Barringtons Richtung gedreht. Er wurde mit Gewalt festgehalten und von einer Gestalt, die neben ihm am Fenster stand, zu seinem Vater umgedreht.

Diese Gestalt hielt mit einer behandschuhten Hand den Kopf des jungen Mannes, mit der anderen drückte sie ihm ein langes, sehr gefährlich aussehendes Messer an die Kehle. Das letzte Bild, das der ältere Barrington in sich aufnahm, bevor ihm das Fernglas aus der Hand glitt und auf den Boden knallte, war das handgeschriebene Schild, das um den Hals seines Sohnes hing:

VATER,
DU HAST 11 MINUTEN, 30 SEKUNDEN,
UM HIERHER INS APARTMENT 14C
ZU KOMMEN, ODER DIESER MANN
WIRD MICH TÖTEN.

»Seid ihr denn wahnsinnig?«, brüllte Shane Barrington atemlos, nachdem er, wie gefordert, sein Penthaus verlassen und über die Park Avenue zum 14. Stock des *Endicott Arms*-Gebäudes gerannt war. Er hatte nur acht Minuten gebraucht, und in den übrigen drei Minuten brach seine Welt erneut über ihm zusammen, genau wie einige Tage zuvor in dem Schloss in der Schweiz.

Die Sieben.

Er schrie den Mann an, der seinem Sohn das Messer an die Kehle gehalten hatte. Arthur Barrington lag jetzt ausgestreckt auf einem Bett und war allem Anschein nach bewusstlos. Er hatte eine Atemmaske auf dem Gesicht, die wiederum an ein ziemlich kompliziert wirkendes Gerät mit Leuchtanzeige angeschlossen war, das gleichmäßige Pieptöne von sich gab.

»Mr Barrington, ich fühle mich geehrt, dass Sie meiner Einladung gefolgt sind. Gibt es denn keine herzliche Begrüßung für Ihren verlorenen Sohn?« Die Stimme des Mannes schien einen leichten südafrikanischen Akzent zu haben, doch eine Spur von menschlichem Gefühl suchte man vergeblich darin.

»Wer sind Sie und was haben Sie mit Arthur zu tun?«

»Ich bin der Mann, der, wie von den Sieben angekündigt, Kontakt zu Ihnen aufnehmen würde. Ich besitze viele unterschiedliche Identitäten, da dies für meine Arbeit notwendig ist, aber Sie können mich so nennen wie die Sieben: Talon.«

Barringtons Zorn und seine Angst wollten nicht verschwinden. »Talon? Was für ein Name ist denn das, ein Vorname oder ein Nachname?«

»Das ist ohne Bedeutung. Ich benutze ihn, weil er ein Tribut an die einzige ernsthafte Verletzung ist, die ich mir je in meinem Leben als Krieger zugezogen habe. Der erste Falke, den ich als Junge in Südafrika aufgezogen und trainiert habe, das letzte Lebewesen, zu dem ich eine gewisse Zuneigung gefasst habe, wandte sich eines Tages gegen mich und riss mir meinen Zeigefinger ab.«

Er zog den Handschuh von seiner rechten Hand, und es dauerte eine Weile, bis Barrington erkannte, was er da sah. Auf den ersten flüchtigen Blick wirkte Talons Hand vollkommen normal, aber er bemerkte, dass der Zeigefinger aus einem harten, fleischfarbenen Material nachgebildet worden war. Er sah ganz echt aus, nur an der Stelle, wo eigentlich der Fingernagel saß, war die ganze Fingerspitze zu einer tödlich aussehenden Spitze geschliffen worden. »Ich habe den Falken getötet und trage dies, um mich daran zu erinnern, was geschieht, wenn man nachgiebig oder nachlässig wird. Und sie kommt mir in Situationen ganz gelegen, wo eine Waffe nicht angebracht ist. Was, wie Sie als Mann von Welt sicherlich wissen, angesichts der unruhigen Zeiten, in denen wir leben, häufig vorkommt.«

»Dann soll ich also auf Wunsch der Sieben von Ihnen Befehle entgegennehmen?«

»Ganz richtig, Mr Barrington.«

»Aber was hat mein Sohn mit dem Ganzen zu tun? Ich habe ihn seit Jahren nicht gesehen.«

»Seit drei Jahren und zwei Monaten, um genau zu sein. Es handelt sich nur um eine kleine Übung, um die Sieben zufrieden zu stellen und mich davon zu überzeugen, dass Sie auch wirklich bereit sind, das zu tun, was von Ihnen verlangt werden wird. Unter allen Umständen. Also, obwohl Sie keine Bilderbuchfamilie sind, scheinen Sie doch irgendwelche Gefühle für ihn zu hegen, auch wenn es nur die Gefühle eines Menschen für einen anderen sind.«

»Gefühle für ihn in welcher Hinsicht? Was haben Sie Arthur angetan?«

»Für väterliche Sorge ist es etwas zu spät, Barrington. Aber dennoch ist das, was ich von Ihnen verlangen werde, eine Tat, die uns von Ihrer Entschlossenheit überzeugen wird. Und ich sage das als ein herzloser Mensch zu einem anderen.« Talon ging zu den an der Atemmaske befestigten Plastikschläuchen.

»Ich verstehe nicht. Warum ist er bewusstlos? Ist er krank? Haben Sie ihm etwas angetan?« Ein Anflug von Verzweiflung lag in seiner Stimme.

Talon ergriff die Plastikschläuche mit der rechten Hand. »Sehen Sie, Barrington, ich werde Ihnen Ihren Marschbefehl für gelegentliche, ganz spezielle Aktionen geben, die die Sieben von Ihnen erwarten werden. Einige sind vielleicht illegal, andere könnten unangenehm sein, aber alle sind dann zu erledigen, wenn ich den Zeitpunkt bestimme. Und Sie werden sofort in Aktion treten, ohne nach einer Erklärung zu fragen, ohne Ausflüchte zu erfinden und ohne zu versagen.«

»Ich weiß, ich habe diese Bedingungen bereits in dem Schloss in der Schweiz angenommen.«

Talons Blick traf Barrington mit derselben Schärfe, mit der sich auch sein Zeigefinger gerade in die Schläuche bohrte, sodass die Luft mit einem plötzlichen Zischen herausströmte. Die Maschine am Bett gab einen durchdringenden Alarmton von sich und vier verschiedene rote Lampen begannen zu blinken. »Ja, es ist leicht, ein Lippenbekenntnis abzugeben, wenn nichts unmittelbar auf dem Spiel steht, Barrington. Aber zeigen Sie mir, dass Sie den nötigen Schneid haben, das zu tun, was tatsächlich notwendig ist.«

»Dass ich den Schneid habe, das zu tun, was notwendig ist? Was machen Sie mit meinem Sohn?«

»Tun Sie nicht so, als würden Sie ihm auf einmal große Zuneigung entgegenbringen. Sicher, er ist am Leben, aber was hat er schon vom Leben? Keine echten Freunde, kein Ziel, niemand wird ihn vermissen, wenn er tot ist.«

»Tot? Wovon reden Sie? Warum sollte er sterben?«

»Weil ich das sage. Gleich hier und jetzt. Das ist unser Test. Er ist vollkommen willkürlich, sinnlos, brutal. Wie so viele Dinge, die die Sieben von Ihnen verlangen werden. Die ich Ihnen auftragen werde. Entweder die Dinge laufen so, wie wir das wollen – oder Sie werden sterben.«

Barrington stürzte sich auf Talon. »Sie – Sie –« Talon packte seinen Arm und hielt ihn auf.

»Denken Sie nicht einmal daran, Barrington. Nicht eine Sekunde lang. Oh, ich bin nicht vollkommen herzlos. Wenn Sie mir sagen, dass ich Ihren Jungen retten soll, dann werde ich das tun.« Er legte seinen Zeigefinger auf das Loch in dem Schlauch. Das Zischen hörte sofort auf, der Alarm erstarb. Nach ein paar Sekunden nahm er seinen Finger wieder weg, und die Luft fuhr zischend aus dem Loch, der Alarm ging erneut los. »Ja, ich werde ein paar Sekunden lang aufhören, gerade lange genug, um Ihre Kehle durchzuschneiden.« Er hielt Barrington seinen rasiermesserscharfen Zeigefinger vor die Augen. »Und dann werde ich den Jungen töten.«

Barrington sank zu Boden. Sein Blick huschte zwischen seinem Sohn und Talon hin und her. Nach zwei Minuten gab die Maschine einen langen, kontinuierlichen Piepton von sich und die Kurve auf dem Monitor hatte sich in eine Linie verwandelt.

»Gratuliere, Mr Barrington. Die Sieben wären stolz auf Sie. Ich bin stolz auf Sie. Sie haben im richtigen Augenblick das Richtige getan. Tun Sie auch weiterhin das Richtige, wann immer ich Kontakt zu Ihnen aufnehme, und Sie werden so erfolgreich und mächtig sein, wie Sie es sich in Ihren wildesten Träumen nicht vorgestellt haben.« Er warf Barrington ein Blatt Papier zu. »Dies sind Ihre ersten Anweisungen. Ich benötige einige Informationen.«

»Was wird aus meinem Sohn?«

»Ich nehme an, dass Sie das nicht wissen wollen, weil Sie plötzlich eine familiäre Zuneigung für ihn empfinden und ihn unbedingt im Familiengrab beisetzen wollen, darum werde ich dafür sorgen, dass er verschwindet und niemand jemals davon erfährt. Eigentlich stimmt das nur zum Teil. Die Leute werden schon ein wenig über Arthur Barrington und seinen Tod erfahren. Es gibt, wie immer, einen Plan. Für den Augenblick brauchen Sie nichts über die weiteren Phasen des Plans zu wissen. Sie werden mehr erfahren, wenn ich bereit dazu bin. Für den Augenblick sollen Sie mir nur diese Informationen beschaffen. Und jetzt auf Wiedersehen. Sie finden ja sicher selbst hinaus.«

Kapitel 10

Laura Murphy beobachtete den jungen Mann mit dem rasierten Kopf und den sackartigen Jeans, der durch den Flur hüpfte, und schüttelte lächelnd den Kopf. Sie konnte sich noch gut an ihre eigene Studienzeit erinnern und empfand sofort Sympathie, wenn vor ihrer Tür ein Student mit roten Augen und abgekauten Fingernägeln stand, der aussah, als hätte er eine Woche lang weder geschlafen noch gegessen. Auch wenn es den jungen Männern und Frauen von heute schwerer zu fallen schien, sich an die große, böse Welt zu gewöhnen, so urteilte sie doch nicht streng über sie.

Es war noch nie leicht gewesen, dieses komplizierte Niemandsland zwischen Kindheit und Erwachsenenalter zu durchschreiten, und zweifellos gab es heutzutage mehr Versuchungen und Ablenkungen, denen sie widerstehen mussten. Angesichts all der beunruhigenden Bilder und Botschaften, mit denen sie Tag für Tag durch das Fernsehen und die Musik, die sie sich anhörten, konfrontiert wurden, empfand Laura es als Wunder, dass sich überhaupt so viele so gut entwickelten.

Und wenn sie einen kleinen Beitrag dazu leisten konnte, ihnen den Übergang zum Erwachsenendasein zu erleichtern, dann wollte sie das mit Freuden tun. Seit zwei Jahren war sie nun schon in der Studienberatung tätig. Während einige ihr nahe stehende Menschen – vor allem ihr Vater – mit ihr schimpften, weil sie eine verheißungsvolle Karriere als Archäologin weggeworfen hatte, damit sie einigen von Akne geplagten Teenagern zuhören konnte, die »über ihre Noten jammerten«, so bereute sie selbst diese Entscheidung doch nicht. Sie konnte sich nur wenige berufliche Erfolge vorstellen, die mit dem Gefühl vergleichbar wären, das sie empfunden hatte, als eine ehemals selbstmordgefährdete Englischstudentin, die sie betreut hatte, ihren ersten Gedichtband veröffentlichte und dann selbst Seminare über kreatives Schreiben anbot, in denen sie anderen half, ihren inneren Aufruhr in etwas Positives zu kanalisieren.

Außerdem fand Laura noch Zeit, an ihrem Buch über verlorene Städte zu arbeiten. Es würde bestimmt nicht auf die Bestsellerlisten kommen oder verfilmt werden, aber wenn sie ihrem Vater voller Stolz ein Exemplar überreichen würde, dann hätte sie zumindest selbst eine Art archäologisches Artefakt geschaffen.

Sie nahm darüber hinaus regen Anteil an der Arbeit ihres Mannes und agierte nicht nur als unbezahlte Vermittlerin bei seinen häufigen Auseinandersetzungen mit den Behörden. Außerdem konnte sie mit ihrem umfangreichen Sachwissen seine Suche nach biblischen Artefakten und ihrer Authentifizierung unterstützen.

Und aus diesem Grund war sie auch jetzt unterwegs. Ihr lief ein Schauer der Vorfreude über den Rücken, wenn sie an die bevorstehende Aufgabe dachte. Da sie gerade verspätet aus ihrer Sprechstunde kam, weil viele Studenten mit ihr hatten reden wollen, hatte sie Murphys erste Untersuchung der Schriftrolle verpasst. Aber nun wollten sie überprüfen, ob die Rolle genügend Feuchtigkeit aufgenommen hatte und aufgerollt werden konnte, und das konnte Laura sich auf keinen Fall entgehen lassen. Sie war schon schrecklich gespannt, welches wundervolle Geheimnis über Daniel sie enthüllen würde.

Sie schloss ihre Bürotür hinter sich, hängte das Schild mit der Aufschrift »Ich weiß, ich habe gesagt, meine Tür stünde immer offen – aber ich bin bald wieder da. Versprochen!« an die Tür und eilte durch den Korridor und aus dem Gebäude. Nach ein paar Minuten stand sie vor Murphys Büro, klopfte leise und trat ein.

Ihr Mann saß an einer Arbeitsbank, die Hemdsärmel aufgerollt, die Haare zerzaust, und starrte durch ein Vergrößerungsglas. Er schien in Gedanken versunken zu sein. *Ich glaube, das ist der Murphy, den ich am liebsten mag*, dachte sie lächelnd. *Er ist so in seine Arbeit vertieft, dass er es nicht einmal merken würde, wenn das Gebäude in Flammen stünde.* Der Murphy, der sie vor ein paar Minuten aufgeregt angerufen und ihr zugerufen hatte, dass die Rolle nun so weit wäre.

Sie umarmte ihn, begrüßte Shari und wandte sich der Überdruckkammer zu. »Und du glaubst, dass die Rolle jetzt ausreichend Feuchtigkeit aufgenommen hat?«

»Na, ich würde sagen, sie ist so dick und saftig wie der Truthahn deiner Mutter zu Thanksgiving«, erklärte Murphy. »Vermutlich sogar noch saftiger«, fügte er in einem Nachsatz hinzu.

»Ich weiß, ich weiß, und vermutlich schmeckt sie auch besser«, sagte Laura und verdrehte die Augen.

Murphy zog weiße Baumwollhandschuhe an, öffnete die Tür der Kammer und nahm vorsichtig die Rolle heraus. »Mal sehen, was wir hier gebacken haben«, meinte er leise.

Ganz vorsichtig begann er, den Papyrus über einer Plastikschale zu entrollen. Laura hielt den Atem an und staunte, wie ruhig seine Hände angesichts der Tatsache waren, dass er etwas hielt, das während der Regierungszeit Nebukadnezars, der Zeit Daniels, entstanden war. *Im Augenblick*, dachte sie, *sind wir drei durch dieses unglaublich zerbrechliche Objekt, das jederzeit zu Staub zerfallen könnte, mit der biblischen Vergangenheit verbunden.*

Aber der alte Papyrus zerfiel nicht zu Staub. Wie ein Schmetterling, der aus einer Puppe hervorkroch, entfaltete er sich langsam, intakt und wunderschön.

»Schau dir das an«, rief Murphy, als die alte Keilschrift zum Vorschein kam. Feste Dreiecke mit linearen Schwänzen und V-Formen wie Vögel am Himmel waren in schmalen Kolonnen untereinander notiert. Ganz entrollt maß der Papyrus etwa 22 mal 37 Zentimeter. Lange Falten zogen sich über seine tabakbraune Oberfläche, die Ränder waren zerfleddert und ein großer Teil der Oberfläche war abgeplatzt. Aber die meisten Buchstaben waren noch erhalten geblieben, mehr als Murphy zu hoffen gewagt hatte.

»Ich würde sagen, das ist Chaldäisch.«

Laura konnte ihren Blick nicht von den seltsamen geometrischen Symbolen abwenden. Es konnte ja durchaus sein, dass sie vor ihren Augen verschwanden. »Das macht Sinn. Zu Nebukadnezars Zeiten waren die Hälfte aller Priester und Wahrsager in Babylon Chaldäer. Kannst du es lesen?«

Murphy hielt die Schriftrolle leicht schräg, um einen besseren Blickwinkel zu bekommen. »Nun, ich beherrsche die Sprache nicht fließend. Ich kann einen Salat bestellen oder nach dem Weg zur Post fragen, aber alles, was etwas komplizierter ist …«

Laura umklammerte seinen Arm. »Sei doch mal ernst. Ich habe gesehen, wie du mit dem Chaldäischen herumspielst. Also, was steht da?«

»Nun, das ist seltsam.« Murphy starrte konzentriert auf die Buchstaben. »Ich kann eindeutig das Symbol für ›Bronze‹ erkennen. Und hier« – er deutete auf einen kaum lesbaren Strich – »ist das Symbol für ›Schlange‹. Und schau mal, hier sind die Zeichen wieder, zusammen mit dem Symbol für ›die Israeliten‹.«

Sie schwiegen eine Weile, und Shari konnte beinahe sehen, wie die kleinen grauen Zellen der beiden Murphys arbeiteten, als sie versuchten, diese vor ihnen liegenden Bilder zu begreifen. »Was hat das alles zu bedeuten?«, fragte sie.

»Die eherne Schlange«, flüsterte Laura.

»Genau«, sagte Murphy. »Vor 3.500 Jahren gemacht …«

»Und von König Hiskia im Jahre 714 vor Christus in drei Teile zerbrochen.«

»Aber das macht keinen Sinn. Methusalem sagte, dieser Preis sei ein Artefakt, das mit Daniel zu tun hätte. Und der lebte in der Zeit König Nebukadnezars – fast 150 Jahre nach der Zeit von König Hiskia.«

Murphy schob seinen Stuhl zurück und fing an, im Raum herumzulaufen. »Das ergibt keinen Sinn. Wieso sollte ein chaldäischer Schreiber über die eherne Schlange berichten? Und wo ist die Verbindung zu Daniel?«

Laura starrte auf die Rolle, um zu sehen, ob sie noch mehr erkennen könnte. »Gibt es irgendeine Möglichkeit, den Verrückten zu fragen, der es dir gegeben hat?«

»Mir *gegeben* hat?«

»Du weißt schon, was ich meine.«

Murphy schüttelte den Kopf. »Methusalem gefällt es, wenn ich bestimmte Dinge selbst herausfinde. Das ist Teil seines seltsamen Spiels.« Er schnippte mit den Fingern. »Aber es gibt keinen Grund, warum ich nicht um ein wenig Hilfe bitten könnte. Lasst uns einige Fotos machen. Ich kenne da eine Wissenschaftlerin, die Chaldäisch praktisch im Schlaf spricht.«

Laura verschränkte die Arme vor der Brust und blickte ihn streng fragend an.

»Keine Sorge, ich kenne sie nicht persönlich«, fügte er schnell hinzu. »Wir sind uns nie begegnet.«

»Entspann dich, Murphy, ich weiß, dass du nur mich liebst – und so ziemlich alles, was seit 2.000 Jahren in der Erde liegt. Wer ist dieses Orakel?«

»Du wirst es mir nicht glauben, aber sie heißt«, erklärte Murphy, wobei er jede Silbe sehr deutlich aussprach, als würde er in einem vornehmen Restaurant eine exotische Flasche Wein bestellen, »Isis Proserpina McDonald.«

Kapitel 11

Die Stiftung *Parchments of Freedom* gehörte zu den unzähligen privaten Organisationen, die ihren Sitz in einem der sehr offiziell wirkenden Gebäude in Washington D. C. hatten, und daher gingen viele Bürger automatisch davon aus, dass es sich um Regierungsbüros handeln müsste. Auf dem Schild an der Bürotür im zweiten Stock des Gebäudes stand lediglich »Dr. I. P. McDonald«, und nur Eingeweihte wussten, dass hinter der Tür eine der herausragendsten Expertinnen auf dem Gebiet antiker Kulturen arbeitete.

Auch würde niemand, der an diesem Büro vorbeiging, auf die Idee kommen, dass die lauten Geräusche, die hinter der geschlossenen Tür hervorkamen, etwas mit verstaubten, vergessenen Zivilisationen zu tun hatten.

Ein ohrenbetäubender Lärm – Bücher, die nacheinander zu Boden geschleudert wurden, dann das leisere Rascheln von herabfallendem Papier, danach ein Krachen, als ein schwerer Gegenstand (eine Lampe? Ein Briefbeschwerer?) auf etwas Festes traf. Die dafür verantwortliche Person hatte Glück, dass nur wenige Leute jemals durch diesen Korridor liefen.

Das kleine fensterlose Büro wurde an drei Seiten von Bücherregalen gesäumt, aber viele der Bände – einige unersetzlich, fast alle sehr selten oder nicht mehr zu bekommen – lagen nun auf einem Haufen auf dem verschlissenen braunen Teppich. In der Mitte des ganzen Durcheinanders stand eine kleine, zierliche Gestalt und überflog Dokumente, die auf einem großen Haufen auf einem alten Rolltopschreibtisch lagen, und warf sie wütend zur Seite.

»Es muss hier sein. Es *muss*«, krächzte eine Stimme, während ein Stapel akademischer Zeitschriften auf den Boden geknallt wurde. Jetzt waren die Schubladen des Schreibtischs an der Reihe. Sie wurden systematisch durchsucht, aber nach dem Zorn zu urteilen, der die Suche begleitete, befand sich das gesuchte Objekt nicht darin.

Die Gestalt hielt abrupt inne, neigte den Kopf zur Seite. Schritte. Hohe Absätze im Korridor. In dem Büro war es nun ganz still. Die

Schritte kamen näher. Blieben stehen. Eine Pause. Dann ein leises, vorsichtiges Klopfen. Schließlich ein lauteres, beharrlicheres.

»Dr. McDonald? Brauchen Sie Hilfe?«

Die adrette junge Frau in dem konservativen dunkelblauen Kostüm zögerte. Wenn Dr. McDonald nicht antwortete, war das oft darauf zurückzuführen, dass sie sich so intensiv auf ein Manuskript konzentrierte, dass sie das Klopfen buchstäblich nicht wahrnahm, und sie ging wie eine Furie auf einen los, wenn man ihr Büro betrat, ohne dazu aufgefordert zu sein. Schon früh hatte sie gelernt, dass es kein schlimmeres Vergehen gab, als Dr. McDonald bei ihrer Arbeit zu stören. Das war fast wie bei Schlafwandlern, dachte sie bei sich. Wenn man sie aufweckte, waren sie schrecklich verwirrt, konnten sogar gewalttätig werden. Am besten ließ man sie ganz in Ruhe, bis sie von selbst wieder den Weg ins Land der Lebenden fanden.

Aber das hier war etwas anderes. Als sie um die Ecke gebogen war, hatte sie ganz deutlich mehrmals lautes Knallen gehört, und als sie sich der Tür genähert hatte, zweifelte sie nicht mehr daran, dass jemand Dr. McDonalds Büro auseinander nahm.

Fiona Carter war nicht besonders mutig. Wenn sie nur an körperliche Gewalt – welcher Art auch immer – dachte, wurde ihr schon übel. Aber wenn es eines gab, das sie mehr fürchtete als eine Konfrontation mit einem entschlossenen Einbrecher, dann war es der Versuch, Dr. McDonald zu erklären, warum sie zugelassen hatte, dass jemand ihre kostbare Bibliothek auseinander nahm.

Mit zitternder Hand drehte sie langsam den Knauf und stieß die Tür auf.

Diese schwang sanft nach innen, wo eine schlanke weibliche Gestalt in einem Tweedrock und einem formlosen Pullover knöcheltief in den auf dem Boden liegenden Zeitschriften und Manuskriptseiten stand, von denen ein paar von dem Luftzug herumgewirbelt wurden. Die Gestalt wandte sich herum und sah sie an.

»Dr. McDonald!« Fiona machte einen Schritt auf sie zu und wäre beinahe über ein dickes schwarzes Buch gestolpert. »Geht es Ihnen gut? Ich habe Lärm gehört – ich dachte, es wäre ein Eindringling hier. Ich dachte, jemand würde –«

»Ich kann dieses verdammte Gedicht von Charybdis nicht finden! Ich habe es mir erst gestern angeschaut und jetzt ist es verschwunden. Fiona, haben Sie sich schon wieder an meinen Manuskripten zu schaffen gemacht?«

Fiona unterdrückte ein nervöses Lachen. Wie konnte jemand – egal, welche bösen Absichten er auch verfolgte – dafür sorgen, dass Dr. McDonalds Büro noch chaotischer wurde, als es bereits war?

»Das Gedicht von Charybdis? Haben Sie dabei vielleicht Mertons *Early Coptic Literature* zurate gezogen?«

Dr. McDonald dachte einen Augenblick nach. »Das ist möglich. Könnte sein.«

»In diesem Fall haben Sie das Gedicht vielleicht zur Aufbewahrung in das Buch gelegt.« Wenn sie sich recht erinnerte, hatte *Early Coptic Literature* einen dunkelgrünen Einband mit roter Aufschrift auf dem Rücken. Es stand nicht an seinem üblichen Platz im Regal. Nun, es gab im Augenblick auch nur wenig, das an seinem Platz stand. Fiona suchte den mit Büchern übersäten Boden ab.

»Ist es das? Dort drüben, neben Eliades ›Das Heilige und das Profane‹?«

Dr. McDonald drehte sich in die Richtung, in die Fiona deutete, und hob ein dickes grünes Buch auf. Sie blätterte die Seiten durch und ein Blatt Pergament flatterte zu Boden. Das Gedicht von Charybdis.

Dr. McDonald wandte sich strahlend zu Fiona um. Ihre matronenhafte Kleidung und ihr permanent ernster Gesichtsausdruck lenkten von der Tatsache ab, dass Isis Proserpina McDonald eine atemberaubend schöne Frau war. Nur ihr seltenes Lächeln verriet dies. Nicht, dass man ein Lächeln von ihr bekommen würde, wenn man sie bei ihrem Vornamen nannte.

»Kluges Mädchen. Wie um alles in der Welt halten Sie es nur mit mir aus?«

Bevor Fiona eine angemessene Antwort geben konnte, erstarrten beide, als das Telefon zu klingeln begann. Instinktiv wandten sie sich zu dem leeren Schreibtisch um, dann suchten sie den Boden ab, um zu bestimmen, woher das Klingeln kam. Fiona schob einen Stapel Zeitschriften zur Seite und hob das Telefon auf.

»Hallo, hier ist das Büro von Dr. McDonald, Fiona am Apparat. Oh, guten Morgen, Professor Murphy.« Sie wandte sich zu Dr. McDonald um, die nach wie vor inmitten ihrer Bücher stand, heftig den Kopf schüttelte und ein Nein flüsterte.

»Nein, sie ist überhaupt nicht beschäftigt, Professor Murphy. Ich bin sicher, sie wird gern mit Ihnen reden.« Mit einem strahlenden Lächeln hielt sie ihr den Hörer hin.

Isis saß mit verschränkten Armen und zusammengekniffenen Lippen an ihrem Computer und wartete auf die E-Mail. Als sie in dem Chaos ihres Büros gestanden und sich Professor Murphys haarsträubende Geschichte über eine babylonische Schriftrolle angehört hatte, hatte sie kaum bemerkt, wie Fiona sich an die mühsame Arbeit gemacht hatte, die Ordnung wiederherzustellen. Jetzt war fast alles zumindest vom Boden weggeräumt und ordentlich aufgestapelt, wenn auch noch nicht wieder an seinem Platz. Sie hatte sogar versucht, Isis' Sammlung alter Tonfiguren – ihre Göttinnen – in der exakten chronologischen Reihenfolge ihrer Herstellung auf ihrem Aktenschrank aufzustellen.

Isis' Blick wanderte über die geliebten, vertrauten Formen, angefangen von der aufgeblähten Fruchtbarkeitsgöttin aus dem Neandertal in Deutschland bis hin zu einer anmutigen sumerischen Mondgottheit, und sie spürte Tränen in sich aufsteigen, die sie rasch fortblinzelte. Die kleinen Figuren waren ein ihr sehr lieb gewordenes Vermächtnis ihres Vaters, der einer der hervorragendsten Archäologen seiner Zeit gewesen war. Sein Ausgrabungsgebiet waren der Nahe Osten und der Mittelmeerraum gewesen.

»Für meine kleine Göttin, die mehr als alle anderen angebetet und bewundert wird«, hatte er gesagt, als er sie ihr in einer großen, mit einer Schleife zugebundenen Kiste überreicht hatte. Mit ihren 13 Jahren hatte sie sich viel mehr über die kleinen Figuren gefreut, bei denen manchmal ein Arm oder eine kleine Hand fehlte, die Risse hatten und mit dem Schmutz und Staub von lange untergegangenen Zivilisationen bedeckt waren, als über eine Barbiepuppe. Das Geschenk läutete den Beginn ihrer leidenschaftlichen Hingabe an die Geheimnisse der Vergangenheit ein.

Leider waren die Göttinnen nicht das einzige Vermächtnis der Obsession, die ihr Vater ihr vererbt hatte. Ihr Name war auch so eine Sache.

Zweifellos gab es Mädchen namens Freya, die deswegen niemals in der Schule geneckt worden waren. Sie kannte eine griechische Paläontologin namens Aphrodite, die keinerlei Probleme mit ihrem Namen zu haben schien. Und gab es nicht auch eine Tennisspielerin mit Namen Venus? Niemand machte sich über sie lustig, weil sie nach der römischen Göttin der Liebe benannt worden war. Aber *Isis Proserpina* war eine ganz andere Sache. Es war, als wäre man mit einem Heiligenschein von Sternen über dem Kopf geboren worden. Oder als würden einem Schlangen statt Haare wachsen. Das machte es einem schwer, sich einzugliedern.

In der kleinen Schule in den schottischen Highlands hatte man sie »Issy« oder »Posy« genannt, was sie zutiefst verabscheute. Warum konnte sie nicht einfach Mary, Kate oder Janet heißen wie die anderen Mädchen? Im Museum, in der Abgeschiedenheit ihres Büros, konnte sie zumindest auf »Dr. McDonald« bestehen. Aber bei Freunden war das etwas komplizierter. Was, wie sie annahm, vermutlich einer der Gründe war, warum sie eigentlich keine Freunde hatte.

Sie trommelte mit ihren schmalen, eleganten Fingern, an denen sie die Nägel bis zum Fleisch abgekaut hatte, auf ihren Schreibtisch und wartete ungeduldig auf die versprochenen Fotos der Schriftrolle.

Professor Michael Murphy war ein komischer Kauz, der sich sehr für biblische Prophezeiungen interessierte. Er hatte irgendetwas von dem Buch Daniel geplappert. Aber die Rolle schien tatsächlich interessant zu sein. Könnte natürlich eine Fälschung sein oder sich als etwas Banales herausstellen – eine 3.000 Jahre alte Einkaufsliste oder ein Formblatt für eine Hyänenerlaubnis. Diese Babylonier waren wirklich ziemlich bürokratisch gewesen.

Im Laufe der Jahre hatte sie sich als Sprachwissenschaftlerin einen Namen gemacht, und das Rinnsal derer, die ihre Sprachkenntnisse bei der Entschlüsselung von alten Geheimnissen in Anspruch nahmen, war zu einem steten Strom angeschwollen. Wenn man eine Tonscherbe mit einer unverständlichen Inschrift oder einen Papyrus mit irgendwelchem Gekritzel fand, wandte man sich sofort an Isis McDonald. Und in neun von zehn Fällen gelang es ihr auch, das Rätsel zu lösen, den Code zu knacken oder den linguistischen Knoten zu durchschlagen, der für die anderen Experten eine unüberwindliche Hürde gewesen war. Auch wenn sie sechs Monate dazu brauchte und darüber beinahe verrückt wurde. Das war ihr einzigartiges Talent.

Ihr Vater, der überglücklich zusah, wie ihr Bekanntheitsgrad wuchs, während sein eigener Ruhm abnahm, hatte spekuliert, es sei wohl eher eine Frage des Erinnerungsvermögens als des Sachwissens. Zweifellos konnte nur jemand, der in einem früheren Leben eine ägyptische Priesterin gewesen war, die heiligen ägyptischen Hieroglyphen entziffern. Das war natürlich lächerlich.

Aber solche dummen Dinge hatte er am Ende seines Lebens immer wieder gesagt. Vermutlich wollte er ihr auf seine seltsame Art klarmachen, wie sehr er sie liebte.

Als die Bilder der Schriftrolle auf ihrem Bildschirm auftauchten, verdrängte sie die Erinnerung daran und kehrte erleichtert aus der ihr fremden Welt der Emotionen in die viel einfachere Welt des alten Babylon zurück.

Was sie da vor sich sah, fesselte sofort ihre Aufmerksamkeit. Während der folgenden zwei Stunden starrte sie auf den Bildschirm und machte sich eifrig Notizen.

◇ ◇ ◇

Das Klingeln des Telefons holte ihn in die Gegenwart zurück.

»Professor Murphy? Hier ist Dr. McDonald. Ich habe Ihre Schriftrolle gelesen.«

Er legte die Bibel zur Seite. »Wie schön, von Ihnen zu hören. Und bitte nennen Sie mich Michael. Obwohl die meisten Leute sich mit Murphy begnügen.«

Es entstand ein unbehagliches Schweigen.

»Nun, Mr Murphy, Sie hatten Recht. Wir haben es hier definitiv mit der ehernen Schlange aus der Bibel zu tun –«

»Aber die Rolle wurde doch erst 150 Jahre *nach* der Zerstörung der Schlange geschrieben.« Er spürte, dass seine Ungeduld sie verärgerte. »Es tut mir Leid. Dieses Ding macht mich etwas nervös. Bitte fahren Sie fort.«

»Nun, die Rolle scheint eine Art Tagebuch zu sein, die von einem chaldäischen Priester namens Dakkuri geschrieben wurde. Soweit ich erkennen kann, wurde die Schlange tatsächlich, wie in dem biblischen Bericht beschrieben, in drei Stücke zerbrochen, aber offensichtlich hat jemand vergessen, die Teile zu vernichten. Die Teile wurden wohl im Tempel aufbewahrt, und als die Babylonier Jerusalem einnahmen, fanden sie sie irgendwo im Tempel und hielten sie für so wertvoll, dass sie sie mit nach Hause nahmen.«

»Und in Babylon hat dieser Priester Dakkuri die Teile der ehernen Schlange wieder zusammengesetzt?«

»Es hat ganz den Anschein, ja. Aber das war nur der Anfang. Meiner Meinung nach glaubte Dakkuri, dass diese Schlange einen viel größeren Wert hatte und nicht nur eine schöne Bronzeskulptur war.«

Murphys Gedanken waren ihr schon einen Schritt vorausgeeilt. »Sie sagen also, dass die Babylonier über die heilenden Kräfte der Schlange Bescheid wussten und dann ausprobieren wollten, ob es wieder funktionierte.«

Isis gefielen Murphys Unterbrechungen überhaupt nicht, aber ihr war klar, dass sie vermutlich genauso ungeduldig gewesen wäre, wenn es sich um ihren Fund gehandelt hätte. »Eigentlich, Professor Murphy, wollte ich sagen, ich glaube, dass Dakkuri einen neuen Kult um diese Schlange ins Leben gerufen hat.«

»Sie meinen, Dakkuri ließ seine Babylonier die Schlange anbeten, wie die Israeliten es zur Zeit Hiskias getan haben?«

»Nur einige von ihnen. Der Rolle ist zu entnehmen, dass es wohl eine Art inneren Zirkel von Priestern gab, der von dem Schlangensymbol angezogen wurde.«

»Und hat sich dann auch bei den Babyloniern herausgestellt, dass die Schlangenanbetung ein großer Fehler war, wie damals bei den Israeliten unter Hiskia?«

»Nun, es gibt zumindest einen Hinweis darauf, dass es mit der Schlange Probleme gab, aber die Rolle ist an einer wichtigen Stelle beschädigt.« Isis gab einen abfälligen Laut von sich, als wäre das auf die Achtlosigkeit von Murphy zurückzuführen.

Er ignorierte ihren unausgesprochenen Vorwurf. »Es scheint sich um große Probleme gehandelt zu haben. Auf dem Pergament befindet sich das Symbol des Königs, was bedeuten kann, dass Dakkuris Schlangenkult von Nebukadnezar höchstpersönlich verboten wurde, richtig?«

»Ja, aber Sie kennen sich sicher viel besser in der Bibel aus, Mr Murphy«, sagte Isis überheblich. »Nach Aussage des Buches Daniel hat Nebukadnezar eine große Statue mit einem goldenen Kopf gebaut, ähnlich wie die, die er in seinem Traum gesehen hatte. Und alle Fürsten von nah und fern wurden hinzitiert, um sich vor ihr zu verneigen und sie anzubeten. Wenn sie den Klang der Hörner, der Pfeifen und der Harfen hörten … und da war doch noch was?«

»Der Sackpfeifen, Lauten und Zithern«, ergänzte Murphy, ohne zu zögern.

»Danke. Ja, Zithern und Lauten – wie poetisch die Bibel manchmal sein kann. Das erinnert mich an den Sonntagmorgen in unserem kleinen Dorf in Schottland.« Die Erinnerung schien sie einen Augenblick in die Vergangenheit zu entführen, doch sie kam rasch wieder zum Thema zurück. »Wie auch immer, Gott ließ, kurz gesagt, den König als Strafe für seine Überheblichkeit wahnsinnig werden, und als er endlich wieder bei Verstand war, bekam Nebukadnezar die Mitteilung, dass Götzenanbetung böse sei. Darum verbot er es.«

»Richtig und natürlich fiel unter den Bann auch der Kult um die Schlange.«

»Das würde ich meinen.«

Murphy versuchte, das Gesagte in wenigen Worten zusammenzufassen. »Dann bekommt also dieser Priester Dakkuri den Befehl, die Anbetung der Schlange einzustellen und sich ihrer zu entledigen.«

»Aber ich habe das dumpfe Gefühl, dass es sehr schwierig war, sich dieser Schlange zu entledigen. Niemand, der sie je besessen hat, war bereit, sie einfach einzuschmelzen und daraus etwas anderes zu gießen.«

Murphy sprang auf. »Ja! Das ist es! Genau darum wurde die Schriftrolle verfasst. Dakkuri machte sich nicht die Mühe, all das niederzuschreiben, nur um den Menschen mitzuteilen, dass er ein böser Schlangenanbeter gewesen war. Nein. Er vermittelte den Eindruck, als hätte er sie wieder zerbrochen und sich ihrer entledigt, genau, wie von Nebukadnezar befohlen. Aber er war nicht dumm. Er hat die drei Teile versteckt, und das teilt er uns in dieser Rolle mit, ist es nicht so, Dr. McDonald?«

»Es kommt noch besser, Mr Murphy. Ich glaube, Dakkuri hat hier nicht nur beschrieben, dass er die drei Teile versteckt hat, sondern auch, wie man sie finden kann.«

Murphy sank auf seinen Stuhl, als ihm langsam dämmerte, welchen Schatz er da in seinem Besitz hatte. »Was heißt: ›Wie man sie finden kann‹?«

»Der letzte Teil der Rolle besteht aus zwei Teilen. In Teil eins wird Dakkuris Bericht der Ereignisse wiedergegeben. Es sieht so aus, als hätte er drei seiner Diener ausgewählt, die die Schlangenteile im babylonischen Weltreich verteilen sollten.«

»Aber sagt er uns, wo sie die Teile versteckt haben?«

Isis hatte mittlerweile ein Geschick darin entwickelt, Murphys Unterbrechungen einfach zu übergehen. »Das steht im zweiten Teil am Ende der Rolle. Es sieht so aus, als hätte Dakkuri mit den Schlangenteilen eine Art hohepriesterliche Schnitzeljagd veranstaltet, und in den letzten Zeilen befindet sich ein Hinweis darauf, wo das erste Teil zu finden ist. Dann scheint er anzudeuten, dass dieser erste Teil zum Rest der Schlange führen wird.«

Murphy starrte auf die Vergrößerung der Rolle vor ihm. »Und nach diesem Muster hier, der Kurve mit den Rillen am unteren Rand, muss dieser erste Teil der Schwanz sein, richtig?«

»Der Schwanz der Schlange, das meine ich auch.«

»Dakkuri hat sich viel Mühe gemacht, diese Schlange zu retten, er hat sogar dafür gesorgt, dass die Teile für andere sehr schwer zu finden sind.«

Isis machte das Gespräch mit Murphy Spaß. Sie konnte einerseits mit ihrem Wissen glänzen, andererseits trat sie in den Wettstreit mit einem klugen Mann, und das gefiel ihr sehr. »Aber nicht schwer für jemanden, der clever genug ist, um etwas mit diesen Hinweisen anzufangen.«

Murphy spürte, wie jede Faser in seinem Körper vor Aufregung zu vibrieren begann. »Das bedeutet, wir können die eherne Schlange von Mose finden! Besser noch, wenn wir die Schlange mithilfe dieser Schriftrolle finden, dann ist damit bewiesen, dass sie zur Zeit Daniels noch immer existierte!«

Ein ganz undamenhaftes Lachen kam aus Isis' Mund, bevor sie es unterdrücken konnte. »Vergessen Sie das mit dem ›Wir‹, Mr Murphy. Ich habe schon in meinem Büro Schwierigkeiten, Dinge zu finden. Ich gehe nicht auf Expeditionen. Es steht *Ihnen* jedoch frei, sich auf die Suche nach dem ersten Schlangenteil zu machen. Und das dürfte gar nicht so schwierig sein. Jedenfalls, wenn Sie wissen, wo sich die Hörner des Ochsen befinden.«

Kapitel 12

Die Hörner des Ochsen. Unablässig schwirrten Murphy diese Worte im Kopf herum, und er staunte über die vermeintliche Leichtigkeit, mit der Isis diesen Ort aus den Symbolen am Ende der Schriftrolle herausgelesen hatte. So konzentriert er diese Symbole auch angestarrt hatte, darauf war er nicht gekommen.

Die Angabe »Hörner des Ochsen« musste sich auf ein damals ziemlich bekanntes Wahrzeichen beziehen, das sich in der Nähe des alten Babylon befand. Dakkuri hätte vermutlich ein natürliches Wahrzeichen einem von Menschen geschaffenen vorgezogen, weil er nicht wissen konnte, wie lange es dauern würde, bis dieses Teil der Schlangen ausgegraben werden würde.

Ein paar Stunden lang brütete er über seinen Kartentexten, doch dann fiel ihm ein, dass niemand die alten Landschaften besser kannte als seine Frau. Durch ihre Beschäftigung mit den alten Städten hatte sie sich ein enzyklopädisches Wissen angeeignet, auf das er jetzt zurückgreifen musste.

Voller Verzweiflung zurückgreifen musste.

Murphy fand Laura schließlich im Aufenthaltsraum der Fakultät. »Schatz, du musst all deine Bücher und Karten hervorholen. Ich glaube, ich weiß jetzt, wo ich die Schlange finden kann.«

»Wirklich, Murphy, du hast herausgefunden, wo die Schlange ist?« Sofort war der Teil von Laura, der Archäologin war, Feuer und Flamme.

»Nun, eigentlich war es Dr. McDonald. Und eigentlich habe ich nur einen Hinweis darauf, wo das erste Stück der Schlange versteckt ist. Nach ihrer Aussage ist die Schriftrolle eine Art chaldäische Schatzkarte und das Schlangenteil ist der Schatz.«

»Wie aufregend«, rief Laura. »Und wo ist es?«

Murphy hockte sich vor sie hin und zeigte ihr ein Blatt, auf das er »Hörner des Ochsen« geschrieben hatte. Daneben hatte er mehrere grobe Bleistiftzeichnungen von Landschaftsbildern angefertigt, die diesen Spitznamen verdient hätten. Sie hatten alle zwei vertikale Punkte, die wie Hörner geformt waren, dazwischen befand sich ein Landstück, das als Ochsenschädel durchgehen konnte. »So weit bin ich gekommen. Um ehrlich zu sein, ich brauche deine Fähigkeiten im Lesen von alten Karten. Es ist schon eine Weile her, seit Dakkuri die Anweisungen niedergeschrieben hat, und ich glaube, die Landschaft hat sich in der Zwischenzeit ganz schön verändert.«

Laura lachte. Sie nahm Murphy an der Hand und gemeinsam liefen sie durch den Flur.

»Ich weiß nicht, Murphy«, sagte sie kopfschüttelnd. »Warum haben Männer nur so große Schwierigkeiten damit, Karten zu lesen?«

Nachdem er Laura die Rohübersetzung der Rolle gezeigt hatte, war sie sofort aktiv geworden. Innerhalb von wenigen Minuten hatte sich ihr sowieso schon ziemlich voll gestopftes Wohnzimmer in ein wogendes Meer von Papier verwandelt. Karten, Nachschlagewerke und Computerausdrucke waren auf dem Boden ausgebreitet worden. Inmitten dieses Chaos hockte Laura nun, nahm sich eine Karte vor, warf sie wieder zur Seite, machte sich fieberhaft Notizen, während sie selbstvergessen eine fröhliche Melodie vor sich hin summte.

Das war nicht einfach nur die Suche nach der berühmten Nadel im Heuhaufen. Es war, als wollte man einen 2.000-jährigen Heuschober und die Lage eines jeden einzelnen Halms rekonstruieren, bevor er von einer Reihe von tausendjährigen Winden, Fluten und Erdbeben umgestoßen worden war – und dann versuchen, die Nadel zu finden.

Dakkuris Anweisungen – vorausgesetzt Murphy und Isis hatten die Schriftrolle korrekt entziffert – über das Versteck des Schwanzes der Schlange waren ausgesprochen genau. Laura konnte eine detailliertere Interpretation von »Hörner des Ochsen« liefern als Murphys grobe Zeichnungen. Ihrer Meinung nach bezog sich diese Beschreibung höchstwahrscheinlich auf ein bestimmtes geografisches Merkmal – vielleicht einen gebogenen Felskamm, der in zwei scharfen Vorgebirgen auslief. Vielleicht mit einem großen Felsbrocken oder einem hervorstechenden Hügel dahinter – dem »Körper« des Ochsen. Und das Ganze war vermutlich aus einiger Entfernung zu sehen, sodass die umliegende Landschaft wahrscheinlich relativ flach war.

Aber die Landschaft, die Dakkuri vor Augen gehabt hatte, hatte sich im Laufe der Zeit ständig verändert. Der Meeresspiegel war angestiegen oder gesunken, die Erosion hatte Berge wie die Schachfiguren auf einem Schachbrett herumgeschoben, die Flussläufe und Wasserwege konnten sich verschoben haben, eine Wüste sich in Weideland verwandelt haben und umgekehrt. Und dazu kam noch, dass Erdbeben das Land unter Umständen wie ein Kaleidoskop aufgeschüttelt und von einem Jahr zum anderen die ganze Landschaft verändert hatten.

Um die Landschaft so zu sehen, wie Dakkuri sie vor Augen gehabt hatte, musste der Prozess umgekehrt werden. Man musste die moderne Landschaft betrachten und darunter die alte suchen.

Dazu musste man eine Reliefkarte dreidimensional lesen können, eine detaillierte Kenntnis der alten Geografie und ein Gefühl für geologische Veränderungen im Laufe der Zeit haben – und natürlich eine Art siebten Sinn, ein Gefühl, das nicht in Worte zu fassen war.

Zum Glück gehörte Laura zu den wenigen Menschen auf der Erde, die über alle diese Voraussetzungen verfügten. Während Murphy ihr zusah, wie sie über ihren Papieren brütete, bewunderte er diese einzigartigen Fähigkeiten. Den Schwanz der Schlange bei den Hörnern des Ochsen zu finden war eine große Herausforderung.

Kapitel 13

Es war der zweite Schlag, den Murphy bedauerte. Er kämpfte nicht gegen einen Gegner; er drosch in der Turnhalle der Universität von Preston auf einen Sandsack ein. Der erste Schlag, ein scharfer rechter Schwinger, tat ihm gut, so gut, dass er rasch seine linke Hand folgen ließ. Ein scharfer Schmerz zog sich Augenblicke später von dem Boxhandschuh bis hoch zu seiner Schulter. Der Schulter, die noch immer von dem Schlag des Löwen schmerzte, was er einen Augenblick lang vergessen hatte.

Als Murphy beide Arme sinken ließ, um den Schmerz in seinem Oberkörper abklingen zu lassen, begann die stämmige Gestalt neben ihm grimmig zu schnauben. »Komm schon, Murphy, hier gibt's keine Kaffeepause. Dies ist kein Schreibtischjob, du sollst wirklich etwas tun und richtig trainieren.« Levi Abrams stieß gegen Murphys Schulter – seine linke Schulter –, damit dieser weitermachte.

Jetzt musste sich Murphy vorbeugen, weil der Schmerz in seinen ganzen Körper ausstrahlte. »Levi! Habe ich dir nicht gesagt, dass ich es heute mit dieser Schulter vorsichtig angehen müsste?«

»Ach, hör auf, Murphy. Hau fest drauf. Konzentrier dich. Erinnerst du dich noch an deine Armeezeit? Trainieren, trainieren und noch mehr trainieren. Nur so kannst du verhindern, dass du wie eine deiner Wüstenmumien zerfällst.«

Unwillkürlich musste Murphy lachen, als er den 1 Meter 95 großen Israeli ansah, der ihre Trainingsstunden immer so ernst nahm. Soweit Murphy beurteilen konnte, nahm Levi Abrams eigentlich alles, was er tat, sehr ernst. Er war von den Hightech-Firmen im Raleigh-Durham-Bezirk als hoch bezahlter Sicherheitsexperte angeworben worden. Seine Bezahlung war so gut, dass er es sich leisten konnte, beim israelischen Geheimdienst Mossad auszusteigen und mit seiner Familie nach Raleigh zu ziehen.

Murphy war jedoch davon überzeugt, dass er beim Geheimdienst nicht vollständig ausgeschieden war. Natürlich würde er Levi niemals direkt danach fragen, und Levi war viel zu ernsthaft und verschwiegen, um irgendetwas verlauten zu lassen, aber er hatte nach wie vor extrem gute Verbindungen zum Mittleren Osten, zu den arabischen Ländern sowie zu Israel. So gute Verbindungen, dass Levi Murphy mehrmals die Erlaubnis für Expeditionen in den Mittleren Osten und, was noch wichtiger war, für die Ausfuhr von einigen Objekten aus diesen Ländern beschaffen konnte.

Levi schien Murphy zu respektieren, auch wenn man das angesichts seines strengen Gesichtsausdrucks und seiner ernsten Gespräche niemals vermutet hätte. Wie Murphy war auch Levi auf seinem Gebiet ein geborener Lehrer, obwohl Murphy, wenn er seine Studenten so getriezt hätte, wie Levi ihn triezte, vermutlich einige Schwierigkeiten bekommen hätte.

Zwei Jahre zuvor waren sie sich vor Sonnenaufgang auf der Laufstrecke begegnet. Damals hatte Levi die Sicherheitsanforderungen für ein Hochleistungscomputersystem überprüft, das sein Arbeitgeber der Universität gestiftet hatte. Levi hatte sich erboten, Murphys Fertigkeiten im Kampfsport zu verfeinern, was schließlich zu intensiven Trainingsstunden führte, wann immer sie Zeit dafür fanden. Bei Levi strengte sich Murphy immer viel mehr an, als wenn er allein trainierte, und er forderte immer Höchstleistungen von sich. Im Augenblick war der Schmerz jedoch so stark, dass er vornübergebeugt auf dem Boden hockte.

An diesem Morgen hätte Murphy das Training am liebsten ausfallen lassen, um seine Schulter zu schonen, aber er hatte einen wichtigen Grund für ein Treffen mit Levi. Er beschloss, die Zeit zu nutzen, bis der Schmerz abgeklungen war, um seine Bitte zu äußern.

»Levi, mein Freund, ich möchte dich um einen großen Gefallen bitten. Ich habe Hinweise auf einen wirklich großen archäologischen Fund, den ich unbedingt suchen möchte.«

»Etwa schon wieder dieser staubige Nippeskram?« Levis' Respekt vor Murphy als Kämpfer erstreckte sich nicht unbedingt auf Murphys Berufswahl. »Lass mich raten, du brauchst, wie mein Sohn so gern sagt, ›einen fahrbaren Untersatz‹? Eine Transportmöglichkeit zu einem heißen Brennpunkt im Mittleren Osten?«

»Du kennst mich viel zu gut, mein Freund. Levi, ich brauche für Laura und mich eine Aufenthaltsgenehmigung für Samaria, und zwar so schnell wie möglich. Wir wollen dieses Artefakt suchen und es dann nach Preston bringen, ohne uns mit Behörden oder dem Zoll auseinander setzen zu müssen. Oh, und es sollte möglichst kein Geld kosten.«

Levi stieß einen langen, leisen Pfiff aus. »Was? Du wirst dir keine Zeit nehmen, um auch ein bisschen Sightseeing zu machen, während du dort bist? Mal sehen, was ich tun kann. Wann willst du aufbrechen?«

»Wir haben fast die ganze nächste Woche frei, um unabhängige Studien zu betreiben, und ich habe meine Studenten mit Arbeit eingedeckt. Ich könnte also sofort aufbrechen. Laura hat sich auch eine Vertretung besorgt. Ich schulde dir was, Levi.«

»Erst mal sehen, ob ich was erreiche. In der Zwischenzeit« – Levi boxte Murphy gegen die Schulter – »ist deine Kaffeepause vorbei. Zurück an den Sack.«

Kapitel 14

»Wir zwei geben doch ein interessantes Paar ab, Professor Murphy, meinen Sie nicht auch?« Murphy nickte seinem Gastgeber, Scheich Umar al-Khaliq, ehrerbietig zu, aber er fragte sich, welches Ziel der Scheich mit dieser Gesprächseröffnung verfolgte. Sie saßen in al-Khaliqs wunderschönem Haus in Samaria und tranken starken arabischen Kaffee. Die lange Anreise lag hinter ihnen. Mit erstaunlicher Schnelligkeit hatte Levi Abrams alles arrangiert.

Laura hatte sich bereits in das Gästezimmer zurückgezogen. Sie hatte behauptet, der lange Flug habe sie ermüdet. Aber Murphy hatte sie erklärt, der Scheich scheine keine allzu hohe Meinung von Frauen zu haben und sie nicht für wert zu achten, an einer ernsthaften Diskussion teilzunehmen. »Typisch für so viele arabische Männer seiner Generation«, sagte sie. »Eigentlich« – sie stieß Murphy den Finger gegen die Brust – »typisch für so viele Männer, egal, in welchem Land.«

»Hey, Vorsicht«, warnte Murphy. »Ich bin unschuldig.«

»Aber du könntest dem Scheich zumindest einen Schubs geben, damit er das 19. Jahrhundert betritt.«

Murphy seufzte. »Da hast du völlig Recht, Liebes, aber wir sollten es uns nicht mit demjenigen verscherzen, der uns diese Reise ermöglicht hat. Zumindest, bis diese Reise vorüber ist. Dann werde ich dir die Gelegenheit geben, ihm ein paar warme Worte zu sagen. Das verspreche ich dir. Du wirst mein ganz besonderes Geschenk an den samaritanischen Gastgeber sein, der alles andere zu besitzen scheint.«

»Murphy, wie gut, dass ich meine Karten mitgebracht habe und mich damit beschäftigen kann. So kann ich mal nach einem ganz besonderen Ort suchen, an dem ich *dich* zurücklassen kann, wenn wir uns morgen an die Erkundung des Landes machen.« Laura lächelte ihn an. »Bleibe nicht zu lange bei unserem Gastgeber.«

Eigentlich wusste Murphy dank Levi Abrams ziemlich genau, worüber der Scheich mit ihm reden wollte, da sein Freund die Verbindung zu dem Scheich hergestellt hatte. Nachdem Levi im Anschluss an ihre Trainingsstunde 15 Minuten lang herumtelefoniert hatte, sagte er: »Ich glaube, ich habe genau den passenden Partner für dich, mein Freund. Scheich Umar al-Khaliq.«

»Und er ist perfekt, weil …?«

Levi bat Murphy, sich zu setzen. »Es ist vermutlich ungewöhnlich für den Mittleren Osten, Murphy, aber wusstest du eigentlich, dass es immer mehr Araber gibt, die *deinen* Gott suchen?«

»Ich habe ein wenig über diese Bewegung unter Muslimen gelesen, aber ganz ehrlich, ich dachte, das sei etwa so wahrscheinlich, wie dass sie zum Glauben an deinen Gott kommen. Nimm es mir bitte nicht übel.«

»Das tue ich nicht. Auf jeden Fall ist al-Khaliq unvorstellbar reich. Er genießt für seine Flotte von Privatflugzeugen immer noch diplomatischen Status und irgendwie reicht ihm das nicht. Ich hatte gehört, dass er ganz diskret seine Fühler bei einigen Missionsgruppen in der Region ausstreckt. Wie du dir sicher vorstellen kannst, kommt eine solche Suche im Mittleren Osten nicht gerade gut an, egal, wie mächtig man ist. Darum habe ich ihm zugesichert, du würdest ihm gern Rede und Antwort stehen, wenn er bereit wäre, eine Rundreise und die Ausstattung für eine kleine Ausgrabung zu finanzieren.«

»Levi, du bist ein Genie. Kann ich ihm vertrauen?«

»Ich habe dem Scheich vor Jahren aus einer Auseinandersetzung mit einigen schießwütigen Beduinen geholfen, die ihm das Leben schwer gemacht hatten. Ich würde ihm vertrauen.«

»Danke, Levi. Ich stehe tief in deiner Schuld.«

»Du schuldest mir gar nichts. Pass auf deine Frau auf. Dich würde ich nicht so sehr vermissen, sie dagegen schon. Und, Murphy, dem Scheich kannst du vertrauen, aber nicht unbedingt seinen Mitarbeitern oder Angestellten.«

Jetzt, zwei Tage später, saß Murphy dem Scheich gegenüber und wartete darauf, dass dieser in seinem gelegentlich etwas holprigen Englisch erklärte, warum sie beide ein so »interessantes Paar« abgaben. Die Reise war vollkommen unproblematisch verlaufen. Der Berater des Scheichs, Saif Nahavi, hatte alle Reisevorbereitungen getroffen, und al-Khaliqs Reichtum und sein diplomatischer Status hatten dafür gesorgt, dass er die bürokratischen Hürden mit Leichtigkeit nehmen konnte.

Natürlich hatte Laura ihn gewarnt: »Murphy, du weißt ja, dass das bei deinen Reisen immer so ist wie mit einem Gefängnis. Es ist sehr viel leichter, in das Land hineinzukommen als wieder heraus.«

Sicher, Murphy hatte angesichts der Großzügigkeit des Scheichs viel Grund zur Dankbarkeit und er wollte gern seinen Teil von Levis Abmachung erfüllen und al-Khaliq bei all seinen Fragen über das Christentum Rede und Antwort stehen. Seine Reisen in den Mittleren Osten hatten ihn jedoch gelehrt, dass er warten musste, bis der Scheich das Gespräch auf dieses sensible Thema brachte. Falls er es überhaupt ansprach.

»Professor Murphy, Sie sind Christ und kommen in mein moslemisches Land, weil Sie etwas suchen, das seit Jahrhunderten verloren war, etwas, das Ihrer Meinung nach noch heute von Bedeutung ist. Ich bin ein Mann, der zehnfach über jeden modernen Besitz verfügt, doch ich habe das Gefühl, dass ich auf der Suche nach etwas noch Älterem, noch Einfacherem bin als Sie.«

»Scheich, ich respektiere Ihren Mut, weil ich weiß, dass Ihre Suche nicht einfach ist. Haben Sie irgendwelche Fragen?«

»Sehr viele Fragen, Murphy, aber ich begnüge mich damit, Sie kennen zu lernen und einem Mann mit Ihrem Glauben zu helfen. In meiner Position und solange ich hier im Land meiner Vorfahren lebe und trotz allem, was ich mir leisten kann, habe ich nicht die Freiheit, die Sie genießen, Sie, die mit dem Hut in der Hand hierher kommen.«

Murphy musste das Lachen über die unbeholfene Ausdrucksweise des Scheichs unterdrücken.

»Ich möchte Ihnen sagen, Scheich, dass ich Ihnen zu jeder Tages- und Nachtzeit zu Diensten stehe. Angesichts Ihrer Großzügigkeit meiner Arbeit gegenüber bin ich Ihnen zu Dank verpflichtet, vor allem, weil Sie alles so kurzfristig arrangieren ließen. Aber nach diesem Abend weiß ich, dass ich doppelt gesegnet bin, weil Sie mich daran erinnert haben, wie glücklich ich mich schätzen kann, dass ich Amerikaner bin und jede Religion ausüben darf, die ich möchte.«

»Ich bin Ihnen zu Dank verpflichtet, Murphy. Eines Tages werde ich Sie vielleicht in Ihrem Land besuchen und viele Dinge mit Ihnen besprechen können.«

»Denken Sie wirklich, dass wir so lange warten müssen, Scheich? Wir werden heute Abend sicher nicht alle Ihre Fragen besprechen können, aber wie wäre es, wenn Sie mir die beiden nennen, die Ihnen besonders auf der Seele liegen?«

Der Scheich lächelte. »Ich sehe, Professor, Sie haben Erfahrung auf dem Gebiet der Ausgrabungen. Also gut. Nennen Sie mir den wichtigsten Unterschied zwischen Allah und Ihrem Gott. Viele Menschen sind der Meinung, sie seien ein und derselbe.«

Murphy beugte sich vor. »Es gibt viele Ähnlichkeiten. Wir glauben, dass unser Gott der Schöpfer aller Dinge ist, und Sie stimmen in diesem Punkt mit uns überein. Aber wir glauben auch an einen dreieinigen Gott, einen Gott, der aus drei göttlichen Persönlichkeiten besteht, die jede ihre eigene Aufgabe hat. Er ist ein gnädiger himmlischer Vater und souveräner Erhalter des Universums, der die Menschen so sehr liebte, dass er seinen einzigen Sohn am Kreuz für unsere Sünden hat sterben lassen, damit wir ewiges Leben bekommen. Durch unsere Sünden, das heißt durch unseren Ungehorsam gegenüber seinen Geboten, sind wir nämlich von ihm getrennt. Und dann sendet er seinen Heiligen Geist in unsere Herzen, um einen neuen Geist in uns zu schaffen und uns durch das Leben zu führen.«

Der Scheich seufzte. »Da gibt es so vieles, das ich nicht verstehe. Meine zweite große Frage ist, was müsste ich tun, um ein Christ zu werden?«

»Nach Aussage der Bibel wird ein Mensch Christ, indem er glaubt, dass Jesus Christus nicht nur der Sohn Gottes ist, der für die Sünden der Welt starb, sondern dass er am dritten Tag von den Toten auferstand und alle retten wird, die ihm ihre Schuld bekennen und ihm ihr Leben unterstellen.«

»Das ist alles? Das erscheint mir zu einfach.«

Murphy nickte. »Ja, da haben Sie Recht. Das ist ein Grund, warum so viele Menschen es nicht tun. Aber die Wahrheit ist, dass es für ihn überhaupt nicht leicht war, einen so schrecklichen Tod zu erleiden, wie es ihn in der Geschichte nur selten gegeben hat. Wie Sie wissen, Scheich, vertreten Ihre Glaubensbrüder die Auffassung, dass Jesus einfach nur ein guter Mensch war, ein Lehrer oder sogar ein Prophet. Aber Jesus war sehr viel mehr als das. Die Tatsache, dass er von den Toten auferstanden ist, zeigt, dass Gott, dem Vater, sein Opfer gefiel und er bereit war, all die zu retten, die im Glauben zu ihm kommen.«

Der Scheich wirkte erschöpft. Murphy fügte leise hinzu: »Scheich, was ich Ihnen heute Abend erklärt habe, ist eine Herzensangelegenheit. In der Stille Ihrer Gedanken können Sie den Vater im Namen des Sohnes anrufen und der Heilige Geist wird Sie erretten und Ihnen das ewige Leben geben.«

»Danke, Professor Murphy, dass Sie mich in dieser Angelegenheit nicht drängen. Und danke für Ihre Antworten auf meine Fragen.«

»Gern geschehen, Scheich. Ich werde beten, dass Sie Ihre Entscheidung bald treffen. Um eines möchte ich Sie bitten: Wenn Sie es tun, dann geben Sie mir doch bitte Bescheid. Hier ist meine Karte. Sie können mich per Telefon oder E-Mail erreichen.«

»Gut. Und jetzt müssen Sie sich zur Ruhe begeben, Professor.

Morgen wird mein Assistent Saif Sie durch mein Land begleiten und dafür sorgen, dass Sie unbeschadet in Ihr Land zurückkehren können.«

◇ ◇ ◇

Eine Stunde, nachdem sich der Scheich zurückgezogen hatte und eine halbe Stunde, nachdem Murphy im Gästezimmer sein Leselicht ausgeknipst hatte, schlich sich Saif Nahavi, der Assistent des Scheichs, unbemerkt zum Markt. Es schien so, als wolle er noch einige Besorgungen für die Exkursion der Murphys machen.

Vor einem Elektrogeschäft rief ihn eine leise Stimme an: »Nahavi. Behzad. Dreh dich nicht um. Sieh einfach ins Schaufenster.«

Nahavi tat wie gefordert. Behzad sprach aus der Dunkelheit des Geschäftseingangs heraus zu ihm. »Bist du bereit für morgen?«

»Ja. Der Fahrer ist krank geworden. Du, Behzad, wirst unser Ersatzfahrer sein. Nur die Murphys und ich werden unterwegs sein. Sie reisen mit leichtem Gepäck.«

»Und was suchen sie?«

»Ich weiß nicht, wonach Murphy in unserem Land sucht. Es muss sehr kostbar sein, weil er so geheimnisvoll tut.«

»Das hoffe ich doch.« Behzad sprach mit kalter Stimme. Man durfte ihn nicht unterschätzen.

»Zweifle nicht an meinen Worten, Behzad. Wir haben noch nie zusammengearbeitet, auch wenn du schon oft versucht hast, mich davon zu überzeugen, meine Stellung beim Scheich dazu zu missbrauchen, Wertgegenstände zu stehlen, die du dann auf dem Schwarzmarkt verkaufen kannst. Aber ich kann erkennen, ob etwas wertvoll ist. Und was immer die Murphys morgen finden werden, wird ein Vermögen wert sein. Aber du kannst dir sicher sein, dass ich mich nur auf eine Zusammenarbeit mit dir eingelassen habe, weil meine Spielschulden in diesem Monat viel höher sind als das, was ich von dem Scheich bekomme.«

»Ich bin in deinen Augen doch nur Dreck, Nahavi. Du hast mich immer von oben herab behandelt. Meine Einschätzung war also richtig, dass du wie ich ein Dieb bist.«

»Du bist ein professioneller Dieb, Behzad, und darum werden wir morgen zusammenarbeiten. Aber denke daran, wir tun es auf meine Weise. Es muss wie ein Überfall aussehen. Ich werde meine Stellung bei dem Scheich nicht aufs Spiel setzen.«

»Ja, Nahavi, ich werde mir Mühe geben und deine kostbare Unschuld bei diesem Unternehmen schützen. Solange wir auf dem Schwarzmarkt genügend Geld für das bekommen, was wir den Murphys stehlen.«

»Keine Sorge, Behzad, es wird schon genug für uns dabei herausspringen. Die eine Hälfte für mich, die andere Hälfte für dich, und wenn du deine Arbeit richtig erledigst, dann werden auch die Murphys ihren Anteil bekommen, den Tod.«

Kapitel 15

Murphy wischte sich mit dem Ärmel über die Stirn, blinzelte gegen die Sonne zu einer entfernten Bergkette hinüber und atmete tief die heiße Wüstenluft ein. Es tat gut, zu Hause zu sein.

Um ehrlich zu sein, er hatte diese bestimmte Region Samarias noch nie betreten, aber als seine Schuhe über den ausgedörrten Boden knirschten und eine magere Ziegenherde an ihm vorüberstob und einen scharfen, moschusartigen Gestank hinterließ, da wusste er, dass er hierfür bestimmt war. Die ersten Christen waren vermutlich über diesen Boden gelaufen. Möglicherweise hatte einer der Apostel im Schatten dieses großen Felsens dort drüben ausgeruht. Soweit Murphy wusste, folgte er vielleicht sogar buchstäblich den Fußstapfen Christi.

Er grinste über seine Fantasiereise. Es war ein großes Land. Aber zweifellos hatten hier einige der wichtigen Ereignisse stattgefunden, von denen in der Bibel berichtet wurde. Und er war davon überzeugt, dass diese scheinbar tote und öde Landschaft eine unglaubliche Geschichte erzählen könnte, wenn man sie zu lesen verstand.

Das war leider das Problem. Die offizielle Erklärung für die Reise der Murphys nach Samaria lautete, dass sie einige Probeaufnahmen für eine bevorstehende Fernsehsendung machen wollten. Während also Laura weiterhin systematisch die Landschaft absuchte, hob Murphy immer wieder die Kamera an die Augen und tat so, als filme er.

Durch die Linse beobachtete Murphy, wie Laura langsam hin- und herlief und die niedrigen Bergkämme im Süden absuchte, die sie mit einigen Karten verglich, welche sie aus der Tasche ihrer Cargohose herausgekramt hatte. Dann drehte sie sich plötzlich um 180 Grad, als wäre ihr plötzlich etwas eingefallen – doch schon wenig später wandte sie sich wieder frustriert um, als hätte sie vergessen, was ihr gerade eingefallen war. Murphy hütete sich davor, Laura zu stören, wenn sie so in ihre Arbeit vertieft war.

Die anderen Mitglieder ihrer vom Scheich gestellten Reisegruppe waren Saif Nahavi und ein Fahrer namens Behzad. Beide Männer blieben in der Nähe ihres Landcruisers und hielten Ausschau nach verdächtigen Subjekten. Darüber hinaus ignorierten sie die Murphys jedoch weitgehend. Sie hatten Nahavi nicht erzählt, was sie suchten, sondern ihm nur die Gegend genannt, in die sie gefahren werden wollten. Murphy beachtete Levis Warnung und erzählte nicht einmal dem Scheich etwas von dem Schwanz der Schlange.

Sie waren allein in diesem Teil der Wüste, die durch die gebogenen Hörner des Bergkammes ein natürliches halbrundes Amphitheater bildete. Das Geläut der Ziegenglocken war in der Ferne verklungen, und das einzige Geräusch war das Flüstern des Sandes, der sanft von der Wüste herangeweht wurde.

Nach dem Studium der Karten am vergangenen Abend war Laura ziemlich aufgeregt gewesen. Sie war davon überzeugt, dass sie die Stelle gefunden hatte. Nachdem sie konzentriert die zahllosen Hügel und Berge angestarrt hatte, hatte Laura den Finger auf eine Stelle der auf dem Tisch ausgebreiteten Karte gelegt. »Das ist es! Ich bin ganz sicher. Unmittelbar nördlich des alten Flussbettes, bevor man das Wadi erreicht. Dort!« Und Murphy hoffte nur, dass sie Recht hatte. Immerhin war sie ein Naturtalent.

Doch jetzt war ihre Selbstsicherheit geschwunden, das merkte er. Sie war wie der Tau unter der glühenden Wüstensonne verdampft. Mit hängendem Kopf schlich Laura durch die Felsen und die kleineren Steinbrocken auf ihn zu.

Und dann war sie auf einmal verschwunden.

Kapitel 16

Murphy blieb mit offenem Mund stehen – wie ein Zuschauer bei einer Zaubervorführung, der nicht begreifen konnte, wo das Mädchen in der auf einmal leeren Kiste abgeblieben war. Dann begann er zu rennen.

Laura war etwa 50 Meter von ihm entfernt gewesen, schätzte er, als sie verschwunden war. Mit klopfendem Herzen rannte er in diese Richtung. Seine Füße sanken tief in den weichen Boden ein, während er zu der Staubwolke lief, die über der Stelle hing, an der er sie das letzte Mal gesehen hatte. Es war wie einer dieser Albträume, in denen man vor einem Ungeheuer davonrennt, aber die Beine nicht zu gehorchen scheinen. Ganz plötzlich sah er Dakkuri vor sich, dessen dunkle Augen bösartig funkelten, und flüsterte ein leises Gebet.

Er stolperte, fing sich wieder und kam schließlich auf der kleinen Erhebung an, die sich zwischen ihnen befunden hatte. Dort, wo Laura gewesen sein musste, befand sich ein klaffendes Loch, das etwa eineinhalb Meter breit war. Sand floss wie Wasser durch ein Abflussrohr hinein. Er warf sich auf den Boden, beugte sich so weit in das Loch hinein, wie er es wagte. Murphy musste plötzlich daran denken, wie er einmal einen Klassenkameraden gerettet hatte, der in einem Winter durch das Eis eingebrochen war. In der Hoffnung, das Eis würde sein Gewicht tragen, hatte er sich immer näher an das Loch herangeschoben. Würde der Wüstensand ihn tragen?

Er glaubte, etwas gehört zu haben, einen gedämpften Schrei, und beugte sich noch weiter vor. Auf einmal gab der Boden unter ihm nach und er glitt wie ein Kind eine Rutschbahn hinunter. Mit einem dumpfen Knall schlug er unten auf und rollte auf die Seite. Würgend und hustend spuckte er den Sand aus. Ganz allmählich legte sich der Staub und er konnte seine Umgebung wieder erkennen.

An drei Seiten ragten grob behauene Wände aus dunklem, unbearbeitetem Stein vor ihm auf. Die vierte war unter der Flut von Sand begraben, die ihn mit in die Tiefe gezogen hatte. Und dort stand auch Laura. Das Chaos um sich herum schien sie überhaupt nicht wahrzunehmen. Murphy rappelte sich hoch und streckte die Arme nach ihr aus.

»Laura, bist du in Ordnung? Bist du verletzt?«

Ihre Hose war am Knie zerfetzt, ein dunkler Fleck breitete sich aus und am ganzen Körper klebte Sand. Aber als sie sich den Sand aus den Haaren schüttelte, konnte Murphy sehen, dass sie lächelte.

»Du siehst, ich hatte Recht! Es war die ganze Zeit genau unter unseren Füßen. Kein Wunder, dass wir es nicht erkennen konnten.«

Murphy nahm sie ganz fest in die Arme und begann vor Erleichterung zu lachen. »Ich habe keine Sekunde an dir gezweifelt, Schatz.« Er trat zurück, um sich zu vergewissern, dass sie auch wirklich ganz in Ordnung war, dann folgte er ihrem Blick zu der hinteren Wand.

Ihre Augen gewöhnten sich langsam an das Halbdunkel der Kammer. Durch die Löcher über ihnen strömte ein wenig Licht herein, sodass sie sich in der unterirdischen Sandhöhle umschauen konnten. Etwa 50 Meter vor ihnen wich der Sand einem Felsen. Dieser bildete Stufen, und die Stufen führten wiederum zum Eingang einer Art natürlicher Steinhöhle, wie sie sie gesehen hatten, als sie durch North Carolina gewandert waren.

Sie arbeiteten sich durch den Sand zu den Stufen hinüber und dann etwas schneller zum Eingang der Höhle. Beide Murphys holten ihre Taschenlampen aus ihren Hosentaschen und untersuchten den Höhleneingang.

»Wonach suchen wir?«, fragte Laura.

»Vermutlich nach einer Amphore.«

Laura rief sich das Bild der alten Tonkrüge vor Augen, ihre gewölbte Form mit den beiden Griffen, die wie Ohren von ihren engen Hälsen abstanden. In den Amphoren wurden früher Korn, getrockneter Fisch, Wasser, Wein und Wertgegenstände aufbewahrt. Sie blickte sich suchend um und entdeckte eine beschädigte Amphore, die sie Murphy reichte.

»Ja, das sieht ganz bestimmt so aus wie die ›Gefäße‹, von denen die Bibel spricht, die wir ›Amphoren‹ nennen. Die Babylonier hatten sie auf ihrem Feldzug gegen Jerusalem mitgebracht. Wenn ich mich nicht irre, finden wir den Schwanz der Schlange in einem von diesen Gefäßen.« Murphy drehte den kaputten Tonkrug um. Ein hässliches, schlangenähnliches Wesen kroch heraus und schlängelte sich davon. »Aber nicht in der hier.«

Laura erschauderte und sprang zur Seite, als das schleimige Tier an ihr vorbeiglitt. Sie verlor das Gleichgewicht, taumelte nach hinten gegen die Höhlenwand und stürzte durch eine schmale Öffnung.

Murphy hörte ihren Schrei und wirbelte mit seiner Taschenlampe herum. Er suchte in der Dunkelheit nach ihr, aber Laura war verschwunden.

»Laura? Laura, wo bist du?«, rief er besorgt. »Laura?«

»Hier drüben, Murph«, erwiderte Laura schließlich – nach einer Ewigkeit, wie ihm schien. »Hier drüben. Ich glaube, ich habe sie gefunden!«

Murphy war erleichtert, ihre Stimme zu hören, aber er konnte sie noch immer nicht sehen. Es dauerte eine ganze Weile, bis er den Strahl ihrer Taschenlampe durch den schmalen Spalt entdeckte. Er stürzte darauf zu und schob sich durch den Spalt in der Höhlenwand, der Laura verschluckt hatte.

Murphy fand sich in einer zweiten Höhle wieder, die beträchtlich kleiner war als die erste. »Laura, du musst damit aufhören, immer vor meinen Augen zu verschwinden.«

Laura stand vor ihm und hielt den Strahl ihrer Taschenlampe auf ihren Fund gerichtet. »Sieh nur, Murph!«, rief sie erstaunt. »Ist das nicht unglaublich?«

Murphy ließ den Strahl seiner Taschenlampe in Lauras Richtung wandern und ihnen beiden blieb der Mund offen stehen.

»Murphy, siehst du, was ich sehe?«

»Nach all dem ist das beinahe zu schön, um wahr zu sein.«

Der Hals eines großen Steinkruges ragte aus einem kleinen Sand- und Erdhügel heraus, als warte er nur darauf, dass sie ihn öffneten.

Gemeinsam pirschten sie sich heran, wie Jäger, die einen Bock verfolgen und Angst hatten, er könnte davonlaufen, bevor sie ihn vor die Flinte bekämen. Ruhig knieten sie nieder und wischten mit der Hand den Sand von dem Krug fort. Er war etwa 45 Zentimeter hoch, und der Hals war gerade so breit, dass man eine Hand hineinstecken konnte.

Murphy platzte beinahe vor Ungeduld und beeilte sich, ihn aufzuheben. Er schob jeden Gedanken an Skorpione, Vipern oder andere stechende oder beißende Lebewesen beiseite und griff hinein. Laura, die Vorsichtigere der beiden, suchte mit ihrer Taschenlampe den Boden der Höhle zwischen der Stelle, an der sie standen, und der Amphore ab, um sicher zu gehen, dass nichts über den Boden auf sie zukroch, während sie ihren Fund untersuchten. Der Raum schien sicher zu sein, und sie wollte sich gerade zu ihrem strahlenden Ehemann umwenden, als sie, nur um sicher zu gehen, noch einmal die hintere Wand der Höhle anleuchtete.

Dort kroch zwar nichts herum, aber bei dem, was sie da sah, stockte ihr der Atem.

»Äh … Murph … wir haben da ein Problem.«

Kapitel 17

Die ganze Höhle war mit Amphoren gefüllt. Hunderte und Aberhunderte von Amphoren. Amphoren in allen Formen und Größen.

Murphy legte die Amphore aus der Hand, von der er noch Sekunden zuvor geglaubt hatte, in ihr würde er den Schwanz der Schlange finden.

Der Boden war eben und trocken, darum waren die Amphoren vermutlich auch viele Jahrhunderte zuvor hier gelagert worden. Gelagert und vergessen worden.

»Na toll«, stöhnte Murphy. »Offenbar haben wir einen Amphoren-Friedhof gefunden. Ich hatte eigentlich nicht vorgehabt, die nächsten sechs Monate hier zu verbringen.«

»Und ich habe mich doch so gut geschlagen!«

»Ja, das hast du, Schatz. Du hast uns hierher geführt.«

»Hast du irgendeine Idee, in welcher sich der Schwanz der Schlange verbirgt?«

»Hmm … ich frage mich, ob dieser hinterlistige Hohepriester Dakkuri nicht nur einen cleveren Trick abgezogen hat. Und wenn er seinen Dienern nun befohlen hat, nicht nur dieses Stück der Schlange zu vergraben, sondern noch einen Schritt weiterzugehen und sie sozusagen für alle sichtbar zu verstecken?«

»Ja, ich komme mir vor wie bei der Suche nach der Nadel in einem Haufen anderer Nadeln anstatt im Heu.«

»Vielleicht ist es ja gar nicht so schlimm, Laura. Du weißt auf diesem Gebiet besser Bescheid als ich – wie wurden diese Amphoren genutzt?«

Laura kramte in ihrem großen Wissen über alte Artefakte. »Normalerweise wurden sie mit Stopfen aus Kork, Ton oder Holz verschlossen, falls überhaupt«, erklärte Laura. »Aber bei etwas so Wertvollem sollten wir nach einer Amphore suchen, die mit Wachs verschlossen wurde.«

»Falls wir eine voller Pennies finden, dann wissen wir mit Gewissheit, dass es sich um eine Fälschung handelt.«

Laura nahm sich eine Seite der Höhle vor, Murphy die andere. Eine nach der anderen untersuchten sie die Amphoren. Die meisten waren leer. Einige enthielten Tierknochen, andere primitive Haushaltsgeräte und persönliche Gegenstände. Jede einzelne dieser Amphoren und vor allem ihr Inhalt war ein altes Artefakt, das unter anderen Umständen Murphy und jeden anderen Archäologen zu Luftsprüngen veranlasst hätte.

Nach einer Weile waren sie mit ihrem Latein am Ende. Auf einmal hatte Murphy eine Idee. »Moment mal«, sagte er in einem Tonfall, den er immer anschlug, wenn er kaum glauben konnte, wie blind er für irgendetwas gewesen war. »Wenn man ein Stück der Schlange verstecken wollte, das vermutlich lang, dünn und hart ist, würde man es doch nicht in diese dicken Amphoren stecken, in denen es herumrasselt und Aufmerksamkeit erregt, wann immer sie bewegt wird. Man würde sie in etwas Weiches wickeln und in eine von denen hier stecken, richtig?«

Er nahm eine lange, schmale Amphore zur Hand, die Ähnlichkeit mit einer Blumenvase hatte. »Wir sollten eine solche suchen, die mit Wachs versiegelt ist, dann haben wir es.«

Die meisten Amphoren in der Höhle waren dickbäuchig. Murphys Erkenntnis hatte damit die meisten aus dem Kreis der möglichen Verstecke ausgeschlossen. Er und Laura suchten rasch die potenziellen Kandidaten heraus und überprüften genauso schnell, ob sie mit Wachs versiegelt waren.

»Wie wäre es mit der hier?«, fragte Laura kurz darauf. Sie zeigte Murphy eine Amphore, deren Hals so fest, glatt und luftdicht versiegelt war, dass der Stopfen aus Wachs sein musste.

Murphy begann, mit einem Messer den Stopfen herauszuholen. Das Wachs sammelte er in einem Plastikbeutel, um es später zu untersuchen. Mit einem dumpfen *Plopp* flog schließlich der Stopfen heraus. Murphys Augen waren vor Erwartung weit aufgerissen, als er hineingriff und etwas herausholte, das in ein grob gewebtes Tuch gewickelt war.

Ganz vorsichtig schlug er das Tuch auf, und vor ihm lag ein etwa 30 Zentimeter langes und fünf Zentimeter breites vollkommen unversehrtes Stück gegossener Bronze. Es war an einem Ende wie eine Schlange geschuppt und am anderen abgebrochen. Murphy zweifelte nicht daran, dass er den Schwanz der ehernen Schlange in Händen hielt.

Kapitel 18

»Murphy, wir haben es gefunden! Lass mich es mal halten.« Laura staunte über das Gewicht des bronzenen Schlangenschwanzes. »Stell dir nur vor, Murphy, das hier hat Mose gemacht!«

»Unglaublich. Wir sind heute wirklich gesegnet. Und jetzt müssen wir bloß noch versuchen, von hier zu verschwinden, damit wir morgen noch am Leben sind und etwas zu erzählen haben.«

Sie gingen wieder zurück in die erste Höhle, doch sie merkten sehr schnell, dass es unmöglich war, zu dem Loch zu gelangen, durch das sie gefallen waren. Es gab zwei Gänge, die vom Höhleneingang fortführten. Murphy entschied sich für den, in dem am wenigsten Sand lag. Nach mehreren hundert Metern wich der Sand einer Erdschicht und der Boden war sogar etwas feucht, was ein Hinweis darauf war, dass irgendwo Wasser in der Nähe war. Einige Meter weiter stießen sie auf Wurzeln von Bäumen und Büschen und Murphy konnte sich an einigen Wurzeln hochziehen und den Kopf durch ein Loch im Boden stecken. »Schatz, ich glaube, hier können wir durchkommen.«

»Murph, ich hänge fest!«

Murphy wirbelte herum. Lauras Fuß hatte sich in den Wurzeln verhakt. Er bückte sich und befreite ihn, wobei er einen verknoteten Klumpen Wurzelwerk abbrechen musste. Er wollte ihn gerade wegwerfen, als er sah, dass daraus ein kleiner Wurzelstrang in der

Form eines beinahe perfekten Kreuzes hervorwuchs. Er riss es ab und reichte es Laura.

»Für dich, meine geliebte Frau. Ein Andenken an deinen Besuch hier bei der ehernen Schlange.«

Ein schmaler Streifen Tageslicht fiel genau zwischen sie auf das winzige Kreuz, das im Licht zu funkeln begann. Murphy und Laura waren sprachlos. Laura drückte das Kreuz an die Brust und Murphy legte die Arme um sie. So standen sie in diesem Lichtstreifen und vergaßen für den Augenblick Zeit und Raum. Doch schon Sekunden später wurden sie in die Realität zurückgeholt, als die erste Kugel fünf Zentimeter von Lauras Wange entfernt in den Felsen einschlug.

◇ ◇ ◇

Die zweite Kugel traf einen überhängenden Zweig nur wenig oberhalb des Loches, durch das Murphy den Kopf herausgestreckt hatte. Rindenstücke rieselten auf sie herab.

Murphy warf sich vor Laura und drängte sie gegen die Felswand zurück.

»Murphy, was ist los?«

»Hier schießt irgendjemand auf uns. Jemand meint es todernst. Wir sollten zusehen, dass wir uns ganz schnell von hier entfernen. Die Chancen, dass wir in einer der Amphoren rein zufällig Pistolen und Munition finden, sind wohl ziemlich gering. Los, mach schnell!«

Laura war noch nie in einer solchen Situation gewesen, aber sie wusste, was sie zu tun hatte. Die dritte Kugel wirbelte den Sand zu Murphys Fuß auf und half ihr, sich in Bewegung zu setzen. Sie rannten unter der Erde weiter, stießen aber auf eine Wand aus Fels. »Die da draußen wissen, dass wir keine andere Wahl haben, als durch das Loch hinauszuklettern. Komm.«

Murphy führte Laura wieder zurück zu den Wurzeln, in denen sich ihr Fuß verhakt hatte, da sie dort den besten Schutz vor den Kugeln hatten. Es war nicht viel, aber zumindest waren sie nicht draußen auf der Ebene. »Bleib hier in Deckung.«

»Murph, wo willst du hin? Lass mich nicht allein!«

Murphy rannte zu den Felsen auf der hinteren Seite des Loches. »Schscht. Ich habe eine Idee, die funktionieren könnte, aber es wird laut werden.« Wer immer da auf sie schoss, müsste schon den Lauf der Pistole in das Loch stecken, wenn er sie treffen wollte. Und Murphy baute darauf, dass der Betreffende genau das tun würde.

Es folgte ein Augenblick der Stille. Offenbar kam der Schütze zu derselben Schlussfolgerung, da er die Murphys nicht mehr durch den unterirdischen Gang rennen sah. Zuerst war die Spitze des Laufes der AK-47 im Loch zu sehen, dann der Rest des Laufes. Während sie durch das Loch geschoben wurde, wurden Dutzende von Schüssen in den Boden abgegeben. Es war ein ohrenbetäubender Lärm und eine dichte Wolke aus Staub, Erde und Sand wurde aufgewirbelt.

Murphy hoffte, dass sein Timing stimmte, als er sich auf den Gewehrlauf stürzte, der noch immer eine Salve nach der anderen abgab, und ihn mit einem Ruck herunterriss. Mit einem lauten Schrei rutschte der Mann, der es in Händen hielt, durch das Loch. Murphy richtete sich auf und machte sich bereit, zuzuschlagen, nachdem der Schütze auf dem Boden aufgekommen war. Murphy hatte höchstens den Bruchteil einer Sekunde, um seinen einzigen Vorteil zu nutzen, das Überraschungsmoment.

Doch was dann geschah, hatte er nicht erwartet. Der Schütze schlug nicht auf dem Boden auf, sondern dieser gab nach und er stürzte weiter in die Tiefe. Die Kugeln hatten den Boden aufgerissen und eine jahrhundertealte Decke aus Sand, Erde und Stein gelockert, die wiederum eine tiefe Sandgrube abdeckte.

Staunend beobachtete Murphy, wie der Schütze schließlich mit einem dumpfen Knall unten aufkam. Da Murphy das Gewehr noch immer in den Händen hielt, nahm er an, dass der Schütze keine weitere Waffe besaß, mit der er auf sie schießen könnte.

Um den Schützen brauchte er sich keine Sorgen zu machen beziehungsweise um das, was von ihm noch übrig war.

Während Murphy versuchte, seine Ohren vor dem spitzen Schrei zu verschließen, wurde der Schütze vor seinen Augen lebendig begraben. Tonnen von Sand, die jahrhundertelang nicht mit Menschen in Berührung gekommen waren, ergossen sich über den Körper, kaum, dass er aufgeschlagen war. Selbst wenn er gewollt hätte, Murphy hätte den Schützen nicht retten können. Nach 15 Sekunden war nur noch ein Sandhaufen zu erkennen, wo der Körper gelegen hatte.

Bevor er gänzlich verschwunden war, hatte Murphy den Kopf des Mannes jedoch im Schein seiner Taschenlampe erkennen können. Es war Behzad, ihr Fahrer.

Murphy wirbelte mit dem Gewehr in der Hand herum, als er eine Hand auf seiner Schulter spürte. »Hey, Murphy, nur ruhig. Ich bin es.«

»Oh, tut mir Leid, Schatz. Wir sollten ganz schnell aus diesem Loch klettern für den Fall, dass der ganze Boden nachgibt.« Und ganz leise, um Laura nicht zu ängstigen, fügte er hinzu: »Und da unser Fahrer versucht hat, uns hier unten zu töten, frage ich mich, was uns wohl dort oben erwartet.«

Kapitel 19

Murphy und Laura hatten sich aus dem Loch gezogen, nachdem der Archäologe vorher genau überprüft hatte, ob ihnen auch keine Gefahr drohte. Nach dem lauten Knallen der Schüsse war es nun angenehm still. Vorsichtig waren sie den Felskamm hinuntergestiegen, wo der Landcruiser stand, und hatten nach Saif gerufen.

Als sie den Wagen erreichten, wurde ihnen klar, warum Saif ihnen weder geantwortet noch geholfen hatte. Er saß zusammengesunken auf dem Beifahrersitz; an seinem Hinterkopf war eine stark blutende Wunde zu sehen. Offenbar hatte ihn ein schwerer Gegenstand am Kopf getroffen.

»Ist er … tot?«

Als sie ihre Frage stellte, gab Saif ein leises Stöhnen von sich und bewegte sich. »Nach meiner professionellen Meinung nein, Laura, Mr Saif ist nicht tot.« Laura funkelte Murphy wütend an.

»Geh zur Seite, du Besserwisser. Lass mich einen Blick auf die Wunde werfen.« Sie zog ihre Bluse aus der Hose, die weit und breit das sauberste Stück Stoff zu sein schien. »Mr Saif, können Sie mich hören? Sie wurden niedergeschlagen. Vermutlich von Behzad, dem Fahrer, diesem Mistkerl, der auf uns losgegangen ist. Haben Sie irgendetwas gesehen, bevor Sie niedergeschlagen wurden?«

Saif öffnete zunächst ein Auge, dann das andere, und stöhnte. »Aah, Mrs Murphy, Ihnen ist nichts geschehen. Haben Sie … sind Sie … Preis sei Allah, Sie sind in Sicherheit. Dieser Ersatzfahrer ist offenbar ein Verbrecher. Er hat mich überwältigt. Es tut mir so Leid. Der Scheich wird außer sich sein vor Zorn. Wie schade, dass der Räuber Ihren Fund gestohlen hat.«

Murphy betrachtete Saif mit erhöhter Wachsamkeit. »Was meinen Sie, Saif? Wir wurden zwar von dem Fahrer angegriffen, der auch Sie niedergeschlagen hat, aber er hat uns nicht ausgeraubt. Und er wird nie wieder jemanden ausrauben.«

Saif gab sich Mühe, erleichtert zu wirken. »Dann haben Sie, weswegen Sie gekommen sind?«

»Ja, und sehr viel mehr – vorwiegend Kugeln. Lassen Sie uns jetzt zum Flughafen fahren.«

Zwei Stunden später befanden sich die Murphys sicher an Bord des Jets, den ihnen der Scheich zur Verfügung gestellt hatte, und waren auf dem Heimflug. »Das war vielleicht ein aufregender Tag, Murphy!« Laura kuschelte sich an ihren Mann. Trotz ihres aufgepeitschten Adrenalinspiegels konnte sie kaum noch die Augen offen halten.

»Jetzt haben wir also das erste Stück der ehernen Schlange.«

»Das war das erste Mal, dass auf mich geschossen wurde. Aber weil ich von der Schlange so begeistert bin, vergebe ich dir, dass du zugelassen hast, dass ich beinahe erschossen worden wäre.«

»Ich werde vermutlich etwas länger brauchen, mir selbst zu vergeben.« Murphy wandte sich um und streichelte ihre Wange. »Schatz, wenn ich auch nur die geringste Ahnung gehabt hätte, dass ich dich in Gefahr bringe …«

Laura legte lächelnd ihre Hand auf die seine. »Ich weiß, dann hättest du mich zu Hause gelassen, damit ich brav das Geschirr spüle und deine Socken stopfe. Nun, da alles vorbei ist, kann ich mich jetzt schon drauf freuen, dass ich in der kommenden Woche im Lehrerzimmer mit meinen Erlebnissen angeben kann.«

»Aber ich glaube nicht, dass ich jemals unserem anderen Begleiter werde vergeben können.«

Laura blickte Murphy verwirrt an. »Was meinst du damit, Murph? Der arme Kerl ist doch beinahe selbst getötet worden.«

»Ja, ›beinahe‹ ist das richtige Wort. Ich bin zwar kein Arzt, aber hast du jemals eine perfektere Kopfwunde gesehen? Eine nette Menge Blut – gerade genug, um unsere Aufmerksamkeit zu erregen, aber an keiner Stelle so tief, dass sie wirklich Schaden hätte anrichten können.«

Laura fuhr in ihrem Sitz hoch. »Oh nein! Murphy, ich stand noch zu sehr unter Schock, um es gleich zu erkennen, aber du hast Recht: Als er die Augen öffnete, kam er keinesfalls aus einer tiefen Bewusstlosigkeit. Seine Pupillen waren so klar wie immer.«

»Ja, das habe ich auch bemerkt. Ich glaube, Saif war an der ganzen Sache beteiligt und hat versucht, das Opfer zu spielen, für den Fall, dass wir überleben. Aber eigentlich war es gar nicht geplant, dass wir dem verbrecherischen Fahrer entkommen.«

»Aber woher wusste er, dass wir nach der Schlange suchten?«

»Das wusste er nicht. Das war gar nicht möglich. Niemand dort drüben weiß davon. Ich glaube, er hatte nur die Info, dass der Scheich uns bei der Suche nach etwas Wertvollem half. Ihm war egal, worum es sich handelte, er wollte es uns nur stehlen. Ich bezweifle, dass der Scheich etwas damit zu tun hatte. Allerdings werde ich ihm gleich nach der Landung mitteilen, was für ein hinterlistiger Halunke für ihn arbeitet.«

»Sei vorsichtig, Murphy, der Scheich war unser Gastgeber. Achte darauf, dass du bei deinem Telefonat mit ihm keinen deiner berühmten Wutausbrüche hast.«

»Keine Sorge. Ich denke nur, er sollte die Wahrheit erfahren. Da wir gerade von dem Scheich sprechen: Was hältst du davon, wenn wir uns einmal näher ansehen, wofür wir heute beinahe unser Leben gelassen hätten?« Er griff in die Diplomatentasche des Scheichs und holte das in ein Tuch eingewickelte Metallteil hervor.

Lauras Erschöpfung war wie weggeblasen. Lächelnd fragte sie: »Wieso hast du so lange dazu gebraucht?«

Murphy löste die Knoten und rechnete beinahe damit, dass der Schwanz der Schlange sich mit einem Zischen zwischen den Sitzen hindurchschlängeln würde. Er schlug das Tuch zurück und hielt sie ans Licht. Sie war 3.500 Jahre alt, aber die satte bronzene Oberfläche schien von den korrodierenden Kräften der Natur und des Menschen unberührt zu sein.

Die meisterhafte Oberflächenstruktur der Schlangenhaut war intakt. Jede Schuppe des Reptils war naturgetreu wiedergegeben worden und Murphy erkannte das unverwechselbare Muster einer giftigen Sandviper.

»Dies hat Mose geschaffen«, flüsterte er. »Dies hat Mose tatsächlich in Händen gehalten.«

Laura berührte sie mit einem Finger. »Im Gehorsam gegenüber Gott haben sie ihr Vertrauen auf ihn gesetzt und wurden geheilt. Sie war ein Symbol ihres Glaubens.«

Murphy bemerkte, dass sie eine Gänsehaut hatte. »Aber was ist aus dieser Schlange geworden, nachdem Mose sie nicht mehr brauchte? Das ist nach all den Jahrhunderten doch die Frage aller Fragen.«

Murphy hielt den Schwanz der Schlange ins Licht. Die Schuppen funkelten und tanzten. Sie schienen beinahe lebendig zu werden. »Hey, Schatz. Hast du das gesehen?«

Laura beugte sich über ihn. »Was meinst du? Das ist doch nur das –« Und dann entdeckte sie es. Eine Markierung. Kaum sichtbar, als wäre sie grob eingraviert worden, beinahe in die Bronze eingeritzt. Aber nachdem sie sich darauf konzentriert hatte, erschienen ihr die Zeichen seltsam elegant – und kamen ihr sofort bekannt vor. Dreiecke mit linearen Schwänzen und V-Formen, wie Vögel am Himmel. »Chaldäische Keilschrift«, staunte sie. »Genau wie auf der Schriftrolle.«

»Ja. Ich wette, auch dies ist Dakkuris Handschrift.« Murphy drehte sich um und presste sein Gesicht an die Scheibe. 10.000 Meter unter ihnen hob sich der Wüstensand klar gegen den fernen Horizont ab.

»Weißt du, was immer dieser Hohepriester Dakkuri vorhatte, es sieht so aus, als hätte er das Versprechen in seiner Schriftrolle erfüllt. Er hat auf diesem ersten Teil etwas hinterlassen, das uns vermutlich zum Rest der Schlange führt.«

Kapitel 20

»Also, Leute, hat jemand von euch in der vergangenen Woche etwas Interessantes erlebt? Ich zum Beispiel war in Samaria.«

Seine Studenten zeigten nur mäßiges Interesse. *Zähe Bande,* dachte Murphy. Er widerstand dem Drang, ihr Interesse herauszukitzeln, indem er hinzufügte: *Und wäre beinahe von einem Araber erschossen worden.*

Stattdessen griff er in seinen Rucksack, der neben dem Pult stand. »Und sehen Sie nur, was ich gefunden habe.«

»Eine Duschstange?«, rief jemand aus dem hinteren Teil des Hörsaals.

»Nein, aber der Nächste, der eine solch clevere Bemerkung von sich gibt, bekommt eine kalte Dusche. Dieses erstaunliche Stück Bronze, meine Damen und Herren, ist eine Schlange.« Einige der Studenten, die in den ersten Reihen saßen, zuckten zusammen. »Entspannen Sie sich, sie war nie lebendig, aber sie hat dennoch viel erlebt – mehr als jede andere lebendige Schlange.«

Murphy schaltete seinen Diaprojektor ein. »Die folgenden biblischen Namen und Königreiche sind schwer auszusprechen, darum werde ich Ihnen helfen, indem ich sie an die Wand projiziere. Alle diese Herren herrschten lange, bevor sie auf dem Titelblatt von ›People‹ abgedruckt werden konnten, ich habe also keine Farbfotos für Sie.

Auf diesem Dia hier ist ein altersschwach aussehendes Dokument zu sehen, eine alte Papyrusrolle, die vor nicht allzu langer Zeit in meinen Besitz gelangt ist. Wie das jedoch häufig bei Archäologen der Fall ist, wusste ich nicht genau, wonach ich suchte. Es wäre sehr viel leichter, wenn diesen Artefakten bereits eine Audiokassette beiläge, wie man sie im Museum für die Besichtigungstour bekommt, aber bisher hatte ich ein solches Glück noch nicht. Es bleibt uns also keine Wahl, als selbst auf die Suche zu gehen.«

Das nächste Dia war eine Nahaufnahme der Schriftrolle. »Diejenigen von Ihnen, die jetzt denken, sie hätten einen Kater und könnten deswegen die Buchstaben nicht richtig entziffern, brauchen keine Angst zu haben. Dies ist kein Englisch. Es handelt sich um Chaldäisch, eine Sprache, die in der heutigen Zeit fast völlig unbekannt ist. Sie stammt aus der Zeit von Nebukadnezar, dem größten König von Babylon.«

Murphy schob das nächste Dia ein, eine Karte von Babylon, auf der der Name des Königs stand. Dann zeigte er ihnen das Zeichen auf der Schriftrolle, das seiner Ansicht nach für den König stand. »Und auch die Erklärungen zur Bedeutung der einzelnen Zeichen wurden nicht zusammen mit einem Lehrvideo geliefert. Woher wusste ich also, dass diese wunderschöne Zeichnung des Künstlers König Nebukadnezar darstellen soll? Durch die zeitliche Einordnung der Schrift und die Abfolge der Könige, womit ich sagen will: Leute, esst euer Gemüse, sprecht abends eure Gebete und lernt, lernt, lernt. In diesem Geschäft gibt es leider keine Abkürzungen, auch wenn das in den Hollywood-Filmen anders ist.

Sie fragen sich jetzt sicher, warum diese Rolle so aufregend ist. Bei vielen Funden aus der babylonischen Zeit handelt es sich um Lagerungsrezepte und gewöhnliche alltägliche Aufzeichnungen, weil die Babylonier sehr bürokratisch waren. Sie schrieben einfach alles auf.«

Er ging zum nächsten Dia weiter. »Das hier sieht vielleicht wie eine Wimper auf der Projektorlinse aus, aber dabei handelt es sich um das Keilschriftsymbol für ›Schlange‹. Als ich es mit dem folgenden Symbol kombinierte, das, wie wir glauben, für unser Wort ›Bronze‹ steht, wurde ich ganz aufgeregt. Und nachdem ich den Rest der Schriftrolle so weit entziffert hatte, wurde mir klar, dass es sich hierbei nicht um eine babylonische Einkaufsliste handelte.«

Dies war sein letztes Dia gewesen und Murphy stellte den Projektor ab. »Wir werden uns in einer späteren Vorlesung noch eingehender mit den Interpretationsmethoden von alten Schriften beschäftigen. Doch ich möchte jetzt ein wenig vorgreifen und im Augenblick außer Acht lassen, was ich aus der Schriftrolle erfahren habe und wie mich das zu meinem Schlangenfreund hier geführt hat.« Erneut zog er den Schlangenschwanz aus seiner Tasche. »Denn worauf es mir heute ankommt, ist, deutlich zu machen, dass wir den Mut haben müssen, über das Bekannte und Logische hinauszublicken, weil es manchmal gerade die abwegigen, verrückten, unmöglichen Ideen sind, die sogar langweilige alte Archäologen wie mich zur Entdeckung von neuen Erkenntnissen führen.

Nachdem wir es im Labor auf seine Echtheit überprüft haben, wird dieses Bronzestück sich als der Schwanz der ehernen Schlange erweisen, die nach Aussage des Alten Testaments im Jahre 1.458 v. Chr. angefertigt wurde. In der Bibel wird berichtet, dass die Israeliten anfingen zu murren, weil sie so lange in der Wüste herumziehen mussten. Sie begingen Taten des ›Unglaubens‹ gegen Gott. Als Strafe für ihre Rebellion sandte Gott giftige Schlangen. Das brachte alle wieder auf die richtige Spur; sie beteten und baten Mose um Hilfe. Er betete zu Gott, der sich der Israeliten erbarmte und zu Mose sagte: ›Mache dir eine Schlange und hänge sie an einer Stange auf! Jeder, der gebissen wird, wird am Leben bleiben, wenn er sie ansieht.‹

Mose fertigte eine Schlangenfigur an und hielt sie vor den Gebissenen in die Höhe, und diejenigen, die bereuten, wurden geheilt. Dieser Schlangen-Symbolismus steht natürlich in direktem Bezug zu der Schlange im Garten Eden, die Eva auf die Probe stellte und die Welt auf den Weg der Sünde und des Gerichts geführt hat. Bei einer unserer nächsten Vorlesungen würde ich gern noch einmal darauf zurückkommen, was die Israeliten geheilt hat. War es irgendeine dunkle Zaubermacht der bronzenen Schlange oder vielleicht die Tatsache, dass die Israeliten ihren Glauben wieder auf Gott setzten? Dekan Fallworth wird mir dann zwar vorhalten, dass ich ein Zeltprediger bin, falls ich auf solche Glaubensdinge eingehe. Heute jedoch möchte ich lieber bei meinen Nachforschungen bleiben.

In der Bibel wird diese eherne Schlange an zwei Stellen erwähnt. Das erste Mal in Abschnitten über das Jahr 1.458 v. Chr., als Mose die Schlange herstellte, um die Israeliten zu retten. Zum zweiten Mal im Jahr 714 v. Chr., der einzigen anderen Stelle, an der sie in der Bibel erwähnt ist, und zwar in 2. Könige, Kapitel 18, in den Versen 1 bis 5. Dort wird die eherne Schlange im Widerspruch zum ersten Gebot ein besonderer Anbetungsgegenstand.

Der junge König Hiskia, der ein König Judas und Gott ganz besonders ergeben war, entdeckte, dass sein Volk Götzendienst praktizierte, was unter den Nachbarstämmen gang und gäbe war. Offensichtlich war diese eherne Schlange aufbewahrt und schließlich zum Anbetungsgegenstand geworden. Einige Menschen schrieben ihr sogar geheimnisvolle Heilkräfte zu.

Als Hiskia merkte, dass sich das Volk Juda anbetend vor der Schlange beugte – und nach Aussage der Zehn Gebote darf ja nur Gott allein angebetet werden –, wurde er so wütend, dass er sie in drei Teile zerbrach.

Und mehr hören wir von dieser Schlange in der Bibel nicht mehr. Bis diese Schriftrolle mich darauf brachte, dass die Schlange zur Zeit des größten Weltreiches Babylon, während der Herrschaft Nebukadnezars, noch existent war. Das war lange, nachdem die Schlange nach Aussage des biblischen Berichts zerbrochen zu Hiskias Füßen lag.«

Murphy hielt inne. »Da Archäologen nach einer Erklärung dafür suchen, wie Artefakte Zeit- und Entfernungssprünge ›überlebt‹ haben, habe ich eine Theorie entwickelt, und diese Theorie hat mir in der vergangenen Woche geholfen, dieses Teil der Schlange zu finden. Ich glaube, dass die drei Teile der Schlange, die Hiskia zerbrochen hatte, im alten Tempel versteckt wurden. Damals warf man ein etwa ein Meter langes Teil guter Bronze nicht einfach fort, auch wenn der König befahl, man solle ein Götzenbild zerstören. Etwa 140 Jahre später, als die Babylonier Juda eroberten und den Tempel zerstörten, nahmen sie alles, was einigermaßen wertvoll zu sein schien, mit nach Babylonien, und irgendjemand hat offenbar die drei Teile der Schlange gerettet.

Da nun ein Teil der Schriftrolle fehlt, musste ich mehr als sonst mit Annahmen arbeiten, aber es ist uns gelungen, die Nachricht einigermaßen zu entschlüsseln. Ein Hoher Priester unter den Götzen anbetenden Babyloniern hat die Schlange wieder zusammengesetzt, vermutlich in dem Glauben, dass sie über große Macht verfügt.

In meiner nächsten Vorlesung werde ich mit den Prophezeiungen beginnen und wie Nebukadnezar den wahren Gott fürchten lernte und befahl, alle Götzen zu vernichten. Und schon wieder wird die eherne Schlange zerschlagen. Nur wollte der Hohepriester, der diese Schriftrolle geschrieben hat, die Schlange erhalten und hat die Teile versteckt. Auf dieser Schriftrolle hat er jedoch Anweisungen hinterlassen, wie man sie finden und wieder zusammensetzen kann. Was ich zu tun gedenke, falls ich es mir gelingen sollte, zu entziffern, was hier unten auf dem Schwanz geschrieben steht. Also, während ich davoneile, um genau dies zu tun, dürfen Sie nach Hause gehen.«

Ein Student rief: »Professor Murphy? Als Sie den Schwanz hier in die Höhe gehalten haben, wurde niemand geheilt. Glauben Sie, dass Sie in der Lage sein werden, Menschen zu heilen, wenn Sie die anderen beiden Teile finden und wieder zusammensetzen?«

»Das ist die große Frage, ja. Nach Ansicht derer, die die dunklen Künste praktizieren und die Schlange seit Jahrhunderten suchen, ist es aber auch möglich, diese Schlange zum Bösen zu gebrauchen, wenn die Teile je wieder verbunden werden.«

Kapitel 21

Shane Barrington zwang sich dazu, nicht an seinen Sohn zu denken. Aber selbst ihm, dem rücksichtslose Geschäftspraktiken normalerweise keinerlei Gewissensbisse bereiteten, setzte Talons Mord an Arthur ziemlich zu. Er konnte die Erinnerung daran einfach nicht verdrängen, vor allem nicht, dass er hilflos daneben gestanden hatte und nun nicht wusste, was Talon mit dem Leichnam angestellt hatte. Und dann dessen rätselhafte Bemerkung, dem allen läge ein bestimmter Plan zugrunde.

Seltsam, dachte Barrington, dass er, obwohl er seinen Sohn schon seit so vielen Jahren aus seinem Leben ausgeklammert hatte, immer wieder an ihn denken musste, nun da er tot war. Nicht, dass Barrington Gefahr lief, auf einmal sentimental zu werden. Abgesehen von seiner Ex-Frau, die er vor mehr als 20 Jahren ausgezahlt hatte, war Arthur sein einziger lebender Verwandter gewesen. Und er hatte keinen Bedarf und auch kein Interesse an etwas so Sentimentalem wie einem Freund. Geschäftspartner, Angestellte, Dienstboten, ja; Freunde, nein.

Auch hatte Barrington keine emotionale Bindung an einen bestimmten Ort. Es gab keinen Ort, den er sein Zuhause nennen würde, obwohl er Luxushäuser auf drei Kontinenten besaß. Die Stadt, aus der er stammte, besaß nun sicher keinen sentimentalen Wert für ihn. Es war eine Kleinstadt, der man entkam, wenn man Glück hatte, und nie im Traum würde man in diesem Fall auf die Idee kommen, dorthin zurückzukehren. Was die Anziehungskraft betraf, die prunkvolle Architektur oder kostbare Kunstwerke auf Menschen ausübte, das war etwas für Schwächlinge. Er war glücklich, wenn er unterwegs war, ob nun in einem Flugzeug oder einem schnellen Auto. Er brauchte die hohe Geschwindigkeit und das Gefühl, dass die Welt unter ihm zusammenschrumpfte. Und mithilfe der modernsten Technologien, die *Barrington Communications* entwickelte, konnte er sein Unternehmen von überall aus führen.

Aber wenn er einen Ort wählen sollte, an dem er sich am liebsten aufhielt, an dem er das Gefühl hatte, er stünde genau im Mittelpunkt des Universums, dann wäre es hier, in seinem Penthouse, von wo aus er über die hohen Türme aus Stahl und Glas hinwegblicken konnte, die in der Dämmerung lebendig wurden. Seit diesem schrecklichen Augenblick jedoch, wo er von seiner Terrasse aus beobachtet hatte, wie Arthur von Talon gefoltert wurde, hatte Barrington nicht einmal mehr aus dem Fenster gesehen. Geschweige denn, die Terrasse betreten.

Nun, vier Minuten vor Eintreffen seines Gastes, sagte er sich, es sei an der Zeit, endlich wieder die berüchtigte Willenskraft der Barringtons an den Tag zu legen. Er zwang sich, die Vorhänge zurückzuziehen und die Schiebetüren zur Terrasse zu öffnen. Er würde sich auf keinen Fall wie diese schwächlichen Wesen verhalten, die er in der Vergangenheit erobert hatte. Im Barrington-Spielplan gab es keinen Raum für Schuldgefühle. Entschlossen marschierte er zum Geländer und blickte hinüber zum *Endicott Arms*. Eine Sekunde lang erschauderte er, doch dann schob er alle Gedanken daran beiseite.

Sogleich stellte sich das Gefühl der absoluten Kontrolle wieder ein, als wäre er ein barbarischer König, der auf den aufgestapelten Leichen seiner getöteten Feinde stand. *Barrington Communications* war vor kurzem um Milliarden Dollar reicher geworden und nie mächtiger gewesen als im Augenblick. Die klaffenden Löcher in seiner Finanzstruktur waren gestopft und es blieb noch Geld übrig für weitere Expansionen, weitere Eroberungen. Jeder Geschäftsmagnat, der dumm genug war, zu glauben, er könnte es mit Shane Barrington aufnehmen, würde erkennen müssen, wie sehr er sich geirrt hatte.

Barrington legte die Hand an das Glas und lächelte. All dies hatte er bekommen und wie wenig hatten sie im Gegenzug von ihm gefordert. Jetzt würde er den zweiten Auftrag der Sieben in Angriff nehmen. Was seinen ersten Auftrag betraf, diese Aufgabe war ihm irgendwie seltsam und willkürlich erschienen. Sie schien so gar nicht in Zusammenhang zu irgendeinem großen Masterplan zu stehen. Sie war kurz und knapp formuliert gewesen und er hatte keine Erklärung bekommen. Doch für jemanden in seiner Position stellte die Beschaffung der UN-Sicherheitsbestimmungen kein Problem dar.

Er blickte auf seine Rolex. Das Treffen war für sieben Uhr angesetzt. So spät, dass sie gezwungen war, alle Pläne, die sie vielleicht für den Abend gehabt hatte, zu ändern. Und er hatte sie noch weitere zehn Minuten warten lassen. Lange genug, dass all ihr Selbstvertrauen von Furcht verdrängt wurde. Man könnte ihm vorwerfen, dass er billige Tricks anwandte, die wohl kaum notwendig waren. Aber die Ausübung von Macht, wie unbedeutend sie auch sein mochte, bereitete ihm Vergnügen, und wenn er sich nicht von Zeit zu Zeit einmal damit verwöhnen konnte, dann wäre das Leben wirklich sehr langweilig.

Er wandte sich von seinem dunklen Spiegelbild ab und sprach in ein Mikrofon, das in seine Jacke eingewebt war. »Schicken Sie sie herein.«

Stephanie Kovacs, die neue nationale Starreporterin von *Barrington News Network*, zwang sich, ihre Frisur und ihr Make-up nicht noch einmal zu überprüfen, als die strohblonde Empfangsdame sie mit einem kurzen Winken ihrer perfekt manikürten Hand zur Tür dirigierte. Hier war sie, Stephanie Kovacs, Starreporterin, furchtlose Kämpferin gegen Betrug und Korruption, eine Frau, auf die bereits geschossen worden war, die von einem messerschwenkenden Verrückten angegriffen und von Kampfhunden bedroht worden war – die sich immer behauptet und den Kopf behalten hatte, die sich gegen Männer durchgesetzt hatte, die doppelt so groß und zehnmal so aggressiv waren wie sie – hier war sie also, so nervös wie ein kleines Kätzchen, nur weil der oberste Boss des Unternehmens sie zu einem Gespräch zitiert hatte.

Was war das Schlimmste, das ihr passieren konnte? Okay, er konnte sie feuern. Das war ihr in den letzten fünf Minuten durch den Sinn gegangen und gedanklich hatte sie alle Möglichkeiten durchgespielt. *Wen würde ich zuerst anrufen? Wie hieß noch dieser Mensch, der neulich bei der Preisverleihung gesagt hatte: »Falls Sie jemals daran denken, den Sender zu wechseln …« Welcher Sender braucht ein neues Gesicht, um die Einschaltquoten zu steigern? Welches Nachrichtenprogramm braucht dringend etwas Glaubwürdigkeit?*

Aber es war kein Problem, im Fernsehbusiness einen neuen Job zu finden. Sie war erfolgreich und wurde in ihrem Beruf so weit respektiert, dass sie sich darüber keine übermäßigen Sorgen zu machen brauchte. Was an ihr nagte und sie so unglaublich nervös machte, war die Gewissheit, dass Shane Barrington, wenn er jemanden feuerte, einen nicht einfach aus seinen Diensten entließ.

Er sorgte dafür, dass man erledigt war. Karriere beendet. Finito. Falls er das vorhatte, konnte sie sich glücklich schätzen, wenn sie in einem Monat noch vor der Kamera stand und von den Auswirkungen des für den Juni ungewöhnlich starken Regens auf die Sojabohnenernte sprach.

Sie blieb an der Tür stehen, strich sich eine Haarsträhne glatt und ging in der Hoffnung hinein, er würde nicht hinter ihre eingeübte Fassade des Selbstvertrauens blicken.

»Sie wollen mich sprechen, Mr Barrington?«

Shane Barrington wirkte größer als auf den Fotos und in den seltenen Fernsehberichten, aber die harten Züge und die dunklen Augen waren ihr Unheil verkündend vertraut. Wortlos und ohne eine Regung zu zeigen, winkte er sie zu der dunklen Ledercouch an der hinteren Wand. Er blieb stehen, als sie Platz nahm, und zwang sie dadurch, zu ihm hochzusehen.

»Miss Kovacs«, begann er. »Stephanie. Ich freue mich, dass Sie ein paar Augenblicke Ihrer kostbaren Zeit für mich erübrigen konnten. Ich hoffe, ich habe Sie nicht von einer wichtigen Recherche abgehalten. Ich fände es schade, wenn irgendein Übeltäter ungestraft davonkäme, nur weil ich Sie an Ihrer Arbeit gehindert habe.«

Sie versuchte zu lachen. »Nun, im Meer schwimmen viele Fische. Das ist das Tolle an diesem Job – es fehlt einem nie an lohnenden Zielen.«

Barrington sah sie an, ohne zu lächeln. »Sicher. Ich weiß genau, was Sie meinen.« Er drehte sich um und setzte sich hinter den langen Rauchglastisch, der sich in der Mitte des Raumes befand. Ihr fiel auf, dass weder ein Telefon noch ein Computer darauf stand. Eigentlich stand gar nichts darauf, damit die perfekte Oberfläche besser zur Geltung kam.

»Manchmal höre ich Menschen sagen, ich würde diesem Teil der Firma nicht genügend Aufmerksamkeit widmen. Ich sei am Fernsehen nicht wirklich interessiert, weil es alte Technologie sei, ein Überbleibsel aus der Vergangenheit. Und Shane Barrington ist immer an der Zukunft interessiert, nicht wahr?«

»Richtig«, antwortete sie.

»Aber das stimmt nicht, Stephanie. Ich achte sehr genau darauf, was auf dem Nachrichtenkanal gesendet wird. Und ganz besonders genau verfolge ich Ihre Berichterstattung. Ihre furchtlosen Recherchen.«

Ihr kam es so vor, als würde er sie mit dem Wort »furchtlos« verspotten. Wenn ein anderer in einem so spöttischen Tonfall mit ihr gesprochen hätte, wäre sie ihm sofort an die Kehle gegangen. Niemand durfte sich ungestraft über sie lustig machen. Aber sehr zu ihrem Erstaunen lächelte sie nur schwach, als wäre sie ein Hund, der gestreichelt würde, nicht ein Lamm, das zur Schlachtbank geführt wurde.

Barringtons Augen schienen ein wenig zu leuchten, so als würde er sich an ihrem Unbehagen weiden. »Mir gefällt es, wie Sie es den bösen Buben zeigen. Sie zeigen kein Erbarmen. Sie schonen niemanden. Das gefällt mir.«

So wie er redete, klang es, als sei sie eine Boxerin und keine Reporterin, aber wenn er ihren Stil mochte, dann sollte ihr das Recht sein. Sie wusste noch immer nicht so recht, was er damit bezweckte, aber ihre Befürchtungen klangen ein wenig ab. Vielleicht wurde sie doch nicht gefeuert.

»Die Leute sagen, ich würde mich aus den Geschäften heraushalten. Ich schreibe den Produzenten im Sender nicht vor, was sie tun sollen. Solange die Einschaltquoten stimmen, interessiert mich das nicht. Sie können das Programm gerne so gestalten, wie Sie möchten. Killerheuschrecken, Großmütterserienkiller. Was auch immer draußen ankommt.«

Das wurde ja immer besser. Er mochte ihr Urteilsvermögen. Er glaubte an die Freiheit der Berichterstattung. Worüber machte sie sich da noch Gedanken?

Barrington lehnte sich in seinem Sessel zurück und legte die Hände flach auf den Tisch. Seine Augen verdunkelten sich wieder. »Aber manche Leute kann man nicht sich selbst überlassen. Sie brauchen gelegentlich ein wenig Anleitung.« Er lächelte humorlos. »Von oben.«

Okay, das klang nicht so gut. Das Gespräch, falls man es so nennen konnte, hatte eine Unheil verheißende Richtung eingeschlagen.

»Ich habe beschlossen, eine Recherche durchführen zu lassen – ein rücksichtsloses Exposé, schonungslos offen – über eine bestimmte Gruppe von Menschen, die eine große Bedrohung für dieses Land darstellt, ja, für die Welt. Jemand muss sie als die gefährlichen Fanatiker entlarven, die sie sind.«

Er hielt inne. *Oh-oh, und jetzt kommt der vernichtende Schlag.*

»Es handelt sich um evangelikale Christen. Und dieser Jemand werden Sie sein.«

Wow, sie hatte es nicht kommen sehen. Mit so etwas hatte sie nicht gerechnet. Das Gespräch schien in eine ganz andere Richtung zu laufen. Eigentlich hatte Stephanie Kovacs eine recht schnelle Auffassungsgabe, sonst wäre sie nicht an den anderen vorbeigezogen und so rasch aufgestiegen. Doch sie erholte sich sofort wieder von ihrer Verwirrung und lächelte ihn bescheiden an. »Ihr Vertrauen in mich ehrt mich, Mr Barrington. Ich werde versuchen, Sie nicht zu enttäuschen.«

»Das will ich doch hoffen. Ich werde Sie im Auge behalten.«

Kapitel 22

Der Mann namens Talon hielt in seinen Bemühungen inne und gestattete sich ein paar Sekunden, um die Aussicht auf den Teil von Manhattan zu genießen, der tief unter ihm lag. Nur ein schmales Geländer und einige Seile verhinderten, dass Talon in die Tiefe stürzte.

Er stand zehn Stockwerke weit oben auf einer Fensterputzerplattform, die von einem der bekanntesten Gebäude in der Welt heruntergelassen worden war: dem Gebäude der Vereinten Nationen.

Talon drehte sich wieder zu einem der Hunderte von Fenstern um, die das UN-Gebäude wie eine hohe Glasmauer aussehen ließen. Es hatte 39 Stockwerke, aber Talon hatte sorgfältig gerechnet und er war nur an den Stockwerken fünf bis zwölf interessiert. Das würde für seine Zwecke ausreichen.

Shane Barrington hatte seine Arbeit weisungsgemäß erledigt und Talon an den Sicherheitskräften vorbei Zugang zum Gebäude verschafft. Der Erledigung seiner Aufgabe stand nun nichts mehr im Wege. Er hatte Barrington gesagt, was er brauchte, und es diesem überlassen, herauszufinden, wie er ihm beschaffen konnte, was er brauchte – er besaß ja schließlich genügend Tochterfirmen, die Kommunikations-, Sicherheits- und Versorgungssysteme für unzählige Firmen lieferten.

Das war nicht viel gewesen, weil der überaus langweilige Mr Farley ihm selbst die kleinsten Einzelheiten über seine Fensterputzroutine erzählt hatte. Und Talon hatte Farleys persönliche Identifizierungsmerkmale gesichert, bevor er sich seines Leichnams entledigt hatte. Natürlich hatten auch notwendige Körperteile für den Fingerabdruck und den Irisscan dazugehört, die er brauchte, um Zugang zu den Vereinten Nationen zu bekommen.

Jetzt, nachdem er sich in den verstorbenen Mr Farley verwandelt hatte, wobei er seinen Körper hatte auspolstern müssen, damit er in die Uniform mit der Aufschrift »GEBÄUDEWARTUNG« passte, studierte Talon das Blatt Papier in seiner Hand. Es war ein exaktes Muster der Fensteranordnung des Gebäudes. Wenn es ihm gelang, sich auch weiterhin mit der elektrischen Plattform so schnell hoch- und herunterzulassen, dann wäre alles lange vor der Stunde null vorbereitet.

Kapitel 23

Murphys Ego als Mann und Archäologe bekam einen Dämpfer. »Shari, ich muss zugeben, dass ich mit meinem Latein am Ende bin. Ich habe überhaupt keine Ahnung, was auf dem Schwanz der Schlange steht.«

Shari wünschte, sie könnte ihm irgendwie helfen. Sie hatten bereits einige Datierungstests durchgeführt, die sie in ihrem Labor vornehmen konnten, und natürlich hatte sie aus jeder Perspektive Digitalfotos gemacht. »Ich glaube nicht, dass ich sie noch stärker vergrößern kann, Professor Murphy, sonst können wir außer unleserlichen Strichen nichts mehr erkennen.«

Murphy fuhr sich frustriert mit der Hand durch die Haare. »Nein, womit auch immer Dakkuri diese Botschaft in den Schwanz geritzt hat, sie ist trotz ihres Alters ziemlich intakt geblieben, und ich habe auch gar kein Problem, die Zeichen zu erkennen. Ich habe nur einfach keine Ahnung, was sie bedeuten. Weil ihm nur so wenig Platz zur Verfügung stand, hat er allem Anschein nach irgendeine alte Kurzsprache benutzt. Und vermutlich hat Dakkuri versucht, seine Botschaft besonders gut zu verschlüsseln, weil er ja Anweisungen für die Entdeckung des nächsten Teils seiner mächtigen Ikone gab.«

Shari atmete tief durch, bevor sie aussprach, was sie nun schon seit mehreren Minuten beschäftigte. »Äh … Professor Murphy … haben Sie daran gedacht –«

»Ja, ja, sag's nicht. Ich weiß, wann ich mich geschlagen geben muss. Ich muss wieder mit Isis McDonald telefonieren.«

◇ ◇ ◇

»Wow, Professor Murphy, das ist ja wirklich eine abenteuerliche Geschichte …« Isis McDonald überflog ihre hastig hingekritzelten Notizen und nahm den Hörer ans andere Ohr, um ihren Nacken zu entkrampfen. »Aber so verlockend das auch ist, es ist mir unmöglich, Ihrer Bitte nachzukommen.«

»Warum? Sehen Sie, ich weiß, wir sind uns noch nicht persönlich begegnet, aber Sie müssen wissen, dass ich kein Spinner bin, und normalerweise kenne ich meinen Stoff. Sie haben mir bei der Schriftrolle geholfen und Ihre Übersetzung hat sich als richtig erwiesen. Dies ist jetzt der nächste Schritt. In Tausenden von Jahren stand noch niemand so nah wie ich davor, die eherne Schlange zu finden.«

»Ja, ja, Professor Murphy. Das ist alles schön und gut, aber ich bin Sprachwissenschaftlerin für die Stiftung ›Parchments of Freedom‹, keine blauäugige, nach Ruhm strebende Archäologin, und auf meinem Schreibtisch stapelt sich eine Unmenge Arbeit, mit der ich bereits im Rückstand bin. Eigentlich« – sie verrenkte den Hals, um hinter sich zu blicken – »handelt es sich eher um ein Büro voll von Dingen, die ich schon vor Monaten hätte erledigt haben sollen.«

»Bitte, Isis. Glauben Sie mir, es ist mir peinlich, Sie um Hilfe zu bitten, aber das hier kann nicht warten – und ich gebe nur ungern zu, dass ich einfach nicht über genügend Wissen verfüge, um es zu entschlüsseln, Sie dagegen schon.«

Isis seufzte, aber sehr zu ihrem Erstaunen verzogen sich ihre Lippen zu einem Lächeln. »Oh, Professor Murphy, jetzt weiß ich, warum Sie so erfolgreich sind. Sie sind geübt in der alten Kunst der Schmeichelei.«

»Ich habe die Lizenz zum Schmeicheln.« Murphy grinste. »Werden Sie mir bitte helfen?«

»Ich sage Ihnen was: Ich muss in den kommenden Tagen an den Sitzungen der Stiftung teilnehmen und Sie sind ebenfalls ein viel beschäftigter Mann. Das Tolle an der Stiftung ist jedoch, dass sie eigentlich ganz gut mit finanziellen Mitteln ausgestattet ist. Und darum muss ich auch an den Sitzungen teilnehmen, denn Sie sind nicht der einzige Fachmann in Sachen Schmeichelei. Aber ich werde meine überaus fähige und vertrauenswürdige Sekretärin Fiona mit dem Stiftungsjet zu Ihnen schicken, damit sie den Schwanz der Schlange abholt und zu mir bringt.«

»Wow! Das ist sehr großzügig, nur kann ich ihn leider nicht aus der Hand geben. Woher soll ich wissen, dass er nicht beschädigt wird?«

»Murphy, Sie unterrichten an einer netten Kleinstadtuniversität und ich sitze hier im größten privat finanzierten Forschungszentrum für Geschichtsforschung. Wir haben die modernsten Technologien und Sicherheitssysteme. Wem wollen Sie denn etwas vormachen?«

Und wieder musste Murphy gestehen, dass er geschlagen war. »Der Punkt geht an Sie, Isis. Bevor ich mit eingezogenem Schwanz davoneile und meinen verletzten Kleinstadtstolz lecke, möchte ich Ihnen danken. Das Teil der Schlange gehört Ihnen, so lange Sie es brauchen. Wann kann Fiona hier sein?«

◇ ◇ ◇

Murphy überraschte Laura in ihrem Büro. In der Hand hielt er eine kleine Schachtel.

»Murph, was machst du hier? Hat dieser gemeine alte Dekan dich wieder hierher ins Exil geschickt?«

»Schatz, ich habe herumgesessen und mein Labor geschrubbt, weil ich Isis McDonald anrufen und bitten musste, herzukommen, um die Inschrift auf dem Schwanz der Schlange zu übersetzen, denn ich bin ganz eindeutig nicht clever genug, um sie zu entschlüsseln. Dann wurde mir klar, dass ich doch noch zu etwas gut bin, darum habe ich das hier ausgegraben und repariert. Ich wollte es dir schon geben, seit wir aus Samaria zurück sind.«

Er reichte Laura die Schachtel. Eifrig riss sie den Deckel ab. »Oh Murph, das ist das Wurzelkreuz aus der Höhle. Ich habe mich schon gefragt, wo es wohl abgeblieben ist.«

Sie hielt das mittlerweile gesäuberte Stück Holz in die Höhe, um es zu bewundern. Es war etwa vier Zentimeter lang und gut einen

Zentimeter breit. Murphy hatte ein winziges Loch hineingebohrt und es dann mit ein paar Tropfen Öl bearbeitet, wodurch die Maserung und die Farbe des Holzes besonders gut zur Geltung kamen. An der Schnittstelle befand sich ein abgerundeter Knoten, aus dem die vier Wurzelranken gewachsen waren, die das Kreuz bildeten. Er glänzte wie ein Edelstein aus Hartholz.

»Es hängt an dem Schnürsenkel meines besten Mokassins. Ich habe keine Kosten und Mühen gescheut, um Ihnen ein Schmuckstück zu schenken, das Ihres Status würdig ist, Mylady.« Er verneigte sich vor ihr.

Laura umarmte ihn. »Erhebt Euch, teurer Freund. Eure Königin hat Größeres für Euch bereit. Kommt, bringt mich nach Hause und lasst mich Euch zeigen, warum es gut ist, der König zu sein.«

Kapitel 24

Paul Wallach beobachtete, wie Shari einen Löffel in die Soße tauchte. Sie probierte, nickte leicht, als wollte sie sagen: *Nicht schlecht, wenn ich das so sagen darf,* und rührte noch einmal in der Pasta. In der voll gestopften Küche trieb der Dampf ihr die Röte ins Gesicht, als wäre sie gejoggt und hätte keine Zeit gehabt, sich umzuziehen. Doch in seinen Augen wurde sie dadurch nur noch schöner.

Sie wandte sich um und fing seinen abwesenden Blick auf. »Hey.« Sie runzelte die Stirn. »Du sollst doch aufpassen. Wie lange muss die Pasta kochen, was habe ich gesagt?«

»Fünf Minuten?«, fragte er vorsichtig. »Nein, 15.«

Ihr Stirnrunzeln blieb und sie umklammerte den Löffel noch fester.

»Oh, ich weiß«, sagte er. »Das ist eine Fangfrage. Bis es, du weißt schon, wie es heißt – al dente ist.«

Sie strich sich eine feuchte Haarsträhne aus der Stirn und wandte sich zu den dampfenden Töpfen um. »Hmm. Ich glaube nicht, dass du auch nur ein Wort von dem mitbekommen hast, was ich gesagt habe, Paul Wallach. Wenn ich mich recht erinnere, hast du mir vorgejammert, du würdest dich nur von Dosenthunfisch und gefrorener Pizza ernähren und wie schön es wäre, sich ab und zu mal bekochen zu lassen. Ich weiß, das hier ist nicht gerade Ente à l'orange oder so etwas, aber du könntest schon ein wenig mehr Dankbarkeit zeigen.«

Rasch stellte er seine Cola auf die Arbeitsfläche und machte einen ernsten Gesichtsausdruck. »Ich weiß es zu schätzen, Shari, wirklich. Und es riecht unglaublich gut. Ich kann mich nur schwer auf Dinge konzentrieren, die mich nicht wirklich interessieren.«

»Aber du bist schon daran interessiert, das zu essen, wette ich«, unterbrach sie ihn.

»Sicher, ja, du hast ja Recht. Was ich meine, ist, ich glaube nicht, dass mir das jemals locker von der Hand gehen wird. Egal, wie viel Mühe ich mir auch gebe, ein guter Koch werde ich nie.«

»So wie du auch nie der nächste Bill Gates sein wirst, oder?«, fragte sie und warf einen kurzen Blick zurück über die Schulter, um sich zu vergewissern, dass sie ihn nicht verärgert hatte.

Er seufzte. »Genau. Ich habe das Gefühl, als hätte ich mein ganzes Leben lang versucht, Leistungen in Bereichen zu erbringen, die mir nicht liegen. Als hätte ich bislang immer nur so getan, als interessierte ich mich für Sachen, auf die ich … ich keinen Pfifferling gebe. Ich meine, ich wollte, dass mein Dad stolz auf mich ist und so. Er sollte mich nicht für einen Versager halten. Und dann stellte sich heraus, dass *er* ein Versager war.«

Shari hatte sich vorgenommen, ihn ausreden zu lassen, ohne ihn zu unterbrechen, aber jetzt wandte sie sich zu ihm um. »Paul, du darfst nicht so von deinem Vater denken. Er hat vielleicht geschäftlich versagt, aber er hat euch lange Zeit ein gutes Leben ermöglicht.«

»Ja, wirklich ein *gutes Leben*. Ich weiß nicht, in welchem Bereich er ein größerer Versager war, im Beruf oder als Vater.«

»Paul Wallach, ich möchte dir etwas sagen, das ich erkannt habe, nachdem meine Eltern vor einigen Jahren bei einem Verkehrsunfall ums Leben gekommen waren. Du kannst ihnen die Schuld an allem geben, was deiner Meinung nach in deinem Leben falsch gelaufen ist, du kannst dich schuldig fühlen wegen Dingen, die nicht geklärt worden sind, als sie noch am Leben waren, aber an irgendeinem Punkt musst du anfangen, dein eigenes Leben zu führen, ob sie dir nun eine gute Grundlage mitgegeben haben oder nicht. Und du musst aufhören, sie ständig als Ausrede zu benutzen.«

Paul sank auf seinem Stuhl zusammen. »Oh, das sage ich mir auch immer wieder. Darum habe ich mich ja gezwungen, hier in Preston wieder aufs College zu gehen, denn ich wollte nicht mehr länger herumsitzen und über mein Unglück jammern. Wenigstens hat mein Vater mir vorgemacht, wie man hart arbeitet. Aber es ist schwer, hart zu arbeiten, wenn das Herz nicht mit dabei ist.«

Shari reichte ihm zwei dampfende Teller mit Spaghetti und roter Muschelsoße. Der intensive, warme Duft lenkte ihn einen Augenblick ab.

»Wow!«, rief er. »Das meine ich ernst. Wow! Du musst mir mal das Rezept geben«, fügte er grinsend hinzu.

»Ha-ha«, antwortete sie und scheuchte ihn in das kleine Wohnzimmer, wo sie den Tisch gedeckt hatte. »Setz dich hin und iss. Und dann kannst du mir erzählen, was dich wirklich begeistert.«

◇ ◇ ◇

»Danke«, sagte Paul und reichte Shari eine Tasse mit Kaffee. »Und nicht nur für das leckere Essen. Danke, dass du mir zugehört hast. Ich komm mir ganz blöd vor, weil ich dich die ganze Zeit mit meinen Problemen zugelabert habe. Du kannst mit deiner Zeit sicherlich noch was Besseres anfangen.«

Sie lächelte. »Ich helfe gern anderen, Paul. Und aus eigener Erfahrung weiß ich, dass es eine große Hilfe sein kann, wenn jemand einfach nur zuhört.«

Er hatte gehofft, sie würde noch etwas sagen, etwas Persönlicheres. Etwas, woraus er schließen könnte, dass sie an ihm interessiert war. Er wollte mehr sein als nur der Typ, dem sie an diesem Tag etwas Gutes tat. Aber vielleicht erhoffte er sich zu viel. Oder vielleicht war es auch noch zu früh.

»Also«, entgegnete sie, »zuerst musst du ehrlich zu dir sein. Du darfst nicht mehr so leben, wie dein Dad es wollte. Wenn du der Meinung bist, du seist nicht für die Hochfinanz geschaffen, dann denk darüber nach, ob es nicht etwas anderes gibt, das dich interessiert.«

»Ich glaube, ich habe etwas gefunden, das ich gern studieren möchte.«

»Toll.« Sie strahlte. »Was denn?«

Er zögerte. Würde sie denken, er würde Interesse vorheucheln, um sie zu beeindrucken und sich bei ihr einzuschmeicheln? Er wollte nicht alles kaputtmachen.

»Es ist eigentlich etwas völlig anderes als Wirtschaftswissenschaft: biblische Archäologie«, sagte er, wobei er sie genau beobachtete.

Sie sah ihn eine Weile an. Ohne zu lächeln, aber auch ohne die Stirn zu runzeln. Als würde seine Aufrichtigkeit gewogen und die Waagschalen hätten sich noch nicht zur einen oder anderen Seite geneigt. Schließlich erwiderte sie: »Ich schätze, du weißt, wie *ich* dazu stehe. Ich kann mir nichts Faszinierenderes und Lohnenderes vorstellen. Und wenn du dich darauf einlassen willst, dann ist das schön. Aber bist du auch sicher, dass du wirklich verstehst, worum es dabei geht? Ich meine, es geht nicht nur darum, Artefakte auszugraben und herauszufinden, woher sie stammen. Das tun normale Archäologen. Hier geht es darum, die Wahrheit der Bibel zu beweisen.«

Paul wollte eine Antwort formulieren, doch dann hielt er inne. Er hatte eine Antwort, zumindest glaubte er das, aber er war nicht sicher, ob er sie auch in Worte fassen konnte. Nein, er konnte nicht behaupten, dass er all das glaubte, was in der Bibel stand. Er wusste gar nicht so genau, woran er überhaupt glaubte. Aber als er im Hörsaal Murphys Fotos des Ossariums gesehen und sein Professor die Inschrift vorgelesen hatte, da hatte er tief in seinem Inneren etwas empfunden, das er noch nie zuvor empfunden hatte. Und er wusste nur, dass er mehr davon haben wollte.

Ein Klingeln durchbrach die unbehagliche Stille. *Gerade noch mal Glück gehabt,* dachte er.

»Wer könnte das denn sein? Ich erwarte niemanden«, sagte Shari mit einem Anflug von Verärgerung, als sie vom Tisch aufstand und zur Tür ging. Sie öffnete sie und dann herrschte einen Augenblick lang Stille und sie griff sich mit der Hand an den Kopf. Vor der Tür stand ein junger Mann mit einer wilden Mähne schmutzig blonden Haares, einem Dreitagebart und einem unangenehmen Grinsen. Er schob sich an Shari vorbei und baute sich mitten im Zimmer auf.

»Ich sehe gar keine Luftballons und keine Luftschlangen.« Er ließ seinen Blick durch den Raum gleiten. Durch Paul sah er hindurch, als wäre dieser gar nicht da. »Ganz zu schweigen vom Alkohol. Ich muss sagen, das ist keine tolle Willkommensparty, Schwesterherz.«

◇ ◇ ◇

Man weiß eben nie, was hinter der Fassade vor sich geht, dachte Paul, als er sich auf dem Nachhauseweg zu seiner Wohnung befand. Da hatte er Shari mit seinen Problemen wegen seines Vaters und seiner Zukunft belastet, und sie tat so, als hätte sie keine eigenen Probleme, als wäre bei ihr alles in Ordnung. Und dann – *wumm!* – platzte dieser schreckliche Typ herein, und es stellte sich heraus, dass er ihr Bruder war, der wegen Diebstahls im Gefängnis gesessen hatte, vorzeitig entlassen worden war und sie nun überraschen wollte.

Das war nun wirklich eine Überraschung gewesen. Doch Chuck Nelson blieb nicht lange. Er zog sich rasch um und verschwand wieder. Shari schien sehr aufgebracht, darum blieb Paul noch eine Weile, und dieses Mal sprachen sie über sie. Und ihre Geschichte beeindruckte Paul sehr.

»Meine Eltern kamen bei einem Autounfall ums Leben, als Chuck und ich Teenager waren. Wir sind nie in die Kirche gegangen, darum hatte ich überhaupt keine Beziehung zum christlichen Glauben. Doch die Mutter einer Freundin nahm mich in eine Gemeinde mit und dort geschah etwas Wundervolles. Ich habe Christus kennen gelernt und er hat mein Leben verändert. Ich konnte mich an ihm festhalten, als ich ihn am meisten brauchte. Aber mit Chuck ging es schnell bergab.«

Paul schüttelte den Kopf. »Das muss es wohl, wenn er im Gefängnis gelandet ist.«

»Chuck hat sich mit den übelsten Typen aus der Gegend eingelassen, hat Verbrechen begangen – alles vom Diebstahl bis zum Drogenhandel –, und dann wurde er schließlich gefasst. Er wollte nie auf mich hören, und er weigerte sich, mich auf die Besucherliste im Gefängnis setzen zu lassen, darum bin ich dann schließlich auch nicht mehr hingegangen. Aber ich habe nie aufgehört, für ihn zu beten.«

»Und was wirst du jetzt tun?«

»Ich weiß es nicht. Du hast ja gesehen, wie er hier hereingeschneit und sofort wieder abgehauen ist. Ich schätze, er denkt, er könnte hier bei mir wohnen und ich würde ihn nie hinauswerfen, aber ich will nicht, dass er sein wildes Leben fortsetzt. Ich werde Hilfe brauchen. Ich sollte mit Laura Murphy und Pastor Bob reden. Und danke dir, Paul, du warst ein guter Zuhörer.«

Paul errötete. »Du hast mir zugehört, ich höre dir zu. So läuft das unter Freunden. Und hey, ich schätze, das bedeutet, dass wir jetzt Freunde sind.«

Shari tätschelte ihm freundschaftlich die Hand. »Nun, mein Freund, du gehst jetzt besser nach Hause. Aber wie wäre es, wenn du am Mittwochabend in die Gemeinde kommst? Die Murphys werden dort sein und ich würde dich gern Laura vorstellen. Sie könnte dir dabei helfen, etwas mehr Klarheit über deinen Berufswunsch zu bekommen. Und wenn du Lust hast, könntest du etwas früher kommen und im Keller mithelfen, Kleidung für die Kleidersammlung auszusortieren. Sagen wir, am Mittwoch um halb sieben?«

Ich glaube, hier in Preston wird es mir gefallen, dachte Paul auf dem Nachhauseweg.

Kapitel 25

Die nahezu 200 Flaggen der Mitgliederstaaten der Vereinten Nationen flatterten in der leichten Abendbrise, die vom East River herüberkam. Um sechs Uhr abends, als die Dämmerung rasch der Dunkelheit wich, gingen die Lichter im Verwaltungsgebäude der Vereinten Nationen an.

Innerhalb eines Augenblickes verwandelten Tausende von Lichtern die 39 Stockwerke des Gebäudes in ein Juwel in der nächtlichen Skyline von New York City.

Da es noch nicht ganz dunkel war, konnten die Lichter noch nicht ihre ganze schillernde Wirkung entfalten. Doch das plötzliche Aufleuchten der Lichter erregte an diesem Abend besonderes Aufsehen.

Autos hupten und kamen mit kreischenden Bremsen auf der First Avenue zum Stehen. Fußgänger schnappten nach Luft, schrien und deuteten aufgeregt auf die Glasfassade der Vereinten Nationen. Um 18 Uhr 02 ging der erste von zahlreichen Anrufen im Büro des Leiters der Sicherheitskräfte der Vereinten Nationen ein. Für ihn würde es eine sehr lange Nacht werden.

Denn an den Fenstern der Stockwerke fünf bis zwölf des Gebäudes war in einem Rot, das im Abendlicht überirdisch leuchtete, zu lesen:

J 3 16

In der kommenden halben Stunde wurden noch mehr Lichter im Sekretariatsbereich eingeschaltet.

Das Gebäude wurde geräumt, ebenso wie die Nachbargebäude und die angrenzenden Straßen; nur einige Dutzend offizielle Fahrzeuge der UN standen schließlich noch dort. Die mobilen Einheiten offenbar jedes Fernseh- und Radiosenders der Welt fuhren so dicht an das Gebäude der Vereinten Nationen heran, wie es ihnen möglich war.

Es war ein Katastrophenszenario ohne offensichtliche Katastrophe. Vorläufige Untersuchungs- und Ermittlungsteams konnten im oder am Gebäude der Vereinten Nationen keine Opfer und keinen Schaden entdecken. Mit Ausnahme des peinlich sauber aufgemalten Blutes, das acht Stockwerke an den Fenstern des Sekretariatsgebäudes heruntergelaufen war. Falls die Schrift an den Fenstern als eine Art Warnung vor einer bevorstehenden Explosion oder einem Angriff gedacht war, so wurde kein weiterer Hinweis darauf gefunden, obwohl es noch viele Stunden dauern würde, bis die Räumlichkeiten gründlich durchsucht worden waren.

Da die Vereinten Nationen technisch gesehen auf 72.846 Quadratmetern internationalem Eigentum erbaut worden waren, leitete der Sicherheitschef der Vereinten Nationen, Lars Nugent, an diesem Abend zwar die Operation, aber die Polizei von New York City und das FBI und andere nationale Notfallteams schwärmten überall herum und halfen, wo sie konnten, mit Rat und Tat.

Gegen 21:20 Uhr hatte Nugent den FBI-Beamten Burton Welsh, den Polizeipräsidenten von New York und den Unterstaatssekretär der Vereinigten Staaten zusammengerufen. Letzterer war extra von Washington hergeflogen, um die zahlreichen Regierungsbehörden zu koordinieren, die im Falle eines Angriffs auf die Vereinigten Nationen auf den Plan gerufen würden. Trotz des offiziellen internationalen Status wäre ein Angriff auf die Vereinten Nationen, wie auch immer geartet, für die Vereinigten Staaten ausgesprochen peinlich.

Nugent, ein Mann, der distinguierter wirkte als viele der Diplomaten, für dessen Sicherheit er zuständig war, sagte: »Ich fasse zusammen, was wir bereits wissen: Die Botschaft wurde außen auf die Fenster der Stockwerke fünf bis zwölf gemalt. Die Farbe muss noch überprüft werden, aber nach unseren Erkenntnissen ist es Farbe, kein Blut, wie die Reporter draußen spekuliert haben. Das verwendete Material ist eine Art Chemikalie, die nur bei ganz hellem Licht ihre Farbe annimmt.«

Der Polizeipräsident warf ein: »Wie kam sie dorthin?«

»Wir nehmen an, dass dazu eine Fensterputzerplattform benutzt wurde. Die Fenster dieser Stockwerke wurden heute gereinigt, aber bisher hat sich bei der Überprüfung der Fensterputzer nichts Auffälliges ergeben. Die Polizei versucht, den verantwortlichen Mitarbeiter zu befragen, einen gewissen Joseph Farley aus Astoria. Bislang ohne Erfolg, aber er übt diesen Job bereits seit zehn Jahren aus, und bisher ist er weder hier noch bei der Polizei auffällig geworden.«

Der Unterstaatssekretär blickte von seinen Notizen auf. »Es ist fast hundertprozentig sicher, dass, wer immer dies dorthin gemalt hat, eine Botschaft übermitteln wollte, die die Welt sehen sollte. Die Vereinten Nationen sind ja nun *die* Weltorganisation schlechthin. Bislang hat jedoch keine Terroristengruppe die Verantwortung für diese Tat übernommen.«

Burton Welsh schüttelte den Kopf. Er zog den Reißverschluss seiner Windjacke mit dem FBI-Aufdruck auf, bevor er sprach. »Das müssen nicht notwendigerweise ausländische Terroristen gewesen sein.«

Der Unterstaatssekretär zog die Augenbrauen in die Höhe. »Sie meinen, wir haben es mit einheimischen Terroristen zu tun? Wie in Oklahoma? Wieso sollten sie sich ausgerechnet die Vereinten Nationen aussuchen, die eines der besten Sicherheitssysteme der Welt haben?«

Nugent hob angewidert die Hand. »Dieses Sicherheitssystem scheint ja nun heute versagt zu haben. Wie lautet die neueste Analyse der Schmiererei?«

Welsh nahm ein vor ihm liegendes Buch zur Hand. »Nun, grob gesagt, ziemlich fundamentalistisch.« Er schlug das Buch auf. »Wir gehen davon aus, dass sich die Buchstaben-Zahlen-Kombination auf die Bibel bezieht, und zwar auf das Neue Testament. ›J‹ steht für das Johannesevangelium, ›3‹ für Kapitel 3, ›16‹ für Vers 16. Ich zitiere: ›Denn Gott hat die Welt so sehr geliebt, dass er seinen einzigen Sohn hingab, damit jeder, der an ihn glaubt, nicht zugrunde geht, sondern das ewige Leben hat.‹«

Nugent nickte. »Ja, das ist vermutlich der am häufigsten zitierte Vers der Bibel, aber warum hier, warum jetzt?«

Welsh griff nach seinem Handy, das gerade zu klingeln begonnen hatte. »Wir haben da so ein paar Ideen, aber wenn dies der Anruf ist, den ich erwartet habe, dann werden wir Hilfe von außen bekommen.«

Kapitel 26

Murphy hatte noch immer nicht aufgegeben. Die Symbole verschwammen bereits vor seinen Augen, weil er schon so lange darauf starrte. Sie schienen sich zu einem regelmäßigen Rhythmus zu bewegen, bis Murphy merkte, dass sein Telefon klingelte.

Er schüttelte den Kopf, um ihn wieder klar zu bekommen, und griff nach dem Hörer. Es war Laura, die von zu Hause anrief. »Murph, Gott sei Dank, du bist noch im Labor.«

»Wirklich nett, so etwas mitten in der Nacht zu seinem Mann zu sagen.«

»Murph, ein FBI-Agent war gerade hier. Er wollte dich sprechen.«

»FBI? Mich? Und zu dieser Zeit?«

»Er kommt ins Labor, um dich abzuholen, Murph. Das FBI möchte dir ein paar Fragen stellen.«

◇ ◇ ◇

FBI-Agent Hank Baines saß 20 Minuten später in Murphys Büro und hielt sich Murphys zweiten Hörer ans Ohr, während der Archäologe nervös herumlief. Laura hatte ihn gebeten, das Fernsehgerät im Aufenthaltsraum der Abteilung einzuschalten, und er hatte auf BNN die Live-Berichterstattung über den Vorfall bei den

Vereinten Nationen verfolgt. Wie alle anderen Amerikaner war auch Murphy völlig verblüfft von dem, was er da hörte.

Agent Baines war von Washington beauftragt worden, aus dem Büro in Charlotte nach Preston zu fahren, um Professor Michael Murphy aufzuwecken. Jedoch sollte nicht er die Befragung durchführen; Baines sollte Murphy nur auf eine Telefonkonferenz mit Burton Welsh, dem Leiter des New Yorker Büros, vorbereiten.

»Mr Baines, das ergibt keinen Sinn. Was hat das mit mir zu tun?«

»Ich glaube nicht, dass es um Sie geht, Sir.«

»Na, offenbar geht es doch um mich, wenn Sie schon hierher gekommen sind, um mich zu befragen.«

»Wie ich schon sagte, Professor, ich werde Sie nicht befragen.«

»Das macht noch weniger Sinn. Wenn es nur darum geht, dass ich ein Telefongespräch entgegennehme, was tun Sie dann hier? Werden Sie mich auf der Stelle erschießen, wenn ich eine Frage falsch beantworte?«

Baines sprach in den Hörer. »Agent Baines an Ort und Stelle, New York. Ich werde Professor Murphy sofort in die Leitung einschalten.« Auf Baines' Nicken hin nahm Murphy den Hörer auf seinem Schreibtisch auf.

»Professor Murphy, ich bin Burton Welsh, leitender FBI-Agent hier bei den Vereinten Nationen. Wir haben Sie auf Lautsprecher geschaltet. Bei mir ist der Sicherheitschef der Vereinten Nationen, Lars Nugent. Danke, dass Sie sich die Zeit nehmen, mit uns zu sprechen.«

Murphy runzelte die Stirn, dann sagte er: »Meine Herren, ich weiß nicht, was Sie von mir erwarten.«

»Mr Murphy, es tut mir Leid, Sie zu stören, aber hier bei den Vereinten Nationen hat es ein Problem gegeben.«

»Ich habe es gerade im Fernsehen gesehen. Was habe ich damit zu tun?«

»Sir, wir wissen über Ihre Sachkenntnis in Bezug auf alles, was mit der Bibel zu tun hat, Bescheid.«

»Das ist doch Blödsinn, Agent Welsh. Ich habe noch nie mit euch Jungs zu tun gehabt, aber ich habe immer gedacht, das FBI würde nicht um den heißen Brei herumreden. Es gibt Dutzende von Experten, die Sie hätten anrufen können, die sehr viel mehr über die Bibel wissen als ich, auch eine ganze Menge in New York. Sie hätten also nicht Agent Baines herschicken müssen, damit er hier bei mir Wache hält.«

»Darf ich Sie fragen, was Sie aus der Botschaft J 3 16 herauslesen?«

»Welsh, ich bin ein Experte auf dem Gebiet alter biblischer Geschichte, nicht des modernen Graffiti.«

»Sagen Sie uns trotzdem Ihre Meinung, Mr Murphy.«

Murphy atmete tief durch, bevor er zu einer Antwort ansetzte. »Johannes, Kapitel 3, Vers 16, ist, wie Sie sicher wissen, für viele Christen der wichtigste Vers in der Bibel.«

»Weil?«

»Weil er uns sagt, dass wir durch den Glauben an Gottes Sohn Jesus Christus das Geschenk des ewigen Lebens bekommen.«

»Und Sie glauben also, dies sei das Werk irgendeines religiösen Fanatikers«, warf Nugent ein.

»Einen Augenblick mal, meine Herren! Eines *religiösen Fanatikers*? Sie meinen, nur weil sich das auf einen Bibelvers bezieht? Sehen Sie, *fanatisch* scheint eine angemessene Schlussfolgerung zu sein, weil sich jemand offensichtlich große Mühe gemacht hat, dies auf die Fenster der Vereinten Nationen zu malen. Aber es gibt viele Millionen Menschen, mich selbst eingeschlossen, die jeden Tag ihres Lebens über diesen Vers nachdenken und es als Beleidigung betrachten würden, als *religiöse Fanatiker* bezeichnet zu werden.«

»Sehen Sie, Murphy.« Agent Welshs verbindlicher Tonfall war verschwunden. »Ich habe nicht die Zeit, mit Ihnen über Semantik zu sprechen. Sie müssen zugeben, dass es in diesem Land eine Menge verrückter konservativer Christen gibt.«

»Aha, jetzt weiß ich, worum es geht. Sie haben mich angerufen, weil ich vermutlich der einzige Bibelexperte bin, der in Ihren Computern als bekannter konservativer Christ auftaucht. *Religiöser Fanatiker* ist Ihre Definition für *konservativer Christ*, richtig? Das ist ein hässliches Klischee, das meiner Meinung nach beim FBI nichts zu suchen hat.«

»Kommen Sie, Murphy, wir haben massenweise Akten über christliche Randgruppen, die gegen die Vereinten Nationen zu Felde ziehen. Sind Sie nicht der Meinung, dass das hier so aussieht, als sei einer von ihnen auf dem Kriegspfad?«

Murphy blickte zu Baines hinüber, der auf der zweiten Leitung mithörte, aber der Agent rieb sich die Augen, vermutlich, um Murphys Blick zu entgehen. Murphy wurde auch tatsächlich viel ruhiger, nachdem er ein paar Sekunden gewartet hatte, um seine Fassung wiederzugewinnen. »Und ich gehöre nicht dieser Randgruppe an, bin kein Spinner, Reaktionär, Verrückter oder wie immer Sie mich wegen meines Glaubens nennen wollen. Ich sehe also nicht, wie ich Ihnen helfen kann.«

»Können oder wollen?«, feuerte Welsh zurück.

Bevor Murphy antworten konnte, öffnete sich seine Bürotür und Laura kam hereingestürmt. »Murph, was ist los? Was will das FBI von dir und was hat das alles mit dieser verrückten Geschichte bei den Vereinten Nationen zu tun?«

»Schatz, ich habe wirklich keine Ahnung. Aber allmählich stinkt die ganze Sache und der Gestank wird ziemlich unerträglich.« Ins Telefon sagte er: »Welsh, meine Frau ist jetzt gekommen. Sie teilt meinen Glauben. Sie rufen besser Verstärkung für Ihren Agenten Baines hier – die religiösen Fanatiker sind ihm jetzt zahlenmäßig überlegen. Ich schalte auf Lautsprecher um.«

Der Ausbruch ihres Mannes schien Laura zu schockieren, zumindest aber zu verwirren.

»Professor Murphy, Mrs Murphy, hallo. Ich bin FBI-Agent Burton Welsh aus New York. Sehen Sie, wir scheinen bei dem jeweils anderen gerade die richtigen Knöpfe gedrückt zu haben –«

»Ich drücke jetzt den Verbindungsknopf, Welsh. Ich habe keine Ahnung, wie ich Ihnen bei dieser Sache helfen kann, und ich beschäftige mich hier mit einer Handschrift, die ein paar tausend Jahre alt ist und mit der kann ich Nützlicheres anstellen. Also, wenn Agent Baines mich und meine Frau oder auch unsere gesamte Gemeinde nicht verhaften soll, werde ich jetzt Schluss machen.«

Welsh in New York sträubte sich. »Sie können nicht einfach Schluss machen, Mr Murphy. Und Sie sollten sich uns in der nächsten Zeit zur Verfügung halten.«

»Und was soll das heißen?«

Agent Baines griff herüber und unterbrach den Anruf, bevor Murphy eine Antwort bekam. »Es tut mir Leid, Professor Murphy. Hier scheinen die Dinge heute Abend etwas außer Kontrolle geraten zu sein.« Er hielt inne und Laura spürte ein Unbehagen hinter seinem Zögern.

»Agent Baines, gibt es noch etwas, das wir wissen sollten?«

»Nein.« Er wandte den Blick von ihnen ab.

»Baines, Sie können mit uns reden. Wir sind keine Ungeheuer, egal, was die in New York denken.«

»Das weiß ich. Agent Welsh ist ein prima Mensch und ein vorgesetzter Agent. Ich habe ihn in Quantico in Aktion erlebt. Aber … ich komme von hier, und ich bin mir bewusst, dass einige Großstadtleute manchmal auf religiöse Dinge etwas seltsam reagieren. Ich wollte Ihnen nur sagen, wir sind nicht alle wie die beim FBI.«

Murphy schüttelte ihm die Hand. »Agent Baines, danke. Manchmal muss man ein ganzer Mann sein, um für seinen Gott und seinen Job einzustehen. Sie scheinen das gelernt zu haben und ich bewundere das. Heute Abend hätte ich ein wenig von Ihrer Gelassenheit brauchen können.«

Laura legte den Arm um ihren Mann und drückte ihn liebevoll an sich. »Du ziehst Gelassenheit einem Wutausbruch vor? Wenn Agent Baines dir das beibringen könnte, dann würden wir ihm hier in Preston glatt einen Job geben. Agent Baines, es war nett, Sie kennen zu lernen, trotz der etwas ungewöhnlichen Umstände.«

»Hey, ich bin nur der Botschafter in all dem, aber ich bin froh, aus dem Schneider zu sein, was immer hier oben auch vorgeht.«

Laura umarmte ihren Mann. »Dieser Mann vom FBI denkt doch nicht wirklich, du hättest was mit dieser Sache bei der UN zu tun, oder?«

»Nein, ich glaube, er versucht nur verzweifelt, zu verstehen, warum jemand auf die Idee kommt, einen Bibelvers an die Glasfront der UN zu schreiben. Und wie viele andere hält er uns Gläubige für eine große Verschwörerbande, die alles individuelle Denken anprangert. Trotzdem, in einem hat er Recht. Jemand hat sich viel Mühe gemacht, um diesen Vers an das Gebäude zu malen.«

Murphy dachte erneut über mögliche Gründe dafür nach. Die ganze Botschaft der Bibel war in diesem einen kleinen Satz zusammengefasst worden, der im Johannesevangelium niedergeschrieben war. Vor einigen Jahren war die Bibel – und vor allem dieser Vers – in den Blickpunkt der Öffentlichkeit gerückt, als eine Einzelperson anfing, bei zahllosen im Fernsehen übertragenen Sportveranstaltungen im ganzen Land ein Schild hochzuhalten, auf dem in großen Buchstaben Johannes 3,16 stand. Und er hielt es immer genau in die Kameras.

Einige Zeit später unternahm auch ein Ringkämpfer bei seinem Kampf einen ähnlichen Versuch. Aber nun wurde es wirklich hässlich. Die heutige aufgebauschte Berichterstattung bewies Murphy, dass die Medien diesen Bibelvers – den schönsten und aussagekräftigsten der ganzen Bibel, der im Laufe der Jahrhunderte zahllose Menschen von der Wahrheit des christlichen Glaubens überzeugt hatte – für eine Schmutzkampagne missbrauchen wollten, die gegen konservative Christen gerichtet war. Die Ironie des Ganzen entging Murphy keineswegs.

»Johannes, Kapitel 3, Vers 16 ist eine ziemlich gute Botschaft, die die Leute da draußen unbedingt hören sollten«, meinte Laura.

»Ja«, stimmte Murphy ihr zu, »aber irgendetwas sagt mir, dass es nicht irgendein Sonntagsschullehrer war, der das dort hingeschrieben hat.«

Kapitel 27

Shane Barrington sah sich die Live-Berichterstattung von BNN über den Vorfall bei den Vereinten Nationen allein in seinem Apartment an. Der Leiter der Nachrichtenredaktion hatte ihn weisungsgemäß auf diese Sendung aufmerksam gemacht.

Natürlich hatte der Nachrichtenredakteur keine Ahnung, dass Barrington etwas mit diesem Vorfall zu tun hatte. *Woher auch?*, dachte Barrington. *Wenn selbst ich nicht sicher bin, ob ich wirklich daran beteiligt bin.* Die Leute, für die er jetzt arbeitete, diese Sieben, und ihr unheimlicher Handlanger, dieser Talon, waren schon eine seltsame Bande. Er wagte nicht, ihnen Fragen zu stellen, und er hatte keinerlei Möglichkeit, Kontakt zu ihnen aufzunehmen, selbst wenn er es gewollt hätte. Sie schienen jedoch alles über seine Unternehmen zu wissen und wüssten vermutlich auch über sein Privatleben Bescheid, falls er eines hätte.

An den meisten Abenden, wie auch an diesem, saß er ganz alleine in seiner Wohnung und brütete über Berichten und Zahlen. Durch die ihm von den Sieben zugesicherte finanzielle Sicherheit standen Barrington noch mehr Mittel zur Verfügung, um seine Gier zu befriedigen. So trieb er jede Abteilung dazu an, zu expandieren. Er ermunterte seine Führungskräfte, nach Übernahmemöglichkeiten Ausschau zu halten und neue Wege zu suchen, wie man die Konkurrenz aus dem Feld schlagen konnte.

Der finanzielle Rückhalt durch die Sieben ermöglichte es ihm auch, die wenigen vertrauenswürdigen Teilhaber in seiner Organisation auszuzahlen, um sicherzustellen, dass es keinen Betrug oder Ausverkauf geben würde. Mit Ausnahme der Maulwürfe, die offensichtlich den Sieben Bericht erstatteten, aber sie waren ihm gleichgültig, da er nicht vorhatte, in irgendeiner Weise die Geschäfte der Sieben zu durchkreuzen. Sie wussten, was sie bekamen, wenn sie mit ihm zusammenarbeiteten: einen rücksichtslosen, harten Geschäftsmann, der keine Gefangenen machte und bei dem es um alles oder nichts ging.

Er wünschte nur, er hätte eine bessere Vorstellung davon, wer diese Leute waren, diese Sieben. Was war ihr Ziel? Abgesehen vom Geldverdienen und der Ausweitung des Kommunikationssystems und seines Imperiums, welche war seine Rolle in ihrem Plan?

Zum Beispiel diese Sache mit den Vereinten Nationen. Er hatte seine speziellen Anweisungen von Talon bekommen – er sollte einen Weg finden, wie man einige der UN-Sicherheitssysteme ausschalten konnte, und das war ihm durch komplexe Manöver gelungen, die keinesfalls mit ihm in Zusammenhang gebracht oder extra zu ihm zurückverfolgt werden konnten, nicht einmal nach diesen ungeheuerlichen Geschehnissen bei den Vereinten Nationen.

Nachdem er jedoch seine Informationen an Talon weitergegeben hatte, hatte er kein weiteres Wort über die UN gehört, bis zu diesem Abend. Er ging einfach davon aus, dass Talon und die Sieben irgendwie hinter dieser Tat steckten, aber welchen Zweck verfolgten sie?

Barrington staunte wie immer über die Schnelligkeit und Findigkeit seiner Produzenten, die für diese neueste Krise bereits eine für sie typisch reißerische Schlagzeile hatten: »Angriff auf UN«. Diese Schmiererei auf der Fassade wirkte jedoch eher wie ein Schülerstreich und nicht wie eine welterschütternde Bedrohung der Sicherheit.

Sein Telefon läutete. In der Erwartung, mit seinem Nachrichtenredakteur zu sprechen, meldete er sich: »Jim, was gibt es Neues?«

»Sie werden heute Abend nicht die Nachrichten sehen, Barrington, Sie werden welche machen.« *Talon.* Beim Klang seiner Stimme erstarrte Barrington unwillkürlich.

»Sie werden Ihrem Nachrichtenstar, dieser Kovacs, den großen Knüller des Abends zukommen lassen.«

»Tatsächlich?«

»Hören Sie einfach nur zu und machen Sie sich Notizen. In der 165. Straße, Ecke 76. Avenue in Queens steht ein Haus, das von Joe Farley angemietet wurde, einem der Fensterputzer der Vereinten Nationen. Dort hat er jedoch nicht gewohnt, es ist ein Geheimversteck. So geheim, dass nicht einmal er weiß, dass er es angemietet hat, falls Sie verstehen, was ich meine. Teilen Sie der Kovacs mit, einer Ihrer Freunde bei der Justiz hätte Ihnen den Tipp gegeben, dass das FBI dieses Haus unter die Lupe nehmen wolle. Allerdings hat das FBI noch gar keine Ahnung davon. Sie wird sich zweifellos auf diese Story stürzen.«

»Und was ist daran so toll? Versteckt sich dieser Farley etwa wirklich dort?«

»Das Tolle daran ist, dass dieser Kerl das Haus überhaupt gemietet hat, denn dort wird das FBI jede Menge Bibeln, religiöse Traktate und alle möglichen Hetzschriften vorfinden – und sie werden erfahren, dass er plant, die Vereinten Nationen in die Luft zu sprengen.«

»Woher wissen Sie das? Das haben Sie doch nicht aus den Informationen, mit denen ich Sie versorgt habe.«

»Sagen wir, dies ist eine Information, die ich selbst geliefert habe.«

»Sie meinen, Sie haben die Beweise fingiert, um diesem Farley die ganze Sache anzuhängen? Wenn das FBI ihn aufspürt, wird dann nicht klar sein, dass irgendjemand das alles nur inszeniert hat?«

»Aber das FBI wird Farley nie finden. Auch sonst niemand. Und glauben Sie mir, *nie* ist früher, als jemand Sie finden wird, wenn Sie mir noch eine weitere Frage stellen. Holen Sie die Kovacs ans Telefon, geben Sie ihr die Sensationsnachricht, und sagen Sie ihr, sie solle sofort mit ihrem Kameramann hinfahren und drehen. Später kann sie ja irgendeine Ausrede erfinden, um zu erklären, warum sie ins Haus eingedrungen ist. Und morgen sagen Sie ihr, sie solle ihre Bemühungen bei der Recherche über diese christlichen Fanatiker verdoppeln. Es sei eine Schande, was einem internationalen Kulturgut wie den Vereinten Nationen angetan worden sei.«

Barrington wusste nicht genau, ob er lachen sollte, aber da war die Verbindung auch schon unterbrochen. Als er Kovacs' Nummer wählte, beschloss er, ihr gegenüber genau diese Worte zu verwenden.

Kapitel 28

»Hier ist Stephanie Kovacs mit einer exklusiven Berichterstattung für BNN. Ich stehe in einer täuschend ruhigen Straße in Queens, New York. In diesem unauffälligen zweistöckigen Haus, das Sie hinter mir sehen, unterhielt das Superhirn hinter dem schockierenden Terrorangriff auf die Vereinten Nationen seine geheime Terrorzelle.«

Talon sah sich die Sendung in seinem Hotelzimmer an und lachte grimmig in sich hinein. *Diese Frau ist gut*, dachte er. *Sie hat vielleicht noch mehr Eiswasser in ihren Adern als ihr Boss.*

Er würde sie für mögliche spätere Projekte im Auge behalten.

◇ ◇ ◇

Im UN-Sicherheitshauptquartier stürmte Burton Welsh gerade in Nugents Büro und stellte das Fernsehgerät ein.

»Sehen Sie sich das an. Diese Reporterin von BNN sendet aus dem Geheimversteck dieses Fensterputzers.«

Nugent fluchte. »Wie hat sie das bloß gefunden?«

Welsh zuckte die Achseln. »Meine Leute sagen, sie würde sich auf irgendwelche ›Informanten‹ berufen. Und vermutlich werden wir ihr die Namen ihrer Informanten nicht entlocken können. Aber sehen Sie nur, was sie dort gefunden hat.«

Er drehte die Lautstärke auf. »… Obwohl es hier in diesem Haus keinerlei Hinweise auf den vermeintlichen Mieter Joseph Farley gibt, hat BNN herausgefunden, dass er Fensterputzer bei den UN war. Er hätte diesen schockierenden Angriff heute Abend mit Leichtigkeit durchführen können. Dieses Haus ist zwar nicht sein Hauptwohnsitz, aber mindestens eine Nachbarin hat mir erzählt, sie habe ihn zu den seltsamsten Zeiten in dieses Haus gehen sehen.«

Die Kamera schwenkte nun von Kovacs weg zu einigen Stapeln von Büchern und Papieren auf dem Tisch in einem Raum, der offenbar das Esszimmer war.

»Und im Haus von Farley, dem Fanatiker, hat BNN als Erste vor Ort Folgendes vorgefunden: Bibeln, in denen scheinbar wichtige Stellen über Jesus und die Auferstehung markiert sind. Grundrisse der Vereinten Nationen, die ebenfalls mit Markierungen für einen terroristischen Angriff versehen sind, wie ich befürchte.«

Nugent fluchte erneut. »Wie lange dauert es, bis die Polizei dort ist und die Übertragung unterbrechen kann?«

Welsh drückte sein Handy ans Ohr und hielt sich das andere zu. »In etwa eineinhalb Minuten. Ich werde selbst zu ihr durchgestellt, sobald sie dort eintreffen. Das wird noch ein recht ereignisreicher Abend werden.«

◇ ◇ ◇

Talon wollte nicht warten, bis die Kovacs die dumme alte Frau interviewte, die neben dem Haus wohnte, das er auf Farleys Namen angemietet hatte. Er wusste, die Kovacs war eine zu gute Reporterin, um die halb blinde, aber sehr neugierige Mrs Sorcatini zu übersehen, die ihn beobachtet hatte, als er für sie seine beiden spätabendlichen Auftritte als Farley inszeniert hatte.

Nein, er hatte genug von BNNs durchaus zufrieden stellender aufgebauschter Berichterstattung gesehen. Sein Kontaktmann im Schloss offensichtlich auch. Beim zweiten Läuten hatte er sein abhörsicheres Telefon in der Hand. Wie erwartet meldete sich die Stimme von John Bartholomew, seinem wichtigsten Kontaktmann zu den Sieben.

»Ich sage Ihnen, Talon, wenn es zur Zeit Jesu schon das Wunder der 24-Stunden-Fernsehübertragung gegeben hätte, dann wären Evangelikale überflüssig. Ich schätze, man könnte sagen, dass Sie heute Abend die Medien für unsere Sache eingespannt haben. Diese Fernsehreporterin hat uns bei unserem Versuch, evangelikale Christen in Misskredit zu bringen, gute Dienste geleistet.«

»Da bin ich mir nicht so sicher, Sir«, erwiderte Talon. »Das ist doch nur ein Sturm im Wasserglas. Die Nachforschungen der Behörden werden im Sande verlaufen, da sie Farley nicht fassen werden und somit nichts beweisen können.«

»Aber, aber, Talon, jetzt ist nicht der richtige Zeitpunkt für falsche Bescheidenheit. Sie haben ein hervorragendes weltweites Medienevent inszeniert. Und genau darum geht es heutzutage bei den Nachrichten. Niemand kümmert sich um die Feinheiten, mögliche Korrekturen, die Nachfolgeberichterstattung – die Leute warten schon wieder auf den nächsten Skandal. Aber sie werden sich daran erinnern, dass irgend so ein christlicher Fanatiker, wie man sie ja in den Talkshows nennt, die Vereinten Nationen in die Luft sprengen wollte. Und das ist doch ein gutes Ergebnis für heute Abend.«

»Wenn Sie zufrieden sind, dann bin ich auch zufrieden. Soll ich jetzt die nächste Welle lostreten?«

»Nein, Talon, bereiten Sie alles nur schon einmal vor. Meine Kollegen und ich müssen noch entscheiden, welchen Weg wir einschlagen und wie der Zeitablauf sein wird. Alles soll perfekt sein und vor allem wollen wir die Kontrolle behalten. Das Chaos ist ein nobles Ziel, wenn es angemessen inszeniert ist. Wenn man es nicht zu seinem Vorteil nutzt, ist es nur genau das, ein Chaos. Wir bleiben in Verbindung.«

◇ ◇ ◇

Stephanie Kovacs hielt ihr Handy einige Zentimeter von ihrem Ohr entfernt, während Burton Welsh sie anbrüllte. Der Sender hatte in die Sendezentrale zurückgeschaltet, um die stündlichen Nachrichten auszustrahlen. »Mr Welsh, Sie wissen, dass ich meine Quellen nicht nennen kann. Ich kann Ihnen nicht verraten, wie es kam, dass ich vor der Polizei – und dem FBI – am Farley-Haus gewesen bin.«

Welsh brüllte unvermindert weiter. »Selbst die Pressefreiheit in diesem Land wird Sie nicht vor einer Anklage wegen Hausfriedensbruch bewahren, Miss Kovacs. Sie hatten kein Recht, heute Abend in dieses Haus einzudringen, und das wissen Sie ganz genau.«

Kovacs antwortete mit unschuldiger Stimme. »Aber, Agent Welsh, ich beobachtete dieses Haus von meinem Übertragungswagen aus, und wir glaubten, Rauch aufsteigen zu sehen. Wir haben nur unsere Pflicht als Bürger getan, um mögliche Bewohner vor dem Feuer zu bewahren.«

Welsh schnaubte. »Feuer, meine Güte. Ich werde Ihnen vor Gericht so viel Feuer unter dem Hintern machen, dass Sie sich wünschen werden, Sie hätten sich einen anderen Job gesucht.«

Kovacs lächelte. »Mr Welsh, denken Sie nicht, dass ein Psychopath, der mit Gewalt droht, für heute Abend genug ist? Alle weiteren Fragen können an die Rechtsabteilung von BNN gerichtet werden. Auf Wiederhören, FBI.«

Kapitel 29

»Oh Talon, ich schwöre, da könnte man glatt an eine höhere Macht glauben.« John Bartholomews normalerweise düstere Stimme klang auf der sicheren Leitung beinahe fröhlich. »Die nächste Phase unseres Planes ist uns beinahe in den Schoß gefallen. Packen Sie schon mal Ihre Taschen.«

Talon zeigte jedoch wie gewöhnlich keinerlei Regung. »Was ist mein Ziel?«

»Sie werden Ihre inspirierende neue Hingabe an die Christenheit stärken, junger Mann.«

»Dieses Mal werden hoffentlich größere Herausforderungen an mich gestellt, als nur mit Farbdosen zu hantieren.«

»Ich glaube schon, aber Sie werden Geduld üben müssen, Talon. Es gibt jemanden, der ebenfalls seinen Beitrag zum Beginn dieser nächsten Phase leisten wird. Nur weiß er es noch nicht.«

Talon war auf der Hut. »Wer? Unsere Vereinbarung lautete, dass ich die alleinige Kontrolle über die Aktionen in den USA haben würde.«

»Und so soll es auch sein. Sie werden unseren ahnungslosen Helfer überwachen, während er sich seinen Herausforderungen stellt. Er verfügt über eine Fähigkeit, mit der nicht einmal Sie es aufnehmen können.«

»Und das wäre?«

»Dinge aufzuspüren. Alte Dinge. Sie fahren nach Preston, North Carolina, und behalten Professor Murphy im Auge.«

»Ich jage und töte. Warum soll ich einen Professor beobachten?«

»Sie verlieren wirklich nicht viele Worte, Talon, aber Ihre Formulierungen sind so klar und treffend. Sehen Sie, eine unserer

Quellen im Mittleren Osten hat uns darüber informiert, dass dieser Murphy über etwas gestolpert ist, das wir dringend benötigen.«

»Dann werde ich Ihnen das, was Sie benötigen, einfach beschaffen.«

»Oh, das werden Sie, aber so einfach ist das nicht. Wir haben das bereits überprüft, und was wir wollen, ist in Teile zerlegt, in Teile, die vermutlich kein anderer auf der Welt finden kann.«

»Das ist lächerlich. Sie haben doch gezeigt, dass Sie über genügend Geld und Macht verfügen, um fast alles zu bekommen, was Sie kaufen wollen.«

»Diesen Murphy kann man nicht kaufen. Er hat moralische Anschauungen und Prinzipien, eben Dinge, die Sie nicht verstehen. Und er versucht, ein guter Christ zu sein, etwas, das Sie *ganz gewiss* nicht verstehen. Und doch nimmt er überraschenderweise auch gern ein Risiko auf sich, ähnlich wie Sie selbst. Er ist ein Mann der Tat, der manchmal dumme Dinge tut. Und genau darum wünschte ich, ich könnte dabei sein, wenn Sie dann schließlich doch gegen ihn kämpfen, Talon, denn das wäre bestimmt sehenswert.«

»Sie machen mir keine Angst.«

»Das will ich auch gar nicht. Ich möchte Sie nur davor warnen, dass Sie es hier nicht mit einem schwabbeligen Fensterputzer aus Queens zu tun haben. Er ist gerissen, er ist kompetent, und vor allem ist er der einzige Mensch auf der Welt, der über eine so einzigartige Kombination von Wissen, Mut und Leidenschaft verfügt, dass er den Wert dieser Teile erkennt, die wir haben wollen. Und er wird losziehen, um sie zu suchen.«

»Was sind das für Gegenstände, die Sie haben wollen? Er sucht doch alten biblischen Müll, richtig?«

»Sehr eloquent ausgedrückt, Talon. Ja, er sucht alte Artefakte, die belegen, dass die in der Bibel beschriebenen Geschichten reale historische Ereignisse beschreiben.«

»Warum ist das für Sie von Interesse? Ich dachte, Sie hassen jegliche Form von Religion.«

»Nein, wir hassen nicht jede Form von Religion. Eines Tages werden wir eine neue Religion etablieren, eine einzige Religion. Um diese Christen zu unserer einen Religion zu führen, wollen wir sie mit einem ihrer eigenen Symbole aus ihrer eigenen Bibel locken. Wenn wir beweisen können, dass ihr Gott uns diese Symbole anvertraut hat, dann werden wir ihnen viel glaubwürdiger erscheinen. Das wiederum wird uns helfen, sie abzulenken, während wir sie von ihrem alten Gott zu unserem neuen Gott weglocken.«

»Und wozu brauchen Sie diese Artefakte? Warum schaffen Sie sich nicht einfach Ihre eigenen?«

»Weil es auf dieser Welt Menschen wie Murphy gibt, die in der Lage sein könnten, eine Fälschung als solche zu erkennen. Außerdem soll dieses spezielle Artefakt, hinter dem er her ist, über ganz besondere Kräfte verfügen, das erzählt man sich zumindest seit Jahrhunderten. Es handelt sich um die eherne Schlange aus der Bibel.«

»Sie wollen mir sagen, dass Sie alle Macht haben, die Geld kaufen kann, und trotzdem noch an ein Souvenir aus biblischer Zeit glauben?«

»Nun, Talon, wir werden sehen, was passiert, wenn Murphy die drei Teile der Schlange findet und sie zusammensetzt. Ob sie nun eine dunkle Macht hat oder nicht, sie wird das wichtigste Element sein, wenn wir die Gläubigen zu unserer Religion herüberziehen wollen. Sie werden also Professor Murphy genau im Auge behalten, während er sich auf die Suche nach den beiden anderen Teilen macht, und dann werden Sie ihm alle drei wegnehmen. Verstanden?«

»Ich brauche neben dem Babysitting noch eine andere Aufgabe in North Carolina.«

»Ah, Sie sprechen mir aus der Seele, Talon. Sie wissen ja sicher, dass wir darüber nachgedacht haben, welche anderen Schritte wir unternehmen sollten, um unsere übrigen Ziele zu erreichen, zum Beispiel eine allgemeine Furcht vor beziehungsweise allgemeines Misstrauen gegen alle Organisationen und Institutionen der Welt zu säen. Wir wollen uns auf die städtischen Zentren konzentrieren und haben beschlossen, mehrere unserer Ziele für Ihre nächste Aktion zu kombinieren. Wir werden den Terror in eine Kleinstadt bringen. Und natürlich unseren Feldzug gegen unsere lieben christlichen Brüder und Schwestern fortsetzen.«

Zum ersten Mal in ihrem Gespräch klang Talon erregter als gewöhnlich. »Lassen Sie mich raten. Bei der Kleinstadt handelt es sich um Preston, North Carolina. Und die christliche Gemeinde ist die von Murphy.«

»Sehr gut, Talon. Ich wusste doch, dass ich mich auf Sie verlassen kann.«

Kapitel 30

Nebukadnezar konnte es kaum erwarten. Daniel schien intensiv auf eine innere Stimme zu lauschen. Endlich setzte er wieder zu sprechen an. »Du hast ein großes Bild gesehen, o König. Du hast von einer Statue geträumt –«

»Einer Statue! Ja! Ich sehe sie!« Der König sprang auf und strahlte von einem Ohr zum anderen wie ein Blinder, dessen Augenlicht gerade auf wundersame Weise wiederhergestellt worden war.

Daniel sprach weiter, ohne auf die Erregung des Königs zu achten.

»Die Statue, die du in deinem Traum gesehen hast, war prächtig und hervorragend gearbeitet. Eine mächtige Statue, die dich um ganze 90 Ellen überragte.

Der Kopf der Statue war aus Gold, wundersam strahlend, wie geschmolzenes Feuer, die Brust und die Arme aus funkelndem Silber, wie der Mond, wenn er voll und groß am Himmel steht.« Er hielt inne, als der König einen Schritt nach vorne tat und seine Hände in seine Schultern grub. Es war, als stünde die Statue vor ihnen, unter einem großen schwarzen Schleier verborgen, und Daniel würde den Schleier mit seinen Worten Zentimeter um Zentimeter wegziehen.

»Der Bauch und die Oberschenkel der Statue bestanden aus Bronze, die Beine aus Eisen, die Füße aus einem Gemisch aus Ton und Eisen.« Er hielt inne und der König wurde ganz still. Er wagte nicht mehr, sich zu rühren oder zu sprechen, damit die Vision nicht verloren ging.

Nebukadnezar setzte sich wieder auf seinen Thron aus Zedernholz und trank einen großen Schluck Wein. Die Freude über die Erinnerung an den Traum war belebend, aber nur von kurzer Dauer. Jetzt war er von einem nagenden Hunger erfüllt und verlangte, zu erfahren, welche Bedeutung eine so außergewöhnliche Vision wohl haben mochte.

Er blickte auf, und Daniel schien seine Frage zu erahnen, bevor er sie aussprach.

»Die vier Teile der Statue stehen für vier Weltreiche. Erst Gold, dann Silber, danach Bronze. Jedes Weltreich ist weniger mächtig als das vorhergehende. Bis zum letzten Weltreich aus Eisen, das das

schwächste sein wird, denn seine Grundlage, die Füße aus Eisen und Ton, wird genauso geteilt sein wie Eisen und Ton.«

»Vier Weltreiche«, wiederholte der König nachdenklich. »Und nur vier?«

»Ja, es wird nur vier Weltreiche bis zu den letzten Zeiten geben. So werden die Menschen wissen, dass nur der Gott des Himmels die Geschichte offenbaren kann, bevor sie geschieht. Dann, in den letzten Zeiten, werden sich zehn Königreiche der Welt zusammentun in einem Versuch, ein Weltreich zu bauen wie deines, oh König. Danach wird das Ende kommen.«

Das war wirklich außergewöhnlich. Nebukadnezar lebte in einer Welt, in der Lügen an der Tagesordnung waren. Nicht einmal den Menschen, die ihm besonders nahe standen, konnte er trauen, vermutlich gerade ihnen nicht. Schon vor langer Zeit war er zu dem Schluss gelangt, dass nur ein Mann, der gebunden und in Ketten gelegt war und das rot glühende Eisen in der Hand des Peinigers näher kommen sah, wirklich die Wahrheit sagte.

Dennoch zweifelte er keinen Augenblick daran, dass jedes Wort, das Daniel sprach, in Erfüllung gehen würde. Zum ersten Mal in seinem Leben hatte er, der Herrscher über zahllose Völker, das Gefühl, keinen festen Boden mehr unter den Füßen zu haben.

Und wieder erahnte der hebräische Sklave seinen nächsten Gedanken.

»Und was wird aus Babylon, was aus Nebukadnezar in dem allen?« Daniel blickte dem König in die Augen und seine tiefe, klangvolle Stimme erfüllte den Thronsaal.

»Folgendes ist die Deutung des Traumes: Du bist von Gott zum Herrscher über alle Dinge und alle Menschen erwählt worden. Der Gott des Himmels hat dir ein Königreich anvertraut, Macht, Stärke und Herrlichkeit gegeben. Bevor das Königreich Gottes kommt, soll deines das größte Reich sein, das die Welt je gesehen hat. Du, mein König, bist der Kopf der Statue aus Gold aus dem Traum. Wenn das vierte Königreich ersteht, wird es so stark sein wie Eisen. Dieses Königreich wird zerbrechen und alle anderen Königreiche zerschmettern.«

»Zerbrechen?«, rief der König.

»Das ist der letzte Teil deines Traumes. Du hast gesehen, wie ein Stein ohne Hände gebildet wurde. Der Stein traf das Bild mit großer Macht und zerschmetterte die Füße aus Eisen und Ton. Das Bild stürzte um. Eisen, Ton, Bronze, Silber und Gold wurden wie die Spreu

auf dem Dreschboden zermalmt. Dann kam ein Wind auf und wehte sie davon, sodass keine Spur mehr von ihnen zu finden war. Und der Stein, der das Bild getroffen hatte, wurde so groß wie ein Berg und schloss die ganze Erde ein.«

Der König erhob sich und begann, aufgeregt herumzulaufen.

»Mein König, die Füße, die du gesehen hast, bestanden halb aus Ton und halb aus Eisen. Sie stehen für ein geteiltes Reich, das gleichzeitig stark und auch schwach ist. Wie du weißt, kann sich Eisen nicht mit Ton vermischen. In den Tagen dieses geteilten Königreiches wird der Gott des Himmels sein eigenes Reich aufrichten, das nicht mehr zerstört werden kann. Es wird nicht von gewöhnlichen Menschen regiert werden. Es wird alle anderen Königreiche verzehren und ewig Bestand haben.«

Daniel schloss mit den Worten: »Der große Gott hat den König wissen lassen, was dereinst geschehen wird. Der Traum ist sicher und die Deutung zuverlässig.«

Daraufhin befahl König Nebukadnezar seinen Männern, Daniel ein Opfer aus Weihrauch und Geschenken zu bringen. Er legte die Hand auf Daniels Schultern.

»Von diesem Tag an sollst du der Herrscher über diese ganze Provinz und Präfekt über alle Weisen von Babylon sein. Denn du, Daniel, dienst einem Gott, der größer ist als alle anderen.«

Kapitel 31

Chuck Nelson fischte aus seiner Hosentasche ein Bündel zerknitterter Geldscheine. Finster starrte er sie an. Etwa zehn Dollar. Genug für einen Burger, vielleicht ein Chili. Er strich sich seine fettigen blonden Haare aus den Augen und blinzelte die Geldnoten an, als könnte er sie durch seine Blicke vermehren.

Nein. Es waren dieselben zehn Dollar, die er in der Tasche gehabt hatte, als die Cops ihn in dem gestohlenen Chevy angehalten hatten. So wie er auch dieselbe mit Öl befleckte Jeans mit den Rissen an beiden Knien trug, dasselbe fleckige grüne Sweatshirt und dieselben dreckigen Schuhe. Zumindest waren seine Sachen gewaschen worden. Das Geld allerdings nicht.

Sein Magen begann zu knurren, und er überlegte, wann er das letzte Mal eine Mahlzeit zu sich genommen hatte, die eines menschlichen Wesens würdig gewesen war. Eine große Schale Chili wäre jetzt nicht zu verachten. Und außerdem brauchte er sofort einen Drink.

Jeder Cent würde dafür draufgehen, es sei denn, es wäre ein Freibiergesetz erlassen worden, während er im Knast saß. Bis zur Stadt waren es nur ein paar Meilen. Und hey, vielleicht hielt ja jemand an und nahm ihn mit. Aber das bezweifelte er. Über sein Aussehen machte er sich keine Illusionen. Und die ach so guten Leute aus Preston mieden Ärger, wo immer es möglich war.

Er zog seine alte Jacke mit dem Aufdruck der *Preston High* fester um sich, als er die ersten Regentropfen spürte, und machte sich auf den Weg über die zweispurige Landstraße.

Zuerst ein Bier. Dann vielleicht ein paar alte Rechnungen begleichen.

◇ ◇ ◇

Zwei Stunden später saß Chuck an einem Tisch in »Mooneys Taverne« und trank die letzten Tropfen aus einem leeren Glas. Er hatte mittlerweile einen kleinen Schwips, sein Geld war aufgebraucht, und der Barmann, ein neuer Mitarbeiter, der vermutlich gerade erst seine Ausbildung abgeschlossen hatte, weigerte sich, ihm Kredit einzuräumen. Er knallte das Glas auf den Tisch und spuckte auf den Boden. Wie viel Geld hatte er im Laufe der Jahre in dieser lausigen Absteige gelassen und wie oft hatte er sich mit ihrem lausigen, verwässerten Bier begnügt? Mathematik war nicht seine Stärke, aber es musste eine Menge gewesen sein. Und jetzt betrachtete ihn der Barmann, als wäre Chuck irgendein Haufen Dreck, den er von seinen Schuhen abkratzen müsste. Er spürte, wie der Zorn in ihm hochstieg, spürte dieses Prickeln in seinen Fingern, als wäre gerade ein Docht angezündet worden.

Ein Kreischen, gefolgt von einem brüllenden Gelächter lenkte ihn von dem Barmann ab. Er drehte sich um und sah eine hübsche Blondine, die sich an einem Bier verschluckt hatte. Ein anderes Mädchen klopfte ihr auf den Rücken und die beiden Jungen saßen johlend am Tisch.

Er brauchte die Worte »Preston Universität« gar nicht erst auf ihren Sweatshirts zu lesen, um zu wissen, dass es sich um Studenten handelte. Und wahrscheinlich waren sie auch noch minderjährig. Er hatte sich vermutlich schon in dieser Kneipe betrunken, als sie noch Zahnspangen getragen hatten, und jetzt war er derjenige, den der Barmann argwöhnisch beäugte.

Er schlenderte hinüber und legte die Hände auf die Schultern der beiden Jungen. »Hey Jungs, habt ihr denn keine Schule? Ich glaube, eure kleine Freundin hier könnte etwas Unterricht im Biertrinken gebrauchen.« Er grinste und schlug ihnen freundschaftlich auf den Rücken.

Das blonde Mädchen wischte sich mit dem Ärmel das Bier vom Mund und funkelte ihn böse an. Die beiden Jungen schüttelten Chucks Hände ab und sprangen auf. Sie waren beide ein Stück kleiner als er und schienen auch nicht besonders gut in Form zu sein. Offenbar verbrachten sie zu viel Zeit über ihren Büchern und bekamen zu wenig Bewegung. Er merkte, dass sie sich vor ihren Freundinnen beweisen wollten, aber der besorgte Blick in ihren Augen verriet ihm, dass sie ihm keinen Ärger machen würden.

»Ich sage euch was. Ihr Jungs bestellt mir einen Humpen Bier und ich werde euch eine kostenlose Lektion erteilen.« Er grinste sie fröhlich an und blinzelte den Mädchen zu. Ihre Blicke waren noch immer böse. *Hey, es ist doch nicht meine Schuld, wenn eure Freunde solche Jammerlappen sind*, dachte er.

Chuck wollte sie gerade drängen, als er von hinten an der Jacke weggezerrt wurde. Er stolperte und stieß gegen einen Tisch. Bevor er sich wieder fangen konnte, riss ihm jemand die Arme auf den Rücken und schob ihn in Richtung Tür.

»Hey, nimm deine Hände weg.« Es gelang ihm, sich aus dem Griff zu befreien, und er wirbelte herum. Der Barmann stand mit verschränkten Armen und schadenfroh grinsend vor ihm. Neben ihm stand ein anderer Mann, den Chuck noch nie zuvor gesehen hatte. Er war stämmig gebaut, unrasiert und trug verblichene Tätowierungen auf den Unterarmen. *Ist vermutlich aus der Küche gekommen*, dachte Chuck. Der Mann beugte sich vor, sodass sein Gesicht nur wenige Zentimeter von Chucks entfernt war.

»Verschwinde hier. Und zwar sofort. Bevor wir richtig unangenehm werden. Für Abschaum wie dich ist hier kein Platz mehr.«

Mit dem Barmann wäre Chuck vermutlich problemlos fertig geworden. Aber der Küchenjunge sah so aus, als ob er etwas vom Geschäft verstünde. Es hatte keinen Sinn, wegen eines Biers so einen Aufstand zu machen, egal, wie groß sein Durst auch war. Er ignorierte ihre Worte, drehte sich um und sah nicht mehr zurück.

◇ ◇ ◇

Ein paar Minuten später ließ der Mann namens Talon sein Bier unberührt auf dem Ecktisch stehen und verließ die Bar. Sein Blick glitt die Straße hinauf und hinunter. Keine Spur von Chuck. Egal. Es war nicht gerade schwer, vorherzusagen, wohin ihn sein Weg führen würde. Talon schnüffelte und wandte sich nach rechts. Zum Fluss.

Während er an dem kleinen Drugstore an der Ecke und dann an dem Secondhand-Laden mit den Teddys im Schaufenster vorbei durch die Stadt lief, fragte er sich, wie lange ihn seine Arbeit in Preston festhalten würde. Lange genug, um einen bleibenden Beitrag zu leisten, dessen war er sicher. Um einige Veränderungen vorzunehmen, die in Erinnerung bleiben würden. Vor dem Laden für Zaubereibedarf, der den ungewöhnlichen Namen »Hey, Preston!« trug, blieb er stehen. Auf dem handgemalten Schild war ein Hase zu sehen, der über den Rand eines Hutes spähte. Er lächelte. Oh ja, er würde ihnen ein paar neue Tricks zeigen, bevor er hier fertig war.

Nach weiteren zehn Minuten hatte er die netten kleinen Geschäfte und Restaurants allmählich hinter sich gelassen und er kam an Häusern mit vernagelten Schaufenstern und leer stehenden Gebäuden vorbei. Sogar in Preston gab es ein herabgekommenes Viertel, wo die Straßenbeleuchtung nicht so hell war und in den Zäunen Latten fehlten, die auch nicht weiß gestrichen waren. Er machte sich auf die Suche nach einem geeigneten Ort.

Er fand ihn beinahe sofort. Eine kleine Straße zwischen einem chinesischen Fastfood-Restaurant und einem Laden mit Alkoholika. Eine gute Abkürzung, wenn man keine Angst vor möglicherweise in der Dunkelheit lauernden finsteren Gestalten hatte. Vor jemandem, der gerade dringend etwas Geld brauchte und dem egal war, wie er es sich beschaffte.

Er spähte in die Dunkelheit. Es stank erbärmlich nach verfaultem Gemüse. Zweifellos wurde hier der Abfall des Restaurants entsorgt. Das Kratzen und Huschen verriet ihm, dass er nicht der Erste war, der dies erkannte. Er ging ein paar Schritte in die Straße hinein und lauschte. Genau pünktlich. Nachdem er weitere zehn

Meter durch den Müll gegangen war, duckte er sich hinter einen Müllcontainer und holte sein Handy heraus.

◇ ◇ ◇

Chuck drückte den kleinen Mann mit einer Hand gegen die Mauer, während er mit der anderen dessen Brieftasche durchsuchte. Der Typ war so verängstigt, dass er vermutlich gar nicht hätte weglaufen, geschweige denn sich wehren können. Aber die Lektionen, die man im Gefängnis gelernt hatte, vergaß man nicht. Niemals einem Gegner den Rücken zuwenden. Niemals in der Wachsamkeit nachlassen. Und niemals annehmen, der Gegner liege geschlagen am Boden, solange er nicht aufgehört hat zu atmen.

Die andere Regel besagte, dass man genau hinhören sollte. Vielleicht sah man Probleme nicht kommen, aber manchmal konnte man sie hören. Und im Augenblick konnte Chuck eine Sirene hören. Es war schwer zu sagen, wie weit sie entfernt war, aber sie schien lauter zu werden. Es war wohl Zeit, seine Geschäfte zu beenden und sich auf den Weg zu machen.

Auf einmal leuchtete eine Taschenlampe auf und blendete ihn. Sie befand sich in der Hand eines Polizisten, der seinen Schlagstock gezückt hatte. »Stehen bleiben!«, rief er. »Treten Sie von der Mauer zurück, die Hände hoch, wo ich sie sehen kann.«

Chuck steckte die Brieftasche in seine Jacke und ließ den kleinen Mann los, der gegen die Mauer sank und schließlich zu Boden rutschte. Was nun? Er hatte keine Waffe und der Cop kam immer näher. In wenigen Augenblicken wäre er bei ihm.

Wenn ihm nicht rasch etwas einfiele, säße er bald wieder in Zelle 486, und dieses Mal käme er nicht so schnell wieder heraus.

Der Polizist fing sein Ziel wieder mit der Taschenlampe ein und jetzt konnte Chuck gar nichts mehr sehen. Auf einmal war ein Knacken zu hören, dann ein spitzer Schmerzensschrei, und das Licht leuchtete plötzlich in die Finsternis hinein. Als seine Augen sich an die Dunkelheit gewöhnt hatten, konnte er eine dunkle Gestalt erkennen – einen großen Mann, der mit einem Gegenstand in der Hand über den Polizisten gebeugt auf der Straße stand. Der Polizist regte sich nicht mehr.

Der Mann wandte sich zu Chuck um und er sah sein Gesicht. Bleich wie der Tod und leere Augen, die ihn schaudern ließen. Er winkte Chuck mit seiner behandschuhten Hand zu.

»Seine Freunde werden bald hier sein. Es ist Zeit, hier zu verschwinden, Chuck.«

Der Angesprochene erstarrte. Er konnte sich nicht vorstellen, was dieser brutale Kerl vorhatte. Sein Verstand hatte sich ausgeschaltet.

Der Kerl schien seine Angst zu spüren. Er warf seine Waffe in einen Stapel Kisten und ließ die Arme hängen. »Du brauchst keine Angst vor mir zu haben, Chuck. Ganz im Gegenteil. Man könnte sogar sagen, ich bin dein Retter.« Er lachte, obwohl Chuck den Scherz nicht so richtig verstand. Es war ein hartes, tierisches Geräusch und klang gar nicht nach einem richtigen Lachen.

Die Sirenen wurden immer lauter. Die Polizei war nur noch ein paar Straßenzüge entfernt.

»Komm schon, ich habe eine Wohnung, in der du dich etwas herrichten kannst. Und Geld. Vielleicht habe ich sogar einen Job für dich. Es sei denn, du willst lieber ins Gefängnis zurück.«

Chucks Verstand schaltete sich wieder ein, und ihm wurde klar, dass er wirklich keine Wahl hatte.

»Okay, Mister«, sagte er. »Sie sind der Boss. Ich schätze, Sie zeigen mir besser, wo's langgeht.«

Kapitel 32

Stephanie Kovacs starrte nun schon zum dritten Mal in einer halben Stunde zum Fenster hinaus und fragte sich, wie sie dazu gekommen war, im Rahmen einer Recherche für eine Story, die sich zu ihrer großen Überraschung als eine der heißesten ihrer Karriere entpuppt hatte, mit dem langweiligsten Mann auf der Welt zu reden. Seit ihrem weltweit gesendeten Bericht aus dem Haus von Farley, dem Verrückten, dem Fensterputzer bei den Vereinten Nationen, der nach wie vor verschwunden blieb, stieg Stephanies Stern am Medienhimmel von BNN noch schneller als zuvor.

Natürlich schadete es nicht, dass Shane Barrington selbst diese Story mit höchstem Interesse zu verfolgen schien, was er bisher noch nie bei einer Story getan hatte. Von dem Augenblick an, da Stephanie den anonymen Tipp am Telefon bekommen hatte, der sie am Abend des Angriffs auf die Vereinten Nationen zu dem von Farley gemieteten Haus in Queens geführt hatte, hatte sie an das Gespräch mit Barrington denken müssen, in dem er ihr nahe gelegt hatte, die christliche Bewegung zu beleuchten. Wie der Zufall doch spielte! Und dann diese Entdeckung, mit der sie wieder Schlagzeilen machte. Angesichts der Tatsache, dass sie seit ihrem 13. Lebensjahr kaum eine Bibel in die Hand genommen hatte, war es schon seltsam, dass sie nun Tag für Tag mit Religion und frommem Geschwätz in Berührung kam.

Die ehrgeizige Reporterin in ihr war mehr als nur ein wenig enttäuscht, dass sie sich nicht mehr näher mit der Story über die Fensterschmiererei bei den Vereinten Nationen beschäftigen konnte. *Das* waren richtige Nachrichten, oder besser gesagt, gab es keine Nachrichten mehr, denn es waren keinerlei Hinweise mehr gefunden worden, die auf eine Verbindung zwischen Farley und irgendeiner bekannten konservativ christlichen Gruppierung schließen ließen; auch gab es sonst keinerlei Hinweise auf die Planung eines Bombenattentats auf die Vereinten Nationen. Doch die Leute vergaßen ihre Enthüllungen von jenem Abend nicht.

Jetzt folgte sie einem Tipp von Shane Barrington höchstpersönlich. Als er ihr telefonisch zu ihrer Sensationsnachricht gratulierte – übrigens zum ersten Mal überhaupt –, ließ er durchblicken, hochrangige Beamte in Washington hätten ihm erzählt, das FBI habe einen Professor Michael Murphy zu dem Angriff auf die Vereinten Nationen verhört. Stephanie hatte vorgeschlagen, Murphy als Bibelexperten zu befragen, um weitere Aufschlüsse über die aufgemalte Botschaft zu bekommen. In jeder Krise holten Sender doch Expertenmeinungen ein. Das war gängige Praxis.

Aber Barrington hatte vorgeschlagen, sie solle sich an der Universität von Preston ein wenig umhören. Immerhin kannte man Murphy vom Fernsehen her, und Fernsehstars mögen nichts mehr als einen Skandal, in den ein anderer Fernsehstar verwickelt ist, auch wenn es sich um irgendeine langweilige Dokumentarsendung über Archäologie handelte.

Und so kam es, dass sie hier mit Dekan Archer Fallworth saß, der ihr vom Notendurchschnitt an der Universität und den studentischen Serviceleistungen erzählte. Ihr Interesse an Murphy sollte nicht erkennbar sein, bis sie genauer wusste, welche Rolle er im Universitätsleben spielte, aber jetzt war definitiv der Zeitpunkt gekommen, etwas deutlicher zu werden.

»Dekan, wie steht es mit evangelikalen Christen? Sind sie auf dem Campus aktiv?«

Fallworth kniff seine Augen zusammen. »Evangelikale? Nun, ja, wir haben hier in Preston einige sehr« – er machte eine Handbewegung und suchte nach dem richtigen Wort – »*engagierte* Mitglieder dieser bestimmten religiösen Gruppe. Eigentlich nur eine Hand voll, aber sie neigen dazu, sehr viel Lärm zu machen.« Er schenkte ihr ein Lächeln, das verschwörerisch wirken sollte. »Und warum genau sehen Sie das kritisch?«

»Sagen wir, unter den Bürgern wächst die Sorge, dass diese evangelikalen Gruppierungen zu groß werden, zu viel Einfluss ausüben. Ich möchte herausfinden, inwiefern auch eine Universität der freien Künste wie ›Preston‹ davon betroffen ist. Institutionen wie die Ihre als vorderste Front in der Schlacht gegen Bigotterie. Unsere Zuschauer interessieren sich für so etwas.«

Fallworths Lächeln wurde noch breiter. »Ich denke, wir tun unser Bestes. Kämpfen den guten Kampf gegen Unwissenheit und Intoleranz.« Er verschränkte die Hände und beugte sich über den Schreibtisch. »Aber das ist nicht immer leicht. Sie sind *sehr* gut organisiert, wissen Sie. Und einige ihrer Führer sind enorm gerissen.«

Bingo, dachte Stephanie. »Denken Sie da an jemand Bestimmtes?«

Fallworth kniff die Lippen zusammen. »Ich möchte natürlich nicht schlecht von den Mitgliedern der Fakultät sprechen …«

»Es sei denn, es liegt im Interesse der Öffentlichkeit.«

»Genau. Nun, wir haben einen Professor hier, der immerzu Ärger macht und der die Köpfe von leicht zu beeindruckenden jungen Menschen mit der schlimmsten Art von spirituellem Blödsinn füllt. Sein Name ist Murphy.« Er zuckte zusammen, als hätte Stephanie ihm ein unangenehmes Geständnis abgerungen. »Professor Michael Murphy.«

Volltreffer. Das war der Name, den Barrington ihr genannt hatte, als er sie zwei Tage zuvor angerufen hatte. Nur ein wenig Nachbereitung, hatte er gesagt. Um die Untersuchung zu vertiefen. Sie hatte keine Ahnung, warum er so erpicht darauf war, diesen Mann festzunageln, aber an seinen Gefühlen konnte es keinen Zweifel geben. In seiner eisigen Art hauchte er praktisch Feuer ins Telefon. Und Murphy schien bei Fallworth genauso unbeliebt zu sein.

Er muss ja wirklich ein komischer Typ sein, dachte sie.

»Also, was lehrt dieser Murphy?«

»Biblische Archäologie, wenn Sie so wollen. Er hat es sich zur Aufgabe gemacht, die Bibel zu beweisen, indem er Artefakte ausgräbt, die die biblischen Geschichten untermauern. Das genaue Gegenteil von Wissenschaft, wenn Sie mich fragen.«

»Und, hat er was gefunden?«

»Das behauptet er jedenfalls.«

»Und seine Vorlesungen sind gut besucht?«

»Ich fürchte schon. Die Studenten halten ihn für … charismatisch. Er ist so etwas wie eine Kultfigur auf dem Campus und ich meine das im schlimmsten Sinne des Wortes. Vielleicht, weil er gern Sport treibt.« *Im Gegensatz zu echten Gelehrten wie dir*, dachte Stephanie, der Fallworths bleiche Hautfarbe aufgefallen war. »Bergsteigen, Bogenschießen, und alles mit großer Begeisterung.«

Stephanie erhob sich und nahm ihre Aktentasche. »Wie faszinierend. Falls ich mich näher mit diesen Evangelikalen beschäftigen werde, scheint mir Murphy ein guter Anfang zu sein. Wo kann ich ihn finden?«

Kapitel 33

Der Mann, der sich Talon nannte, betrat das Haus und ließ die Fliegengittertür zufallen – direkt vor Chucks Nase.

Während dieser die Tür zu dem Haus, in dem Talon zu wohnen behauptete, wieder aufstieß, war er ziemlich verwirrt. Der Typ hatte jede Menge Bargeld, zog in jedem Laden eine dicke Rolle mit Dollarnoten hervor, doch er lebte in diesem Haus, das nach Chucks Meinung kaum mehr als eine Bruchbude war. Es lag etwa 20 Meilen außerhalb von Preston, mitten im Nichts, und war nur über Nebenstraßen und durch einen Wald zu erreichen. Die Veranda war so stark abgesunken, dass sie beinahe zusammenbrach, das Dach hatte über zweien der Schlafzimmer ein Loch, und der Wasserhahn am Waschbecken im Bad verfügte nur über einen Drehknopf und war durch Rost und den Dreck von Jahren verkrustet.

Chucks Reflexe waren etwas eingeschränkt, weil er Talon stundenlang herumchauffiert hatte. Sie hatten bei drei verschiedenen großen Geschäften angehalten – die jeweils in einem anderen Bezirk lagen und Meilen voneinander entfernt waren. Nichts von dem, was sie eingekauft hatten, erschien Chuck logisch, und vor allem konnte er nicht begreifen, warum sie nicht alles in einem Laden kaufen konnten, aber Talon hatte gleich zu Anfang deutlich gemacht, dass er Fragen jeglicher Art nicht mochte.

»Hol die Tüten und Schachteln aus dem Wagen«, befahl Talon.

»Ich bin fertig. Kann das nicht bis morgen warten?«

»Hol es. Sofort. Die Schule hat begonnen.«

Chuck runzelte die Stirn. »Welche Schule?«

»Halt den Mund und lerne, du Genie. Ich werde dir beibringen, wie du deine Stadt ein wenig aufmischen kannst.«

◇ ◇ ◇

Kaum eine Stunde später quoll der Tisch in dem Raum, der offenbar ein Wohnzimmer sein sollte, über von zerrissenen Tüten und aufgerissenen Schachteln. Während Talon Chuck zeigte, wie er die unverarbeiteten Zutaten mischen musste, überraschte er Chuck durch seine ungewohnte Redseligkeit.

»Deine Schwester, sie hat wohl eine Schwäche für diesen Professor Murphy?«

»Ich habe Ihnen doch gesagt, dass ich kaum mit ihr gesprochen habe, seit ich aus dem Bau zurück bin. Ich wohne nur dort, weil ich mir noch keine eigene Bude leisten kann, und außerdem ist es dort sauber, sehr viel sauberer als hier. Aber ich bezweifle es. Sie ist nur ein braves Mädchen, das war sie schon immer.«

»Was wissen Sie über Murphy oder seine Frau?«

»Da kann ich ja nur lachen. Sie erwarten, dass ich etwas über einen Lehrer und seine dämliche Frau weiß? Meine Schwester kannte ihn schon aus der Kirche, bevor sie aufs College ging, das ist alles, was ich weiß. Warum sind Sie so an Murphy interessiert?«

»Ein Krieger studiert immer den Feind.«

◇ ◇ ◇

Nachdem Talon Chuck nach Hause geschickt hatte – er hatte ihm den Mietwagen überlassen und ihm gesagt, er solle am nächsten Morgen wiederkommen und ihn abholen, sie hätten Besorgungen zu erledigen –, nahm er sein abhörsicheres Handy und wählte über eine Satellitenverbindung eine New Yorker Nummer.

Es dauerte eine Weile, bis Shane Barrington sich meldete. »Ich weiß zwar, dass Sie kein religiöser Mann sind, Barrington, aber vielleicht sollten Sie doch Ihren Beerdigungsanzug hervorholen. In zwei Tagen werden Sie den tragischen Tod Ihres einzigen Sohnes Arthur bekannt geben.«

Barrington hatte Talons Anrufe mittlerweile fürchten gelernt. Der einzige Trost war, dass sie kurz und Anrufe besser als Besuche waren. »Sie haben meinen Sohn vor ein paar Tagen getötet. Was immer Sie mit dem Leichnam getan haben, wie kann ich jetzt einfach seinen Tod bekannt geben?«

Talon holte seine Checkliste hervor und überprüfte noch einmal, dass er nichts vergaß. »Das ist ziemlich einfach. Erstens, Sie sind reich und mächtig, was in diesem Land bedeutet, dass Sie tun und lassen können, was immer Sie wollen, also fast alles. Du meine Güte, ein reicher Typ wie Sie kann sich sogar das Mitgefühl der amerikanischen Öffentlichkeit kaufen. Und genau das werden Sie tun.«

Kapitel 34

»Wie würdet ihr unsere Zeit beschreiben: besonders gut oder besonders schlecht? Gebt mal Handzeichen.« Murphy stand vor dem Pult. »Zuerst die Schwarzseher. Wer glaubt, dass wir in finsteren Zeiten leben?«

Ein paar Hände schossen in die Höhe, aber die meisten zögerten. »Kommt schon, Leute, eure Antwort wird schon nicht benotet werden. Zumindest nicht in diesem Kurs. Also, schlimme Zeit?« Etwa die Hälfte der Studenten hob die Hand.

»Okay, und nun die Optimisten. Wie viele von Ihnen haben das Gefühl, dass wir in guten Zeiten leben?« Etwas weniger als die Hälfte der Studenten hob die Hände. »Ich nehme zugunsten der Übrigen von Ihnen, die nicht die Hand gehoben haben, mal an, dass Sie nicht wissen, ob Sie überhaupt am Leben sind.«

»Also, wie lautet denn die richtige Antwort?«, rief ein Student aus der letzten Reihe.

»Nun, ich bin, Dekan Fallworths Befürchtungen zum Trotz, nicht hier, um Ihnen meine Meinung zu sagen, aber ich kann Ihnen verraten, dass seit Adam und Eva jede Generation glaubte, die besten Zeiten der Menschheit hätten in der Vergangenheit gelegen, die Zivilisation, wie sie sie kennen, oder vielleicht die verklärte Version, die sie in Erinnerung haben, sei im Niedergang begriffen und finstere Zeiten würden bevorstehen.«

Eine Stimme meldete sich zu Wort: »Das Ende ist nah!«

»Ja, viele von Ihnen haben vermutlich den Cartoon von dem Verrückten gesehen, der mit einem Schild durch die Straßen rennt, auf dem steht: ›Tut Buße! Das Ende ist nahe!‹

Nun, viele Menschen halten solche Ansichten für so extrem, dass sie nur darüber lachen können.

Aber in fast allen Zivilisationen der Geschichte suchten die Menschen nach Zeichen, befragten Götter, Götzen und die Wissenschaft – ja, sie suchten auch nach wissenschaftlichen Hinweisen –, um zu erfahren, was die Zukunft bringen würde, vor allem in Bezug auf dunkle Wolken am Horizont. In den meisten dieser Zivilisationen hatten die Männer und Frauen, die überzeugende Deutungen und Vorhersagen liefern konnten, einen Ehrenplatz inne, zumindest bis sie als Scharlatane entlarvt wurden oder bis sich ihre unpopulären Vorhersagen erfüllten.

Diejenigen, die über ein solches Zukunftswissen verfügten, werden Propheten genannt.

Sie haben vermutlich noch keine Propheten kennen gelernt, aber Sie würden überrascht sein zu erfahren, dass heutzutage noch viele Mitglieder Ihrer Familie, viele Freunde und Nachbarn, Millionen von Menschen aller Zeitalter und in allen Lebensphasen, in allen Teilen des Landes an die Prophetie glauben. Diese Menschen glauben ebenfalls daran, dass das Ende nah ist. Und das nicht, weil sie die Innereien einer Ziege deuten, die sie in ihrem Garten geopfert haben, oder weil sie die Wahrsager-Hotline angerufen haben oder ihre Zehen im Regen spüren oder wegen geheimnisvoller Zeichen von kleinen grünen Marsmännchen, sondern wegen dieses Buches.«

Murphy hielt die Bibel in die Höhe. »Es stimmt, die Bibel ist nicht nur ein Geschichtsbuch, in dem davon berichtet wird, was in alter Zeit geschehen ist, sie ist auch nicht nur eine Ansammlung von hilfreichen Tipps, wie wir unser Leben gestalten sollten. In der Bibel stehen viele Prophezeiungen, die sich *bereits* erfüllt haben, und viele weitere Prophezeiungen, die sich, wie eine große Zahl von Menschen glaubt, noch erfüllen werden. Menschen, die keine Spinner sind, wie ich zu behaupten wage. Menschen wie ich.

Ich hoffe, dass ich eines Tages die Erlaubnis erhalte, eine Vorlesung über biblische Prophetie zu halten, denn ich glaube, dies ist ein faszinierendes und auch wichtiges intellektuelles Fach, ganz unabhängig von der Frage, ob man auch an das glaubt, was uns in den Prophezeiungen angekündigt wird. Hier jedoch, in der Vorlesung über die gute alte biblische Archäologie, werde ich mich stattdessen darauf konzentrieren, Ihnen einen Fund zu zeigen, den ich, wie ich hoffe, bald ausgraben werde und der belegen könnte, dass die für viele wichtigste Prophezeiung – die Prophezeiung Daniels, die auf dem Traum von König Nebukadnezar basiert – nicht nur eine nette Geschichte, sondern eine historische Tatsache ist.

Nebukadnezar war der größte Herrscher im großen Weltreich Babylon und ihm standen die besten Propheten und Hohenpriester der heidnischen Welt zur Verfügung. Niemand konnte seinen Traum von einer Statue deuten, außer einem der hebräischen Sklaven – Daniel –, der ihm in aller Klarheit sagen konnte, dass sein Traum eine vom wahren Gott gesandte Vision war.

Daniel erklärte ihm, das große Standbild in seinem Traum sei eine Statue von Nebukadnezar, die vier Ebenen besaß. Jede der vier Ebenen stellte eines der vier großen Weltreiche dar: Die erste war das goldene Haupt, das für Babylon stand; dann kamen die silberne Brust und die Arme, das medo-persische Weltreich, dann der bronzene Bauch – die Griechen – und schließlich die eisernen Beine der Römer. Je mehr man sich der Gegenwart nähert, desto schwächer werden diese Weltreiche, wie man an der abnehmenden Qualität der Materialien der Statue erkennt.

Durch die Prophezeiung – also die im Voraus geschriebene Geschichte – zeigt Gott unter anderem, dass er existiert. Die Tatsache zum Beispiel, dass Gott Nebukadnezar 2.500 Jahre vor der Zeit offenbarte, dass es ›bis zum Ende‹ nur vier Weltreiche geben würde, ist ein Wunder an sich, denn wie alle Geschichtsstudenten wissen, hat es seit der Zeit des babylonischen Reiches tatsächlich nur vier Weltreiche gegeben. Das Erstaunliche daran ist, dass viele skrupellose Führer versucht haben, sich die Welt untertan zu machen, wie zum Beispiel Dschingis Khan, Napoleon, Hitler, Stalin, Mao und andere. Aber sie alle haben es nicht geschafft. Warum? Weil der Gott des Himmels gesagt hat, es würde bis zum Ende nur vier Weltreiche geben.

Angesichts der Tatsache, dass sie 2.500 Jahre vor Christus niedergeschrieben wurde, keine schlechte Prophezeiung, wie Sie zugeben müssen.

Und der eigentliche Grund, warum so viele Millionen Menschen sich mit Daniels Prophezeiung beschäftigen, ist der, dass wir angesichts der Exaktheit seiner Darstellung der *Vergangenheit* Grund zu der Annahme haben, dass das, was dort berichtet wird, auch für unsere *Zukunft* Gültigkeit haben wird.

Doch auch hier gilt: Zeitrahmen und Lehrinhalt dieser Vorlesung verbieten es, dass ich jetzt noch näher darauf eingehe, aber Sie können jederzeit in meinem Büro vorbeischauen. Ich erkläre Ihnen gern, warum diese Generation mehr Grund zu der Annahme hat, dass Christus noch zu unseren Lebzeiten wiederkommen und sein Reich aufrichten wird, als jede andere Generation vor uns.

Aber beschäftigen wir uns jetzt wieder mit der Archäologie und was sie mit dem Ganzen zu tun hat. Ich wette, unter Ihnen befinden sich einige Skeptiker, die glauben, dass Daniel nie gelebt hat und seine Prophezeiungen reine Fiktion sind. Nun, wie Sie sich sicher erinnern, habe ich Ihnen als Beweis für die Richtigkeit des biblischen Berichtes in meiner letzten Vorlesung von dem Fund der ehernen Schlange erzählt, die Mose auf Gottes Anweisung hin geschaffen hat. Und wir haben uns mit der unglaublichen Reise beschäftigt, die die eherne Schlange über so viele Jahrzehnte hinweg durch so viele alte Zivilisationen gemacht hat, bis sie schließlich in Babylon zur Zeit von Daniels Prophezeiungen für Nebukadnezar endete.

Nun, ich habe einen sehr viel klügeren Wissenschaftler, als ich es bin, gebeten, die nächsten Hinweise für mich zu entschlüsseln, die mich, wie ich hoffe, zum Fundort der übrigen Teile der Schlange führen werden. Ich nahm mir noch einmal die Schriftrolle vor, die das Ganze erst in Gang gesetzt hatte, und beschäftigte mich mit der Deutung des Lebens und des Alters der ehernen Schlange. Ein sehr viel längeres und interessanteres Leben, als uns bisher bekannt war.«

Murphy schob ein Dia in den Projektor. »Es tut mir Leid, dass ich für die Studenten, die sich gerne einen schönen Lenz machen, keine religiöse Botschaft habe, sondern eine, die lautet: Wenn Sie an etwas, das Sie tun, Zweifel haben, dann studieren, studieren, studieren und studieren Sie noch ein bisschen mehr. In meinem Fall bedeutete das, dass ich zunächst den Zusammenhang zwischen dem, was meine Quelle über diese Schriftrolle gesagt hatte – dass sie etwas mit Daniel zu tun hätte –, und dem, was wir über die eherne Schlange wussten, einfach nicht erkennen konnte.

Nachdem ich jetzt dank einer Schriftrolle aus der Zeit Daniels in Babylon, die, wie es scheint, von dem Hohen Priester Dakkuri geschrieben wurde, der ein besonderer Vertrauter König Nebukadnezars war, den Schwanz der ehernen Schlange gefunden habe, können wir die Schlange, wie ich glaube, in Daniels Zeit einordnen. Selbst wenn die Schlange im Alten Testament nach Hiskia nicht mehr erwähnt wird, über den man im 2. Buch der Könige schreibt, dass er sie zerstört habe.

Trotzdem, nicht einmal ich würde behaupten, dass dies der absolute Beweis dafür ist, dass Daniel tatsächlich existiert hat oder dass sie seine Prophezeiungen zweifelsfrei belegt.

Aber während ich über der Schriftrolle brütete, kam mir die Erleuchtung. Eigentlich war es, als ich eine Pause im Aufenthaltsraum machte. Ich kam an dem Schild ›Rauchen verboten‹ vorüber, an dem ich vorher schon tausendmal vorbeigelaufen war. Sie kennen doch das internationale Verbotsschild, das einem alles verbietet, was Spaß macht?

Nun, ich dachte, dieses Zeichen hier über dem Symbol für den König – Nebukadnezar –, diese Linie, die auf seinen Kopf zielt, sei nur eine Linie des Zerfalls oder etwas Dreck auf der Schriftrolle. Aber dann wurde mir klar, dass der Verfasser der Schriftrolle dort seine Version eines Verbotsschildes festgehalten hat. Es hieß im Grunde ›kein König‹. Doch es ergab keinen Sinn, dass ein Hoher Priester ein Zeichen gegen seinen König niederschrieb. Wenn der König diese ›Kein König‹-Linie dort sähe, gäbe es ganz schnell auch keinen Hohen Priester mehr. Bis mir klar wurde, dass König Nebukadnezar vermutlich gesagt hatte, es sei okay, seinen Kopf wegzutun.«

»Sie meinen, König Nebukadnezar hat Selbstmord begangen?«, fragte jemand.

»Nicht Selbstmord, wie wir ihn kennen, nein, aber er hat sich selbst zerstört. Ebenfalls im Buch Daniel erfahren wir, dass Nebukadnezar die Macht bzw. das Bild von dem goldenen Kopf seiner Statue aus dem Traum zu Kopf stieg.

Nebukadnezar ließ nämlich diese Statue bauen, und dann verlor er den Verstand, weil er sich buchstäblich selbst anbetete. Nach sieben Jahren erholte er sich von seinem Wahnsinn und besänftigte Gott, indem er die Statue zerstören ließ. Sie wurde zerschmettert, so wie Hiskia die eherne Schlange in drei Teile zerteilte.

Es stimmt, Nebukadnezar wurde buchstäblich verrückt, und als er wieder zu Verstand kam, kehrte er an die Macht zurück. Er erneuerte sein Versprechen an Gott und versprach, ihm zu dienen, indem er alle Götzen und geschnitzten Bilder zerstören ließ – auch die eherne Schlange, die erneut in drei Teile zerlegt wurde – sowie die riesige Statue von sich selbst. Dieses Symbol, das sich oberhalb des Königs befindet, bedeutet, dass Nebukadnezar selbst die Zerstörung der Statue angeordnet hat.

Und das ist die aufregende Schlussfolgerung, zu der ich gekommen bin, meine Damen und Herren. Denn ich denke, dies ist ein deutlicher Hinweis darauf, dass wir es hier mit einem Fundstück zu tun haben, welches zweifelsfrei beweisen wird, dass die im Buch Daniel beschriebenen Ereignisse wirklich stattgefunden haben.

Die Schriftrolle und der Fund des Schlangenschwanzes anhand der in der Schriftrolle gegebenen Hinweise zeigen, dass, wer immer diese Schriftrolle geschrieben hat, sich im Geheimen König Nebukadnezars Befehlen widersetzt hat. Irgendwie hat er die Teile der ehernen Schlange vor dem königlichen Mülleimer bewahrt.

Und warum wollte Nebukadnezars Hoherpriester Dakkuri die eherne Schlange retten? Damit sie eines Tages von einer würdigen Person gefunden würde, die die Schlange wieder zusammensetzen kann, so wie Dakkuri es nach der Zerstörung durch Hiskia getan hatte.

Und weil der Hohepriester Dakkuri sich den direkten Anweisungen seines Königs widersetzt hat, der gerade seinen Glauben an Gott erneuert hatte, scheint es höchst wahrscheinlich, dass Dakkuri nicht an den Gott des Himmels geglaubt hat. Er hielt sich an einen Götzen. Vielleicht hat er auch gedacht, die eherne Schlange würde ihm besondere Macht verleihen.

Ich glaube, er sagt uns hier in der Schriftrolle, dass, wer immer die Teile der Schlange findet und sie zusammensetzt, dieselben Kräfte bekommen wird, an die Dakkuri glaubte und die Nebukadnezar vernichten lassen wollte.

Aber das ist noch nicht alles. Er verrät uns in seiner Schriftrolle noch etwas anderes. Neben den besonderen Kräften der Schlange bekommt man nach Aussage des Hohen Priesters Dakkuri noch einen weitaus größeren Preis, den Nebukadnezar der Welt ebenfalls vorenthalten wollte. Irgendwie wird die zusammengesetzte Schlange uns zu dem *anderen* Gegenstand führen, den dieser Dakkuri gerettet und entgegen Nebukadnezars Anordnung versteckt hat.

Ich glaube, er verspricht uns einen Preis, der nach Aussage der Bibel gigantisch ist. Ich glaube, er möchte, dass jemand mithilfe der Schlange den goldenen Kopf der Statue von Nebukadnezar ausgräbt.«

Kapitel 35

Laura saß auf der Bank auf einem kleinen Hügel und blickte auf den Campus hinab. Sie wartete auf Shari, mit der sie sich nach Murphys Vorlesung zu einem kurzen Mittagessen treffen wollte. Es war ein wunderschöner Tag. Eine warme Brise trieb die Blätter über das Gras und die Stare zwitscherten in dem kleinen Birkenhain hinter ihr um die Wette. Es war ein Tag, an dem man sich einfach nur darüber freute, dass man auf der Welt war.

Ihre Gedankengänge wurden durch einen ihr unbekannten Wagen unterbrochen, der mit kreischenden Bremsen vor ihrer Bank zum Stehen kam. Unwillkürlich runzelte sie die Stirn, als sie erkannte, dass Chuck Nelson auf dem Fahrersitz saß, obwohl sie genau wusste, dass es nicht sein Wagen sein konnte. Vermutlich gehörte er dem blassen, dünnen Mann mit der dunklen Sonnenbrille auf dem Beifahrersitz, der ganz in Schwarz gekleidet war. Augenscheinlich schien keiner der Männer darüber begeistert zu sein, Shari herumkutschieren zu müssen, die aus dem Fonds ausstieg.

»Danke, Chuck. Bist du zum Abendessen zu Hause?«

Ohne zu antworten und noch bevor die Tür zufiel, brauste Chuck auch schon wieder davon. Trotz der dunklen Sonnenbrille hatte Laura das ungute Gefühl, dass der Fremde sie die ganze Zeit über angestarrt hatte. Laura war froh, dass er eine Sonnenbrille trug, denn obwohl sie seine Augen nicht sehen konnte, ließ sein Anblick ihr trotz des warmen Sonnenscheins einen Schauer über den Rücken laufen.

Doch ihr ging es nicht alleine so. Als Shari sich neben sie setzte, konnte Laura die dunklen Wolken über ihrem Kopf beinahe sehen. Ohne ein Wort zu sagen, nahm sie Shari fest in die Arme. Als sie sich sanft wieder von ihr löste, standen Shari Tränen in den Augen.

Auch Laura konnte ihre Tränen nicht zurückhalten und zwang sich, stark zu sein. Aber es fiel ihr schwer. Sie dachte an all die langen Sitzungen in ihrem Büro zurück, in denen sie mit Shari über den Schmerz gesprochen hatte, den sie nach dem Tod ihrer Eltern empfand, die bei einer Massenkarambolage auf der Autobahn ums Leben gekommen waren. Ihr Vater hatte sich ans Steuer gesetzt, obwohl er Alkohol getrunken hatte. Laura hatte Shari geholfen, die Situation zu verstehen, ihren Zorn zu verarbeiten, den sie gegen ihren Vater empfand, und die Liebe wieder zu entdecken, die einst da gewesen war. Sie hatte ihr geholfen, Gott für all das zu danken, was ihre Mutter ihr gewesen war und immer sein würde.

Und vor allem hatte Laura versucht, ihr die Kraft zu geben, die Hände nach ihrem Bruder auszustrecken. Chuck zog das Unglück regelrecht an, seit er laufen konnte, und als er 16 war, schlossen die Nachbarn schon keine Wetten mehr ab, wie lange es dauern würde, bis er im Gefängnis landete. Seit dem Teenageralter behandelte er seine Eltern mit missmutiger Gleichgültigkeit und sogar offener Verachtung – und Shari war sicher, dass ihr Vater den Schmerz mit Alkohol betäubte, während das Herz ihrer Mutter hinter ihrem immer liebevollen Lächeln langsam zerbrach.

Aber als Chuck vom Tod seiner Eltern erfuhr, schien er in eine Art Schockzustand zu fallen. Als wäre ihm plötzlich klar geworden, dass er nun nie mehr die Gelegenheit haben würde, sein Verhalten wieder gutzumachen. Eine kurze Zeit lang wagte Shari zu hoffen, dass der tragische Tod ihrer Eltern ihn zur Vernunft bringen würde.

Doch sobald der Schock nachließ, schwang sich Chuck in seinem schlechten Benehmen zu neuen Höhen auf – Alkohol, Schlägereien und Drogenhandel. Es war schwer zu erkennen, wen er denn nun eigentlich bestrafen wollte, seine Eltern oder sich selbst, aber es bestand kein Zweifel daran, dass er sich jetzt auf einem Weg der Selbstzerstörung befand, und es war nur eine Frage der Zeit, wann er sein Ziel erreichte.

Da sie ihren eigenen Schmerz auch noch nicht verarbeitet hatte, fiel es ihr als Schwester unglaublich schwer, Chucks Selbstzerstörung mit anzusehen. Als Richter Johnson ihn schließlich zu einigen Jahren Gefängnis verurteilte, nachdem die Polizei ihn in einem gestohlenen Wagen angehalten hatte, in dem sie auch noch Drogen fanden, bekam Shari die so dringend benötigte Atempause. Sie konnte nachts in dem Wissen einschlafen, dass er nicht in Schwierigkeiten geriet, und vielleicht konnten nun auch ihre täglichen Gebete für ihren Bruder endlich ihre Wirkung entfalten.

Aber der Chuck, der schließlich wieder auf ihrer Türschwelle stand, war noch gemeiner als je zuvor.

Jetzt gab es noch zusätzlichen Grund zur Sorge – sein neuer Freund. Laura wusste, dass der Fremde der eigentliche Grund war, warum Shari sich mit ihr zum Mittagessen treffen wollte.

»Im Wagen habe ich ihn zum ersten Mal gesehen. Wegen der dunklen Sonnenbrille und der ins Gesicht gezogenen Mütze konnte ich nicht einmal sein Gesicht erkennen. So wie Chuck über ihn spricht, scheint er eine Art Pate zu sein. Er sagt, er hätte *wichtige Aufgaben* für ihn.«

»Was für Aufgaben?«

»Darüber verliert er kein Wort. Er grinst nur so, als handle es sich um einen Scherz, der auf unsere Kosten gehen würde. Aber was immer sie tun, ich glaube nicht, dass es nur um Autodiebstahl geht.« Sie drückte Lauras Hand. »Ich mache mir Sorgen. Richtige Sorgen, Laura. Ich möchte nicht, dass er sich selbst umbringt.«

Laura drückte ihre Hand. »Keine Sorge, Shari. Das werden wir nicht zulassen.« Sie hatte keine Ahnung, wie sie das anstellen sollte, aber es war wichtig, Zuversicht und Entschlossenheit auszustrahlen. Shari musste wissen, dass ihre Freunde stark genug waren, um ihr dabei zu helfen, mit einfach allem fertig zu werden.

Laura dachte eine Weile nach. »Wenn dieser Kerl ein Verbrecher ist, denkst du, dass Chuck ihn im Gefängnis kennen gelernt hat? Vielleicht können wir auf diese Weise herausfinden, wer er ist.«

»Ich glaube nicht. Chuck sagt, er hätte ihn in der Stadt getroffen. Er hätte Geldprobleme gehabt und dieser Typ hätte ihm ausgeholfen.« Sie runzelte die Stirn. »Aber er wollte mir nichts über ihn erzählen.«

»Nun, das ist nicht viel. Wir könnten doch Chief Rawley bitten, Chuck und seinen Freund ein wenig im Auge zu behalten. Vielleicht hat er ja eine Ahnung, was mit den beiden los ist.«

»Laura, ich möchte nicht, dass Chuck böse auf mich wird, weil er denkt, ich ließe ihn von der Polizei bespitzeln.«

»Shari, wir beide wissen, dass Chuck sowieso vermutlich böse wird, ob du nun versuchst, ihm zu helfen oder nicht. Du bist eine liebevolle Schwester, aber alles hat seine Grenzen. Irgendwann muss er die Entscheidung treffen, sich selbst zu helfen.«

»Ich weiß. Ich war froh, dass die Freundin meiner Mutter mich nach dem Tod meiner Eltern in den Gottesdienst mitgenommen hat. Und du und Murph, ihr habt euch so toll um mich gekümmert.«

»Ja, und da wir gerade vom Kümmern sprechen: Wie geht es dir, Shari? Wann warst du das letzte Mal mit einem Freund aus?«

»Nun, da du das Thema ansprichst, neulich war jemand bei mir, ein Student, der von einer anderen Universität nach ›Preston‹ gewechselt hat. Paul Wallach. Er besucht zusammen mit mir Professor Murphys Vorlesung.«

»Klingt gut. Und?«

»Und nichts. Wir lernen uns gerade ein bisschen näher kennen. Er hat große Probleme, unter anderem mit seinem Hauptfach, denn er studiert Wirtschaft, wozu sein Vater ihn gedrängt hat, der aber vor Monaten gestorben ist.«

»Warum sagst du ihm nicht, er solle mal zu mir kommen?«

»Oh, das habe ich bereits getan, Laura, vor allem, weil er von Professor Murphys Kurs ganz fasziniert ist.«

»Wow, das ist ja ein Sprung – von der Goldmine Wirtschaftswissenschaften zur brotlosen Kunst der staubigen Archäologie und der Suche nach Knochen.«

»Nun, du weißt ja selbst am besten, worüber du da sprichst. Ich hoffe, es ist dir Recht, dass ich ihm geraten habe, einmal mit dir darüber zu reden.«

»Warum sollte ich etwas dagegen haben? Dazu bin ich ja da. Ansonsten müsste ich mehr Zeit mit *meinem* Traumarchäologen auf Expeditionen verbringen.«

»Hey, kommt er da nicht gerade?« Murphy blieb mit seinem Dodge vor der Bank stehen und streckte den Kopf zum Fenster heraus.

»Nun, meine Damen, kann ich eine von euch für einen Spaziergang im Wald begeistern, wo ich ein paar Dutzend Pfeile in harmlose Bäume schießen will, damit sie spitz bleiben?«

»Ich glaube nicht, dass Shari sich für deine Robin-Hood-Spiele interessiert, Murph. Wir gehen was essen. Machst du dich davon, weil ich dich gebeten habe, die Kleidungsstücke herauszusuchen, die du in die Kleidersammlung geben möchtest?«

»Erwischt! Aber das mache ich später noch.« Er trat das Gaspedal durch, bevor Laura ihn zurückhalten konnte.

Kopfschüttelnd blickte Laura ihm nach. »Siehst du, womit ich es zu tun habe?«, wandte sie sich dann an Shari. »Wir haben irgendwann mal herausgefunden, dass Murphy das Wort ›später‹ in zwölf Sprachen beherrscht, von denen die meisten genauso sehr Geschichte sind wie seine Versprechungen, irgendeine Hausarbeit zu erledigen.«

»Oh, ich habe Paul praktisch gezwungen, am Mittwochabend in die Bibelstunde zu kommen, und ich habe ihm gesagt, er solle ruhig früher kommen und mithelfen, die Sachen im Keller zu sortieren.«

»Großartig. Aber wir gehen jetzt besser was essen, damit wir bei Kräften bleiben, denn wenn wir uns auf die Männer verlassen, sind wir vermutlich verlassen. Am Ende stehen wir mit diesen Kleiderbergen allein da.«

◇ ◇ ◇

Talon blickte Chuck wütend an. »Ich habe dir gesagt, du sollst langsamer fahren. Ich möchte hier nicht in irgendeine Geschwindigkeitskontrolle geraten.«

»Okay, okay. Es ist nur so, dass ich schon eine ganze Weile nicht mehr am Steuer gesessen habe. Sagen Sie mir, warum wir gestern bis nach Raleigh fahren mussten, um einzukaufen. Es gibt doch jede Menge Geschäfte, die viel näher liegen.«

»Ich will nicht, dass sich jemand an das erinnert, was wir eingekauft haben.«

»Warum wollten Sie meine Schwester mitnehmen? Mann, ich merke doch, dass sie Sie nicht mag.«

»Ja, und dieses Gefühl beruht auf Gegenseitigkeit. Darum darfst du ihr auch nichts erzählen. Sie würde dich sofort bei der Polizei anschwärzen. Also erzähl ihr nichts von dem, was wir tun.«

Chucks Augen blitzten. »Ich weiß doch gar nichts. Was sollte ich ihr also erzählen? Hey Mann, wann werden Sie mich endlich darüber aufklären, was Sie vorhaben? Was immer es ist, auf mich können Sie zählen.«

Talon schüttelte den Kopf. »Natürlich bist du dabei, du Narr. Jetzt halt den Mund und bring uns zum Einkaufszentrum. Wir kaufen Kleidungsstücke. Viele Kleidungsstücke.«

»Klamotten, das ist cool. Ich könnte ein paar neue gebrauchen.«

»Die sind nicht für dich. Wir geben sie weg.«

»Das verstehe ich nicht. Warum kaufen wir Klamotten, die wir dann weggeben? Wo liegt da der Sinn?«

»Hast du nicht gehört, dass deine Schwester auf dem Rücksitz von der Kleidersammlung der ›Preston Community Church‹ gesprochen hat?«

»Und? Sagen Sie mir bloß nicht, ich solle zur Kirche gehen!« Chuck trat mitten auf dem Highway auf die Bremse. »Was für ein Ding ziehen Sie hier überhaupt ab?«

Talon gab Chuck nur eine Ohrfeige, aber das war bereits Drohung genug. »Ich habe dir gesagt, du sollst den Mund halten und fahren. Entspann dich. Wir gehen nur hin, um der Kirche eine besondere Spende zu überreichen.«

Kapitel 36

»Trotz meines Kummers und meines Entsetzens trete ich vor die Öffentlichkeit, um das amerikanische Volk zu warnen.« Shane Barrington sprach vor Dutzenden von Reportern. Obwohl er sich normalerweise nicht den Medien stellte, erwärmte er sich doch langsam für seine Aufgabe.

Talon hatte sie ihm gestellt. Er sollte mit dem Tod von Arthur Barrington, seinem Sohn, an die Öffentlichkeit treten. Natürlich war die Geschichte, die er jetzt erzählte, weit von der Wahrheit entfernt. Die grausame Art und Weise, auf die Talon sein einziges Kind ermordet hatte, wurde mit keinem Wort erwähnt. Stattdessen hatte Barrington Talons knappe Anweisungen noch etwas ausgeschmückt und einen frei erfundenen Bericht über Arthurs Tod abgegeben.

Barrington starrte in die Kameras und dachte darüber nach, ob er versuchen sollte, ein paar Tränen hervorzuquetschen. »Vor drei Tagen ging in meinem Büro eine Lösegeldforderung ein, in der ich darüber informiert wurde, dass mein einziger Sohn Arthur in New York am helllichten Tag entführt worden sei. Die Entführer forderten fünf Millionen Dollar für Arthurs sichere Rückkehr – und dass ich mich nicht mit der Polizei in Verbindung setzen sollte. Ich war wie vermutlich alle Eltern in einer solchen Situation entsetzt, und mein einziger Gedanke war, dass ich alles tun musste, um meinen Sohn zu retten.«

Barrington schob den Gedanken daran, dass er daneben gestanden und zugesehen hatte, wie Talon Arthur tötete, beiseite. Er wollte sich nicht ablenken lassen. Stattdessen blickte er geradewegs in die Kameras. »Nicht aus Missachtung gegenüber unserer Polizei, sondern weil ich tun wollte, was meiner Ansicht nach für die Rettung meines Sohnes notwendig war, wies ich meine private Sicherheitsmannschaft an, den Kontakt herzustellen und die Zahlung des Lösegelds vorzubereiten. Gestern Morgen konnte ich meinen Sohn jedoch nicht wieder sicher in die Arme schließen, vielmehr entdeckten meine Sicherheitskräfte seinen toten Körper, der von diesen heimtückischen Verbrechern entsetzlich entstellt worden war.«

Sogar die normalerweise zynischen Presseleute schnappten bei dieser entsetzlichen Offenbarung nach Luft. »Wenn mein Sohn in diesem Land nicht sicher ist, dann sind auch Ihre Kinder nicht sicher. Obwohl ich den Tod von Arthur betrauere, möchte ich meinen Schmerz zurückdrängen und Ihnen versprechen, dass ich meine Energie und meine persönlichen Mittel dafür einsetzen werde, die Öffentlichkeit zu alarmieren. Wir müssen alles tun, um der unkontrollierten und beängstigenden kriminellen Gewalt in unserer Gesellschaft ein Ende zu setzen. Ich danke Ihnen für Ihre Aufmerksamkeit.«

Nach seinen Ausführungen stürzten die Vertreter der Presse mit ihren Fragen auf ihn ein. »Mr Barrington.« Er nickte einem Reporter seines eigenen Senders zu. »Können Sie erläutern, wie Sie die gewalttätigen Elemente bekämpfen wollen?«

Barrington beantwortete die ihm gestellte Frage mit Talons Worten. »Es gibt vieles, das ich in den kommenden Monaten tun möchte, um gegen die außer Kontrolle geratene Gewalt in unserem Land anzukämpfen. Wie so viele von Ihnen habe ich von Politikern die Nase voll, die nicht genug tun.«

Eine weitere Frage wurde ihm zugerufen: »Mr Barrington, wollen Sie damit andeuten, dass Sie selbst für ein Amt kandidieren wollen?«

»Den Menschen dieses Landes« – Barrington blickte kühl in die Kameras – »gebe ich folgendes Versprechen: Wenn die Politiker uns nicht schützen, dann werde ich meine Führungsposition bei ›Barrington Communications‹ ruhen lassen und dafür sorgen, dass die Sicherheit der Bürger dieses Land wieder gewährleistet ist.«

◇ ◇ ◇

»Meine Kollegen bei den Sieben sind überaus zufrieden mit unserem Mr Barrington.« Talon sprach über sein Handy und eine Satellitenverbindung mit John Bartholomew. »Sie haben ihn gut vorbereitet, Talon. Im Laufe der Zeit werden wir Ihren grausamen Mord ausschlachten und eine ganz neue politische Macht entwickeln, falls Barrington auch weiterhin Befehlen folgen kann.«

Talon schnaubte. »Wenn nicht, wird er unglücklicherweise frühzeitig sterben.«

»Wir haben Ihren letzten Bericht über die Fortschritte in Preston noch einmal überdacht, Talon. Eine Randbemerkung von Ihnen hat uns auf etwas aufmerksam gemacht, das mit einem meiner Kollegen zu tun hat, und es würde sehr gut in diese neue Phase mit Barrington hineinpassen.«

»Was soll ich tun?«

»Es geht um diesen jungen Mann, den Sie erwähnt haben, diesen Wallach, der Kontakt zu den Murphys und der Schwester Ihres Handlangers geknüpft hat. Für ihn haben wir eine kleine Planänderung.«

Kapitel 37

Am Mittwochabend stellte Paul Wallach seinen Wagen vor der *Preston Community Church* ab. Im schwindenden Tageslicht leuchtete die weiße Holzfassade des Gebäudes einladend. Sein Herz setzte einen Schlag aus, und er war nicht sicher, ob es wegen des bevorstehenden Treffens mit Shari war oder weil er vorhatte, zum ersten Mal in seinem Leben freiwillig eine Kirche zu betreten.

Die Tür stand offen, aber er trat nicht ein. Er wollte direkt in den Keller gehen, um Shari zu zeigen, dass er es mit seiner Hilfe beim Kleidersortieren ernst meinte. Er ging zu der Seitentür des Gebäudes, die in den Keller führte, öffnete sie und stieg die schmalen Holzstufen in den Keller hinab.

Nachdem sich seine Augen an das fahle Licht gewöhnt hatten, konnte Paul einen nackten Betonboden erkennen. Am hinteren Ende waren Bretter und einige Kartons aufgestapelt. Er tastete an der Wand nach einem Schalter und eine nackte Glühbirne tauchte den Raum in helles Licht. Jetzt konnte er weitere Kartons erkennen und Kleidungsstücke, die aus Müllsäcken quollen.

»Hallo, hier kommt der freiwillige Helfer«, rief er. »Wo stecken denn alle?«

In der Ecke stand etwas, das wie ein alter Boiler aussah, und durch einen Bogen konnte man in einen anderen Teil des Kellers sehen. Er bückte sich unter der etwas abgehängten Decke hindurch und trat ein – und stolperte über einen Kleidersack, wie er annahm. Nur war es kein Kleidersack.

Es war ein Körper.

Paul kniete sich hin. Ein junger Mann mit langen blonden Haaren starrte ihn mit blicklosen Augen an. Ein Arm stand seltsam verdreht vom Körper ab. Paul kannte den Mann nicht, aber er trat instinktiv zurück und stieß sich den Kopf an der Mauer. Geschockt starrte er den Körper an. Er atmete tief durch, dann kniete er erneut nieder und legte seine zitternde Hand an die Halsschlagader des Mannes. Nichts. Er überlegte, was er jetzt tun sollte, aber sein Verstand wollte einfach nicht funktionieren. Er hatte noch nie zuvor eine Leiche gesehen. Und dann durchzuckte ihn ein Gedanke.

»Shari!«

Er rappelte sich hoch und blickte sich verzweifelt im Keller um. Dort stand ein Metalltisch, auf dem etwas lag, das wie ein Notebook und ein Gewirr aus Kabeln aussah, daneben weitere Kisten – und unter dem Tisch …

Er rannte hinüber. Ein Mädchen. Aber nicht Shari. Er spürte, wie sich seine Kehle zusammenschnürte. Das hübsche, ovale Gesicht mit den kastanienbraunen Haaren kam ihm irgendwie bekannt vor. Wo hatte er sie schon mal gesehen? Auf dem Campus? Irgendwo in der Stadt? Das war auch egal – *Überprüfe den Puls, du Idiot.* Er war noch zu spüren, ganz schwach, aber definitiv vorhanden. *Also gut, was hast du in deinem Erste-Hilfe-Lehrgang gelernt?* Zuerst der Atem. Er legte sein Ohr an ihren Mund und hoffte auf einen Luftzug, auch wenn er noch so schwach war.

»Hallo, Paul.«

Er schnappte nach Luft. Vor ihm stand Chuck Nelson in einem locker sitzenden Trainingsanzug und grinste ihn an.

»Wer ist deine Freundin? Ich dachte, du hättest eine Vorliebe für meine kleine Schwester. Sie wird ziemlich sauer sein, wenn sie davon erfährt.« Chuck schüttelte den Kopf. »Und auch noch in der Kirche, du Mistkerl.«

»Chuck, was machst du hier? Und wo ist Shari?«

Das Grinsen verschwand. Chuck zuckte die Achseln. »Keine Ahnung. Wen interessiert das schon?«

Paul war hin und her gerissen zwischen dem Wunsch, die Situation zu verstehen, und dem Mädchen zu helfen. »Sieh mal, Shari hat gesagt, ich solle sie hier treffen. Chuck, was geht hier vor?« Er legte sein Ohr wieder an den Mund des Mädchens. »Wir brauchen Hilfe. Hast du dein Handy dabei? Wir müssen den Notarzt rufen.«

»Mist, ich glaube, ich habe es zu Hause vergessen.« Chuck schien diese Situation richtig zu genießen. »Was für eine Schande. Ich schätze, es ist an dir, die schlafende Schönheit hier aufzuwecken. Du beeilst dich besser. Ich glaube, es geht rasch zu Ende mit ihr.«

Paul sprang auf und packte Chuck am Kragen. »Hör mal zu, das ist kein Spiel. Dieses Mädchen ist ernsthaft verletzt. Geh los und hole Hilfe, während ich sehe, was ich für sie tun kann.«

Chuck schüttelte ihn ab. »Mehr Hilfe wird sie leider nicht bekommen.« Er tat einen Schritt nach vorn und ließ etwas Dunkles aus seinem Ärmel in seine Hand gleiten. »Und ich habe jetzt genug von deinem Gejammer.«

Paul wich einen Schritt zurück und hob abwehrend die Hand. Zumindest schien sein Verstand wieder zu funktionieren. Falls er Chuck für eine Sekunde ablenken konnte, würde es ihm vielleicht gelingen, die Treppe zu erreichen. Er drehte sich halb herum und suchte nach etwas, das er Chuck ins Gesicht werfen könnte. Eine blitzartige Bewegung, etwas Hartes riss ihn von den Füßen und sein Kopf knallte auf den Boden.

Und dann wurde alles schwarz um ihn.

Kapitel 38

Der Parkplatz vor der Kirche füllte sich langsam, während Murphy seinen ziemlich ramponierten Dodge abstellte. Er ging zur Beifahrerseite, um Laura herauszuhelfen, aber sie winkte ab. »Spar dir das, Murph. Du willst doch kein schlechtes Beispiel für die Gemeinschaft abgeben.«

An der Kirchentür stand herzlich lächelnd Reverend Wagoner und streckte ihnen die Hand entgegen. »Laura, Michael. Wie schön, euch beide zu sehen.«

Murphys Blick glitt über den beinahe komplett gefüllten Parkplatz. »Sieht so aus, als hätten Sie heute Abend ein volles Haus. Die kostenlosen Hamburger scheinen ihren Zweck erfüllt zu haben.«

Wagoner lachte. Er trug eine bequeme Hose und ein Sportjackett über einem grünen Poloshirt. Mit seinem gebräunten Gesicht und dem schütter werdenden weißen Haar sah er aus, als wäre er gerade vom Golfplatz gekommen. Was vermutlich auch der Fall war. »Man tut, was man kann. Ich denke, dieses große Interesse haben wir Ihnen beiden zu verdanken. Die Leute sind wegen des Schlangenfundes ziemlich aufgeregt, Murphy.«

»Solange Sie nicht verlangen, dass ich auf die Kanzel steige und davon erzähle, Bob, ist das für mich okay. Ich bin hier, weil ich eine Pause von all dem brauche. Aber bitte passen Sie auf, dass ich nicht einschlafe, ja?«

Laura versetzte ihm einen Stoß in die Rippen. »Hören Sie nicht auf ihn, Bob. Er ist nur eifersüchtig. Er weiß, dass Sie viel besser reden als er.«

»Vielen Dank. Jetzt machen Sie mich aber nervös.«

»Komm, Laura, mal sehen, ob wir einen Platz in der ersten Reihe bekommen. Wie nennen die jungen Leute die noch – die Bank der Speichellecker?«

Im Inneren des Gebäudes wimmelte es schon von Leuten. Shari saß ganz vorn und hielt ganz offensichtlich nach jemandem Ausschau. Sie machten sich auf den Weg zu ihr.

Laura umarmte sie, dann bemerkte sie ihren besorgten Blick. »Was ist los?«

»Es geht um Paul. Ich habe ihn doch für heute Abend eingeladen und ihn gebeten, ruhig schon früher zu kommen, um beim Sortieren der Kleidung zu helfen, doch dann wurde ich in der Bibliothek aufgehalten und kam direkt her. Sein Handy scheint ausgeschaltet zu sein.«

»Es fängt an. Halte ihm doch einen Platz frei. Murphy legt auch immer einen dramatischen Auftritt hin, vor allem, wenn vorher Arbeit zu erledigen war. Bestimmt kommt er jeden Augenblick.«

Shari lächelte, aber die Sorge wich nicht aus ihrem Blick. »Ich setze mich zu euch, aber ich hoffe, dass ich Paul nicht abgeschreckt habe.«

◇ ◇ ◇

Talon hätte Chuck am liebsten gegen die Wand geschleudert, um seinen langsam arbeitenden Verstand auf die anstehende Aufgabe auszurichten. Aber er hatte noch Verwendung für ihn und nicht viel Zeit. Er konnte es sich nicht leisten, dass dieser Typ sich in die Ecke hockte und schmollte. So versuchte er es mit etwas bescheideneren Mitteln. Er versetzte Chuck zwei Ohrfeigen.

»Hey! Aua, was –!«

»Halt den Mund und pass auf. Wir haben den Freund deiner Schwester hier im Keller der Kirche abgelegt, wir haben die Flugblätter verteilt, die ich mitgebracht habe, was bleibt noch zu tun?«

Chuck keuchte und rieb sich die Wange. *Er passt nicht auf. Sein Kopf tut ihm von dem Schlag weh,* dachte Talon. »Der Rucksack, weißt du noch? Nimm ihn ab, damit ich ihn packen kann.«

»Okay, okay. Er sitzt etwas eng über meiner Jacke.« Chuck bemühte sich, die Riemen des Rucksacks über die Schultern zu ziehen, aber sie hingen irgendwie fest.

»Dann mach doch den Reißverschluss deiner Jacke auf.« Talon verdrehte genervt die Augen.

»Das geht nicht. Er hat sich verklemmt. Der Reißverschluss verklemmt sich öfter.«

»Wie bist du je aus dem Kindergarten herausgekommen?« Talon packte die Jacke mit beiden Händen und riss erfolglos am Reißverschluss. In seiner Verzweiflung fuhr Talons rechte Hand über die Vorderseite der Jacke, schnitt sie sauber in zwei Hälften und zerrte den Rucksack von Chucks Schultern.

»Hey, das war meine einzige Jacke. Und heute Abend ist es kalt.«

Talon ließ seinen scharfen Zeigefinger noch einmal in Aktion treten, dieses Mal über Chucks Kehle. Rasch trat er beiseite. Der Körper seines Gegenübers sank schlaff auf den Boden des Kellers.

»Keine Sorge, Chucky. Da, wo du hingehst, ist es warm.«

Kapitel 39

Es ist ein guter Abend für die Preston Community Church, dachte Reverend Wagoner, als er vorne stand und seinen Blick über die Menschen in den Bänken gleiten ließ. Die Menge sah ihn erwartungsvoll an, aber was diesen Abend zu einem besonderen Ereignis machte, war die Tatsache, dass fast alle dieser Menschen eine Gemeinschaft bildeten. Er umklammerte die Kanzel und räusperte sich.

»Willkommen, meine Freunde. Es ist wirklich schön, heute so viele von euch hier zu sehen. Ich möchte Gott danken, dass er uns an einem Tag, der kein Sonntag ist, alle zusammengeführt hat. Viele von euch haben vielleicht von dem unglaublichen archäologischen Fund unserer lieben Freunde Michael und Laura Murphy gehört.

Und wenn nicht, dann möchte ich die gute Nachricht an euch weitergeben. Sie haben ein Stück der ehernen Schlange gefunden, die Mose gemacht hatte. Die Schlange, die König Hiskia zerstörte, wie im 2. Buch der Könige, Kapitel 18, Vers 23 beschrieben.« Einige Zuhörer schnappten nach Luft. Scheinbar war die Neuigkeit noch nicht zu allen durchgedrungen. »Ich werde jetzt nicht über die archäologische Bedeutung dieser Entdeckung sprechen, das überlasse ich lieber denen, die mehr davon verstehen.

Doch in dieser Woche, in der es so viele verwirrende und beunruhigende Nachrichten von den Vereinten Nationen gegeben hat und in der in den Medien so viele negative Dinge über das Christentum gesagt wurden, habe ich das Bedürfnis, ein wenig über die Bedeutung zu sprechen, die die eherne Schlange meiner Meinung nach auch heute noch hat.«

Reverend Wagoner hielt inne und sein Blick glitt über jeden der Zuhörer hinweg.

»Ihr werdet euch sicher erinnern, dass die Hebräer nach ihrer Flucht aus Ägypten und während ihrer Suche nach dem verheißenen Land eine schwierige Zeit durchgemacht haben. Wenn die Wanderung zu beschwerlich wurde, fingen sie manchmal an, Gottes Plan für sie infrage zu stellen und daran zu zweifeln. Kurz gesagt, sie verloren ihren Glauben –«

Ein Blitz zuckte auf, und Murphy hatte gerade noch Zeit, sich zu fragen, warum Reverend Wagoner durch die Luft auf sie zugeflogen kam, als auch schon der Donner der Explosion zu hören war. Dann wurde Murphy selbst von der Druckwelle aus seiner Bank geschleudert, wobei er den Arm instinktiv nach Laura ausstreckte.

Danach schien alles in Zeitlupe abzulaufen.

Die Buntglasfenster implodierten in einem Regen von Rot und Gold und der Boden schien sich zu heben. Die Bänke kippten um, und die, die darauf saßen, stürzten in die Trümmer. Die Leuchter begannen heftig zu schwingen, die Lichter flackerten einmal und gingen dann aus, und überall war nichts als Rauch, Dunkelheit und das Stöhnen der Verletzten, das er jedoch nur undeutlich hören konnte, weil es in seinen Ohren so laut klingelte.

Murphy sprang auf, und ohne nachzudenken, taumelte er in Richtung der Flammen, die aus dem klaffenden Loch hinter der zerstörten Kanzel emporschossen. Einen Augenblick lang hatte er das Gefühl, als würde er direkt in die Tiefen der Hölle blicken. Dann blieb er stehen, und er schien eine Ewigkeit zu brauchen, um seinen Kopf zu der Stelle zu drehen, an der er gelandet war. Der beißende Qualm, der ins Innere der Kirche drang, raubte ihm den Atem, trotzdem tastete er sich durch die Trümmer hindurch, bis er Laura fand. Als er ihren Arm ergriff und spürte, wie sich ihre Finger an ihn klammerten, wusste er, dass sie noch am Leben war.

Raus. Wir müssen hier raus, dachte er. Er legte die Arme um Laura und zerrte sie auf die Beine. Murphy war nicht sicher, ob er die Kraft hatte, sie nach draußen zu tragen, doch dann spürte er, dass sie einen Schritt machte, dann noch einen, und gemeinsam taumelten sie durch den Rauch, über zersplitterte Bänke und große Mauerstücke hinweg zur Tür.

Sauerstoff, dachte er. *Sauerstoff und Licht*. Als sie durch die Tür traten, war die Nachtluft frisch und rein, und beide atmeten ein paar Mal tief durch. So vorsichtig wie möglich legte Murphy Laura auf den Boden.

Er kniete neben ihr nieder, blies kleine Holzstückchen von ihrem Gesicht und strich ihr den Ruß von den Wangen und aus den Haaren. Laura hustete und öffnete die Augen, die ihn mit Entsetzen anblickten. Tränen liefen ihr über die rußgeschwärzten Wangen.

»Ich bin okay, Murphy«, keuchte sie. »War das eine Explosion?«

»Scheint so, aber ich glaube nicht, dass der Boiler in die Luft gegangen ist. Hast du dir etwas gebrochen?«

»Meine Knie sind aufgeschürft und mein Ellbogen tut etwas weh … Bist du in Ordnung?«

»Ich sehe bestimmt schlimmer aus, als ich mich fühle. Wenn du versprichst, hier still liegen zu bleiben, bis du dich etwas besser fühlst, gehe ich wieder hinein und sehe, ob ich helfen kann.«

»Murph, ich bin okay, aber denkst du, dass du wirklich wieder hineingehen solltest? Wir wissen nicht, was dieses Inferno verursacht hat. Es sieht so aus, als sei die Kirche schwer beschädigt worden. Du weißt nicht, was noch alles passieren kann. Bitte bleib hier.«

»Nein, wir wissen nicht, welche Schäden die Explosion angerichtet hat, aber falls drin jemand verletzt ist, muss ich irgendwie hinein.« Er wandte sich zum Gebäude um. Schwarzer Rauch quoll aus den Türen. Ein Dutzend anderer Personen war unverletzt herausgekommen und saß oder lag im Gras. Aber wie viele befanden sich noch drin?

Er beobachtete, wie eine zierliche Gestalt, die mit Zementstaub bedeckt war, auf sie zugetaumelt kam. Shari.

Murphy ging ihr entgegen, um sie aufzufangen, falls sie stürzte, aber sie schüttelte den Kopf und schob ihn beiseite. »Paul«, krächzte sie. »Wir müssen Paul finden.«

Sie steht unter Schock, dachte Murphy. »Alles in Ordnung, Shari. Paul ist nicht hier. Er war gar nicht in der Kirche.«

Sie umklammerte seinen Arm. »Sein Wagen. Ich habe ihn gerade entdeckt. Er steht auf dem Parkplatz. Er muss früher hergekommen sein. Er ist hier irgendwo!«

»Aber wo? Wir hätten ihn doch gesehen.«

Ihre Augen öffneten sich vor Entsetzen. »Im Keller!«

Murphy nahm sanft ihre Hände und drückte sie. »Okay. Bleib hier bei Laura. Keine Sorge, ich werde ihn finden.«

Er hielt sich sein Taschentuch vor Nase und Mund, als er sich wieder in das Inferno stürzte. Die Rauchwolke löste sich langsam auf, und im trüben Schein der Notbeleuchtung konnte er sehen, wie einige Menschen zu den Türen taumelten, während sich andere um die Verletzten kümmerten. Über das Knistern der Flammen und das Splittern der Dachbalken hinweg, das wie ein Sperrfeuer von Gewehrschüssen klang, konnte er ein Stöhnen vernehmen.

Er entdeckte Wagoner, der sich über eine am Boden liegende Gestalt beugte und sich an einer umgestürzten Bank festhielt, um sie zu erreichen.

»Bob. Gott sei Dank. Sind Sie in Ordnung?«

»Ich glaube, mein Arm ist gebrochen, und mein Kopf fühlt sich an, als hätte jemand damit Bowling gespielt, aber darüber hinaus geht's mir gut. Bei Jenny bin ich mir da nicht so sicher«, erklärte er, während er eine Frau mittleren Alters betrachtete. Ihre Augen waren geschlossen und sie rührte sich nicht. Murphy legte sein Ohr an ihren Mund und tastete nach dem Puls.

»Ich glaube, sie ist tot.«

Wagoner schloss die Augen. »Lieber Gott.«

Murphy legte die Hand auf seiner Schulter. »Wir müssen Hilfe holen, Bob.«

»Ich habe schon angerufen. Die Rettungskräfte sind bereits unterwegs.«

»Gut. Schaffen Sie es bis zur Tür?«

»Ich werde nirgendwohin gehen. Vielleicht gibt es noch andere Menschen –«

»Die Rettungssanitäter werden jeden Augenblick hier sein. Sie können nicht hier bleiben. Die Dachbalken könnten herabstürzen.«

Wagoner erhob sich und machte sich widerstrebend auf den Weg zum Ausgang. Als er spürte, dass Murphy ihm nicht folgte, wandte er sich um. »Was machen Sie da, Michael?«

Doch dieser war bereits auf dem Weg zur zerstörten Kanzel. »Ich komme gleich. Ich habe noch etwas zu erledigen.« Und dann verlor Wagoner ihn in dem Qualm aus den Augen.

Die Explosion hatte ein großes Loch in den Boden hinter dem Altar gerissen und durch die Flammen konnte Murphy in einem Durcheinander aus geschmolzenem Metall und Holzsplittern Kleiderfetzen erkennen. Er hatte keine Ahnung, wie heiß es dort unten war oder ob genügend Sauerstoff vorhanden wäre, aber er entdeckte eine Stelle auf dem Betonfußboden, die frei von Trümmern zu sein schien, und so atmete er tief durch und sprang. Er landete in der Hocke und seine Hände sanken in einem Kleiderhaufen ein, der noch kein Feuer gefangen hatte. Sofort war er wieder auf den Beinen, drückte sich das Taschentuch ans Gesicht und rief über das Gebrüll der zusammenstürzenden Balken hinweg: »Paul! Kannst du mich hören? Paul!«

Er glaubte, aus dem hinteren Teil des Kellers, der vom Explosionsherd am weitesten entfernt war, ein Geräusch zu hören, schwach, aber von einem Menschen. Murphy schlängelte sich zwischen geschwärzten Farbtöpfen und umgestürzten Aktenschränken hindurch und arbeitete sich an der Wand entlang zum hinteren Kellerbereich vor, bis er aus einem Stapel Kisten eine Hand herausragen sah. Er schob die Kisten beiseite, und tatsächlich, da lag Paul, zusammengerollt und eine Hand unter das Kinn gelegt, als würde er schlafen. Murphy hatte keine Zeit, um ihn genau zu untersuchen und festzustellen, wie schwer seine Verletzungen waren, und so hoffte er nur, dass sein Rücken und der Nacken nicht betroffen waren. Er ging auf ein Knie, schob beide Arme unter seine Achseln und hob Pauls Oberkörper an. *Auf gehts*, dachte er, während er sich an den schmalen Türbogen heranschob. *Wir können nur hoffen, dass dort ein Weg nach draußen führt.*

Hinter ihm ertönte ein lautes Krachen und er spürte einen Hitzeschwall. Als er rasch zur Seite sprang, stieß sein Knie gegen etwas Hartes. Fast wäre er gestürzt, aber jetzt befand er sich in dem Hauptkeller und konnte die Betonstufen erkennen, die nach oben führten. Er verzog vor Anstrengung das Gesicht, als er seine Hand weiter unter Pauls Achseln schob und einen Fuß auf die unterste Stufe stellte.

»Nur eine …« Er setzte einen Fuß auf die nächste Stufe und arbeitete sich weiter nach oben. »Und … äh … noch eine«, stöhnte er.

Er hielt die Augen geschlossen und merkte erst, dass er oben angekommen war, als sein Fuß gegen eine Tür stieß. Ohne Paul loszulassen, wandte er sich um, damit er den Türgriff fassen konnte, aber die Tür ließ sich nicht aufstoßen. Nichts. Er hielt inne, um noch einmal tief Luft zu holen, dann warf er sich, so fest er konnte, dagegen. Sie rührte sich nicht. Entweder war sie verschlossen oder durch die Explosion irgendwie versperrt.

Er wich einen Schritt zurück und seine Gedanken überschlugen sich. Es hatte keinen Zweck, hier seine letzten Energiereserven zu vergeuden, indem er an diese Tür klopfte. Er würde den Weg zurückgehen müssen, den er sich gerade erst hinaufgekämpft hatte. Murphy hoffte, dass das Feuer sie noch nicht abgeschnitten hatte und dass es ihnen irgendwie gelingen würde, durch das Loch in der Decke nach oben zu klettern, bevor das ganze Gebäude über ihnen zusammenstürzte.

Er wandte sich um und wollte gerade die Stufen wieder hinuntersteigen, als auf einmal ein ohrenbetäubendes Kreischen ertönte, und frische Luft in den Keller strömte. Die Tür wurde aus ihren Angeln gerissen und er blickte in das Gesicht eines jungen Feuerwehrmannes.

»Alles in Ordnung, Mr Murphy«, sagte dieser und streckte Paul die Arme entgegen. »Jetzt wollen wir Sie erst mal da rausholen.«

Zwei Sanitäter nahmen ihm Paul ab und legten ihn vorsichtig auf eine Bahre. Murphys Arme wurden auf einmal ganz leicht, als würden sie nach oben schweben, und alle seine Muskeln schienen sich zu entspannen. Er sank auf die Knie, schloss die Augen und wollte gerade Gott danken, dass es ihm gelungen war, Paul herauszuholen, als ihn der Gedanke wie ein Schlag traf.

Er hatte noch nicht einmal überprüft, ob Paul überhaupt noch am Leben war.

Kapitel 40

Als die Morgendämmerung über Preston einsetzte, waren die Löschzüge und die Sanitäter abgezogen und nur die Wagen der Polizei vor der Kirche zurückgeblieben.

FBI-Agent Burton Welsh schlug den Kragen seines Regenmantels hoch, um sich gegen die Morgenkälte zu schützen, und atmete den Gestank von feuchter Asche ein. Das Holzgebäude stand noch, der Kirchturm ragte stolz in den rosa gefärbten Himmel, aber vermutlich würde es noch eine Weile dauern, bis wieder Lieder aus der geschwärzten Hülle erklangen.

Da die Ursache der Explosion unbekannt war, war man davon ausgegangen, dass jemand eine Bombe gelegt hatte, und hatte daher das FBI gerufen. Hank Baines aus Charlotte war als erster Beamter am Schauplatz des Geschehens eingetroffen. Nachdem er bei seiner ersten Untersuchung des Kellers der Kirche einige verdächtige Materialien gefunden hatte, hatte er Welsh informiert.

Als Welsh eintraf, wartete Chief Rawley von der Polizei in Preston bereits auf ihn. »Ihr Kollege ist unten im Keller.«

»Hat es in der vergangenen Stunde irgendwelche Veränderungen bei der Anzahl der Opfer gegeben?«

»Ja, es ist noch jemand gestorben. Ich weiß noch nicht, um wen es sich handelt; er muss praktisch genau über dem Explosionsherd gesessen haben. Außerdem gab es zwei Tote im Keller und zwei oben im Gottesdienstraum. Angesichts der zahlreichen Teilnehmer gibt es wie durch ein Wunder nur wenige Schwerverletzte. Abgesehen von dem Jungen, den sie aus dem Keller gezogen haben, Paul Wallach.«

»Wie geht es ihm?«

»Soweit ich weiß, hat er das Bewusstsein noch nicht wieder erlangt.«

»Nun, dann mal los.« Welsh folgte Rawley die Treppe hinunter in den Keller. Obwohl das Wasser größtenteils herausgepumpt worden war, war ein Schaum aus durchnässter Asche unter ihren Füßen zurückgeblieben.

Bei den angesengten und verzogenen Überresten des Metalltisches, dessen Beine weggerissen worden waren, blieben sie stehen. Um ihn herum lagen einige Klappstühle, die durch die Explosion zusammengeschmolzen waren und an moderne Skulpturen erinnerten. Daneben lagen die Überreste von elektrischen Werkzeugen.

Welsh beugte sich weiter darüber, bis sein Gesicht nur noch wenige Zentimeter von der Tischplatte entfernt war. Die tief in die Oberfläche eingegrabenen Brandspuren waren unverkennbar. »Baines. Gute Arbeit bei Ihrem Telefonbericht.«

»Agent Welsh. Schön, Sie wieder zu sehen. Quantico scheint schon lange und so viele Fälle her zu sein. Was meinen Sie? Hatte ich Recht?«

Der Polizeibeamte zog die Augenbrauen hoch. »Recht in Bezug worauf? Sprengstoff?«

Welsh schnaubte. »Chief, so etwas bekommen Sie nicht durch ein Leck in der Gasleitung.«

Rawley wollte unbedingt zeigen, dass er kein Dummkopf war. »Sie denken an C4?«

»Eher an C10. Es hat diese grüne Streifenbildung verursacht.« Welsh wollte den Boden um den Tisch herum untersuchen. »Mal sehen, was wir sonst noch hier haben.«

Er bückte sich neben einer Papiertüte, die aus dem Supermarkt an der Ecke stammte, und zog ein Kabel heraus, das daraus hervorlugte. »Du meine Güte.« Er fand Spulen mit Telefonkabel, dann hielt er zwei Zündkapseln in die Höhe und tat so, als würde er die Sprengkapseln in einen Block aus Plastiksprengstoff stecken.

Rawley beobachtete mit offenem Mund, wie Welsh bei seiner weiteren Suche eine verkohlte Platine und die von der Hitze verzogenen Gehäuse von zwei Hightech-Handys fand.

Die Fundstücke steckte er in eine Plastiktüte, die er seiner Jackentasche entnahm. »Baines, setzen Sie sofort das Labor daran. Ich bin kein Techniker, aber entweder vergessen die Leute hier in der Gegend seltsame Dinge in den Taschen ihrer alten Anzüge oder wir haben es hier nicht mit einer gewöhnlichen Kleidersammlung zu tun.«

Rawley wirkte sehr niedergeschlagen. »Ich weiß, was ich hier vor mir sehe, aber ich sage Ihnen, es kann einfach nicht sein.«

»Chief, bisher weist jedes Beweisstück, das ich hier unten gefunden habe, in eine bestimmte Richtung. Jemand hat diese Kirche als Bombenfabrik benutzt. Zumindest an diesem Abend.«

»Welsh, das ist unmöglich. Diese Leute sind meine Nachbarn. Sie sind genauso wenig Bombenleger wie ich.«

Agent Welsh betrachtete den Polizeichef, als wollte er sagen, dass dies kein überzeugendes Argument sei. »Das hier ist auch nicht irgendeine blöde Operation. Sie haben hier keine Eisbomben hergestellt.«

»Und Sie denken also, dieser C10-Sprengstoff sei zufällig hochgegangen?«

»Sicher. Terroristen jagen sich oft selbst in die Luft. Zusammen mit dem Zielgebiet.«

»*Terroristen*. Ich kann nicht glauben, dass ich dieses Wort auch nur ausspreche. Nicht in diesem Ort.«

»Rawley, Terroristen gibt es heutzutage überall. Schon bei der flüchtigen Untersuchung hier unten findet sich jede Menge Sprengmaterial, das in die Luft gehen kann. Und angesichts der verschiedenen Sprengmaterialien sieht es nicht so aus, als hätte ein Terrorist diese Kirche in die Luft gesprengt. Oder vielleicht sollte ich sagen, dass einige der Nachbarn, für die Sie die Hand ins Feuer legen, zu Hause Terroristen gespielt und irrtümlich den Keller in die Luft gejagt haben. Das passiert oft genug, vor allem wenn Amateure mit diesem Zeug herumhantieren.«

Agent Welsh hob ein verkohltes Flugblatt vom Boden auf und las die Überschrift laut vor. »›Wo wirst du die Ewigkeit verbringen?!‹«

»Der Pastor der Gemeinde beteuert, dieses Flugblatt noch nie gesehen zu haben, und auch keines von den anderen.« Baines deutete auf einige Bündel jetzt durchnässter Flugblätter und Broschüren, die auf dem Boden lagen.

»Ach ja? Ich fing schon an zu glauben, ich sei der einzige Mensch in Amerika, der nicht auf der Empfängerliste für dieses religiöse Gewäsch steht. Aber es sieht so aus, als sollte der Reverend seinen Keller mal etwas häufiger überprüfen. Waren die Toten und Verletzten Einheimische?«

»Soweit ich weiß, schon. Außer dem Jungen, Paul Wallach. Er besucht das College, aber über seine Heimatstadt habe ich keine näheren Angaben.«

»Chief, gibt es in einem Kleinstadt-College wie diesem viele komische Typen, Freaks und Unruhestifter? Ich gehe mal davon aus, dass Sie diesen Wallach nicht kennen. Er stammt nicht von hier. Könnte er vielleicht hergekommen sein, um die Stadt ein wenig aufzumischen?«

»Nun, ich weiß nur, dass er ein Freund von Shari Nelson ist, einer Studentin, die für Michael Murphy arbeitet. Sie ist ein tolles Mädchen, und ich kann mir nicht vorstellen, dass sie sich mit zweifelhaften Typen einlassen würde.«

»Zweifelhafte Typen. Das ist ein netter Ausdruck. Sie ist ein gutes Mitglied dieser guten Kirche?«

»Ja. Welsh, Sie glauben doch nicht ernsthaft, dass jemand wie Shari Nelson oder einer dieser Leute tatsächlich hier unten Bomben gebastelt hat?«

»Chief, bis wir die Herkunft jedes einzelnen Fundstückes und diese Explosion aufgeklärt haben, bin ich der Einzige, der nicht unter Verdacht steht, – und das nur, weil dies die erste Kirche ist, die ich betreten habe, seit ich 15 war.«

Kapitel 41

Talon liebte es, seinen Opfern von Angesicht zu Angesicht gegenüberzustehen. Es war schön, riskant und immer denkwürdig, sich an ihrer Angst zu weiden, bevor er zuschlug. Natürlich bereitete es ihm auch ein diabolisches Vergnügen, die tödliche Präzision der Falken zu erleben, die er so viele Jahre lang trainiert hatte.

Explosionen waren schmutzig, selbst die mit diesen neuen Ultra-Hochleistungsbomben.

Aber die von heute Abend war sehr wirkungsvoll gewesen. Er bewunderte den Schauplatz aus der Dunkelheit des Parkplatzes. In dem Rucksack hatte sich genügend Sprengkraft befunden, um das halbe Gebäude niederzureißen, und es war in eine Plastikfolie gepackt, sodass es wie ein laminierter Taschenstörschutz aussah. In den Tüten, die er und Chuck im ganzen Keller verteilt hatten, befanden sich auch noch andere explosive Materialien, aber es würde nicht lange dauern, bis das FBI herausfand, dass sie nur Dekoration waren.

Allerdings verschaffte es ihm eine gewisse Genugtuung, ein größeres Chaos mit Todesopfern angerichtet zu haben, was bei seiner Aktion in New York nicht der Fall gewesen war.

Zu schade, dass der Dummkopf Chuck nicht das Ergebnis ihrer Bemühungen erleben konnte. Erst nachdem er ihn im Keller getötet hatte, hatte er das C10-Sprengstoffblatt in den Rucksack gepackt. Er hatte nicht gewollt, dass Chuck damit herumlief. Dann hatte er den verdrahteten Rucksack auf Chucks Leichnam gelegt und ihn im Keller zurückgelassen. Talon hatte noch dafür gesorgt, dass Chuck und Paul Wallach weit genug voneinander entfernt lagen, denn Paul sollte ja überleben.

Chaos und Furcht waren das Vermächtnis dieses Abends. Terror ausgerechnet in einer Kleinstadt und dazu noch in einer Kirche. Talon zweifelte nicht daran, dass die Untersuchungen des FBI rasch ergeben würden, dass das Unglück nicht auf eine versehentliche Explosion in einer Bombenfabrik von christlichen Extremisten zurückzuführen war. So wie auch die winzige Spur, die er bei seinem Coup in New York hinterlassen hatte, welche seine Tat als Verschwörung von Extremisten aussehen ließ, die die Vereinten Nationen in die Luft sprengen wollten, ziemlich rasch im Sande verlaufen war.

Es würde eine hysterische Berichterstattung geben, die Verbindungen der Kirchenmitglieder würden überprüft werden, vor allem von Murphy und Shari, nachdem von ihrem Bruder gerade so viel gefunden worden war, dass man ihn noch identifizieren konnte. Natürlich auch ihre Verbindung zu ihrem neuen Freund Wallach, der als Unruhestifter aus der Stadt geworfen werden würde. Und dann war da noch dieser geheimnisvolle Mann, der mit Chuck zusammen gesehen worden war. Bis das FBI erkannte, dass die »Beweise« für die Bombenfabrik nur fingiert waren, hatten die Medien schon ihre Aufgabe erledigt. Und sie würden genügend Lärm und Verwirrung angerichtet haben, dass die Menschen eine Gruppe von verrückten Evangelikalen in Erinnerung behalten würden, vor denen man sich in Acht nehmen musste. Keine schlechte Arbeit für einen Abend.

Doch dann fiel Talon blitzartig etwas ein. Chuck, dieser elende Verlierer, hatte es geschafft, selbst nach seinem Tod noch Unruhe zu stiften! Seine dumme Jacke, in der er sich verfangen hatte, sodass Talon ihn hatte herausschneiden müssen. Sie war auf den Boden gefallen, und bei allem, was er allein hatte erledigen müssen, um den Tatort im Keller der Kirche herzurichten, hatte er vergessen, sie mitzunehmen. Und in der Jackentasche steckten die Wagenschlüssel, auf denen sich auch Talons Fingerabdrücke befanden. Außerdem hatte er beobachtet, wie Chuck die letzte Einkaufsliste in die Tasche gesteckt hatte. Die Chancen, dass die Jacke die Explosion überstanden hatte und das FBI durch den Inhalt der Taschen zu ihm geführt wurde, waren zwar gering, aber Talon wurde trotzdem unruhig. Er würde zum Tatort zurückgehen müssen, was jedoch bei dem Gewimmel von Feuerwehrleuten und Rettungskräften kein großes Problem darstellen dürfte.

◇ ◇ ◇

Talon schlüpfte durch die zerstörte Kellertür in die Kirche.

In diesem Augenblick bog Laura Murphy um die Ecke, die auf dem Weg zu ihrem Wagen war, während ihr Mann auf der Polizeistation zu den Ereignissen befragt wurde. In ihrem Kofferraum lagen immer Getränke, ein Erste-Hilfe-Kasten, Decken und andere nützliche Gegenstände für den Fall, dass sie und Murphy aus einer Laune heraus beschlossen, eine Erkundungstour zu machen. Sie konnte die Gestalt, die in den Keller schlüpfte, deutlich erkennen. Der Mann schien nicht zu den Rettungsmannschaften zu gehören und war auch zweifellos kein Mitglied der Gemeinde. Er kam nicht aus Preston, aber sie war fest davon überzeugt, ihn schon mal gesehen zu haben.

Es war der unheimliche Kerl, der mit Sharis Bruder herumgezogen war!

Laura vergaß die Decken und Getränke und beschloss, Chucks Gefährten zu folgen, um zu sehen, was er im Keller wollte.

War das möglich? Der Gedanke, der ihr kam, entsetzte sie. Konnten dieser Fremde und der arme zornige, verlorene Chuck in das Bombenattentat verwickelt sein?

Sie stieg die Treppenstufen hinunter, was ihren verletzten Knien überhaupt nicht gut bekam. Augenblicke später vernahm sie in der Dunkelheit ein Geräusch und humpelte darauf zu. Der Schmerz in ihrem Bein würde ihr eine Weile erhalten bleiben, wie es schien.

Aber dieser Schmerz wurde von einem intensiven, weitaus größeren Schmerz verdrängt, der durch ihren Körper fuhr, als zwei unglaublich starke Hände aus der Dunkelheit herausschossen und ihren Arm und ihre Kehle umklammerten.

»Hallo, Mrs Murphy. Offenbar ist heute mein Glückstag, denn ich habe gerade in der Lotterie gewonnen.« Die Stimme klang heiser. »Ich kann Ihrem Mann nichts tun, solange er uns noch nützlich ist. Aber niemand hat etwas davon gesagt, dass wir *Sie* brauchen. Und ohne Sie hat Ihr Mann vielleicht mehr Zeit und kann etwas schneller arbeiten.«

Laura wusste nicht, wovon dieser Verrückte sprach, aber sie brachte keinen Ton heraus, so stark war der Druck seiner Hand an ihrer Kehle. Ihre Luftröhre drohte zu brechen.

Talon drückte weiter zu und beschloss, nicht seinen Rasierfinger zu benutzen. Das Ergebnis würde dasselbe sein.

Laura Murphy sah Talon ins Gesicht und weigerte sich, ihm die Befriedigung zu verschaffen, dass sie ihren Blick abwandte, auch wenn sie über die Bösartigkeit, die ihr entgegensah, schockiert war.

Sie fing an, still zu beten, und war entschlossen, ihm keine Furcht zu zeigen.

Kapitel 42

Chief Rawley schob sie in den Befragungsraum der örtlichen Polizeistation und deutete auf drei Stühle, die auf einer Seite des Metalltisches standen, der im Fußboden verschraubt war.

»Es tut mir Leid, dass wir nicht mein Büro benutzen können. Darin wäre nicht genügend Platz für uns alle. Nicht bei all dem …« Ohne sie anzusehen, deutete er auf die beiden großen Kartons, die auf dem Tisch standen. Auf der anderen Seite des Tisches erhob sich Baines und streckte mit ausdruckslosem Gesicht die Hand aus.

»Reverend Wagoner. Professor Murphy.« Er schüttelte ihnen

ernst die Hand, bevor er wieder Platz nahm und sein Blick zu den Kisten zurückkehrte.

Rawley setzte sich wie ein aufmerksamer Oberkellner zwischen sie. »Wie geht es dem Arm, Bob? Sie wissen, die Leute sagen, es sei ein Wunder, dass Sie noch am Leben sind.«

Wagoner zuckte zusammen, als er sich auf dem Stuhl niederließ und seinen eingegipsten Arm zurechtlegte. »Ich spüre nicht viel, um ehrlich zu sein, Ed. Und das gilt auch für meinen Kopf.« Er tippte an den Verband um seine Stirn. »Alma sagt, es zeige nur, dass Gott wusste, was er tat, als er ihn aus festem Ahorn geschaffen hat.«

»Und wie geht es Ihnen, Murphy?«

»Oh, mir geht es gut, Ed. Nur ein paar Schürfwunden und Schnitte. Ich schätze, ich habe auch etwas Ahorn in mir.«

Mit einem gepressten Lächeln stellte sich Rawley unbeholfen an Welshs Seite. Es schien ihm zu widerstreben, sich auf den leeren Stuhl neben ihn zu setzen, so als wollte er sich von dem, was nun geschehen würde, distanzieren.

»Wir haben Glück gehabt«, betonte Wagoner. »Vier liebe Freunde sind tot, außerdem gibt es da noch den Leichnam aus dem Keller, der noch identifiziert werden muss. Und dieser arme Wallach liegt im Koma ...« Seine Stimme versagte. »Aber wir werden sobald wie möglich mit dem Wiederaufbau beginnen. Und dann werden wir in dieser hübschen Kirche wieder Gott preisen können.«

»Sie können nicht mit dem Wiederaufbau beginnen, Reverend«, widersprach Welsh kalt. »Im Augenblick ist Ihre Kirche noch ein Tatort.«

»Ein Tatort? Ich verstehe nicht.«

»Das war keine zufällige Explosion. Der alte Boiler im Keller gehört zu den wenigen Dingen, die bei der Explosion nicht beschädigt wurden.«

»Und was ist dann die Ursache dafür?«

Welsh blickte ihn unverwandt an. »Ich hatte gehofft, Sie könnten mir das sagen.«

Murphy sprang auf und beugte sich über den Tisch. »Was genau wollen Sie damit andeuten? Bob wurde in der Kirche beinahe getötet.«

Welsh zuckte nicht mit der Wimper. Er wartete, bis Murphy sich wieder gesetzt hatte, dann hob er den Deckel von einer der Kisten.

»Die Explosion wurde durch eine Bombe ausgelöst. Durch Plastiksprengstoff. Wir haben Zünder und andere Hilfsmittel für den Bau mehrerer Bomben gefunden. Der Keller Ihrer Kirche wurde als Bombenfabrik genutzt, Reverend. Ihre Gemeindemitglieder stellen Bomben her.«

Er ließ seine Worte wirken und beobachtete, wie Wagoner erblasste.

»Das ist absurd«, widersprach Murphy. »Warum sollten Mitglieder dieser Gemeinde Bomben herstellen?«

Welsh kratzte sich am Kinn, als würde er sich diese Frage zum ersten Mal stellen. »Nun, zum Beispiel, um die Vereinten Nationen in die Luft zu sprengen?«

»Die Vereinten Nationen? Wovon sprechen Sie?«

»Dieser Junge, Paul Wallach, den Sie aus dem Keller geholt haben, er stammt nicht von hier, oder? Ich weiß, er ist angeblich Student, aber nach meinen Informationen hat er gerade erst am College angefangen.«

»Was wollen Sie damit sagen? Dass Paul Wallach in irgendeiner Weise für diese Explosion verantwortlich sei? Das ist verrückt. Er ist doch noch so jung!«

Welsh lächelte süßlich. »Nach meiner Erfahrung tun Kinder die seltsamsten Dinge. Vor allem, wenn sie unter dem Einfluss von Fanatikern stehen.« Das letzte Wort spuckte er förmlich aus.

Murphy sprang auf. »Fanatiker? Was sind Sie denn, der Joseph McCarthy des FBI, Welsh? Sehen Sie denn überall nur Verschwörungen? Fanatiker wie wer?«

»Wie die Art von Menschen, die der Meinung sind, die Vereinten Nationen seien etwas Schlechtes. Evangelikale Christen zum Beispiel.«

»Wir haben keine negative Einstellung zu den Vereinten Nationen«, warf Wagoner ein. »Wir finden, dass sie gute Arbeit leisten. Friedenserhaltung in Krisengebieten der Dritten Welt, wo Chaos herrscht, humanitäre Hilfe, Gesundheitsprogramme und so weiter. Uns gefällt lediglich nicht, dass sie sich darum bemühen, alle Religionen – ungeachtet des einzelnen Glaubens – und alle Weltregierungen zu vereinigen. Mit besonderer Sorge betrachte ich die Übertragung der Souveränität der Regierung der Vereinigten Staaten an ein Weltgericht.«

»Wollen Sie sagen, Sie seien gegen das Streben nach Weltfrieden durch eine weltweite Einheit?«

»Jeder einzelne Versuch, eine Welteinheitsreligion oder eine Weltregierung zu schaffen, hat in der Vergangenheit zu einem totalitären Regime geführt und unausweichlich den Tod von zahllosen unschuldigen Bürgern zur Folge gehabt. Wir müssen aus der Geschichte lernen. Der Mensch ist nicht in der Lage, aus sich heraus diesem Planeten Frieden zu bringen. Diese Welt wird niemals einen Weltfrieden erleben, bis Christus selbst wiederkommt, um sein Reich aufzurichten. Sein Reich wird 1.000 Jahre bestehen, daran lässt die Bibel keinen Zweifel.«

»Dann sind einige Ihrer Leute vielleicht der Meinung, ein paar Bomben könnten das beschleunigen.«

Wagoner war verblüfft. »*Unsere* Leute? Christen legen keine Bomben, Agent Welsh.«

Welsh stieß ihm den Finger gegen die Brust. »Was ist mit den Leuten, die Bomben in Kliniken legen, die sich auf Familienplanung spezialisiert haben? Wer tötet Ärzte, die Abtreibungen vornehmen? Das sind doch Christen, oder etwa nicht?«

»Nicht in meinen Augen«, entgegnete Wagoner erregt. »Ja, es ist schrecklich, wenn Ungeborenen das Leben genommen wird, aber weiterer Mord ist ganz bestimmt keine Antwort. Die christliche Gemeinschaft auf der ganzen Welt ist gegen das Töten, auch um das ungeborene Leben vor dem Tod zu bewahren.«

Agent Baines hatte geschwiegen, während Agent Welsh seine Argumente vorbrachte, aber jetzt konnte er nicht mehr länger an sich halten. »Sir, ich weiß, es ist nicht angebracht, aber ich muss mich zu Wort melden. Zweifellos weiß ich über die Hintergründe dieses Bombenattentats nicht Bescheid, und bestimmt gibt es wesentliche Erkenntnisse, die darauf hindeuten, dass etwas ganz Verrücktes in diesem Keller vor sich gegangen ist. Aber ich kenne diese Leute. Nicht diese Leute hier, das meine ich nicht, ich meine Menschen, die in einer Kleinstadt wie dieser zur Kirche gehen, denn ich gehöre auch dazu. Ich weiß, wie es in ihnen aussieht, und sie könnten niemals Terroristen, Bombenleger oder Mörder sein, egal, für welche Sache, und sei sie noch so gerecht.

Sehen Sie, hier in Preston ist etwas Schreckliches geschehen. Menschen sind getötet worden, weitere liegen verletzt im Krankenhaus. Und alle wollen wissen, warum. *Wir* wollen wissen, warum. Professor Murphy hat sein Leben riskiert, um einen Menschen zu retten. Ist das die Tat eines mutwilligen Mörders? Reverend Wagoner hatte Glück, dass er nicht selbst ums Leben kam. Dies sind nicht die Menschen, die wir verfolgen sollten. Ich weiß, ich spreche aus einem Gefühl heraus, nicht auf Grund von forensischen Beweisen, Sir, aber manchmal müssen wir über das Augenscheinliche hinwegsehen.«

Welsh starrte Baines verärgert an, aber er bekam nicht die Gelegenheit, ihm zu antworten, denn in diesem Augenblick taumelte Laura Murphy durch die Tür, mit wildem Blick und offenbar von Schmerzen gepeinigt. Hinter ihr liefen einige Beamte her, die zu verwirrt gewesen waren, die verletzte Frau aufzuhalten.

Laura starrte vor sich hin, als suche sie nach dem passenden Wort, dann musste Murphy zu seinem Entsetzen beobachten, wie sich ihre Augen verdrehten und ihr ganzer Körper erschlaffte. Sie streckte die Hand aus, um sich festzuhalten, und sein Stuhl fiel mit einem lauten Krachen zu Boden, als Murphy sie in seinen Armen auffing.

»Einen Rettungswagen«, schrie er Baines an. »Schnell!«

Kapitel 43

Zum zweiten Mal innerhalb nur weniger Wochen waren ihr die Götter wohlgesinnt, dachte Stephanie Kovacs. Sie hatte beschlossen, den Abend im Hotel zu verbringen und ihr Informationsmaterial zu sichten, bevor sie am folgenden Tag versuchen wollte, in Preston mehr Hintergrundinformationen über Professor Michael Murphy zu bekommen.

So saß sie zum Zeitpunkt der Bombenexplosion in ihrem Hotelzimmer und hatte bereits ihren Kameramann angepiept, als der Redakteur von BNN sie anrief. Schon eine Stunde nach der Explosion war sie mit ihrem ersten Bericht auf Sendung gegangen. Auch als dann allmählich mehr Reporter am Tatort eintrafen, behielt sie die Nase vorn, was einerseits ihrer eigenen Initiative, andererseits aber auch einigen zusätzlichen Tipps zu verdanken war, die sie von den Redaktionen in New York und Atlanta bekommen hatte. Jetzt, am Tag danach, hatte sie ihre nächste Exklusiv-Sendung vorbereitet.

»Stephanie Kovacs von BNN live vom Schauplatz der schrecklichen Bombenexplosion in der ›Community Church‹ in Preston, North Carolina. Während die Suche nach Opfern weitergeht und das Ausmaß des Schadens nicht abzuschätzen ist, kommen allmählich hässliche Tatsachen ans Licht.

Besonders schockierend ist die Erkenntnis, dass wir es hier nicht mit einem terroristischen Angriff auf unschuldige Kirchgänger zu tun haben, sondern mit einem viel größeren Albtraum für die Bürger unseres Landes. Es liegen mittlerweile Erkenntnisse vor, dass im Gegensatz zu früheren Berichten, die darauf schließen ließen, dass die Kirche das *Ziel* eines terroristischen Angriffs gewesen sei, die Wahrheit viel tödlicher und entsetzlicher ist.

Nach Informationen von BNN war die Ursache für die Explosion tatsächlich Sprengstoff, der im Keller des Gebäudes gelagert wurde – dort befand sich polizeilichen Aussagen zufolge eine Bombenfabrik, die vier Mitglieder dieser Gemeinschaft das Leben kostete. Und wie die in den Trümmern gefundenen Beweise belegen, soll es nach diesen Informationen eine Verbindung zu einem weiteren terroristischen Angriff aus jüngster Zeit geben.«

Sie legte eine dramatische Pause ein, als müsse sie sich vor dem großen Coup erst sammeln. »Obwohl es von den Behörden noch keine Stellungnahme gibt, wurde uns mitgeteilt, es gäbe Hinweise darauf, dass Mitglieder dieser kirchlichen Terrorgruppe Verbindung zu Farley hatten, dem Verrückten, jawohl, zu genau dem Verdächtigen, der sich nach wie vor auf der Flucht befindet und wegen seiner Rolle bei dem jüngsten Angriff auf das Gebäude der Vereinten Nationen in New York gesucht wird.

Unseren Informationen zufolge wurden an beiden Tatorten beunruhigend ähnliche Materialien gefunden, im Keller der ›Preston Community Church‹, nur wenige Meter von der Stelle entfernt, an der ich im Augenblick stehe, und im Haus von Farley, dem Verrückten, von wo aus ich, wie Sie sich vielleicht erinnern, vor nur wenigen Tagen berichtete. Wie ich ermitteln konnte, gehören zu diesem Material auch religiöse Schriften, Flugblätter christlichen Inhalts und Hinweise darauf, dass ein Bombenattentat auf die Vereinten Nationen geplant war.

Was nach wie vor als Möglichkeit nicht auszuschließen ist, da es zweifellos noch überlebende Mitglieder der Terrorzelle gibt, deren

Plan an diesem Abend hier in der Kirche so schrecklich fehlgeschlagen ist.«

Widerstrebend unterbrach sie einen Augenblick lang den Blickkontakt zu ihren Zuschauern und wandte sich dem Mann in einem schwarzen Poloshirt und einem braunen Sportjackett an ihrer Seite zu.

»Neben mir steht Dr. Archer Fallworth, Dekan des Fachbereichs Kunst und Wissenschaft an der Universität von Preston. Ein großer Teil seiner Studenten und Angehörige seines Lehrkörpers gehören dieser Gemeinde an.« Sie lächelte ernst, mit einer Spur Bedauern. »Danke, dass Sie sich nach diesen tragischen Ereignissen ein paar Minuten Zeit für uns genommen haben, Dekan Fallworth.«

Man konnte Fallworth ansehen, dass er beinahe geantwortet hätte: »Es ist mir ein Vergnügen.« Doch es gelang ihm gerade noch, diese Worte hinunterzuschlucken. Er nickte mit geschürzten Lippen.

»Dekan, ich denke, wir alle sind über diese Enthüllungen schockiert. Also wirklich, Mitglieder einer Kirchengemeinde, die Bomben herstellen? Und die möglicherweise mit Personen in Verbindung stehen, die terroristische Angriffe auf unsere Hauptstädte planen? Können Sie uns irgendwelche Erkenntnisse über das vermitteln, was hier vorgeht? Können Sie uns das alles begreiflich machen?«

Dekan Fallworth blickte ernst in die Kamera. »Ich bin nicht sicher, ob ich erklären kann, was sich hier in Preston ereignet zu haben scheint, Stephanie. Ich weiß nicht, ob irgendjemand dies kann. Wenn Fanatiker unschuldige Menschen verstümmeln und töten, ich glaube, wir alle ... ich ...« Er schüttelte von seinen Gefühlen überwältigt den Kopf.

Stephanie beschloss, ihm weiterzuhelfen. »Wenn Sie ›Fanatiker‹ sagen, Dekan Fallworth, was genau meinen Sie mit diesem Begriff? Wer sind diese Menschen? Was ist ihr Ziel?«

Fallworth räusperte sich. »Nun, ich bin jetzt schon seit einigen Jahren an dieser Universität tätig, und ich muss sagen, dass ich in letzter Zeit einige beunruhigende Veränderungen wahrgenommen habe.«

Stephanie zog besorgt die Stirn in Falten. »Was für Veränderungen?«

»Die Christen waren an unserer Universität immer schon besonders stark vertreten. Das ist natürlich ganz in Ordnung. Aber ich glaube, dass allmählich noch extremere Elemente – fundamentalistische Christen, wenn Sie so wollen – die Kontrolle übernehmen. Und diese Elemente könnten hinter der schrecklichen Tragödie stecken, die wir gestern hier erlebt haben.«

»Sie kennen diese Gruppe offenbar sehr gut. Was genau sind ihre Glaubensinhalte? Und falls das, was wir erfahren haben – und ich bin sicher, vielen von unseren Zuschauern fällt es genauso schwer wie mir, das zu glauben –, wahr ist, warum suchen sie sich Ziele wie zum Beispiel die Vereinten Nationen aus?«

»Stephanie, ich denke, das Wichtigste ist, dass sie – ungeachtet ihres Glaubens, ob sie nun an das herannahende Ende der Welt, die Wiederkunft Christi oder was auch immer glauben – einfach keine anderen Ansichten akzeptieren, keinen anderen Glauben oder auch nur einen anderen *christlichen* Glauben.«

»Und was wollen sie nun tun – uns durch Bomben dazu bringen, ihren Glauben anzunehmen?«

Fallworth blickte sie überheblich lächelnd an. Ein Lächeln, das seinen Studenten nur allzu gut bekannt war. »Das ist sehr treffend ausgedrückt, Stephanie. Ja, genau das ist es.«

Und damit habe ich gerade die Schlagzeile für morgen formuliert, dachte Stephanie.

»Stephanie, mir liegt in erster Linie das Wohlergehen unserer Studenten am Herzen, und wir müssen jeden finden, der versucht, sie auf negative oder gefährliche Weise zu beeinflussen.«

»Würden Sie sagen, dass Paul Wallach, der im Augenblick noch im Koma liegt, in diese Richtung beeinflusst wurde?«

Er ließ den Kopf hängen. »Leider muss ich Ihre Frage bejahen.«

»Wissen Sie, wer dafür verantwortlich ist, dass ein so viel versprechender Student sich in einen möglicherweise fanatischen Killer verwandelt hat?«

Er zuckte ein wenig zusammen. Vielleicht trug sie ein wenig zu dick auf. Aber jetzt konnte er nicht mehr zurück. *Komm schon,* dachte sie, *du weißt doch, was du zu tun hast. Du willst es doch auch tun.*

»Es tut mir weh, das aussprechen zu müssen, aber ich glaube, dass ein Mitglied unserer Fakultät die führende Stimme hinter dieser schändlichen Bewegung ist.« Er zuckte erneut zusammen, um zu zeigen, wie sehr es ihn schmerzte.

Stephanie hielt ihm das Mikrofon dichter an den Mund.

»Professor Michael Murphy.«

Sie gab sich entsetzt. »Und welches Unterrichtsfach lehrt Professor Murphy?«

»Biblische Archäologie«, erklärte er, und es klang, als wäre das eine Krankheit. »Zumindest hat er dies bis zum heutigen Tag gelehrt.« Er drehte sich ein wenig und blickte direkt in die Kamera. »Im Interesse der Studenten werde ich dem Universitätsdirektorium vorschlagen, Professor Murphy von seiner Lehrtätigkeit zu suspendieren, bis eine gründliche interne Untersuchung durchgeführt wurde.«

Kapitel 44

Murphy hockte auf dem Boden des Rettungswagens und hielt Lauras Hand, während einer der Sanitäter eine Infusion anlegte und der andere sie in Wärmedecken einhüllte. »Sie ist einfach nur zusammengebrochen?«

Die vergangenen Stunden lagen für Murphy wie im Nebel. Er konnte kaum klar denken. »Ja, sie war in der Kirche, als die Bombe hochging. Wir waren beide dort. Aber Ihre Kollegen sagten, sie sei okay. Nur ein paar Abschürfungen, nichts Ernstes.«

Auf dem Weg ins Krankenhaus informierte der Sanitäter das wartende Ärzteteam. Als er geendet hatte, waren sie bereits vom Highway abgefahren und hatten die Hauptstraße erreicht. Mit Blaulicht und Sirene rasten sie zum nahe gelegenen Krankenhaus. Murphy drückte Lauras eiskalte Hand an seine Wange. »Halte durch, mein Schatz.«

Mit kreischenden Bremsen kamen sie zum Stehen. Die Sanitäter holten die Trage aus dem Wagen und rollten sie in fliegender Hast zur Unfallchirurgie. Die automatischen Türen glitten auf und schlossen sich sofort wieder hinter ihnen. Sie erreichten den Empfangsbereich, wo das wartende Ärzteteam sofort die Bahre umringte. Auch die Geräte standen schon bereit.

Weitere Infusionsnadeln wurden eingeführt. Ein Monitor, der die Vitalfunktionen aufzeichnete, wurde ebenfalls angeschlossen.

Eine Schwester kontrollierte laut Pulsschlag und Blutdruck. Und das alles auf dem Weg zu den Türen mit der Aufschrift »Zutritt nur für Mitarbeiter der Unfallchirurgie«.

Murphy folgte ihnen und versuchte, Lauras Gesicht im Blick zu behalten, während das Ärzteteam hektisch seine Arbeit verrichtete. Die Bahre wurde durch die Türen geschoben und eine Hand hielt ihn sanft zurück.

»Es tut mir Leid. Sie müssen hier draußen warten. Wir werden Sie über den Zustand Ihrer Frau auf dem Laufenden halten, sobald wir weitere Informationen haben.« Murphy bedankte sich murmelnd und die Schwester verschwand hinter den Türen. Er hörte noch eine Weile die hektischen Schritte des Ärzteteams, dann fielen die Türen ins Schloss und er war allein.

◇ ◇ ◇

»Professor Murphy, was ist los? Was tun Sie hier?« Sharis Augen waren rot vom Weinen.

»Es ist Laura. Sie ist gerade zusammengebrochen. Man weiß nicht, was mit ihr los ist. Ich ...« Seine Stimme versagte.

Sie sank auf ihrem Stuhl zusammen und presste die Hand an den Mund. »Oh nein, oh nein, nicht auch noch Laura.«

Murphy zog seinen Stuhl näher heran und legte den Arm um ihre Schultern. Er blickte zu den Doppeltüren. »Ist Paul dort drin?«

Sie nickte leise schluchzend. So verharrten sie, Sharis Kopf an seine Schulter gelegt. Sie wussten nicht, was sie tun sollten, außer still zu beten. Die Minuten vergingen und dann verlor Murphy jegliches Zeitgefühl. Er stritt mit Laura über irgendetwas, sie begann zu lachen, und sein Herz tat einen Sprung, weil es ihr gut ging, doch dann wurde ihm klar, dass er offenbar träumte, und fuhr aus dem Schlaf hoch.

Dr. Keller stand neben ihm. Er nickte Shari zu. »Pauls Zustand hat sich nicht verändert. Aber im Augenblick ist auch keine Veränderung zu erwarten.« Er wandte sich an Murphy. »Laura ist stabil, aber ich fürchte, wir kennen den Grund für ihren Zusammenbruch immer noch nicht. Es sieht so aus, als hätte jemand mit enormen Kräften versucht, ihr die Luftröhre zu brechen. Es ist ihr offensichtlich nur mit letzter Kraft gelungen, zu Ihnen zu kommen.

Wir tun alles, was in unserer Macht steht. Und das werden wir auch weiterhin tun. Aber im Augenblick muss ich Ihnen sagen, dass die Aussichten nicht gut sind.«

Shari schnappte nach Luft, und automatisch legte sich Murphys Arm noch fester um ihre Schultern, obwohl er derjenige war, der eigentlich dringend Trost gebraucht hätte. Dann erhob er sich und streckte Keller die Hand hin. »Danke, Doktor. Ich weiß, dass Sie alles tun, was in Ihrer Macht steht. Und wir tun alles, was wir können.«

Keller schüttelte ihm die Hand und nickte ernst, bevor er wieder hinter den Türen der Unfallchirurgie verschwand. Ihm fehlten die Worte, was ungewöhnlich für ihn war.

Murphy sah die dunklen Ringe unter Sharis Augen. »Komm, wir beide brauchen jetzt etwas Wasser oder eine Tasse Kaffee. Und wir müssen beten.«

Kapitel 45

Mehrere Stunden später trat Murphy an Lauras Bett und drückte ihre Hand. Trotz des Beatmungsgeräts, der Infusionen und der Maschinen erschien sie ihm wie eine Prinzessin aus einem Märchen. Ihre Haut war beinahe schneeweiß, ihre Lippen unglaublich blass. Sie hatte ein starkes Schlafmittel bekommen, aber ihre Augenlider flatterten und zeigten, dass sie immer noch am Leben war und darum kämpfte, sich aus ihrem Gefängnis zu befreien.

Er glaubte, über das Zischen des Beatmungsgeräts hinweg etwas gehört zu haben – ein Protestwimmern, als würde sie sagen: *Bitte hol mich doch hier heraus*, aber er war nicht mehr sicher, ob er seinen Sinnen noch trauen konnte.

Er beugte sich über sie und küsste sie sanft auf die Stirn. »Hey, Schatz, ich bin hier. Mach dir keine Sorgen. Alles wird gut werden.«

Er senkte den Blick und war erstaunt zu sehen, dass er etwas in der Hand hielt. Offenbar hatte Dr. Keller es ihm gegeben. Es war eine kleine Plastiktüte mit Lauras persönlichen Gegenständen.

Ein schmaler goldener Ehering, Armbanduhr, Perlenohrringe, Schlüssel. Und das kleine Holzkreuz an seinem Band.

Er stellte sich vor, wie er diese Tüte in der Hand haltend aus dem Krankenhaus marschierte, und auf einmal traten Tränen in seine Augen. »Verlass mich nicht, Liebes. Bitte verlass mich nicht.« Er hörte, wie die Tür geöffnet wurde, und er wurde verlegen, doch dann dachte er: *Sei nicht dumm – das hat sie als Krankenschwester alles schon unzählige Male erlebt.*

Aber es war nicht die Schwester.

An der Tür stand eine rothaarige Frau in einem langen schwarzen Mantel, der ihr viel zu groß zu sein schien, und blickte mit einem Ausdruck unendlicher Traurigkeit an ihm vorbei auf Laura. »Professor Murphy?«, fragte sie mit zitternder Stimme. Sie hatte einen melodischen und vertrauten Akzent, doch im Augenblick konnte Murphy ihn nicht zuordnen. »Ich bin Isis McDonald.« Sie blickte Murphy fest an, dann wanderte ihr Blick zu Laura. »Es tut mir so schrecklich Leid.«

Er wirkte verwirrt, als sei sie eine Traumgestalt und er könnte nicht verstehen, was sie in diesem Zimmer tat und dass sie wie eine reale Person mit ihm sprach.

»Sie müssen mir verzeihen«, entschuldigte sie sich. »Ich hätte nicht einfach so herkommen sollen. Ich wollte nicht in Ihre … Ich wollte Sie nicht stören. Wir kennen einander nicht persönlich. Es ist nur so, dass ich …«

Murphy atmete tief aus und versuchte, seine Schultern zu entspannen. Er deutete auf den Stuhl. »Entschuldigen Sie. Bitte setzen Sie sich doch. Sie haben einen weiten Weg auf sich genommen.«

Sie setzte sich. Ihre ziemlich ramponierte Aktentasche hielt sie auf ihrem Schoß umklammert. Sie schien nicht zu wissen, was sie als Nächstes tun oder sagen sollte.

Die unbehagliche Stille wurde gestört, als die Schwester mit einem Becher Kaffee wiederkam. Sie nahm Isis zur Kenntnis, nickte ihr zu und reichte Murphy den Becher dann mit einem mitfühlenden Lächeln.

»Ich möchte eigentlich gar nichts«, sagte er, als sich die Tür hinter ihr schloss. »Möchten Sie ihn? Ohne Milch und Zucker, fürchte ich.«

Sie nahm den Becher und war dankbar für die Ablenkung. »Danke. Das ist okay.«

Sie schwiegen lange Zeit, betrachteten Laura und lauschten auf das leise Zischen des Beatmungsgeräts.

»Es ist schön, dass Sie hier sind«, sagte er schließlich. »Aber Sie kennen Laura doch gar nicht. Ich möchte nicht unhöflich sein, aber was tun Sie hier?«

Isis stellte den Kaffeebecher auf die Fensterbank und legte ihre Hände auf die Aktentasche.

»Ich habe Ihnen etwas gebracht.« Sie öffnete die Tasche und zog einen braunen Umschlag heraus. Sie drehte ihn um und etwas fiel heraus.

Der Schwanz der Schlange.

»Ich verstehe nicht.«

Sie nahm ihn zur Hand und streckte ihn ihm entgegen. »Ich dachte, Sie möchten ihn vielleicht haben. Ich dachte, er könnte helfen.«

»Helfen? Inwiefern sollte er helfen?«

Sie konnte ihn nicht ansehen. »Soll er nicht ... Glauben Sie nicht, dass er heilende Kräfte besitzt?«

Auf einmal verstand er den Grund ihres Kommens. »Nein! Ganz und gar nicht. Das ist nur ein Stück Bronze.«

Sie wirkte verwirrt. »Nur ein Stück Bronze? Aber Sie haben Ihr Leben riskiert, um es zu bekommen. Ich dachte, es hätte die Israeliten geheilt, als sie von giftigen Schlangen gebissen wurden. Ich dachte, daran würden Sie glauben.«

»Nein, das tue ich nicht. Es war *Gott*, der sie auf Grund ihres Glaubens geheilt hat. Die Macht ging auf ihren Glauben zurück, nicht auf die Schlange. Als die Israeliten damit begannen, sie anzubeten, als hätte sie selbst magische Kräfte, da hat Gott Hiskia aufgetragen, sie zu zerstören.«

Sie hielt sie ihm immer noch hin, als wollte sie ihn zwingen, sie zu nehmen. »Aber woher wissen Sie das? Woher wissen Sie, dass sie nicht doch über irgendwelche Kräfte verfügt? Woher wissen Sie, dass sie Laura nicht doch helfen kann?«

Murphy räusperte sich. »Weil ich weiß, dass Gott nicht auf diese Art wirkt. Bei ihm gibt es keine Zaubertricks.«

»Was ist mit Glaubensbetern? Das sind doch auch keine Zaubertricks, oder?«

»Nein. Wir wissen nicht, warum Gott Menschen manchmal heilt. Genauso wie wir nicht wissen, warum ... warum er sie manchmal krank werden lässt.« Unwillkürlich wanderte sein Blick zu Laura. »Auch gute Menschen. Sogar die besten. Die allerbesten.«

Sie erhob sich nun, und Murphy nahm an, dass sie ihm das Artefakt in die Hand drücken würde. »Aber warum versuchen Sie es nicht? Vielleicht funktioniert es nicht, aber es kann doch auch nicht schaden, oder? Würde sich ein Versuch nicht lohnen?«

Er legte seine Hände auf ihre Arme und sah sie an, ja, flehte sie an, ihn zu verstehen. »Es wäre falsch. Es wäre, als würde ich zu Gott sagen: ›Mein Glaube an dieses Metallstück ist größer als mein Glaube an dich.‹ Es wäre eine Sünde.«

»Was macht das schon? Und wenn Sie nun eine Sünde begehen, um Lauras Leben zu retten? Sie sind sehr selbstsüchtig und machen sich Gedanken um die Reinheit Ihrer Seele, wo sie doch sterben könnte.« Sie errötete erneut und hielt sich erschrocken die Hand vor den Mund. »Es tut mir Leid. Das hätte ich nicht sagen sollen.«

Er antwortete nicht. Wortlos nahm er den Schwanz der Schlange, steckte ihn in den Umschlag und dann in die Aktentasche zurück. Nachdem er sie geschlossen hatte, hielt er sie ihr hin. »Bringen Sie das ins Museum zurück. Schließen Sie es im Tresor ein. Und wenn Sie ein Gebet für Laura sprechen möchten …«

Sie nahm die Aktentasche, ohne ihn anzusehen. »Ja. Ja, ist gut. Es tut mir Leid.« Sie sah wie ein kleines Mädchen aus, das bei etwas Verbotenem erwischt worden war. »Sehen Sie, da ist noch etwas anderes. Ich habe die Übersetzung der Inschrift beendet. Ich weiß, dies ist nicht der passende Zeitpunkt, aber ich habe sie mitgebracht. Sie ist … ziemlich ungewöhnlich. Ich dachte, ich sollte sie Ihnen so schnell wie möglich aushändigen.«

Er blickte sie verständnislos an. »Ich werde Sie anrufen. Wenn dies … wenn das hier überstanden ist.« Sie nickte, drückte die Aktentasche fest an die Brust und entfernte sich.

Er ergriff Lauras Hand und legte seine Wange daran. »Ich wünschte, du könntest mit mir reden, Liebes. Du weißt immer, was zu tun ist.«

Die Erschöpfung übermannte Murphy und er fiel in einen unruhigen Schlaf. 20 Minuten später wurde er von dem Alarmton des Beatmungsgeräts aus dem Schlaf gerissen.

Irgendetwas im Zimmer hatte sich verändert. Verwirrt blickte er auf, und dann begriff er, was es war. Das regelmäßige Piepen des Monitors, der Lauras Lebenszeichen aufzeichnete, war einem durchdringenden Alarmton gewichen. Er sprang vom Stuhl auf und hatte die Tür fast erreicht, als diese bereits von außen aufgerissen wurde und Dr. Keller hereingestürmt kam, gefolgt von einem weiteren Arzt und einer Schwester mit einem Instrumentenwagen.

Er beobachtete, wie sie sich über Laura beugten. Die Schwester hielt den Elektroschocker in der Hand und wartete auf Dr. Kellers Einverständnis, dann wurde Murphy von starken Händen gepackt, und er schloss die Augen.

Kapitel 46

Die Spurensicherung war endlich abgezogen, das letzte Stück Polizeiband war entfernt, und die *Preston Community Church* war wieder das, was sie immer gewesen war – eine Stätte der Anbetung.

Den baulichen Schaden zu beheben würde jedoch länger dauern. Stahlträger waren als Stütze unter den beschädigten Fußboden gezogen worden, und man hatte das Gebäude an der Ostwand mit einem Gerüst gesichert sowie die zerbrochenen Fenster mit Plastikfolie verklebt. Doch der verkohlte und rußgeschwärzte Türrahmen erinnerte noch daran, dass das Innere der Kirche wenige Tage zuvor einem Hölleninferno geglichen hatte. Nur der Turm, der wie ein Finger in jungfräulichem Weiß in den Himmel ragte, war von der Explosion unberührt geblieben, und als die Gemeindemitglieder sich langsam ins Innere des Gebäudes begaben, fiel es schwer, ihn nicht als ein Symbol der Hoffnung und des Ausharrens zu betrachten.

Wie an dem Abend der Explosion stand Wagoner auch jetzt wieder am Eingang und begrüßte die Ankommenden. Da er einen Arm noch in der Schlinge trug, konnte er seine Gemeindemitglieder nicht umarmen, wie er es manchmal tat, aber sein Händedruck war fest und kraftvoll wie immer. Nacheinander betraten die Gottesdienstbesucher den Kirchenraum, setzten sich in die etwa zwölf Bänke, die von dem Feuer verschont geblieben waren, und wandten den Blick zu dem provisorischen Podest, das an der Stelle der beschädigten Kanzel stand.

Murphy saß in der ersten Reihe, Shari an seiner Seite; beide hielten sich an den Händen. Durch das Fenster auf der Ostseite, bei dem nun das Buntglas fehlte, fiel ein Sonnenstrahl auf den Rand des Sarges, der am Fuß des Altars stand. Das Meer von Blumen explodierte regelrecht in einem Kaleidoskop der Farben. Rechts von Murphy starrte Lauras Vater auf einen Punkt in der Ferne, den nur er sehen konnte. Seine Frau hing leise schluchzend an seinem Arm.

Wenn man Lauras Gesicht in dem offenen Sarg betrachtete, fiel es schwer zu glauben, dass sie tot war. Ihr elfenbeinfarbenes Kleid und die in ihr Haar geflochtenen Gänseblümchen ließen ihre blassen Gesichtszüge in lebendigen Strahlen leuchten wie die um den Sarg herum angeordneten Blumen. Durch das zerbrochene Fenster vernahm man das Zwitschern der Vögel, und Murphy fragte sich, ob auch sie sich von Lauras noch ganz lebendiger Erscheinung täuschen ließen. *Jemand sollte sie aufklären*, dachte er. *Ich sollte mit Pastor Bob sprechen.* Er wollte aufstehen, spürte aber Sharis Hand, die ihn festhielt. Willig ließ er sich wieder auf die Bank sinken. Vielleicht sollten die Vögel einfach nur ruhig weitersingen. Ganz bestimmt würden sie aufhören, wenn sie sahen, wie Laura in die Erde hinabgelassen wurde.

Langsam stieg Wagoner die Stufen zum Podest hinauf. Den Blick hielt er fest auf Laura gerichtet. Dann sah er die Gemeinde traurig an.

»Dies sind für uns alle sehr schwere Tage«, begann er. »Manchmal erscheint es uns wie eine Ewigkeit, manchmal scheint es nur ein paar Augenblicke her zu sein, dass wir uns hier versammelten. Einige von uns haben liebe Menschen oder Familienmitglieder verloren; wir alle haben Freunde verloren. Und wir alle tragen noch die Narben von diesem schrecklichen Tag – und ich meine nicht die körperlichen Narben. Ich meine den Schmerz des Verlustes, der uns nicht mehr verlassen wird.«

Er hustete hinter vorgehaltener Hand, und einen Augenblick lang hatte es den Anschein, als wäre die Kirche wieder mit Rauch erfüllt. Dann fuhr er mit fester Stimme fort und die Luft war wieder klar. »Sicher geht es euch wie mir und ihr könnt euch einfach nicht an all das erinnern, was an jenem Abend geschehen ist«, erklärte er mit einem trockenen Lächeln. »Aber ich erinnere mich sehr gut, worüber ich damals sprechen wollte. Ich wollte darüber sprechen, dass wir fest darauf vertrauen sollen, dass Gott einen Plan für unser Leben hat. Darüber, dass wir am Glauben festhalten sollen, auch wenn es so aussieht, als hätte Gott uns vergessen.« Er hielt inne. »Und dies scheint mir eine solche Zeit zu sein. Wie konnte etwas so Schreckliches passieren? Und jetzt werden auch noch die Personen, die durch diese Tragödie am meisten verloren haben, ganz entsetzlicher Verbrechen beschuldigt. Im Fernsehen und in den Zeitungen werden wir ›Mörder‹ und ›Terroristen‹ genannt. Wie kann das geschehen?«

Er rückte seine Schlinge zurecht, bevor er fortfuhr. »Die Wahrheit ist, ich weiß es nicht. Gott hat mir nicht gezeigt, was er für uns alle im Sinn hat. Aber ich weiß, er *hat* einen Plan für uns. Einen *guten* Plan. Und ich weiß, er achtet darauf, dass wir mit diesen Versuchungen und Trübsalen fertig werden können.« Er umklammerte den Rand des Podiums mit seiner gesunden Hand. »Und was sieht Gott, wenn er auf uns herabblickt? Nun, ich sage euch, was ich sehe. Ich sehe Menschen, die damit begonnen haben, das wieder aufzubauen, was zerstört worden ist. Ich sehe Menschen, die an einen Ort zurückkehren, der durch einen schrecklichen Akt der Gewalt entheiligt wurde, und die ihn durch ihre Anbetung wieder heiligen. Ich sehe Menschen, die an ihrem Glauben festhalten. Weil Gottes Plan uns irgendwann doch offenbart werden wird. Harte Arbeit wird nötig sein – wir werden alle Fähigkeiten und unsere Energie brauchen, um diese Gemeinde wieder zu dem zu machen, was sie einmal gewesen ist. Und wir werden jedes bisschen Glauben brauchen, um den Aufruhr zu überstehen, der uns jetzt umgibt. Aber gemeinsam und mit Gottes Hilfe werden wir es schaffen.«

Er atmete tief durch und wischte sich mit einem Taschentuch über die Stirn. Seine Worte sollten die Gemeinde ein wenig ermutigen. Sie würden für das, was nun folgte, all ihre Kraft brauchen.

Alle Blicke waren nun auf Lauras Sarg gerichtet. Der Sonnenstrahl war weitergewandert und ihr Gesicht lag im Schatten. Das Leuchten der Blumen war verblasst.

Wagoner räusperte sich und setzte von Neuem an. »Ich brauche euch nicht zu sagen, dass Laura Murphy ein wunderschöner Mensch gewesen ist, innerlich und äußerlich. Jeder, der ihr Lächeln sah, ihr Lachen hörte, beobachtete, wie sie andere zum Lachen brachte« – er lächelte – »manchmal mit einem Scherz auf ihre

Kosten – und ich spreche da aus eigener Erfahrung –, wird wissen, was für eine fröhliche Frau sie war. Sie liebte es, anderen Freude zu machen. Sie war auch eine sehr talentierte Archäologin, die eine strahlende Karriere vor sich gehabt hätte, doch sie beschloss stattdessen, ihr Leben dafür einzusetzen, um anderen zu helfen, um Studenten zu helfen, ihr Potenzial zu entwickeln. Es gibt viele Menschen in dieser Stadt, die ihr viel verdanken, weil sie ihnen geholfen hat, den richtigen Weg zu finden oder den falschen Weg zu verlassen, und ich bin sicher, ein paar von ihnen sind heute hier. Falls sich einige von euch fragen, warum eine solch wundervolle Person sterben musste, wo sie doch noch so viel zu geben hatte, möchte ich euch bitten, zu versuchen, an all das zu denken, was Laura uns bereits geschenkt hat. Nur wenige Menschen geben während ihres ganzen Lebens so viel!«

Er vernahm das Schluchzen und Schniefen in der Kirche und gab den Anwesenden einen Augenblick Zeit, um sich zu sammeln. Oder brauchte er die Zeit, um seine eigenen Gefühle unter Kontrolle zu bekommen? Wie oft hatte er das schon gemacht – den Trauernden tröstende Worte zugesprochen? Und wie oft hätte er insgeheim jemanden gebraucht, der *ihn* getröstet hätte? Aber dies war die Aufgabe, die Gott ihm aufgetragen hatte, und zum Glück hatte er ihm auch die Kraft gegeben, sie zu bewältigen.

»Laura liebte das Leben und sie liebte Gott – und sie liebte ihren Mann Michael.« Er blickte Murphy an, dessen Blick mit einem entrückten Lächeln auf Laura gerichtet war, und er fragte sich, ob der Archäologe überhaupt begriff, dass seine Frau tot war. »Nur diejenigen, die schon einmal einen geliebten Menschen verloren haben, wissen, was Michael heute empfindet. Ihm gilt unser ganzes Mitgefühl. Wir beten dafür, dass Gott ihm die Kraft gibt, um den schrecklichen Schmerz zu ertragen, den er empfindet.«

Er richtete sich auf. Eine alte, in Leder gebundene Bibel lag aufgeschlagen vor ihm, aber er brauchte nicht hineinzuschauen. »Als die frühen Christen starben, fragten sich die Lebenden, was wohl mit ihnen geschehen würde, wenn Christus wiederkäme, um sie zu holen. Der Apostel Paulus schrieb in seinem 1. Brief an die Thessalonicher, Kapitel 4, Verse 14 bis 18, dass Jesus vom Himmel herabkommen wird … ›und die Toten in Christus werden zuerst auferstehen. Dann werden wir, die wir leben *und* noch auf der Erde sind, in den Wolken aufgenommen werden, um dem Herrn in der Luft zu begegnen. Dann werden wir in Ewigkeit beim Herrn sein‹.

In der Bibel heißt es, dass wir einander mit diesen Worten trösten sollen. Und welchen größeren Trost könnte es geben? Laura ist jetzt bei Jesus. Sie ist nicht traurig und empfindet keinen Schmerz wie wir. Ihr Körper mag gebrochen sein, aber ihre Seele, ihre vollkommene Seele, ist im Himmel. Und Gott hat uns versprochen, dass wir Laura und alle Mitgläubigen wieder sehen und auf ewig bei Gott sein werden, wenn wir daran glauben, dass sein Sohn für unsere Sünden am Kreuz gestorben ist und er ihn von den Toten auferweckt hat. Kein Wunder, dass der Apostel Paulus uns in unserer Trauer zuruft: ›Tröstet also einander mit diesen Worten!‹, denn wir werden Laura wieder sehen.«

Die letzten Worte sprach er betont langsam und er sah Murphy dabei direkt an.

Dann nahm Wagoner sein Liederbuch zur Hand. Murphy erhob sich und schon bald erfüllte der Gesang der Versammelten die schwer beschädigte Kirche.

Murphy trat an den Sarg, um einen letzten Blick auf Laura zu werfen. Es dauerte einen Augenblick, bis er bemerkte, dass etwas nicht stimmte. Zuerst dachte er, die Tränen hätten seinen Blick verzerrt. Aber als er danach griff, bestätigten seine Finger den schockierenden Anblick: Jemand hatte sich in die Kirche geschlichen und das Holzkreuz, das Murphy um Lauras Hals gelegt hatte, zerstört, sodass nur noch drei Einzelteile an dem Halsband hingen.

Kapitel 47

Murphy hörte, wie die letzte Schaufel Erde auf das Grab geworfen wurde, und begriff endlich, dass Laura tot war. Der Körper in dem Sarg war zwar immer noch schön, aber es war nicht seine Frau. Sie war irgendwo anders, an einem Ort, über den er im Laufe der Jahre viel nachgedacht hatte, den er sich jetzt aber nicht vorstellen konnte. Er wusste, dort würde sie niemals alt werden; sie würde immer so sein, wie er sie zuletzt gesehen hatte. Vollkommen.

Lauras Eltern klammerten sich am Grab aneinander, und er dachte darüber nach, was er für sie tun könnte. Doch wenn er in sich hineinhorchte, war da nur eine große Leere, und er wusste, er würde nicht die richtigen Worte finden, um sie zu trösten, selbst wenn er es versuchte.

Shari kam zu ihm. »Ich bringe Kurt und Susan ins Hotel. Susan braucht Ruhe, und ich kann eine Weile bei ihnen bleiben, wenn sie das möchten.« Er nickte, dankbar für ihre Feinfühligkeit und dass sie erkannte, wie ihm zumute war.

Wagoner stand an der Kirchentür, verabschiedete die Trauernden und gab ihnen aus seinem schier unerschöpflichen Vorrat letzte Trostworte mit auf den Weg. Für ihn, Murphy, gab es nichts zu tun.

Er stieg in seinen Wagen und blieb eine Weile tatenlos sitzen, bevor er den Motor startete und langsam vom Parkplatz rollte. Er konnte nicht nach Hause fahren. Noch nicht. Dort würde er ihre Gegenwart zu stark empfinden und allein der Anblick ihrer Haarbürste oder ihrer Kaffeetasse wäre zu viel für ihn. Ziellos fuhr er eine Weile durch die Stadt, bis er feststellte, dass er sich auf dem Weg zur Universität befand. Das war auch nicht gut. Er bog nach rechts ab und wünschte, er würde einen Ort finden, der keine Erinnerungen barg, einen Ort, den Laura nicht kannte und der nicht ihren Namen herausschreien würde, wenn er in die Nähe käme. Er beschloss, einfach weiterzufahren, bis er eine unbekannte Straße erreichte, und dann würde er ihr folgen, bis … bis was? Er wusste es nicht. Vielleicht bis sich irgendetwas veränderte. Er kam an einer Tankstelle und an einer Reihe von Schönheitssalons vorbei und folgte schließlich dem Hinweisschild zu irgendeinem Ort, der 50 Meilen von Preston entfernt war. Das Lenkrad schien in seinen Händen leichter zu werden und die Welt flog an ihm vorüber. Er verlor jegliches Zeitgefühl.

Augenblicke später – so schien es ihm jedenfalls – hörte er eine Hupe. Reflexartig zog er das Lenkrad nach rechts und vermied um Haaresbreite einen Zusammenstoß mit einem entgegenkommenden Lastwagen. Abrupt kam er auf den Standstreifen zum Stehen, legte den Kopf auf das Lenkrad und wartete darauf, dass sich sein Herzschlag beruhigen würde.

Das war nicht gut. Sein Fluchtversuch war zum Scheitern verurteilt. Er kannte nun sein Ziel. Rasch fädelte er sich wieder in den Verkehr ein und fuhr den Weg zurück, den er gekommen war.

Eine halbe Stunde später erreichte er die Kirche und stieg aus. Zum Glück stand nur noch Wagoners alter Pickup auf dem Parkplatz.

Er ging zum Grab zurück, blieb davor stehen und betrachtete das Holzkreuz mit seiner einfachen Inschrift. *Eines Tages werde ich Blumen hierher bringen und der Grabstein wird vom Wetter ganz glatt geschliffen sein*, dachte er. *Moos wird in den Spalten wachsen.*

Als er aufblickte, stand Bob Wagoner mit gefalteten Händen ihm gegenüber am Grab. »Ich dachte mir schon, dass Sie zurückkommen würden«, sagte er.

Murphy spürte eine Regung in sich und erkannte, dass er genau aus diesem Grund wiedergekommen war. »Ich denke immerzu über das nach, was Sie über Gottes Plan gesagt haben und ich … ich kann das einfach nicht akzeptieren. Wie könnte er so etwas nur zulassen? Wenn ich in Samaria getötet worden wäre oder bei dem Feuer … aber Laura. Ihr Glaube war so stark. In ihrem Kopf gab es keine bösen Gedanken. Sie war … wie ein Engel.«

Wagoner trat auf ihn zu und legte ihm den Arm um die Schultern. »Gott versteht Ihren Schmerz, Michael. Auch Ihre Fragen können ihn nicht beleidigen. Sie wissen doch, selbst sein eigener Sohn hat ihn bei einer Gelegenheit infrage gestellt.« Er bemerkte, dass Murphy die Überreste des kleinen Holzkreuzes in der Hand hielt. Er erkannte es als das Kreuz, das Laura um den Hals getragen hatte. »Sie halten die Antwort in Ihrer Hand, Michael. Als Jesus am Kreuz starb, fragte er seinen Vater: ›Warum hast du mich verlassen?‹ Er fühlte sich verlassen, genau wie Sie jetzt. Aber Gott hatte ihn nicht verlassen. So wie er auch Sie nicht verlassen hat. Sie müssen ihm vertrauen, Michael. Ich weiß, dass das schwer ist. Aber genau dann, wenn wir ganz unten sind, müssen wir uns an unseren Glauben klammern. Wir werden zusammen beten, Michael, und Gott wird uns erhören.«

»Wird er uns tatsächlich erhören, Bob? Hat er gehört, als wir alle in der Nacht der Bombenexplosion vor Schmerz und Entsetzen aufgeschrien haben, als wer auch immer unsere Kirche in die Luft gejagt hat, den Eindruck hatte, noch nicht genügend Unheil angerichtet zu haben? Und darum musste er Laura im Keller angreifen, und zwar so, dass es eine Weile dauern würde, bis sie starb. Aber nicht einmal das war ihm genug.«

Murphy hielt das Holzkreuz in seiner Hand hoch. »Sein letztes Verbrechen. Wer immer für all dies verantwortlich war, hat es gewagt, sich heute irgendwann in die Kirche zu schleichen und ihr Kreuz in drei Teile zu zerbrechen. Es ist, als bestünde eine Verbindung zu den drei Teilen der Schlange, obwohl ich mir nicht vorstellen kann, was für eine schreckliche Verbindung das sein könnte. Aber vor allem kann ich den Sinn dieses ganzen Leidens nicht verstehen, Bob. Ich habe das Wichtigste in meinem Leben verloren. Was kann Gott jetzt für mich tun?«

Pastor Wagoner seufzte. »Es ist ganz natürlich, dass Sie in diesem schrecklichen Augenblick diese Frage stellen, Michael. Ich kann Ihnen nur versichern, dass ich das schon oft erlebt habe. Was Gott angesichts dieser Tragödie, dieses abgrundtiefen Schmerzes für Sie tun kann, ist, Ihnen die Kraft zu geben, die Sie brauchen, um es zu tragen und damit fertig zu werden. Er kann Ihnen die Kraft geben, Ihre Trauer zu ertragen, und das Vertrauen darauf, dass er seinen Plan mit Ihnen vollenden wird.«

Murphy schnaubte. »Sie glauben, Gott hätte wirklich noch einen Plan mit mir?«

»Ich weiß, dass es so ist«, erwiderte Wagoner mit fester Stimme.

»Nun, ich bin nicht sicher, ob es mich noch interessiert.«

»Sehen Sie, Michael. Laura war ein ganz besonderer Mensch. Aber das sind Sie auch. Sie haben eine besondere Art von Mut, Sie haben keine Angst, geradewegs auf das Böse zuzugehen. Und im Augenblick glaube ich sehr stark daran, dass wir genau das tun müssen.«

Murphy blickte ihn fragend an. »Wovon sprechen Sie?«

»Sehen Sie sich um, Michael. Sie haben es selbst gesagt. Jemand hat versucht, diese Kirche zu zerstören. Buchstäblich *und* im übertragenen Sinn. Sie haben vermutlich seit Lauras Tod keine Zeitung mehr gelesen und keine Nachrichten gehört, aber wenn Sie es getan hätten, wären Ihnen die Schlagzeilen über die ›evangelikalen Terroristen‹ und die ›christlichen Bombenverschwörungen‹ aufgefallen. Jemand versucht mit aller Macht, uns in Misskredit zu bringen – und bisher leistet dieser Jemand ganze Arbeit, wenn man bedenkt, wie die Medien auf dieses Thema anspringen.«

Murphy dachte eine Weile nach. »Aber was kann ich tun? Ich bin doch nur ein Archäologe.«

»Ich weiß es nicht, Michael. Aber ich glaube, dass Gott eine besondere Aufgabe für Sie hat. Und ich glaube, dass er sie Ihnen zeigen wird, wenn Sie ihn darum bitten.«

»Ich werde es versuchen, Bob. Aber im Augenblick bin ich, glaube ich, zu wütend über Lauras Tod, um dem zuzuhören, was er zu sagen hat.«

Wagoner klopfte ihm ermutigend auf die Schultern. »Ich gehe jetzt nach Hause, Michael. Aber ich komme morgen wieder. Wenn wir die Kirche wieder aufbauen wollen, haben wir noch viel Arbeit vor uns. Wir müssen den Menschen zeigen, dass das Böse nicht gewinnen kann.«

Murphy betrachtete den Erdhügel vor sich. »Vielleicht hat es bereits gewonnen, Bob.«

»Unsinn, Michael. Laura ist bei ihrem Herrn im Himmel, denken Sie daran. Vielleicht sollten Sie jetzt auch nach Hause gehen. Fahren Sie heim und beten Sie. Gott wird Ihnen geben, was Sie brauchen.«

Murphy stand vor dem Grab und lauschte Wagoners sich entfernenden Schritten. Der Schatten der Grabsteine zog langsam über das Gras und die Sonne versank hinter den Bäumen. Nach einer Weile setzte sich eine weiße Taube auf Lauras Holzkreuz. Sie schien seine Gegenwart nicht wahrzunehmen, sondern gurrte leise, während sie ihre strahlend weißen Flügel putzte. Unwillkürlich musste er lächeln.

»Mach's gut, Schatz«, sagte Murphy leise. Er band sich ihr Kreuz um den Hals.

Die Taube neigte den Kopf zur Seite und sah ihn an, dann flog sie plötzlich davon, schwebte über die Grabsteine hinweg und verschwand hinter der Kirche.

Er blickte auf, weil er sehen wollte, was sie aufgeschreckt hatte. Hoch auf den Zweigen eines Baumes saß ein großer Raubvogel und pickte mit seinem gebogenen Schnabel an seinen Krallen. Er stieß einen durchdringenden Schrei aus, dann erhob er sich gemächlich in die Luft und verschwand mit langsamen Flügelschlägen in der Dunkelheit der Wälder. Murphy sah ihm nach, dann stapfte er mit schweren Schritten zur Kirche zurück. Er hatte beschlossen, in der Kirche zu bleiben, weil er dort allein wäre und weil er es noch nicht ertragen konnte, nach Hause zu gehen. Und auch weil er dachte, dass das Gespräch mit Gott – falls er denn tatsächlich mit ihm reden wollte – an einem Ort der Anbetung leichter sein würde. Er war müde und verwirrt. Falls Gott ihm seinen Plan erklären wollte, dann müsste er laut und deutlich sprechen, um mit seiner Botschaft zu ihm durchzudringen.

Kapitel 48

Hätten sie persönlich miteinander gesprochen, dann läge nun einer der mächtigsten Männer der Welt tot auf dem Boden. Stattdessen musste sich Talon das Geschrei von John Bartholomew anhören, ohne reagieren zu können, außer dass er mit seinem spitzen Zeigefinger immer wieder über die Schreibtischplatte in seinem Hotel kratzte. Wenn das Gespräch länger als zwei Minuten gedauert hätte, dann wäre der Schreibtisch vermutlich in zwei Hälften zerbrochen, so tief gingen seine Kratzer.

»Talon, ich habe Ihnen ausdrücklich gesagt, dass Sie Murphy nichts tun sollen.«

»Was haben Sie denn? Ich habe ihn nicht angerührt, ich habe nur seine Frau getötet.«

»Wenn Sie ein normaler Mensch wären, wäre Ihnen klar, dass es verheerende Folgen haben kann, wenn jemand einen geliebten Menschen verliert. Ihr Tod ist uns gleichgültig, aber wenn es ihn davon abhält, diese beiden letzten Teile der Schlange zu suchen, haben Sie versagt. Und glauben Sie mir, selbst Sie werden in diesem Fall allen Grund haben, sich vor den Konsequenzen zu fürchten.«

»Sehen Sie, es war notwendig. Sie war im Weg und hätte mich entlarven können. Es war nur eine Frage der Zeit. Außerdem wurde ich beinahe verrückt, weil ich nichts anderes zu tun hatte, als einen langweiligen Archäologen zu beobachten – ausgerechnet einen Archäologen – und eine Bombenexplosion zu planen, die mir keine … persönliche Befriedigung verschaffen konnte.«

»Ich vertraue darauf, dass wir einander verstanden haben und dass wir nie wieder ein solches Gespräch führen müssen, Talon.«

Wenn du es wagen würdest, mir das ins Gesicht zu sagen, würdest du erleben, wie lange das nächste Gespräch dauert, dachte Talon. »Diese Frau von der Stiftung ›Parchments for Freedom‹ hat Murphy im Krankenhaus besucht, und ich habe gehört, wie sie sagte, sie habe die Inschrift entziffert.«

»Sie sehen, das ist um so mehr ein Grund, dass Murphy sich wieder an die Arbeit macht. Dann wird dieses Teil uns gehören. Ich bin fest davon überzeugt, dass er sich schnell wieder in die Arbeit stürzen wird. Und wenn das der Fall ist, können Sie wieder in Aktion treten. Aber ich wiederhole es noch einmal: Murphy darf nichts geschehen. Doch zuerst einmal werden wir uns das erste Teil der Schlange holen.«

»Wieder in Aktion treten, das wollte ich hören.«

◇ ◇ ◇

Murphy schoss seinen 50. Pfeil, wie er an diesem Nachmittag auch jeden vorangegangenen geschossen hatte. Ohne zu zielen, einfach den Bogen spannen und in die Bäume schießen.

Normalerweise zielte Murphy präzise und diszipliniert. Seit er ein Teenager gewesen war, betrieb er das Bogenschießen mit großem Ernst. Gelegentlich ging er auf die Jagd, aber eigentlich war es das Zielschießen, das Murphys natürlichen Wettkampfeifer anstachelte.

Selbst in all seiner Wut verrichtete Murphy alle Bewegungen eines geübten Bogenschützen. Er brachte den Plastikschoner an seinem linken Unterarm an, bevor er einen Pfeil aus dem Köcher an seiner Taille nahm. Langsam spannte er das Nylonseil seines laminierten Bogens aus Kohlenstofffasergemisch. Bei voller Spannung übermittelte das System von Strängen und Exzenterrollen Murphys Fingerspitzen eine enorme Kraft. Er brauchte nur auszuatmen, loszulassen, und sein Pfeil schoss mit 100 Metern pro Sekunde wie eine lasergesteuerte Rakete auf sein Ziel zu.

An diesem Nachmittag waren jedoch die Tränen, die ihm unvermittelt über die Wangen liefen, der Zorn, den er in sich fühlte, und der noch immer in seiner Schulter pochende Schmerz der Grund dafür, dass seine Pfeile unberechenbar und doch tödlich durch die Bäume schossen.

Murphy schien dies gleichgültig zu sein. Die Entspannung seiner Muskeln nach jedem Schuss schien genauso natürlich und doch unkontrolliert wie seine Tränen.

Von Murphy unbemerkt, beobachtete ein Mann namens Talon ihn aus mehreren hundert Metern Entfernung durch ein Fernglas. Die Warnung der Sieben, dass Murphy nach wie vor für ihn tabu sei, war deutlich gewesen. Er wusste, dass er sich Murphy nicht an diesem Nachmittag schnappen konnte. Unwillkürlich musste er jedoch die Kräfte des Archäologen bewundern. Das heißt seine körperlichen Kräfte, die Armmuskeln und die Koordination, die notwendig war, um mit dem Pfeil ein Ziel zu treffen, und nicht Murphys Charakterstärke, denn Talon war unfähig, Mitgefühl zu empfinden. Er konnte also nicht einschätzen, wie sehr Murphys Trauer ihn niederdrückte.

Talon riss seinen Blick von ihm los, als er von der anderen Seite ein Geräusch vernahm. Kurz darauf hörte er die Stimme eines Mannes, aber außer Murphy konnte er niemanden erkennen. Eine Sekunde lang dachte er, Murphy würde mit sich selbst reden.

»Ach! Das nennst du schießen, Murphy? Ich habe erlebt, wie blinde Menschen ihr Ziel besser getroffen haben.« Levi Abrams trat durch die Bäume an Murphys Seite.

»Levi, geh. Bitte.«

»Ich kann nicht. Ich wurde von Puh, dem Bär, geschickt, um die Bäume zu schützen. Mit den Pfeilen, die du in deinem Zorn in die Bäume schießt, könntest du mehr Bäume umbringen als ein Waldbrand.«

»Levi, ich warne dich, ich bin nicht in der Stimmung für Scherze. Lass mich allein.«

»Nein, das geht nicht, Murphy. Ich werde dich so lange nerven wie nötig. Ich will ehrlich sein, Murphy: Was Laura zugestoßen ist, war schrecklich. Dein Schmerz muss unerträglich groß sein.«

Murphy hörte nicht auf, seine Pfeile in die Bäume zu schießen. Es waren nur noch wenige übrig.

»Um ehrlich zu sein, ich weiß sehr genau, was du durchmachst. Als meine erste Frau und meine Tochter vor fünf Jahren in Tel Aviv bei einem Bombenanschlag auf einen Bus ums Leben kamen, glaubte ich, nicht weitermachen zu können. Ich habe nicht zu Pfeil und Bogen gegriffen. Ich habe über 200 Patronen auf dem Schießplatz verschossen, während ich in Rekordzeit Whisky in mich hineinkippte. Und das war nur der erste Abend. Ich brauchte sechs Monate, um mit der Situation fertig zu werden. Aber weißt du, was?«

Murphy verschoss seinen letzten Pfeil. Zum ersten Mal an diesem Nachmittag landete er in einem Baumstamm, und zwar dem Baum, der ganz in der Nähe der Stelle wuchs, an der Levi stand. Murphy warf seinen Bogen zu Boden und starrte Levi finster an.

»Was ist?«

»Es waren sechs vergeudete Monate. Ich ließ zu, dass diese arabischen Hunde gewannen. Ich ließ zu, dass sie mit ihren schmutzigen, blutigen Mörderhänden meine Frau und Tochter zu Opfern machten und die unendlich schönen Erinnerungen an sie verzerrten. Glaub mir, das willst du nicht. Laura war zu gut für so was. Und du auch, mein Freund.«

Murphy wandte sich ab. Die Tränen versiegten. »Levi, ich kann es nicht verstehen.«

Levi umarmte seinen Freund. »Ich auch nicht, Murphy. Ich bin kein Experte, aber ich suchte zwei Therapeuten auf, die etwas davon verstehen, und ich weiß, dass sie auch dir helfen können, weiterzumachen, denn das musst du. Ich habe mit deinem Pastor gesprochen. Als Christ glaubst du an die Auferstehung, an ein Leben nach dem Tod, wo du für immer mit Laura vereint sein wirst. Freue dich im Glauben auf dieses Ereignis und in der Zwischenzeit solltest du zurück an deine Arbeit gehen! Du weißt, das würde Laura von dir erwarten. Ich tue nicht so, als würde ich diesen Teil deines Glaubens verstehen, aber ich weiß, dass *du* es tust, und es ist an der Zeit, dass du ihn umsetzt.

Zweitens, Murphy, ich habe mit dieser Isis McDonald gesprochen, der ich über den Weg lief, als ich dich vor einigen Tagen in deinem Büro gesucht habe. Sie möchte gern mit dir ihre Übersetzung der Inschrift auf dem Schlangenschwanz durchgehen. Ich soll dich in ein Flugzeug nach Washington verfrachten, noch heute Nachmittag.«

Murphy hob seinen Bogen auf. Er umarmte Levi. »Danke, mein Freund. Du wärst ein guter Christ, falls du jemals beschließen würdest, zu uns zu kommen. Du weißt, dass ich dafür bete. Ich werde in dein Flugzeug steigen, aber zuerst muss ich noch etwas erledigen.«

Talon sah den beiden Männern nach. Gut, dachte er. Jetzt konnte er sich darauf freuen, bald wieder in Aktion zu treten. Auf nach Washington.

Kapitel 49

Laura wäre entsetzt, aber nicht überrascht gewesen, den unrasierten, vor Schmutz starrenden und erschöpften Michael Murphy zu sehen, der langsam, aber zielgerichtet zur Kanzel schritt.

Reverend Wagoner streckte ihm die Hand hin.

»Pastor, darf ich ein paar Worte an die Gemeinde richten?«

»Natürlich, Michael.«

»Freunde – viele von euch sind meine Freunde, und ich denke, das ist ein Begriff, der in einer solchen Situation noch an Bedeutung gewinnt. Seit Lauras Tod war mir nicht danach zumute, unter Menschen zu gehen.

Ganz schrecklich für mich ist die Erkenntnis, dass irgendein armseliges Würstchen, das personifizierte Böse, sie ermordet hat.

Ich konnte nicht aufhören, daran zu denken. Und darum habe ich mich nicht einmal in meiner eigenen Gesellschaft wohl gefühlt.

Und was das Schlimmste ist: Ich wollte auch nicht mehr in Gottes Nähe sein, weil ich wütend war und ihm die Schuld gegeben habe. Ich konnte einfach nicht mehr weitermachen, denn ich fühlte mich verlassen und verwirrt. Aber ich weiß jetzt, dass Gott einen Plan für mich hat, egal, wie schmerzlich die Ereignisse auch für mich sind.

Ich schätze, ich fing an, das zu erkennen, als eine wohlmeinende Kollegin mir das Schwanzteil von Moses eherner Schlange ins Krankenhaus brachte. Das Teil, das Laura und ich bei unserem letzten gemeinsamen Abenteuer gefunden hatten. Einen Augenblick lang war ich beinahe versucht, mich von meinem Gott abzuwenden, als diese Kollegin mir vorschlug, meinen Glauben lieber auf dieses falsche Götzenbild zu setzen.

An diesem Morgen erkannte ich, dass die Schlange ein Zeichen dafür ist, dass ich meinen Glauben nicht aufgeben darf, sondern ihn erneuern muss. Ich glaube, dass Pastor Bob an dem Abend, als die Bombe losging, mit uns darüber sprechen wollte. Vor allem mein israelischer Freund Levi Abrams half mir, dies zu erkennen. Und dadurch wird wieder einmal deutlich, dass wir Führung und

Inspiration von allen möglichen Seiten bekommen können, wenn wir nur offen sind dafür.

In dieser Zeit des größten Schmerzes und der tiefen Trauer über den Tod meiner geliebten Frau wird mein Glaube auf die Probe gestellt, wie damals auch der Glaube der Israeliten, die im Vertrauen auf Gott auf die eherne Schlange schauen sollten. Aber ich werde nicht wankelmütig werden. Genau wie Mose trage ich eine Verantwortung, ich habe eine Pflicht zu erfüllen, trotz des Bösen, trotz der Furcht und des Aufruhrs in der Welt um mich herum.

Darum möchte ich euch heute erklären, dass ich unserem Herrn die Zukunft anvertrauen werde. Ich glaube, dass er auch jetzt noch einen Plan für mein Leben hat. Und mit seiner Kraft und Hoffnung kann ich die schlimmste Tragödie meines Lebens hinter mir lassen und wieder an die Arbeit gehen. Also, danke für eure Gebete und dass ich das loswerden konnte. Jetzt ziehe ich los, um die anderen beiden Teile der ehernen Schlange zu suchen. Ich denke, dass Gott dies von mir erwartet und dass dies auch Lauras Wunsch wäre.«

Kapitel 50

An diesem Tag stürzten widerstreitende Emotionen auf Shari ein. Sie saß an Pauls Bett, der immer noch im Koma lag. Plötzlich bewegte er sich und dann, ganz unvermittelt, schlug er die Augen auf. Er war sehr schwach, aber in der Lage zu sprechen, und seine vorübergehende Bewusstlosigkeit schien keine negative Auswirkungen zu haben. Es gelang ihm sogar, sie anzulächeln. Augenblicke später eilten auch schon Ärzte und Schwestern ins Zimmer und wollten Paul genauer untersuchen, darum wurde Shari aus dem Zimmer geschickt.

FBI-Agent Baines wartete bereits im Krankenhausflur auf sie. Er brachte entsetzliche Nachrichten mit, die einen ihrer schlimmsten Albträume Wirklichkeit werden ließen, aber in gewisser Weise war es auch eine Erleichterung für Shari. Man hatte die Identität des anderen Opfers festgestellt, das man im Keller der Kirche gefunden hatte. Da die Leiche beinahe vollständig verbrannt war, war die DNA-Analyse sehr schwierig gewesen. Man war jedoch jetzt davon überzeugt, dass es sich um ihren Bruder Chuck handelte. Auch ging das FBI davon aus, dass es eigentlich Chuck gewesen war, der die Bombe zur Detonation gebracht hatte.

Shari hatte Chuck seit dem Mittwochmorgen – dem Tag der Bombenexplosion – nicht mehr gesehen, und natürlich hatte sie sich gefragt, wo er abgeblieben sei. Sie hatte sogar die Möglichkeit in Betracht gezogen, dass er etwas mit dem Bombenanschlag zu tun hatte, obwohl er keinerlei Interesse an Religion und Politik hatte. Seltsamerweise hatte sie aber angenommen, er unternähme einfach nur eine Spritztour mit seinem neuen Freund.

Nachdem sie allmählich das Ausmaß dieser Nachricht begriff, liefen ihr Tränen über die Wangen. Was hatte er mit dem Bombenanschlag auf die Kirche bezweckt? Zweifellos hatte sein seltsamer Freund ihn dazu angestiftet. Shari wappnete sich für die Fragen von Agent Baines. Erstaunlicherweise gab er sich sehr freundlich.

»Miss Nelson, Ihr Verlust tut mir sehr Leid. Es gibt eine Menge Fragen, bei denen Sie uns sich helfen könnten. Wir würden gern herausfinden, wie oder warum Ihr Bruder die Kirche in die Luft gesprengt haben könnte. Aber wenn Sie Zeit brauchen, um diese Nachricht erst einmal zu verdauen, dann verstehe ich das natürlich.«

Shari beobachtete die Ärzte und Schwestern, die an Pauls Bett standen. Wie sehr freute sie sich darüber, dass er gesundheitliche Fortschritte machte. In den nächsten Stunden würde sie wegen der anstehenden Untersuchungen nicht bei ihm sein können. So wandte sie sich zu Agent Baines um. »Nein, das ist schon in Ordnung. Ich möchte es schnell hinter mich bringen und dieses Kapitel dann abschließen.«

◇ ◇ ◇

Es wurde rasch deutlich, dass Chuck vermutlich eher ein Opfer als das böse Superhirn hinter dem Bombenanschlag gewesen war. Anhand seiner Verbrecherkartei konnte das FBI feststellen, dass er weder die Erfahrung noch das Köpfchen hatte, um mit Sprengstoff zu arbeiten. Shari betonte darüber hinaus, dass er keinerlei Interesse an irgendwelchen religiösen Gruppierungen hatte, selbst wenn es in diesem Keller eine Bombenfabrik religiöser Fanatiker gegeben hätte – wovon das FBI aber nicht mehr ausging, nachdem die Trümmer durchsucht und die Leute befragt worden waren.

Eine Stunde später fuhr Agent Baines Shari wieder ins Krankenhaus. »So seltsam das auch klingt, ich wünschte beinahe, Sie wären eine Gruppe religiöser Fanatiker, wie es in der Presse heißt. Ich habe den Eindruck, das Ganze ist nur ein übler Versuch, ein schlechtes Licht auf die Christen zu werfen, genau wie die Sache mit den Vereinten Nationen. Welchen Zweck man verfolgt, abgesehen vom Unruhestiften, wissen wir nicht. Aber wir werden es herausfinden und die Verantwortlichen zur Rechenschaft ziehen.«

»Das hoffe ich doch, Agent Baines. Wir sind alle sehr erleichtert, dass wir nicht mehr unter Verdacht stehen. Ich denke auch, dass es jemand auf die Christen abgesehen hat, und dabei hat er in Kauf genommen, dass unschuldige Menschen verletzt und getötet werden.«

◇ ◇ ◇

Als Shari Pauls Krankenhauszimmer betrat, waren die Ärzte gegangen, aber er war nicht allein. Ein distinguiert wirkender Herr in einem maßgeschneiderten Anzug beugte sich über Paul und sprach sehr ernsthaft auf ihn ein.

»Hallo, Paul.«

Paul lächelte ihr entgegen. »Oh Shari, wie schön, dass du wieder da bist. Das hier ist Shane Barrington, *der* Shane Barrington. Er ist hergekommen, um mich zu besuchen, kannst du dir das vorstellen?«

»Wie geht es Ihnen, Miss Nelson? Paul hat mir erzählt, dass Sie eine gute Freundin von ihm sind. Was für eine Tragödie für einen jungen Mann, der im vergangenen Jahr schon so viel durchgemacht hat!«

Barrington hatte etwas an sich, das Shari wachsam sein ließ. »Ja, Mr Barrington. Aber verzeihen Sie, warum sollte ein reicher, mächtiger Mann wie Sie sich Gedanken um das machen, was in Pauls Leben geschieht?«

Paul erbleichte. »Shari, es gibt keinen Grund, so unhöflich zu Mr Barrington zu sein.«

»Oh, ich werte das nicht als Unhöflichkeit, Paul. Ich habe vor kurzem durch eine schreckliche Gewalttat meinen Sohn verloren. Als ich von diesem Bombenanschlag erfuhr und was Professor Murphy und Ihnen zugestoßen ist, wollte ich nur meine Hilfe anbieten. Dies ist genau das, worüber ich bei meiner Pressekonferenz gesprochen habe. Ich möchte Opfern helfen und Verbrechen aller Art bekämpfen.«

Paul lächelte. »Nun, es ist wirklich schön, dass Sie gekommen sind, Sir.«

Barrington tätschelte Pauls Schulter. »Ich bin nicht nur hergekommen, um dich zu besuchen, Paul. Deine Geschichte hat mich an meinen Sohn erinnert. Ich musste an die Chancen denken, die er jetzt nie haben wird und, es tut mir Leid, das zu sagen, auch daran, welche Gelegenheiten ich verpasst habe, um für ihn da zu sein.« Er zog einen Umschlag aus der Tasche. »Und darum habe ich mir die Freiheit genommen, dir ein besonderes Stipendium der ›Barrington Communications‹ zu gewähren. Solange du die Universität in Preston besuchst, wirst du keine finanziellen Sorgen mehr haben.«

Tränen der Dankbarkeit stiegen Paul in die Augen. Shari wurde diesem Mr Barrington und seinem plötzlichen Interesse an Paul gegenüber noch misstrauischer. Das war wirklich ein seltsamer Tag.

Kapitel 51

Nebukadnezar stand auf dem höchsten Abschnitt des Festungswalls seines Palastes. Vom Fluss her kam eine Frühlingsbrise herein, die mit seinem Gewand spielte und seine Nase mit den Gerüchen neuen Lebens erfüllte. Wie seltsam das Gehirn doch ist, dachte er. Nur wenige Monate zuvor hatte ihn der Traum von dieser großen Statue gequält, und seine Unfähigkeit, sich an die Einzelheiten des Traumes zu erinnern, hatte ihn völlig hilflos werden lassen. Dann hatte ihm der hebräische Sklave Daniel den Traum erzählt und seit jenem Tag hatte er jede Nacht von der Statue geträumt. Es waren eindringliche, beinahe unerträglich lebendige Träume, die ihn aber nicht wie zuvor quälten und verwirrten, sondern Eifer in ihm weckten und ihn belebten, wenn er erwachte.

Seit Daniel ihm die Bedeutung des Traums erklärt hatte, seit er ihm gesagt hatte, es würde niemals ein größeres Weltreich geben als Babylon, keinen größeren Herrscher als ihn, Nebukadnezar, den König der Könige, spürte er, wie neue Energie durch seine Adern floss. Es war ein berauschendes, belebendes Gefühl von beinahe übermenschlicher Macht.

Jetzt konnte sich ihm niemand mehr widersetzen; jetzt musste jeder Stamm, jedes Volk von den weitesten Bergen, wo die Sonne über unbekannten Küsten aufging und wo sie wieder in der Unterwelt versank, seine Herrschaft anerkennen und sich vor seiner königlichen Macht beugen. Jeder würde seinen Fuß auf seinem Nacken spüren.

In der weiten Ebene unter ihm plagten sich viele der von ihm unterworfenen Völker in der Frühlingshitze für ihn ab. Hunderte, ja, Tausende von Männern zogen Seile, hoben große Stämme, schwärmten wie Ameisen über den öden Boden. Selbst in dieser Entfernung konnte er schwach das Knallen der Peitschen hören, den Stachel des Leders spüren, der sich in das nackte Fleisch grub, während seine Aufseher diese Menschen weit über die Erschöpfung hinaus antrieben.

Bildete er es sich nur ein oder trug der Wind den Schweiß ihrer Mühen zu ihm herüber? Seine Frau Amytis hatte in ihrem Garten alle möglichen Blumen und Büsche angepflanzt, die sie an ihre Heimat Persien erinnerten, und er ging dort oft spazieren und füllte seine Lungen mit ihren vollen Düften. Aber nicht einmal die exotischste ihrer Blumen duftete so süß wie der Schweiß der Männer, die aus keinem anderen Grund sterben würden, als seinen Namen zu verherrlichen.

Während die Sonne immer höher stieg und die Luft vor Hitze zu flimmern begann, wanderte sein Blick von der wimmelnden Masse der Arbeiter zu dem massiven Gegenstand in der Mitte der Ebene. Dieser lag ausgestreckt auf dem Boden und sah wie ein Riese aus, der mit einem Netz von Seilen festgebunden war. Aber die Seile waren keine Fesseln. Sie sollten ihn aufrichten. Die Schreie seiner Aufseher und das grausame Knallen der Peitschen nahmen an Stärke zu, und er wusste, endlich würde die Statue ihren zugewiesenen Platz einnehmen. Sein Traum würde endlich Wirklichkeit werden.

Eine Zeit lang rührte sich die riesige Statue nicht vom Fleck, und einen schrecklichen Augenblick fragte sich Nebukadnezar, ob sich seine Baumeister vielleicht verrechnet hatten, dass es vielleicht einfach unmöglich sei, ein so großes Gewicht vom Boden aufzurichten, egal, wie viele Sklaven zur Verfügung standen. Denn eine solch ehrgeizige Heldentat war sicherlich noch nie gewagt, nie zuvor erträumt worden.

Doch als die Statue sich scheinbar wie von selbst aus dem Staub zu erheben schien und aufwärts schwebte, wich das Stöhnen von Tausenden Metern gedrehten Hanfs und der gequälten Schreie der Muskeln, die sich über das Maß des Erträglichen anstrengten, einem tieferen, knarrenden Geräusch. In gebannter Ehrfurcht öffnete der König den Mund. Er konnte die Überzeugung nicht abschütteln, dass die Statue irgendwie lebendig war, sich selbst auf ihn zuschob.

Entsetzens- und Schmerzensschreie durchschnitten die Luft, als mehrere Seile, die an dem riesigen Körper der Statue befestigt waren, rissen und Dutzende Arbeiter zu Boden geschleudert wurden. Die Statue schien zu zögern; dann, während Nebukadnezar sie mit zusammengebissenen Zähnen vorwärts zwang, schien sie an Geschwindigkeit zuzunehmen und mit einem letzten Kraftakt schoben sich die riesigen Füße an ihren Platz und wirbelten eine dichte Wolke gelben Sandes auf.

Nebukadnezar nahm nicht den Lärm der Männer wahr, die entweder vor Schmerz über gezerrte Muskeln oder gerissene Sehnen schrien oder einfach vor Erleichterung darüber, dass ihre Qual vorüber war. Er hörte nur das schnelle Schlagen seines Herzens und seinen keuchenden Atem, während er die Mauer umklammerte und nach Luft schnappte. Langsam, quälend langsam wurde die Staubwolke, die die Statue verdeckte, vom Wind davongetragen, und sein Blickfeld klärte sich.

Als hätte jemand die Flamme unter einem Kessel mit Öl in einem nachtdunklen Raum angefacht, strahlte die Sonne plötzlich in ihrer ganzen Helligkeit auf, und der große Kopf begann im goldenen Schein zu funkeln. Nebukadnezar schirmte die Augen gegen diese verwirrende Helligkeit ab und begann zu jubeln, als der Rest der Statue sichtbar wurde. Zuerst die Brust und die Arme aus Silber, dann der Bauch und die Oberschenkel aus Bronze und schließlich die Beine aus Eisen, zu deren Füßen die Überreste des Gerüsts und blutüberströmte Leichen lagen.

Mit ihren 90 Ellen Höhe überragte die Statue Babylon wie ein großer, grausamer Gott.

Nachdem sich die Augen des Königs an die Helligkeit gewöhnt hatten, konnte er endlich die Gesichtszüge des goldenen Antlitzes erkennen. Die breiten Lippen waren in einem rachsüchtigen Hohnlächeln nach unten gezogen, die leeren Augen funkelten vor Wildheit.

Als er in dem Gesicht sein eigenes erkannte, brach er in brüllendes Gelächter aus.

Kapitel 52

Isis warf einen letzten Blick auf den Schwanz der Schlange, deren bronzene Schuppen unter den Halogenlichtern schimmerten, und steckte ihn dann in einen Nylonsack. Ihre Zugangskarte trug sie immer um den Hals. Sie steckte sie in eine schwere Stahltür, die mit einem leisen Zischen aufsprang. Die grauen Metallregale waren überwiegend leer. Im Tresor wurden nur eine Metallkassette mit einem kostbaren Halsband von der Ausgrabungsstätte in Troja aufbewahrt sowie zwei Metallröhren, in denen Papyri aus dem erst kürzlich ausgegrabenen Grab einer ägyptischen Prinzessin der Dritten Dynastie steckten. Sie legte den Beutel zwischen die Röhren und zog die Tür fest hinter sich ins Schloss.

»Dieser Tresor ist so sicher wie Fort Knox«, erklärte sie. »Ich kann mir nicht vorstellen, wie jemand, der nicht autorisiert ist, hierher gelangen sollte. Und falls er an dem Alarm und den Sicherheitsleuten vorbeikommt, muss er immer noch die hier überwinden.« Sie klopfte mit ihren Fingerknöcheln gegen die Stahltür. »Wissen Sie, manchmal träume ich, ich würde versehentlich hier eingeschlossen. Wenn die Tür dann schließlich geöffnet wird, finden sie nur noch eine vertrocknete alte Mumie. Das ist ein richtiger Albtraum«, gestand sie mit einem Schaudern.

»Das ist wohl poetische Gerechtigkeit, oder?«, meinte Murphy.

»Wie bitte?«

»Sie wissen schon, in ein altes Artefakt verwandelt zu werden.«

Sie schniefte. »Wenn ich eine Archäologin wäre, dann vielleicht. Ich glaube, Sie sind derjenige, der vorsichtig sein muss.« Sie zuckte zusammen und legte die Hand an ihre Stirn. »Oh, es tut mir Leid ...«

Murphy legte die Hand auf ihren Arm. »Lassen Sie uns eines klarstellen. Sie brauchen keinen Eiertanz zu vollführen. Sie brauchen keine Angst zu haben, dass ich zusammenbreche, falls Sie unbedacht das Wort ›Tod‹ aussprechen. Sie können auch über Laura sprechen, wenn Sie möchten.«

Isis atmete erleichtert auf. »Gut. Das würde ich gern. Über Laura sprechen, meine ich.«

Sie ging zu einer Tür in der von oben bis unten vergitterten Wand und öffnete sie mit ihrer Zugangskarte. Murphys Blick fiel auf das Messingschild, auf dem stand: »Sicherheitslagerbereich – Zutritt für nichtautorisiertes Personal verboten!«. Er sah Isis um eine Ecke verschwinden und beeilte sich, sie einzuholen. Niemals würde er allein den Weg durch dieses unterirdische Labyrinth finden.

»Wurde das Labyrinth von demselben Kerl entworfen, der Sanheribs Pyramide gebaut hat?«

»Die mit den Sackgassen und falschen Korridoren? Wie nennt man sie noch – das Labyrinth des Vergessens?« Sie lachte. »Ich wäre nicht überrascht.«

Schließlich führte sie ihn über eine Treppe zu einer Tür, die erstaunlicherweise direkt zum Parkplatz für die Angestellten führte. Murphys Blick fiel auf das Wachhäuschen. »Bei jedem Eingang steht so eines«, erklärte sie. »Die Sicherheitsleute halten Funkkontakt zur Sicherheitsabteilung im Hauptgebäude. Dort stehen die Monitore aller Überwachungskameras.«

Er schien zufrieden. »Okay, wohin gehen wir?«

»Ich fürchte, ich bin keine Expertin, was die Restaurants hier am Ort angeht. Ich esse nicht sehr viel. Normalerweise verschlinge ich eine Pizza an meinem Schreibtisch.«

»Und was ist mit abends?«

Sie schien verlegen zu sein. »Auch.«

»Und immer Pizza?«

»Warum nicht? Reine Kohlehydrate. Minimalernährung. Es könnte das schottische Nationalgericht sein.«

»Dann also Pizza.«

Sie spitzte die Lippen. »Ich denke, wir finden auch noch etwas Besseres. Wie wäre es mit Schottlands zweitem Lieblingsnationalgericht: Curry?«

»Alles, was scharf ist, klingt gut.«

»Das könnten Sie noch bedauern«, meinte sie und nahm seinen Arm.

Mit dem Taxi fuhren sie über die 12. Straße, die Schnellstraße, die in einem drei Meilen langen Tunnel unter dem Einkaufszentrum, den Grünflächen und Denkmälern und Regierungsgebäuden im Herzen der Stadt hindurchführte. Sie kamen an der E. Street heraus und waren schon bald auf dem Weg nach Chinatown.

Der »Stern von Indien«, der zwischen »Yips Nudelhaus« und dem »Jadepalast« lag, war dunkel und buchstäblich leer. Bei Tee und Popadum studierten sie die Speisekarte, während im Hintergrund die neuesten Hindu-Melodien gespielt wurden. Isis entschied sich für ein Vindaloo mit Shrimps, während Murphy seine Niederlage eingestand, bevor der Wettkampf überhaupt begonnen hatte, indem er ein Hühnchen Bhuna bestellte.

»Also, erzählen Sie mir von der Inschrift.«

»Ich dachte schon, Sie würden nie fragen«, erwiderte sie und räumte den Tisch frei. Sie zog ein verknittertes Stück Papier aus ihrer Tasche und strich es glatt. »Es hat sehr lange gedauert. Das ist wirklich das schwierigste Chaldäisch, das mir je untergekommen ist. Aber nach Ihrem Anruf habe ich es endlich geknackt – zumindest die wichtigen Teile. Ich glaube, Ihre Theorie stimmt. Der Hohepriester Dakkuri hat dieses Puzzle in doppelter Absicht geschrieben. Der Leser sollte erfahren, wie er den Rest der Schlange findet, aber andererseits wollte er auch nicht, dass diese Information den falschen Leuten in die Hände fiel. So bediente er sich einer metaphorischen Sprache, die ziemlich schwer zu verstehen ist. Sie ist die Verpackung seiner Botschaft.«

»Wer sind die falschen Leute?«

»Schwer zu sagen. Wir wissen, dass Nebukadnezar Dakkuri befahl, die Schlange und alle anderen Götzen zu vernichten. Angenommen, eine dem König treu ergebene Person hätte herausgefunden, wo Dakkuri sie versteckt hatte, und hätte sie dann zerstört – das hätte Dakkuris Lebensdauer stark verkürzt.«

»Das ergibt Sinn. Wer also sind die *richtigen* Leute? Wer sollte die Schlange finden?«

»Gute Frage.« Ihr Finger fuhr über die Zeilen, bis sie die Stelle fand, die sie gesucht hatte. »Hier, eine formale Beschwörung. Durchaus üblich zur damaligen Zeit. Man findet sie in allen möglichen Inschriften. Sie lautet ungefähr: ›Nur das reine Herz wird finden, was es sucht.‹«

»Das scheinen die guten Jungs zu sein.«

»Ich sagte ›ungefähr‹. Eigentlich verwendet er ein anderes Wort für ›rein‹. Es ergibt im Grunde keinen Sinn, aber ich könnte es mit ›nur das Dunkel des Herzens‹ oder ›nur diejenigen mit Dunkelheit in ihren Herzen‹ übersetzen.« Sie lächelte. »Ich fürchte also, das schränkt Sie in Ihren Möglichkeiten ein, oder?«

»Sie wären überrascht«, erwiderte Murphy, »wie viel Dunkelheit es im Augenblick in meinem Herzen gibt.« Sie sah ihn an und biss sich auf die Lippe. Er deutete auf das Papier. »Machen Sie weiter. Was sagt er sonst noch?«

»Nun, da stehen noch einige Beschwörungsformeln für ein paar der weniger bekannten babylonischen Götter – und dann kommt es.« Sie deutete auf einen Absatz. »›Die Teile der heiligen Schlange sind weit verteilt und doch verbunden. Wer weise genug ist‹ – eigentlich ist ›gerissen‹ das bessere Wort –, ›das erste zu finden, hält das zweite bereits in seiner Hand. Finde das dritte und das Geheimnis wird zurückkehren.‹ Der letzte Satz hat mir ziemlich zu schaffen gemacht. Ich weiß immer noch nicht, ob ich es richtig übersetzt habe. Aber ein anderes Wort als ›Geheimnis‹ finde ich nicht.«

»›Geheimnis‹«, wiederholte Murphy. »Okay. Er will damit sagen, dass auf jedem Teil der Schlange eine Inschrift zu finden ist, die einem sagt, wo das nächste zu finden ist.«

»Ich glaube schon.«

Er lächelte. »Also … wo ist der zweite Teil?«

Sie drehte das Papier um. »Hier gleich am Ende. Ich schätze, er nahm an, dass Sie, wenn Sie es bis dahin geschafft haben, ganz eindeutig sein Mann wären. Hier kommt es. ›Blicke zur Wüste und Erigals Meister wird deine linke Hand ergreifen …‹«

»Was bedeutet das?«

»Nun, Erigal ist ein ganz niederer babylonischer Dämon. Einige Experten erwähnen ihn nicht einmal in ihren Texten. Aber mein Vater war etwas gründlicher als die meisten anderen«, erklärte sie stolz. »Ich habe in einem seiner alten Notizbücher nachgesehen. Auf jeden Fall erledigte Erigal ungewöhnliche Aufgaben für Schamasch, den wichtigsten babylonischen Gott. Er ist etwa mit Zeus oder Odin vergleichbar. Zumindest war er der wichtigste männliche Gott. Erst als mir klar wurde, dass Schamasch ursprünglich ein Sonnengott war, kam mir die Erleuchtung, was Dakkuri wollte.«

»Ach ja?«

»Genau. Erigals Meister – Schamasch – wird deine Hand fassen, damit könnte also der Sonnenaufgang gemeint sein.«

»Und wenn er deine linke Hand nimmt, dann müsste man nach Süden blicken.«

»Genau.«

»Und wenn man in der Nähe Babylons stünde und nach Süden blickte, dann würde man nach … Saudi-Arabien blicken.«

»Die Wüste.«

Ein Kellner in einem weißen Hemd und schwarzer Fliege stellte ihre Teller vor sie. Isis nahm rasch das Blatt vom Tisch. Als Murphy den würzigen Duft einsog, merkte er plötzlich, wie hungrig er war. Aber bevor er die Antwort nicht hatte, konnte er keinen Bissen herunterbringen.

»Die Wüste ist groß«, sagte er. »Dort kann sich eine ganze Armee verlieren und erst recht ein 30 Zentimeter großes Stück Bronze.«

»Er wird noch etwas spezifischer«, erklärte sie verstimmt, als würde Murphy sie persönlich kritisieren. »Er sagt weiter: ›Zwanzig Tage von jetzt an soll der Suchende seinen Durst löschen. Und unter seinen Füßen soll es gefunden werden.‹«

Murphy blickte sie verständnislos an.

»Verstehen Sie nicht? Er spricht anscheinend von einer Oase. 20 Tagesreisen südlich von Babylon.« Sie verschränkte triumphierend die Arme vor der Brust.

Murphy grinste. »Hat diese Oase auch einen Namen?«

»Ach«, meinte sie niedergeschlagen. »Das ist das Problem. Sie hat einen Namen. Und eine Bevölkerung von etwa einer Million Menschen. Falls sich der zweite Teil der Schlange unterhalb von Tar-Qarsir befindet, müssen Sie sich durch eine ganze moderne Stadt graben, um es zu finden.«

Kapitel 53

»Ich bin Ihnen wirklich dankbar für alles, was Sie getan haben.« Murphy saß in dem Chaosraum, den Isis ihr Büro nannte, und fühlte sich dort sogar recht wohl. »Ich wünschte, es gäbe einen Weg, wie ich mich revanchieren könnte. Aber Sie können auf keinen Fall nach Tar-Qasir mitkommen. Wenn es Ihnen Recht ist, werde ich den Schwanz der Schlange erst einmal hier lassen, während ich alle Vorbereitungen für die Reise in den Mittleren Osten treffe, um die übrigen Teile zu suchen. Und zwar allein.«

»Aber wenn Sie den zweiten Teil in Tar-Qasir finden, was ist dann?«, beharrte Isis. »Sie brauchen mich für die Übersetzung. Ich bin die Einzige, die das kann.« Sie merkte, dass ihre Stimme vor Zorn ganz schrill klang, aber das war ihr gleichgültig.

»Sie haben mir die Inschrift auf dem Schwanz übersetzt. Ich denke, ich habe jetzt ein Gefühl dafür bekommen. Ich rufe Sie an, wenn ich nicht mehr weiterkomme.«

Sie schnaubte verächtlich. »Ha! Sie wüssten gar nicht, wo Sie anfangen sollten. Ich glaube nicht, dass Sie diese Form der Keilschrift von einem Loch im Boden unterscheiden könnten – was, angesichts der Tatsache, dass *Sie* Archäologe sind und ich Philologin bin, doch einigermaßen Sinn macht, meinen Sie nicht?«

Er seufzte. »Sehen Sie, ich verstehe nicht, warum Ihnen das so wichtig ist. Sie haben doch noch nie an einer Expedition teilgenommen.«

Eigentlich verstand sie es selbst nicht. Bis vor ein paar Tagen hatte sie höchstens ein paar Bücher oder Papiere in den staubigen Stapeln in ihrem Büro gesucht. Und jetzt wollte sie freiwillig um die halbe Welt reisen, um ein Artefakt zu suchen, mit dem eindeutig etwas nicht stimmte, wenn es nicht sogar richtiggehend verflucht war.

Sie atmete tief durch und versuchte, ihre Emotionen in den Griff zu bekommen. »Sie wollen nur höflich sein, aber ich wünschte, Sie würden einfach zugeben, dass Sie mich brauchen, wenn Sie tatsächlich versuchen sollten, alle Teile zu finden.«

Murphy presste die Lippen aufeinander.

»Ich weiß, Sie halten mich für eine schwache Frau, die ihr Leben lang nichts anderes getan hat, als ihren Kopf in alte Bücher zu stecken.« Die Andeutung eines Lächelns erschien auf Murphys Gesicht. »Und vielleicht haben Sie Recht. Aber es könnte ja auch sein, dass ich beschlossen habe, dass es an der Zeit ist, die Spinnweben wegzublasen. Vielleicht habe ich beschlossen, dass es an der Zeit ist, der Welt zu zeigen, dass mein Vater nicht der einzige Dr. McDonald war, der bereit war, für das, was er erreichen wollte, ein paar Risiken auf sich zu nehmen.«

Die Worte: *Und sehen Sie, was mit ihm geschehen ist*, konnte Murphy gerade noch herunterschlucken. »Sie sind eine sehr eigensinnige Frau, wissen Sie das?«

»Ja. Eigensinnig – und findig. Ich habe mir gestern die Freiheit genommen, mit unserem Vorsitzenden zu sprechen. Die Stiftung ›Parchments of Freedom‹ wird uns ihr Flugzeug zur Verfügung stellen und Ihre Expedition finanzieren – oder besser gesagt *unsere* Expedition. Als Gegenleistung erwartet sie, dass die Schlange hier im Museum ausgestellt wird. Das heißt, unter der Voraussetzung, dass die Schlange einen Körper und einen Kopf hat, wir beide Teile finden und herbringen.«

»Isis, Sie haben sich weit aus dem Fenster gelehnt, bevor ich überhaupt zugestimmt habe, dass Sie mitkommen.« Murphy seufzte tief. »Aber danke, denn ich glaube nicht, dass ich ohne die Großzügigkeit der Stiftung nach Tar-Qasir kommen würde.«

Isis beobachtete ihn mit nervöser Erwartung. »Also gut.« Murphy lächelte. »*Wir* fliegen nach Tar-Qasir. Aber wenn die Sache außer Kontrolle gerät und ich es sage, sitzen Sie im ersten Flugzeug nach Hause, abgemacht?«

Kapitel 54

Am Nachmittag des folgenden Tages, als Isis McDonald und Michael Murphy bereits in den Mittleren Osten unterwegs waren, schenkte der Wachposten in dem Wachhäuschen am Eingang der

Stiftung *Parchments of Freedom* den beiden Wanderfalken, die vom Dach eines schwarzen Vans auf dem Parkplatz aufstiegen, keine Beachtung. Aber seine Aufgabe erforderte es, dass er sich über lange Zeitspannen ohne große Stimulation konzentrierte, und möglicherweise fingen seine Augen in der hereinbrechenden Dunkelheit am Ende eines langen Tages langsam an, müde zu werden, da er schon so lange Zeit auf die Monitore gestarrt hatte.

Wenn er die Falken bemerkt hätte, hätte er beobachten können, wie die schlanken, dunklen Tiere spiralförmig in den Himmel aufstiegen, sich von dem warmen, vom aufgeheizten Asphalt aufsteigenden Aufwind tragen ließen, der den gleichmäßigen Schlag ihrer kraftvollen Flügel unterstützte. Hätte er sich in der Vogelwelt ausgekannt, hätte er ihre eleganten Umrisse sofort erkannt und vermutlich hätte er sie lächelnd beobachtet und sich an dem ungewöhnlichen Anblick erfreut.

Falken waren in gewisser Weise der Inbegriff des Wilden, von ungezähmter Schönheit, und es war nicht verwunderlich, dass die Gier des Menschen sie aus ihrem natürlichen Lebensraum vertrieben hatte. Und trotzdem, sie hatten sich erstaunlich gut an das Leben im Herzen der modernen und dicht besiedelten Städte angepasst. In der Wildnis nisteten sie glücklich auf hohen Klippen und machten Jagd auf andere Vögel; in den Städten erfüllten Wolkenkratzer und Tauben in übernatürlicher Fülle ihre Bedürfnisse.

Wenn er philosophische Überlegungen angestellt hätte, hätte der Wachposten vielleicht darüber nachgedacht, dass eine Zeit kommen würde, in der viele Städte auf Grund von Konflikten und Chaos verlassen wären und die Falken die unbewohnten Wolkenkratzer übernehmen würden, als wären sie von Anfang an ihr Eigentum gewesen.

Allerdings wäre er niemals auf die Idee gekommen, dass einer der Vögel ihn innerhalb von kürzester Zeit töten würde.

Sein Kollege, der vor der Tür postiert war, durch die Murphy und Isis das Gebäude verlassen hatten, bemerkte ebenfalls nichts. In dem Augenblick, in dem die beiden Vögel ihre endgültige Höhe erreicht hatten – etwa 300 Meter –, drehten sich seine Gedanken um ein nicht gerade ungewöhnliches Problem. Sein magerer Lohn reichte nicht aus, um seine Wettschulden zu begleichen, geschweige denn eine Frau zu ernähren, die ihm die Schuld daran zu geben schien, dass die Zeit ihre Spuren auf ihrem Gesicht und Körper hinterließ, und die mit seinen Kreditkarten Rache übte.

Und dabei saß er hier eigentlich auf einer Goldmine. Einer Goldmine, zu der er den Schlüssel hatte – oder zumindest einige von vielen Schlüsseln. Tief in seinem Inneren wusste er, dass nur jemand, der weitaus klüger und findiger war als er, in der Lage sein würde, seinen Sicherheitszugang in harte Währung zu verwandeln, aber so wie einige Leute Tabak kauten oder Holz schnitzten, empfand er diese unsinnigen Gedankengänge als ausgesprochen entspannend.

Er war sehr entspannt, als der größere der Vögel, das Weibchen, sich mit einem Flügelschlag in der Luft ausrichtete und ihren durchdringenden Tunnelblick auf die Gestalt ausrichtete, die sich auf dem Parkplatz 300 Meter unter ihr befand. Der Mann war von Kopf bis Fuß in Schwarz gekleidet, und für jeden, der zufällig hinsah, wäre er wohl mit den Schatten verschmolzen. Aber für den Falken ragte er heraus wie ein Leuchtturm. Natürlich auch wegen der außergewöhnlichen Sehfähigkeit dieser Vögel – und weil sie ihn so gut kannte.

Sie wusste auch genau, was von ihr erwartet wurde.

Der Mann hielt einen Falknerhandschuh hoch über den Kopf. Jeder Vorübergehende würde denken, der Mann winke ein Taxi herbei. Zweifellos eine seltsame Geste für jemanden, der mitten auf einem Parkplatz stand. Aber er tat noch etwas viel Seltsameres.

Er rief den Tod aus der Luft herbei.

Talon blickte hinauf und entdeckte den schwarzen Fleck vor dem zarten Rosa des frühen Abendhimmels. Das Falkenweibchen schien schwerelos in der Luft zu stehen und er spürte beinahe seine Ungeduld. Er sollte den unsichtbaren Faden durchschneiden, der es festhielt, und es befreien.

Abrupt riss er die Hand mit dem Handschuh herunter und gab damit das Signal. Das Falkenweibchen sah diese Geste, wirbelte einmal um sich selbst, richtete seinen Blick auf das Ziel und legte die Flügel an. Die Schwerkraft übernahm den Rest.

Ein Falke, der aus solcher Höhe herunterstößt, kann eine Geschwindigkeit von mehr als 300 Stundenkilometern erreichen. Zu schnell, als dass ein menschliches Auge ihm folgen könnte. Sein Fortkommen konnte man höchstens über das Zischen in der Luft verfolgen, die durch diese Kugel aus Muskeln, Federn und Knochen zerteilt wurde. Talon zog es vor, das Ziel im Auge zu behalten, und wartete einfach auf das Unausweichliche.

Während sich seine Gedanken noch um die vertrauten Fantasien – wie man schnell reich werden konnte – drehten, bemerkte der Wachposten einen dunkel gekleideten Mann zwischen den parkenden Autos, der ihn direkt ansah. War es nur seine Einbildung, eine Spiegelung des schwächer werdenden Lichts oder blickte der Mann ihn tatsächlich erwartungsvoll und amüsiert an? Mit einem Blick, der zu besagen schien: *Ich weiß etwas, das du nicht weißt!*

Instinktiv drehte er sich nach rechts, als er aus den Augenwinkeln heraus eine Bewegung wahrnahm. Die an den Krallen des Falkenweibchens befestigten Rasierklingen fuhren mit atemberaubender Geschwindigkeit durch seine Kehle. Die Halsschlagader wurde durchtrennt. Die Hand auf den verletzten Kehlkopf gepresst, taumelte er ein paar Schritte, dann sank er mit zuckenden Gliedern zu Boden.

Talon wartete, bis es vorüber war, dann schlenderte er hinüber und untersuchte den Leichnam. Dabei achtete er sorgfältig darauf, dass er nicht in die immer größer werdende Blutlache trat. Er steckte die Hand in die Jacke des Opfers, zog einen Schlüsselbund heraus und tastete nach der Form, die er brauchte. Hinter sich vernahm er Schritte aus der Richtung des Wachhäuschens, die zunächst langsam und vorsichtig, dann immer schneller auf ihn zukamen. Er steckte die Schlüssel in seine Tasche und wartete.

»Okay, Kumpel. Steh langsam auf und dreh dich um. Halte deine Hände so, dass ich sie sehen kann.«

Talon hob die Hände und lächelte ihn betont unschuldig an. *Wer, ich?*, schien sein Blick zu fragen. Der Wachposten hielt ihn mit seinem Revolver in Schach und warf einen kurzen Blick auf die am Boden liegende Leiche. Als er merkte, dass er nicht gleichzeitig seinem Kollegen helfen und Talon in Schach halten konnte, griff er nach dem Funkgerät an seinem Gürtel. In diesem Augenblick riss Talon einen seiner Arme abrupt herunter.

»Ich sagte, behalte deine Hände –« Aber seine Worte blieben ihm im Hals stecken, als der zweite Falke gegen seinen Rücken prallte und mit einem einzigen Schlag seiner Krallen sein Rückgrat durchtrennte. Talon trat zur Seite, als der Wachposten schwerfällig auf den Asphalt stürzte. Dann nahm er aus einem Plastikbeutel einige tote Tauben und hielt sie auf Armeslänge von sich. Nach ein paar Sekunden stießen beide Falken aus dem Schatten herab, ließen sich auf seinen Handgelenken nieder und machten sich über den unerwarteten Leckerbissen her, während sich ihre

Krallen in die Lederarmbänder gruben, die er unter seiner Jacke trug.

Er kehrte zu seinem Van zurück und setzte das Weibchen auf seine Stange. Es zischte ärgerlich, als er ihm die Haube über den Kopf stülpte, dann verstummte es sofort, da der Kokon der Dunkelheit, der es plötzlich umgab, den Vogel beruhigte. Das kleinere Männchen hielt Talon am Fußband fest und wandte sich mit ihm zum Wachhäuschen, während er leise auf es einredete. »Du hast noch etwas zu tun, mein Kleiner.« Im Inneren des Häuschens fand er schnell, was er suchte.

Die Tür zum Museum der Stiftung *Parchments of Freedom* öffnete sich mit einem beruhigenden Klicken und Talon schlüpfte hinein.

◇ ◇ ◇

Es war Samstag, aber Fiona Carter hatte beschlossen, Dr. McDonalds Abwesenheit zu nutzen, um ein wenig Ordnung in das Büro der Philologin zu bringen. Sie belohnte sich mit einem Mittagessen in einem beliebten Restaurant, was sie sich selten gönnte, wenn sie Dr. McDonald zur Verfügung stehen musste. Fiona fragte sich, wie es ihrer Chefin und Professor Murphy wohl im Mittleren Osten ging und auf welchen von beiden wohl der größere Schock wartete.

Doch als sie zurückkam, blieb ihr vor Schreck der Mund offen stehen. Die Leichen der beiden Sicherheitsleute waren schrecklich entstellt und ineinander verkeilt, als hätten sie in dem Augenblick, als der Mörder zuschlug, einen grausigen Tango getanzt. Fiona bückte sich, um zu sehen, wie schwer ihre Verletzungen waren, doch als sie das Ausmaß der Ereignisse erkannte, musste sie all ihre Kräfte aufbieten, um nicht schreiend davonzulaufen. Stattdessen zwang sie sich, das Gebäude zu betreten und den Notruf zu wählen.

Die Flure lagen verlassen da. Es gab keinen Grund, zu erwarten, dass irgendjemand zu dieser Zeit an einem Wochenende arbeitete, aber die Stille war irgendwie zu unheimlich, so als hätte das ganze Gebäude aufgehört zu atmen.

Instinktiv eilte Fiona zum gesicherten Tresorbereich. Als sie um die Ecke bog, sah sie, dass dessen Tür offen stand. Auch die Stahltür zum Gewölbe war nicht länger verschlossen. Fiona warf einen

Blick hinein, obwohl sie genau wusste, was sie vorfinden würde. Oder vielmehr, *nicht* vorfinden würde.

Der Schwanz der Schlange war verschwunden.

An ihren Platz im Metallregal des Lagerraumes war ein Abbild der Schlange eingeritzt. Die Schlange war in drei Teile zerschnitten – Kopf, Mitte und Schwanz. Daneben befand sich ein noch beunruhigenderes Symbol. Sie würde Compton, den Vorstandsvorsitzenden von PFF, herbeirufen müssen. Und dann würde sie versuchen, Professor Murphy und Dr. McDonald ausfindig zu machen. Sie hoffte nur, dass es für die beiden noch nicht zu spät war, um umzukehren.

Kapitel 55

Die erste Etappe des Fluges hatte sie von Washington nach London-Heathrow geführt, wo das Flugzeug aufgetankt wurde und eine neue Crew an Bord kam. Murphy und Isis eilten zum Ausgang. Die Schottin schleppte eine schwere Aktentasche, die mit Büchern voll gestopft war – seltenen Exemplaren, die sie einfach nicht einzuchecken wagte. Aber Murphys wiederholte Angebote, sie ihr abzunehmen, trafen auf unbeugsamen Widerstand. »Ich werde das schon schaffen, danke. Und außerdem haben Sie ja selbst genügend Gepäck.« Das stimmte. Der Bogen, den er in seinem stoßfesten Koffer mit sich trug, war nicht gerade schwer, aber er war sehr sperrig, und sie war entschlossen, Murphys Last nicht noch zu vergrößern.

Zumindest stritt er nicht mehr länger mit ihr darüber, dass sie ihn unbedingt begleiten wollte. Obwohl sie sich in beruflicher Hinsicht Murphy ebenbürtig fühlte und obwohl sie nicht wie er vor kurzem einen lieben Menschen verloren hatte, so glaubte sie doch, seine Gefühle recht gut nachempfinden zu können, wenn sie an den Tod ihres Vaters zurückdachte.

Auf der langen Reise nach Tar-Qasir sprachen Murphy und Isis darüber hinaus nicht viel. Den größten Teil des Fluges nach London verschlief Murphy. Beinahe unmittelbar nach dem Anschnallen fiel er in einen tiefen Schlaf. Während sie auf das Auftanken ihres Flugzeugs warteten, marschierte er schweigend durch die höhlenartigen Korridore und Geschäfte, wie jemand, der ein neues Paar Schuhe ausprobiert. Er dachte an gar nichts. Er versuchte nur, sich an sein neues Leben zu gewöhnen, seine neue Existenz – ohne Laura.

Isis hatte das Gefühl, dass es besser wäre, wenn sie ihn in Ruhe ließ. Er brauchte Zeit, um seine Kräfte für das zu sammeln, was ihnen bevorstand, und sie selbst war glücklich, dass sie die Möglichkeit hatte, sich in ihre Bücher zu vergraben. Obwohl sie es nicht zugeben wollte, hatte sie sehr wohl Angst, sie könnte Murphy behindern, und war deshalb entschlossen, zumindest in sprachlicher Hinsicht fit zu sein. Falls sie den zweiten Teil der Schlange fanden, wollte sie auf jeden Fall in der Lage sein, seine Geheimnisse zu entschlüsseln.

In erster Linie beschäftigte sie sich mit einem alten Buch, das ihrem Vater gehört hatte. Bischof Henry Mertons *Lesser Chaldean Apocrypha*. Sie hatte es natürlich schon einmal gelesen, aber nicht mit ungeteilter Aufmerksamkeit, wie ihr jetzt klar wurde. Oder vielleicht war ihr Mertons Erforschung einiger der etwas obskureren Seiten des alten mesopotamischen Glaubens nie besonders relevant erschienen. Doch jetzt war seine erschöpfende Analyse der babylonischen Götzenanbetung genau das, was sie brauchte.

Natürlich war er nicht »Bischof« Merton gewesen, als er das Buch verfasst hatte, sondern nur ein junger Vikar auf dem Land in einem halb vergessenen Pfarrbezirk in Dorset, in Englands verschlafenem Südwesten. Dort war ihr Vater ihm zuerst begegnet. So wie er die Geschichte erzählte, hatten sie in einem Antiquariat in Dorchester beide nach derselben Erstausgabe von Frazers »Der goldene Zweig« gegriffen. Nach einem hitzigen Streit, bei dem jeder darauf bestand, der andere hätte größeren Anspruch auf das Buch, hatte ihr Vater schließlich gesiegt (stahlharte schottische Selbstverleugnung siegte über englische Höflichkeit) und den jungen Geistlichen praktisch mit seinem Siegespreis zur Kasse getrieben.

Danach blieb Merton nichts anderes übrig, als seinen Wohltäter zu Tee und Gebäck in das kleine Restaurant an der Ecke einzuladen. Dort, inmitten von Chintz und feinem Porzellan, offenbarte er seinem Gegenüber sein Interesse für die dunklen Rituale der von der Welt vergessenen Religionen. Ein Interesse, das an Besessenheit grenzte, wie ihr Vater sich erinnerte. Nicht, dass es notwendigerweise falsch oder auch nur ungewöhnlich gewesen wäre, da sich ja auch ihr Vater für die antiken Kulturen interessierte, doch die Tatsache, dass Merton das schwarze Hemd und den Kragen eines ordinierten Vikars der Kirche von England trug, störte ihren Vater. »Es war wirklich ziemlich seltsam«, hatte er sich erinnert, »diesem jungen Mann zuzuhören, der von Rechts wegen seine Zeit damit zubringen sollte, Seelen für Jesus zu gewinnen. Er sprach mit einer solchen leidenschaftlichen Intensität über die Dämonen der finstersten sumerischen Unterwelt, dass ich mich abgestoßen fühlte.«

Trotz der instinktiven Vorbehalte des älteren Archäologen hatte sich ein lebhafter Briefwechsel zwischen den beiden entwickelt. Mertons umfassende Erkenntnisse waren einfach zu verlockend. Doch nach ein paar Monaten hatte ihr Vater Mertons Briefe nicht mehr beantwortet, und der heranwachsenden Isis war klar, dass irgendetwas ihn tief beunruhigte.

Sie hatte nie herausgefunden, was es war. Aber jetzt, als sie langsam die Seiten von *Lesser Chaldean Apocrypha* umblätterte, erinnerte sie sich, dass ihr Vater genau diesen Band umklammert gehalten hatte, als man ihn fand.

Sie erschauderte und instinktiv griffen ihre Finger nach dem Amulett an ihrem Hals. Es war der Kopf der babylonischen Göttin Ischtar, ein Geschenk ihres Vaters, und es war ihr ein ständiger Trost in Zeiten der Anspannung.

Kopfschüttelnd wandte sie sich wieder dem Buch zu. Was immer auch mit Bischof Merton los gewesen war, er kannte sich in den chaldäischen Ritualen bestens aus. Falls ihr jemand Erkenntnisse über Dakkuris Gedankengänge vermitteln konnte, dann er.

Auf dem Flug von London nach Riad hatte Murphy sie beim Lesen nicht gestört. Es schien ihre inneren Batterien aufzuladen – was sie nach dem Trauma der vergangenen Tage ganz bestimmt brauchte. Auf der langen Taxifahrt durch die Wüste nach Tar-Qasir und nachdem sie sich in einem großen modernen Hotel mit dem passenden Namen »Oase« eingemietet hatten, platzte sie beinahe vor Energie. Im Gegensatz zu ihr war Murphy jedoch gleich wieder eingeschlafen, sobald er zwischen den kühlen weißen Laken lag, und das noch, bevor er Zeit gehabt hatte, zu überlegen, wie sie weiter vorgehen wollten. Und jetzt, einige Stunden später, riss ihn ihr Klopfen an seine Tür aus dem Schlaf.

Nachdem Murphy geduscht und sich umgezogen hatte, war er wieder hellwach. Sie trafen sich in der großen Halle. »Dieses Hotel sollte man in ›Leeres Quartier‹ umbenennen«, scherzte er. »Sind wir die einzigen Gäste? Was meinen Sie?«

»Tar-Qasir ist nicht gerade eine Touristenattraktion«, gestand sie. »Aber das heißt nicht, dass es nicht auch hier Sehenswürdigkeiten gäbe.«

»Wie zum Beispiel?«

»Ich habe mich ein wenig informiert, während Sie Ihren Schlaf nachgeholt haben«, erklärte sie mit einem Augenzwinkern. Es klang so, als würde sie nur selten ausgiebig schlafen. »Wie wir wissen, war hier zuerst eine Oase. An dieser Stelle trafen mehrere Handelsrouten aufeinander, die die Wüste durchquerten. Allmählich wuchs die Oase zu einer ansehnlichen Marktstadt heran; Kaufleute ließen sich hier nieder und nutzten diesen Ort nicht mehr nur als Wasserstelle. Im Mittelalter hatte sie sich zu einer richtigen Stadt entwickelt. Zu einer einzigartigen und ungewöhnlichen Stadt.«

Ganz offensichtlich genoss sie die Situation und Murphy freute sich darüber. »Einzigartig *und* ungewöhnlich? Lassen Sie mich raten, es gab Eisdielen? Nein, hier wurde Baseball erfunden!«

Sie schüttelte den Kopf. »Viel interessanter. Es gab eine *unterirdische Kanalisation*. Sehen Sie, die Quelle, die die ursprüngliche Oase speiste, gab genügend Wasser für ein bemerkenswert effizientes System. Vermutlich das erste seiner Art.«

Murphy kratzte sich am Kinn. »Und ist es noch in Betrieb?«

»Lieber Himmel, nein. Aber die ursprünglichen Tunnel sind vermutlich noch intakt. Damals hat man für die Ewigkeit gebaut. Wenn wir wissen wollen, was unter Tar-Qasir liegt, dann finden wir die Antwort vielleicht in diesem Kanalsystem.«

»Das sind mir zu viele ›Vielleichts‹«, meinte Murphy. »Wie kommen wir hinein? Und wie finden wir uns zurecht, wenn wir erst einmal unten sind?«

Isis nahm ihren Rucksack und erhob sich. Sie trug Shorts und Wanderstiefel, aber irgendwie sah sie immer noch wie eine Philologin aus und nicht wie eine Bergsteigerin. »Ich schlage vor, dass wir die öffentliche Bibliothek in Tar-Qasir aufsuchen und sehen, ob wir etwas finden.«

Murphy seufzte. Eine Bibliothek. Natürlich. Was sonst sollte Isis auch schon vorschlagen?

Draußen auf der Straße traf die Hitze sie wie ein Keulenschlag, und erleichtert stiegen sie in das klimatisierte Taxi ein, das kurz darauf vor ihnen anhielt. Während Murphys Hemd vom Schweiß bereits durchnässt war, schien Isis überhaupt nicht zu schwitzen, als würden sie in den Highlands ihrer Heimat wandern. *Vielleicht hat es gewisse Vorteile, wenn man aus Eis ist*, dachte Murphy.

Von außen sah die Bibliothek von Tar-Qasir nicht besonders viel versprechend aus. Die viktorianische Fassade des bescheidenen dreistöckigen Gebäudes strahlte mehr Charme aus als die ausgewaschenen Betonblöcke, aus denen der größte Teil der Innenstadt zu bestehen schien, aber die zerbrochenen Fenster und die staubige Eingangshalle deuteten darauf hin, dass sie ihre besten Tage schon lange hinter sich hatte. Ein Eindruck, der durch den Mann bestätigt wurde, der sich als Einziger in dem Gebäude aufzuhalten schien.

»Wir müssen dringend renovieren, das stimmt«, gestand Salim Omar ein, während er über seinen Bart strich. »Tar-Qasir ist eine moderne Stadt, die nach vorne schaut, nicht zurück, und all dies« – er deutete auf die Regale mit Büchern in einem Raum, in dem die Bücher manchmal auch einfach nur aufgestapelt waren – »wird als unwichtig und des Interesses unwürdig betrachtet.« Er seufzte. »Es ist eine Schande. Ich selbst glaube, dass wir nur dann verstehen können, was die Zukunft uns bringen wird, wenn wir tief in die Vergangenheit schauen.«

Murphy trank einen Schluck von dem dampfenden Pfefferminztee, den Omar seinen Besuchern angeboten hatte, und nickte. »Da stimme ich mit Ihnen überein, Mr Omar.« Dieser ruhige Bibliothekar, der in der Vergangenheit gestrandet zu sein schien, während die Welle der Modernität an ihm vorüberschwappte, war ihm sympathisch, und er hätte gern mehr Zeit mit ihm verbracht, mit ihm Tee getrunken und seiner Geschichte zugehört. Aber Isis war sehr ungeduldig.

»Die Kanalisation, Mr Omar. Wir interessieren uns für die Kanalisation.«

Omar blickte sie fragend an, und sie wusste nicht so genau, ob er einfach nur überrascht war, dass sich jemand für die alte Kanalisation interessierte, oder ob er nur schockiert war, dass eine Frau ein solches Interesse äußerte. »Dr. McDonald, nur selten kommt jemand hierher und sucht ein Buch. Jetzt stehen auf einmal zwei Amerikaner auf meiner Schwelle und wollen etwas über das Kanalsystem erfahren. Das ist höchst ungewöhnlich, muss ich sagen.«

»Das erstaunt mich«, erwiderte Isis mit ausdruckslosem Gesicht. »Bestimmt weiß doch jeder über das Kanalsystem von Tar-Qasir Bescheid.«

Er sah sie an, als sei sie verrückt. »Vielleicht. Aber nur wenige machen sich die Mühe, zu überprüfen, was davon noch übrig geblieben ist.«

»Und was *ist* noch übrig geblieben?«, hakte Murphy nach.

Omar breitete die Hände aus. »Wer weiß das schon? Seit vielen Jahren ist niemand mehr unten gewesen.«

»Und wenn jemand hinuntersteigen wollte? Gibt es irgendwelche Karten oder Bauzeichnungen? Irgendein Hilfsmittel, mit dem man sich dort zurechtfinden kann?«

Omar blickte zu dem staubbedeckten Telefon auf seinem Schreibtisch hinüber, und Murphy dachte einen Augenblick lang, er würde die Polizei rufen, um diese verdächtigen Ausländer mit ihrem höchst zweifelhaften Interesse an dem Kanalsystem verhaften zu lassen. Auf jeden Fall wurde er ausgesprochen nervös. »Das ist nicht gut. Die Tunnel sind baufällig. Ich kann Ihnen nicht helfen.«

Murphy wollte aufstehen, aber Isis legte ihre blasse Hand auf seinen Arm. »Mr Omar«, begann sie und lächelte ihn herzlich an. »Wir würden gern einen Beitrag zur Renovierung Ihrer wunderschönen Bibliothek leisten, wenn Sie uns helfen könnten.«

Er kniff die Augen zusammen. »Einige zusätzliche Regale wären höchst willkommen. Vielleicht etwas Hilfe bei der Katalogisierung ...«

Isis lächelte unvermindert weiter. »Wie viel?«

Er verzog das Gesicht, als wollte er sagen, dass er so etwas nicht entscheiden könnte. »Sagen wir, 1.000 Dollar?«

»500«, schoss Isis zurück.

»Einige der Regale sind schon ziemlich wackelig. Letzte Woche bin ich böse gestürzt. 800.«

»600.«

»750.«

»Einverstanden.«

Bevor sich Murphy an die neue, energische Isis gewöhnen konnte, hatte diese bereits in ihren Rucksack gegriffen und einen recht ansehnlichen Stapel Dollarnoten herausgeholt. Kommentarlos zählte Omar das Geld nach, dann erhob er sich und bedeutete ihnen, ihm zu folgen. Sie zwängten sich durch eine kleine Tür am Ende des Raumes und kamen in eine Höhle, die sie an die Geschichte von Aladin erinnerte. Bücher und Manuskripte waren an der Wand gestapelt. Nach mehreren Minuten ergebnislosen Suchens hielt Omar endlich in den Händen, was er gesucht hatte. Er blies den Staub von einem dünnen, in Saffianleder gebundenen Buch, bevor er es ihnen mit einem strahlenden Lächeln überreichte.

»Ein richtiger Schatz. Eine 1844er Erstausgabe von Baron de Tocquevilles *A Curious History of Ancient Arabia*. Sie werden darin ausgezeichnete Illustrationen des Kanalsystems von Tar-Qasir finden, wie sie im 19. Jahrhundert existierten.«

Murphy beobachtete, wie Isis mit verklärtem Blick die steifen, vergilbten Seiten durchblätterte. Sie schien im Philologenhimmel zu schweben. »Eine Erstausgabe«, hauchte sie. »Ich wusste gar nicht, dass überhaupt noch Ausgaben dieses Buches existieren. Mein Vater hätte …«

Er führte sie zur Tür zurück, weil er Angst hatte, dass sie nicht mehr in der Lage wäre, sich von diesem Schatzhaus der Bücher loszureißen, wenn sie noch länger blieben.

»Danke für Ihre Hilfe, Mr Omar. Und viel Glück bei der Renovierung.«

Omar nickte. »Und auch Ihnen beiden viel Glück«, sagte er sehr ernst.

Nachdem die schwere Eingangstür hinter ihnen ins Schloss gefallen war, setzte er sich an seinen Schreibtisch, goss sich eine zweite Tasse Tee ein und trank nachdenklich davon. Nach einer Weile trat ein junger Mann in einer weißen Djellaba lautlos hinter einem Bücherstapel hervor. Er kramte in den Notizen auf Omars Schreibtisch herum. »Du hast sie gehen lassen?«

Omar zuckte die Achseln. »Was hätte ich sonst tun können? Sie wirkten sehr entschlossen.«

»Diese Frau war sehr schön. Ich habe noch nie eine solch blasse Haut gesehen. Denkst du, wir werden sie wieder sehen?«

Omar stellte seine Teetasse ab. »Meinst du das ernst? Wo wir wissen, was dort unten ist?«

Der junge Mann seufzte. »Was für eine Schande. Sie war wirklich sehr hübsch.«

Kapitel 56

Talon ging durch den reich verzierten Bogengang, der in die große Halle führte, und fragte sich, ob er wohl sterben würde. In den zwei Jahren, die er nun schon von dem Rat beschäftigt wurde, war er nur selten ins Schloss gerufen worden, und jedes Mal, wenn er in dieses unterirdische Gewölbe geführt worden war, hatten seine Arbeitgeber hinter einem großen Obsidiantisch gesessen – sieben anonyme schwarze Silhouetten, die sich, soweit er wusste, verkleidet hatten, um ihre Identitäten zu verschleiern.

Jetzt deutete ein blinder Diener, den scheinbar ein ganz besonderer Sinn den Weg durch das Schloss finden ließ, zum ersten Mal auf einen Platz am Ende eines langen Eichentisches, an dem die Sieben in hellem Tageslicht und unmaskiert saßen. Wenn ihnen jetzt gleichgültig war, dass er sie wieder erkennen würde, dann konnte das nur eines bedeuten: entweder sie vertrauten ihm vollkommen oder sie hatten nicht die Absicht, ihn lebend aus dem Schloss entkommen zu lassen. Wenn es Letzteres war, dann wusste er, dass es keinen Zweck hatte, einen Fluchtplan zu entwerfen. Aber er fragte sich, wie sie es wohl tun würden.

Es würde sicherlich effizient sein, vermutlich aber auch ein wenig theatralisch. Sie schienen definitiv Spaß an einem Schauspiel zu haben. Und sie schienen auch ein besonderes Interesse für Geschichte zu haben. Irgendeine mittelalterliche Methode vielleicht, die zur Umgebung des Schlosses passte? Vielleicht stand bereits ein bewaffneter Mann im Kettenhemd hinter seinem Stuhl, um ihn mit einer rasiermesserscharfen Hellebarde zu enthaupten. Oder vielleicht etwas religiöser angehaucht. Vielleicht wurde ihm wie dem heiligen Bartholomäus bei lebendigem Leib die Haut abgezogen oder er wurde wie die heilige Katharina auf ein mit spitzen Stacheln versehenes Rad gebunden. Das wäre wirklich spektakulär. Eigentlich freute er sich sogar beinahe darauf.

Am anderen Ende des langen Tisches lächelte ihn ein grauhaariger Mann mit stahlharten Augen und einer wie eine Axt gebogenen Nase an, als könnte er seine Gedanken lesen. »Willkommen, Talon.« Er sprach leise, aber seine Stimme hatte genügend Kraft, um die Halle zu füllen. »Zweifellos fragen Sie sich, warum Sie hier sind. Oder genauer, warum Ihnen gestattet wird, uns ohne den Vorzug der … technologischen Trickkiste zu sehen. Ich möchte Ihnen versichern, der Grund ist nicht, dass wir beschlossen haben, Sie von Ihren Diensten zu entbinden. Ganz im Gegenteil. Sie haben sich als höchst effizient und verlässlich erwiesen. Unentbehrlich sogar.« Die anderen am Tisch Sitzenden nickten. »Wenn alles planmäßig verläuft, wird es für Sie in Zukunft viel zu tun geben – eine Zukunft, die Sie sich nicht einmal in Ihren kühnsten Träumen vorstellen können. Aber ich verspreche Ihnen, Sie werden sie extrem erfüllend finden.«

Talon schwieg. Sein Gesicht zeigte wie immer keine Regung. Sie sollten nicht denken, der Tod würde ihm etwas ausmachen. Und sie sollten nicht merken, wie sehr er sich schon auf die Aussicht freute, weitere Morde begehen zu dürfen. Auch wenn sie bereit waren, sich ihm zu offen zu zeigen, war er nicht sicher, ob er schon bereit war, ihnen ebenso entgegenzukommen.

Er bemerkte, dass ein dicker Mann mit Brille, der links von dem Sprecher saß, ziemlich erregt zu sein schien. »Ich denke, es wäre jetzt an der Zeit, zu begutachten, was Mr Talon uns mitgebracht hat, meinen Sie nicht?«, fragte er.

Der grauhaarige Mann nickte und der blinde Diener stand auf einmal neben Talon. Dieser holte eine Baumwolltasche aus seiner Jacke und reichte sie an ihn weiter. Mit ausgestreckten Händen, als wäre der Gegenstand aus Glas, ging der Diener langsam zum anderen Ende und legte ihn auf den Tisch.

Schweigend starrten alle auf den Beutel. Talon nahm sich die Zeit, jedes Mitglied des Rates zu betrachten. Ihm am nächsten, zu seiner Linken, saß ein Asiate in einem maßgeschneiderten grauen Anzug hoch aufgerichtet auf seinem Stuhl. Sein Blick war neutral; es war nicht zu deuten, was er dachte oder empfand. Neben ihm eine Frau, recht mollig, germanischer Herkunft. Ihr blondes Haar hatte sie streng aus dem Gesicht gebunden. Auch sie schien nur mäßig an dem interessiert zu sein, was Talon mitgebracht hatte. Aber das nächste Mitglied des Rates, ein Mann hispanischer Herkunft in einem königsblauen Jackett mit einem ordentlich getrimmten Bart, beugte sich grinsend vor. Der grauhaarige Mann am Kopfende des Tisches starrte mit seinem kalten Blick in Talons Richtung.

Äußerlich gesehen schienen diese sieben Personen keinerlei Gemeinsamkeiten zu haben. Und doch wusste Talon aus Erfahrung um die Macht ihrer gemeinsamen Sache. Irgendetwas hatte sie zusammengeführt. Etwas, wozu enorme Geldmittel nötig waren, aber auch eiserne Geheimhaltung. Etwas, das es wert war, viel Blut dafür zu vergießen. Etwas, das in die biblische Vergangenheit zurückreichte und dafür verantwortlich war, dass die Christen ihre Todfeinde waren.

Während er darüber nachdachte und nach der schwer fassbaren Verbindung suchte, fragte sich Talon, ob er in sich hineinlauschen sollte. Immerhin schienen alle ihn jetzt für einen der Ihren zu halten. Was hörte er also, wenn er in sich hineinhorchte? Er gestattete sich ein schwaches Lächeln. Dasselbe wie immer. Nur Blut, Entsetzen und Dunkelheit. Talon wurde von einer Faszination am Bösen und an Gewalt getrieben. Er interessierte sich nur für die weltumfassenden Pläne der Sieben, weil sie ihm die Mittel und unbegrenzte Finanzen zur Verfügung stellen konnten, um ihre verdrehten Wünsche zu erfüllen.

Eine stämmige Frau in einem auffallend grünen Kleid und mit einem wilden roten Haarschopf legte ihre Hand auf den Arm des mondgesichtigen Mannes und zischte: »Lassen Sie sehen. Wir haben lange genug gewartet.«

Langsam holte Sir William Merton das 30 Zentimeter lange Bronzeteil aus der Tasche. Als er es ans Licht hielt, konnte Talon sehen, dass seine schwammige Hand zitterte. Dann passierte etwas Seltsames. Die Luft schien dicker zu werden, eine elektrische Spannung lag in der Luft und Mertons Hand wurde ruhig. Das war zweifellos eine Täuschung, die auf das Licht zurückzuführen war, dachte Talon, aber seine Augen schienen die Farbe zu wechseln und verwandelten sich von Grau in ein tiefes Mitternachtsblau. Und als er sprach, war der englische Akzent verschwunden und wurde durch etwas ersetzt, das tiefer und schwerer einzuordnen war.

»Bald wirst du wieder eins sein. Wie es in den ersten Tagen war. Und es soll dir wieder geopfert werden.« Dann schloss Merton die Augen und ließ langsam den Atem entweichen. Alle Luft schien aus ihm herauszufließen und er schien zusammenzuschrumpfen. Als er die Augen öffnete, sah er wieder aus wie zuvor, wie ein korpulenter englischer Geistlicher.

Talon hatte ausreichend Zeit gehabt, den Schwanz der Schlange zu untersuchen, aber jetzt betrachtete er ihn mit neu erwachter Neugier. Wenn dieses eine Teil so etwas bewirken konnte, was würde passieren, wenn sie alle drei besaßen?

Merton hatte seine Brille abgenommen und betrachtete eingehend den Bauch der Schlange. Erwartungsvolle Stille legte sich auf die am Tisch Sitzenden. »Ja, ja«, sagte Merton schließlich. »Ja, ich verstehe. Sehr schön, sehr schön.« Er legte den Schwanz aus der Hand und faltete mit einem zufriedenen Lächeln die Hände über seinem Bauch.

»Nun?«, fragte John Bartholomew.

»Murphy arbeitet noch mit Isis – Dr. McDonald zusammen?«

Bartholomew nickte. »Sie wurden zuletzt auf dem Weg nach Riad gesehen.«

»Das Wüstenreich. Natürlich, natürlich. Nun, wenn sie die Tochter ihres Vaters ist, dann wird sie Dakkuris kleines Rätsel problemlos entschlüsseln können. Vielleicht hält Murphy den zweiten Teil bereits während unseres Gespräches in Händen«, lachte Merton.

General Li wandte Merton den Kopf zu. »Sollten wir dann nicht dafür sorgen, dass er es wieder verliert, *und zwar noch während wir uns hier unterhalten*?«

Merton schien der Tonfall des Generals unbeeindruckt zu lassen. »Nein, ich glaube nicht. Sie muss Zeit haben, den nächsten Teil des Rätsels zu übersetzen. Wie Sie wissen, führt der zweite Teil zum dritten und der Dritte führt … nun, ich brauche Ihnen nicht zu erklären, wohin er führt.« Die gierigen Blicke am Tisch bestätigten seine Worte. »Wir müssen Geduld haben. Wenn Murphy das letzte Teil in den Händen hält« – er nickte in Talons Richtung – »dann ist der richtige Zeitpunkt gekommen, um zuzuschlagen. Und dann«, fügte er lüstern hinzu, »werden Dr. McDonald und ich vielleicht Gelegenheit haben, ein wenig in Erinnerungen zu schwelgen.«

Kapitel 57

Murphy umklammerte mit beiden Händen den Eisenring, dann stemmte er sich gegen die Mauer in der schmalen Gasse und zog mit aller Kraft daran. Er spürte, wie ihm Schweißtropfen auf die Stirn traten und seine Arme vor Anstrengung zu zittern begannen, aber die Steinplatte rührte sich nicht. Sie lag noch genau an der Stelle, an der sie schätzungsweise mehrere Jahrhunderte gelegen hatte.

»Sind Sie sicher, dass hier der beste Einstieg ist?«, knurrte er.

»Absolut. Von dieser Stelle aus kommen wir direkt in das Hauptkanalsystem.«

»Vorausgesetzt, es existiert noch.«

»Haben Sie doch ein wenig Vertrauen, Murphy. Kommen Sie schon, sind Sie sicher, dass Sie wirklich Ihr Bestes geben?«

Aus den Augenwinkeln heraus betrachtete Murphy sie im Mondlicht, wie sie neben ihm an der Wand lehnte, mit vor Konzentration gespitzten Lippen. Wenn sie eine Peitsche zur Hand gehabt hätte, dann hätte sie ihn zweifellos damit angetrieben. Er wollte ihr gerade sagen, sie solle doch einfach ein wenig mithelfen, als er spürte, dass die große Steinplatte langsam nachgab. Er holte tief Luft, ohne locker zu lassen, und biss die Zähne zusammen. Die Steinplatte lockerte sich, und schließlich gelang es ihm, sie zur Seite zu ziehen. Er sank auf die Knie und spähte in das dunkle, luftlose Loch hinab.

»Nichts Großartiges zu sehen. Die Ziegel scheinen hier oben noch ziemlich intakt zu sein, aber weiter unten ... Ich weiß nicht. Ich schätze, es gibt nur einen Weg, das herauszufinden.«

Sie wirkte jetzt ein wenig nervös. »Wie sollen wir ...?«

»Im Zweifelsfalle springen wir einfach hinein. Das ist jedenfalls meine Philosophie.«

Ihre Begeisterung ließ eindeutig nach. »Das kann doch nicht Ihr Ernst sein. Bis unten könnten es 30 Meter sein.«

Er schwang seine Beine über den Rand und hielt sich an den Seiten fest. »Ich kann mich noch schwach daran erinnern, dass diese Idee von Ihnen stammt. Kommen Sie.« Er sah den panischen Ausdruck auf ihrem Gesicht und lenkte ein. »Okay, in die Seiten wurden kleine Griffmulden zum Festhalten eingelassen. Folgen Sie mir ganz langsam.«

Es waren nicht ganz 30 Meter und bemerkenswerterweise waren die Griffmulden aus Keramik noch ganz intakt. Abgesehen von den wenigen Malen, bei denen Isis den Halt verlor und ein Stiefel gegen Murphys Schulter stieß, stiegen sie ohne größeren Zwischenfall in den Schacht. Sie gelangten an eine Kreuzung, von der vier Tunnel abzweigten. Murphy gab Isis einen Augenblick Zeit, um zu sich zu kommen.

»Also, wohin jetzt?«

Im Schein ihrer Taschenlampe schien ihr blasses Gesicht wie eine Erscheinung zu schweben, während sie die Seiten des Buches von de Tocqueville durchblätterte. »Nun, die wahrscheinlichste Stelle ist die ursprüngliche Quelle. Zweifellos hat Dakkuri die gemeint.«

Murphy hob eine Hand voll Erde auf und ließ sie durch die Finger rieseln. »Wie finden wir sie? Hier unten ist es doch staubtrocken.«

Ihre gerunzelte Stirn ließ sie noch gespenstischer aussehen. »Wir müssen nur die Fließrichtung herausfinden und uns dann in die entgegengesetzte Richtung vorarbeiten.«

Murphy hockte sich hin und leuchtete mit der Taschenlampe den Boden ab. »Als das Wasser vertrocknete, müsste eigentlich eine Riffelung im Schlamm zurückgeblieben sein, und mit ein wenig Glück ist sie noch erhalten. Vielleicht finden wir sogar Fossilien.« Er schob sich ein paar Schritte weiter und betrachtete eingehend einen langen, flachen Stein. »Hier. Wenn ich mich nicht sehr irre, müssen wir in diese Richtung gehen.«

Sie folgte ihm, geführt durch seine Taschenlampe, die an den Wänden entlangstrich, in die Dunkelheit. Während sie sich langsam durch den engen gemauerten Gang schob und die tote, jahrhundertealte Luft einsog, wurde ihr wieder neu deutlich, warum sie nie Archäologin hatte werden wollen. Das saubere, moderne Hotel dort irgendwo über ihren Köpfen schien ihr 100 Meilen und 1.000 Jahre entfernt zu sein.

Gedankenverloren prallte sie gegen Murphys Rücken. »Sackgasse«, schimpfte er.

Sie gingen zu dem Knotenpunkt zurück und suchten auf dem Boden nach weiteren Spuren des Wasserflusses. Murphy deutete in einen anderen Tunnel.

»Sind Sie sicher?«, fragte Isis.

»Ich weiß nicht, wie es Ihnen geht, aber ich befinde mich zum ersten Mal in einem Kanalsystem aus dem Mittelalter. Um ehrlich zu sein, ich folge meiner Nase.«

»Das scheint mir eine gute Idee zu sein«, sagte Isis. »In einem Kanalsystem, meine ich.«

Etwas weniger zuversichtlich begaben sie sich nun in diesen Tunnel hinein und hofften auf ein Zeichen, das ihnen verraten würde, dass sie jetzt auf dem richtigen Weg waren. Nach einigen Minuten blieb Murphy stehen. Er deutete mit seiner Taschenlampe auf den Boden.

»Was ist das Ihrer Meinung nach?«

Sie konnte gar nichts darin erkennen. Nur einen Schatten. Dann schnappte sie nach Luft. »Ein Fußabdruck.«

»Ja, das habe ich auch gedacht. Und er sieht ziemlich frisch aus. Ich schätze, das bedeutet, wir sind in der richtigen Richtung unterwegs.«

Für Isis bedeutete das gar nichts dieser Art. Es bedeutete, dass noch jemand hier unten war. Vielleicht hatte Omar ihnen jemand hinterhergeschickt, um ihnen den Rest ihres Geldes abzunehmen. Am liebsten wäre sie jetzt auf der Stelle umgekehrt und wieder ins Licht und zu den Menschen und ins 21. Jahrhundert zurückgekehrt. Sie zupfte nervös an ihrem Amulett und eilte dann hinter Murphy her.

Nach ein paar Minuten entdeckten sie einen weiteren Fußabdruck. Dann noch einen. Eine ganze Reihe von Fußabdrücken, die ineinander übergingen und an die Spuren einer Viehherde erinnerten. Sie zupfte Murphy am Arm. »Sollen wir ihnen wirklich folgen? Es scheinen eine ganze Menge zu sein.«

»Haben Sie eine bessere Idee?«

»Außer umzukehren, meinen Sie?«

Murphy wandte sich zu ihr um. »Sehen Sie, vielleicht bringt uns das Ganze ja auch gar nichts, aber ich wüsste nicht, was wir sonst tun sollten. Zumindest wissen wir, dass wir nicht schon wieder in einer Sackgasse stecken. Diese Spuren müssen *irgendwohin* führen.« Er deutete mit der Taschenlampe in die Richtung, aus der sie gekommen waren, und als der Lichtstrahl über ihr Gesicht glitt, bemerkte er die in ihren elfenhaften Gesichtszügen eingemeißelte Furcht. »Sehen Sie, ich werde Sie nicht zwingen, weiterzugehen. Wollen Sie lieber umkehren?«

Eine Welle der Erleichterung ging über sie hinweg, gefolgt von einer seltsamen Leere, als wäre in diesem Augenblick ihr Leben plötzlich sinnlos geworden. Sie atmete tief durch, dann drehte sie ihn um und versetzte ihm einen sanften Stoß. »Nein, nein. Mir war nur einen Augenblick lang etwas schwindelig. Der Staub, vermutlich. Jetzt geht es wieder.«

Er brummte und sie setzten sich wieder in Bewegung. Isis hielt den Strahl ihrer Taschenlampe vor sich gerichtet, da sie die Spuren ihrer unsichtbaren Gefährten nicht mehr sehen wollte.

Als sie an einen weiteren Knotenpunkt kamen, von dem aus Tunnel nach links und rechts abgingen, hielt sie die Augen geschlossen und konzentrierte sich darauf, gleichmäßig zu atmen.

»Jetzt wird es etwas enger«, rief Murphy über die Schulter zurück. »Alles in Ordnung?«

»Ich leide nicht unter Klaustrophobie, falls Sie das meinen«, sagte sie mit aller Entrüstung, die sie aufbringen konnte. Es stimmte, enge Räume hatten ihr noch nie Angst einjagen können. Einmal, als Miss McTavish sie einen ganzen Nachmittag in einem Schrank eingesperrt hatte, hatte sie nur eine ungeheure Erleichterung empfunden, den Fängen ihrer Schulkameradinnen für ein paar Stunden entkommen zu sein und ihre Gedanken den Göttern und Wesen der Mythologie zuwenden zu können, die schon damals ihre Fantasie beflügelt hatten.

Aber das hier war anders. Sie befanden sich nicht nur in einer Katakombe aus dunklen und zunehmend sauerstoffarmen Tunneln, sie waren auch nicht allein. Nach Omars Aussage war hier seit Generationen niemand mehr gewesen. Zu wem also gehörten die Fußabdrücke? Ihre Sorge wurde durch Murphys Sorglosigkeit noch gesteigert. Seine Philosophie bestand ganz eindeutig darin, einfach blind weiterzugehen und einer höheren Macht zu vertrauen, die ihn davor beschützen würde, in ein tiefes, dunkles Loch zu fallen. Und natürlich würde sie ihm folgen.

Sie hatte sich innerlich für den Gang durch den nächsten Tunnel gewappnet, aber Murphy blieb wie angewurzelt stehen. »Hören Sie was?«

Sie legte den Kopf fragend zur Seite. »Was zum Beispiel?«

»Ich weiß nicht. Wind vielleicht?«

Sie hielt die Hand vor ihr Gesicht und schüttelte den Kopf. »Kein Windhauch. Nein, das klingt wie … Wasser.«

Er nickte. »Und die Fußspuren gehen in diese Richtung. Sehen Sie.«

Murphy bog in den linken Tunnel ein, geduckt, damit er sich nicht den Kopf stieß. Isis griff nach seinem Arm. Ihr war mittlerweile gleichgültig, was er dachte. Je weiter sie kamen, desto lauter wurde das Rauschen, und schließlich konnten sie das Wasser über den Staub und den Moder hinweg sogar riechen.

Ein weiteres Geräusch ließ sie instinktiv stehen bleiben. Dieses Mal wussten beide, was es war. Es kam in Wellen, wurde lauter, dann schwächer und wieder lauter. Isis legte ihre zitternde Hand an ihr Amulett und wartete darauf, dass Murphy etwas sagte.

»Können Sie verstehen, welche Sprache das ist? Es klingt wie Arabisch.«

Sie zwang sich dazu, ruhig zuzuhören. Die Worte hatten eine seltsame Melodieführung, einen bestimmten Rhythmus, und klangen beinahe wie ein Gesang. »Ich … ich weiß es nicht. Es besteht eine gewisse Ähnlichkeit zum Aramäischen. Aber sicher bin ich mir nicht. Was werden wir tun?«

»Wir werden vorsichtig sein«, sagte Murphy und zog sie mit sich.

Während sie hinter ihm herstolperte, wirbelten ihr die seltsamsten Gedanken durch den Kopf. Hatte sie ihren Aktenschrank abgeschlossen, den Schrank, in dem sie ihr privates Tagebuch aufbewahrte? Hatte sie daran gedacht, Professor Hitashi sein Exemplar von Gilroys Kommentar zu *Epic of Gilgamesh* zurückzugeben? Hatte sie alle Mausefallen entfernt, die sie auf Fionas Drängen hin in ihrem Büro aufgestellt hatte?

Alle diese Gedanken machten ihr klar, dass sie nicht damit rechnete, nach Washington zurückzukehren. Sie redete sich ein, dass sie sterben würde. Nun, wenn sie jetzt gehen müsste, dann ließ sie zumindest keine Familie zurück. Ein Gedanke, der sie zu der Überlegung führte, wer wohl an ihrer Beerdigung teilnehmen würde. Nicht viele, vermutete sie. Aber natürlich würde ihre Leiche nie gefunden. Es würde also keine Beerdigung geben. Sie würde einfach vermisst bleiben. Wie eine verlorene Seele …

Murphy berührte sie an der Schulter und deutete nach oben. Ein lautes Rauschen war zu hören, das wie Wasser klang, das schnell über Steine fließt. Die Gesänge schienen nun unheimlich nahe zu sein. Und plötzlich war auch ein geisterhaftes Flackern an den Tunnelwänden zu sehen. Licht.

Langsam schoben sie sich vorwärts. Isis Fuß stieß gegen etwas Hartes. Ziegelsteine lagen auf dem Tunnelboden. Als sie aufsah, entdeckte sie ein Loch in der Tunnelmauer. Ihre Beine trugen sie willenlos dorthin; Furcht empfand sie nun nicht mehr. Ihr Verstand schien sich abgeschaltet zu haben und nur ein primitiver Kern war zurückgeblieben – so viel, dass ihr Körper sich bewegte. Der letzte klare Gedanke, den sie fasste, war, dass sich ein Zombie so fühlen musste.

Einige Augenblicke später wurde sie von Murphy geschüttelt, was sie in die Realität zurückholte. In dem trüben Licht blickte er sie streng an und bedeutete ihr, still zu sein. Sie nickte und wandte den Kopf langsam zu dem Loch in der Tunnelwand. Ihre Augen schienen sich eigenmächtig geschlossen zu haben; sie zwang sich dazu, sie zu öffnen.

Ihr Blick fiel als Erstes auf die Schädel. Sieben waren in einem groben Halbkreis wie Halloweenkürbisse aufgestellt. In den Augenhöhlen leuchtete ein öliges Licht, das gerade auf den auf dem Lehmboden liegenden Körper überzuspringen drohte. Der Körper war steif, aber es handelte sich eindeutig um ein Mädchen, das nicht älter als zehn Jahre sein konnte. Eine verschlissene Baumwolldecke bedeckte den größten Teil ihres Körpers, und ihr schmales Gesicht wirkte wächsern, doch andeutungsweise war zu erkennen, wie schön sie einmal werden würde.

Wenn sie nicht bereits tot war.

Doch sie war nicht alleine. Drei Männer waren bis zur Taille nackt und wiegten sich hin und her, angetrieben von dem rhythmischen Gesang, der diesen dunklen Ort erfüllte. Isis schnappte hörbar nach Luft, als sie die langen Metzgermesser entdeckte, die jeder in seinem Schoß umklammert hielt. Murphy legte ihr rasch die Hand auf den Mund.

Nachdem sie sich etwas beruhigt hatte, nahm er langsam seine Hand wieder fort. Dann deutete er über die Schädel hinweg.

Auf einem in die Erde gerammten Stab steckte ein dickes, glänzendes S-förmiges Metallstück.

Der mittlere Teil der ehernen Schlange!

Als sie erkannte, was es war, fühlte sie sich in eine Welt der jahrhundertealten primitiven Dunkelheit gezogen. Es war wie damals in Miss McTavishs Schrank, aber dieses Mal mit realen Göttern und Dämonen und ohne die Hoffnung, jemals herausgelassen zu werden. Ein Wimmern stieg in ihrer Kehle auf, und sie schaffte es kaum, es zu unterdrücken.

Und dann zog Murphy sie zurück in den Tunnel, und sie spürte, wie sich ihr ganzer Körper entspannte. Sie gingen zurück. Sie würden überleben.

Kapitel 58

Murphy packte Isis an der Schulter und betrachtete eindringlich ihr Gesicht. Im trüben Licht des Tunnels konnte er nur ihre Augen erkennen und sie schienen ihn stumm anzuflehen. »Schaffen Sie es?«, fragte er.

Ein Flüstern entrang sich ihrer Kehle. War das ein Ja? Er packte fester zu, schüttelte sie beinahe, und sie nickte. Das würde ausreichen müssen. Er hatte keine Zeit mehr, noch einmal alles mit ihr durchzugehen. Murphy kroch zurück zu dem Loch in der Mauer, und sie beobachtete, wie er einen Augenblick zögerte und dann in die flackernden Schatten kroch.

Sie schleppte sich hinter ihm her und hockte sich vor den Eingang, die Hand auf den Mund gepresst, um ihr Schluchzen zu unterdrücken. Sie konnte es kaum ertragen, ihn zu beobachten. Aber sie konnte ihren Blick auch nicht losreißen. Wenn sie ihn aus den Augen verlor, wäre sie wirklich allein. Sie umklammerte die Taschenlampe wie ein Ertrinkender einen Rettungsring.

Murphy riskierte einen Blick zurück in ihre Richtung, während er sich auf dem Bauch über die Ziegel und losen Steine auf der anderen Seite der Tunnelmauer hinweg vorarbeitete. Er spürte, dass ihr Blick auf ihn gerichtet war, aber sonst war sie nur ein weiterer Schatten, der mit der Dunkelheit verschmolz.

Er vertraute darauf, dass die weiche Erde auf dem Boden die Geräusche seiner Bewegungen dämpfen würde, aber als er mit dem Knie gegen einen Stein stieß und ihn in die Dunkelheit schoss, verspannte sich sein ganzer Körper. Er barg sein Gesicht in der Erde und wagte nicht, aufzusehen, wagte kaum zu atmen. Aber der Gesang der drei Henker behielt seinen einem Grabgesang ähnlichen Rhythmus bei. Sie schienen in eine Art Trance verfallen zu sein oder vielleicht waren sie auch von irgendetwas high, aber er wusste, irgendwann würde der Gesang abbrechen und dann würden diese Messer in Aktion treten.

Er machte sich Vorwürfe, dass er seinen Bogen im Hotel zurückgelassen hatte. Aber wer hätte schon ahnen können, dass er in einem mittelalterlichen Kanalisationssystem in ein Menschenopferritual hineinplatzen würde? Allerdings hätte er mittlerweile lernen müssen, mit dem Unerwarteten zu rechnen. Er dachte an das Telefongespräch mit Methusalem zurück. Wenn er gewusst hätte, wohin ihn dessen Herausforderung führen würde, hätte er dem alten Mann dann gesagt, wohin er sich sein Artefakt stecken könnte, Daniel hin oder her. Die Morde, die Bombenexplosion in der Kirche, Laura – alles schien irgendwie durch dieses Telefongespräch in Gang gesetzt worden zu sein. Aber natürlich hatte es keinen Sinn, darüber nachzudenken. Er war davon überzeugt, dass Gott ihn auf einen bestimmten Weg geführt hatte, und es blieb ihm nichts anderes übrig, als ihn bis zu Ende zu gehen.

Was immer es kosten würde.

Das Bild des Mädchens, das als Menschenopfer dargebracht werden sollte, trat ihm wieder vor Augen. Das beflügelte seinen Mut, und er fragte sich, ob Isis durchhalten würde. Als er ihr das erste Mal begegnet war, hatte sie sehr angespannt gewirkt. Jetzt, nachdem sie aus ihrem akademischen Kokon katapultiert worden war, fürchtete er, dass sie am Rand eines emotionalen Zusammenbruchs stand.

Er betete, dass sie die Nerven behalten würde.

Murphy setzte sich wieder in Bewegung und hielt sich so weit wie möglich von den drei sich wiegenden Körpern fern. Ging seine Fantasie mit ihm durch oder wurde das Rauschen lauter? Er hatte nicht die Absicht, als zusätzliches Menschenopfer zu enden, aber er wollte auch nicht in einem unterirdischen Strom verschwinden. Wenn sie ihre Köpfe nach rechts drehten, würden sie ihn zweifellos entdecken. Er konnte sich nicht länger darauf verlassen, dass sie in ihrem zugedröhnten Zustand seine Anwesenheit nicht wahrnahmen. Er schielte auf sein Handgelenk, und die Leuchtzeiger seiner Uhr verrieten ihm, dass er noch eine Minute warten musste. Zu lange. Auf einmal war er davon überzeugt, dass die drei Henker jeden Augenblick ihre Gebete beenden würden, und dann wäre es zu spät.

Macht weiter, Jungs. Nur noch ein paar Verse. Er hörte auf die eingängigen Gesänge und spürte, dass seine Konzentration nachließ. Er zwang die Zeiger seiner Uhr, sich schneller zu bewegen. Und dann, als sein Kopf zu pochen begann und er langsam den Bezug zur realen Welt verlor, hörte er ein Knirschen von Steinen und Erde und verrenkte sich beinahe den Hals, um hinter sich zu sehen.

Was er dort entdeckte, beschleunigte seinen Herzschlag.

In dem Loch in der Tunnelwand, wo er Isis zuletzt gesehen hatte, erschien nun eine geisterhafte Erscheinung, als hätten die heidnischen Gesänge eine Dämonin heraufbeschworen. Von unten durch die Taschenlampe beleuchtet, schien ihr leichenblasses Gesicht einen eigenen unnatürlichen Schein auszustrahlen, während er verbindungslos in der Dunkelheit schwebte.

Einen verrückten Augenblick lang war er nicht sicher, ob es wirklich Isis war, doch dann holte die Realität ihn wieder ein und er sprang auf. Wie er gehofft hatte, waren die drei Männer jetzt auf den Beinen und deuteten in entsetztem Schweigen zu Isis hinüber. Sie schienen nicht zu bemerken, dass er an ihnen vorbei zu dem Stab und der funkelnden Schlange stolperte, aber wer wusste schon, wie lange sie Isis ihre Zirkusvorführung abnahmen? Er bückte sich und umklammerte die Schulter des bewusstlosen Mädchens.

Es war nicht gefesselt und steif wie ein Engel aus Stein. Falls es noch am Leben war, hatten sie es vermutlich bis zur Bewusstlosigkeit mit Drogen voll gepumpt. Der Versuch, es abrupt aufzuwecken, könnte fatale Folgen haben, aber was immer die Folgen wären, sie waren bestimmt nicht so schlimm wie von den Schlangenanbetern abgeschlachtet zu werden.

Nachdem er es zweimal fest an der Schulter gerüttelt hatte, öffneten sich die Augen des Mädchens, und bei Murphys Anblick fing es an zu schreien. Er verließ sich darauf, dass die Männer durch Isis abgelenkt waren, aber um sicher zu sein, legte er dem Mädchen eine Hand auf den Mund und die andere auf seinen eigenen, um ihm zu klarzumachen, dass es still sein sollte. Die Augen des Mädchens quollen vor Furcht beinahe aus den Augenhöhlen, und es sah nicht so aus, als stünde es unter Drogen. Dennoch gelang es ihm, zu nicken und zu zeigen, dass es Murphys Geste verstanden hatte.

Er erhob sich und wandte sich zu dem Stab mit dem Schlangenkörper um. Sein feuriger Schimmer im Schein der flackernden

Fackeln war hypnotisierend. Mit zitternden Fingern begann Murphy, die Seile zu lösen, mit denen das Bronzeteil an den Stab gebunden war. Schließlich hielt er es in den Händen und staunte über sein Gewicht. Dieses Teil schien genauso schwer zu sein wie der Schwanz der Schlange.

Ein Schrei hinter ihm riss ihn jäh aus seiner Betrachtung. Die drei Männer hatten das Mädchen entdeckt, das zu dem Loch in der Mauer rannte, und waren dadurch von Isis abgelenkt worden. Und dann erblickte einer von ihnen Murphy mit dem Götzenbild in der Hand. Ihr Interesse an den beiden Frauen schwand und ihr ganzer Zorn über den verdorbenen Abend richtete sich nun gegen Murphy.

Knurrend vor Zorn und mit gezückten Messern schritten sie langsam auf Murphy zu. Ihre tranceartige Trägheit war wie weggeblasen.

Murphy wusste nicht, was er tun sollte. Er konnte nicht davonlaufen. Dann wäre Isis ihrem Zorn ausgeliefert. Und er konnte es auf keinen Fall mit drei messerschwenkenden Verrückten aufnehmen und hoffen, sie besiegen zu können. Eine andere Möglichkeit gab es nicht. Er hoffte nur, Isis würde die Geistesgegenwart besitzen und den Weg zurücklaufen, der sie hergeführt hatte, während sie ihn abschlachteten.

Er versuchte, seine Angst zu unterdrücken, und begann zu beten. In wenigen Minuten würde er Laura wieder sehen.

Als das Singen wieder einsetzte, wurde er jedoch aus seinen Träumen gerissen. Doch jetzt war es anders. Höher. Es war die Stimme einer Frau. Über die Schultern seiner Angreifer hinweg sah er, dass es Isis war. Mit gebieterischer Hand deutete sie in seine Richtung und gab mit befehlender Stimme ein Kauderwelsch seltsamer Wörter von sich. Zumindest klang es in seinen Ohren wie Kauderwelsch. Die drei Männer waren stehen geblieben und starrten mit offenen Mündern in ihre Richtung, so als könnten sie nicht glauben, was sie da hörten.

Während sie abgelenkt waren, setzte sich Murphy in Bewegung, doch als er an ihnen vorbeirannte, schlug etwas nach ihm, und er spürte einen stechenden Schmerz in seiner Seite. Er fiel auf ein Knie und rechnete damit, dass man ihm nach dem nächsten Schlag die Kehle durchschneiden würde. Doch ein Geräusch – eine Mischung aus einem Schrei und einem Knurren – durchschnitt die Dunkelheit, und er konnte beobachten, wie die drei Männer zu Boden sanken.

Isis drehte nun noch etwas mehr auf. Sie brüllte zornig und schwenkte ihre dünnen Arme. Was immer sie sagte, die Männer schienen die Botschaft verstanden zu haben. Vorsichtig kroch Murphy an ihr vorbei in den Tunnel. Er ergriff ihren Arm, und sie warf ihm einen wütenden Blick zu, als sei sie zornig darüber, dass ein Sterblicher es gewagt hatte, eine Göttin anzufassen.

»Komm schon, Göttin, jetzt ist gut«, flüsterte er. »Wir müssen hier verschwinden, bevor Ihr Fan-Club merkt, dass er an der Nase herumgeführt wurde.«

Isis lachte verächtlich, gestattete ihm jedoch, sie den Weg zurückzuführen, den sie gekommen waren. »Ich glaube nicht, dass sie sich in der nächsten Zeit von der Stelle rühren werden, wenn sie nicht als Futter für die Skorpionmänner enden wollen.«

»Ich dachte, Sie sprechen ihre Sprache nicht«, meinte Murphy, während er sie durch den Tunnel schob.

»Mir ist wieder eingefallen, welche Sprache das ist. Wir haben es hier mit einem Dialekt des Terammasischen zu tun. Seit 1.000 Jahren tot, davon war man bislang jedenfalls ausgegangen.«

»Und Sie konnten ihn einfach so sprechen?«

»Ich habe ihn an der Universität gelernt. Aus Spaß. Er ist eine Kuriosität. Ich dachte, jemand sollte ihn am Leben erhalten.«

»Und was haben Sie ihnen zugebrüllt? Das hat ja mächtig Eindruck auf sie gemacht.«

Sie waren an der Abzweigung vorbeigekommen und näherten sich jetzt dem Knotenpunkt, an dem sie in die Tunnel eingestiegen waren. Murphy konnte keine Geräusche wahrnehmen, die darauf schließen ließen, dass sie verfolgt wurden.

»Ich habe sie nur daran erinnert, dass sie ihre elende Existenz der Schöpfungsgöttin verdanken, und falls sie meinen Hundegeist anrühren würden, dann würden sie es bedauern.«

Murphy hob sie hoch, damit sie die erste Griffmulde erreichen konnte. »Ihren Hundegeist? Ihnen ist für mich nichts anderes eingefallen als Hundegeist?«

»Ich wollte Sie meinen Schlangengeist nennen, aber ich hatte den Eindruck, dass Sie nicht glaubwürdig böse genug aussehen.«

»Vielen Dank.«

»Murphy, ich kann gerne zurückgehen und ihnen erzählen, dass Sie ein Archäologe sind, wenn Ihnen das lieber ist.«

»Wenn ich es recht bedenke, ist Hundegeist ganz in Ordnung«, brummte Murphy.

Sie zog sich über den Rand und nahm Murphy den Bauch der Schlange ab, damit er besser klettern konnte. Gemeinsam schoben sie die Steinplatte wieder über die Öffnung und lehnten sich erschöpft gegen eine Mauer. Die bizarre Welt, die sie gerade verlassen hatten, lag nun wie ein schrecklicher Traum hinter ihnen.

»Was ist Ihrer Meinung nach aus diesem armen Mädchen geworden?«, fragte Isis nach einer Weile.

Murphy hielt einen Stofffetzen hoch. »Es sieht so aus, als hätte die Kleine es nach draußen geschafft. Dies ist ein Stück ihres Kleides. Es hing an einem der Griffe.« Er starrte Isis an. Mit geschlossenen Augen sah ihr Gesicht im Mondlicht immer noch geisterhaft aus. »Gute Arbeit dort unten, Dr. McDonald. Sie haben einen netten Auftritt hingelegt.«

Sie sprang auf und begann, sich den Staub von ihrer Hose zu klopfen. »Das war doch gar nichts. Mein Vater sagte immer, ich sei die Reinkarnation irgendeiner Göttin. Ich schätze, das geht mir ganz natürlich von der Hand.« Sie wirkte jetzt verlegen, als hätte Murphy sie nackt gesehen und sie könnten nie wieder Freunde sein. »Kommen Sie, gehen wir ins Hotel zurück«, forderte sie ihn auf. »Ich weiß nicht, wie es Ihnen geht, aber ich könnte jetzt ein großes Glas Scotch vertragen.«

Murphy antwortete nicht, und Isis fragte sich, ob er ihren Vorschlag wohl missbilligte. Sie wollte ihm gerade sagen, dass sie nach dem, was er ihr zugemutet hatte, auch eine ganze Flasche vertragen könnte, als sie bemerkte, dass seine Augen geschlossen waren. Und dann rutschte er an der Mauer entlang in Richtung Boden, bis sein Kopf auf der Erde lag.

Erst jetzt bemerkte sie das Blut, das an seiner Seite herablief.

Kapitel 59

»Miss Kovacs ist da, Sir.«

Shane Barrington hatte sich darauf gefreut, sie zu sehen. »Schicken Sie sie rein. Und ich möchte jetzt nicht gestört werden.«

Die Frau, die Augenblicke später im Türrahmen stand, schien leicht verändert und war nicht mehr die Stephanie Kovacs, die einen Monat zuvor sein Büro betreten hatte. Sie trug wieder ihre »Wagt es ja nicht, euch mit mir anzulegen«-Kleidung: Stöckelschuhe und einen kurzen Rock, dazu einen zugeknöpften Blazer und einen schwarzen Rollkragenpullover. Ihr bewusst unordentlich frisiertes Haar und das leichte Make-up unterstrichen das Bild einer attraktiven Frau, die Wichtigeres zu tun hatte, als gut auszusehen. Mit zuversichtlichem, zielgerichtetem und fast ein wenig aggressivem Gang schritt sie zu dem einzigen Stuhl, der vor seinem Schreibtisch stand, und nahm Platz.

Aber ihre Augen verrieten ihm, dass sie seit ihrer letzten Begegnung eine dramatische Veränderung erlebt hatte. Sie funkelten nicht mehr mit diesem moralisch überlegenen Glanz, den ihre Zuschauer lieben gelernt hatten; sie waren dumpf und leer, als wäre dahinter etwas abgestorben. Es waren die Augen eines Menschen, der seine Seele für den Erfolg verkauft hatte.

»Stephanie, danke, dass Sie gekommen sind. Ich wollte Ihnen persönlich für die Arbeit danken, die Sie hier leisten.«

Sie blickte ihn wachsam an. »Es tut mir Leid, dass die Story von der Bombenexplosion in der Kirche nicht so gut gelaufen ist. Das FBI war zuerst ganz heiß darauf, aber jetzt sind die Leute vorsichtig geworden. Und Dekan Fallworth ist nur ein Großmaul. Nichts, was er mir erzählt hat, reichte aus, um Murphy so festzunageln, wie Sie es gern gesehen hätten. Glauben Sie mir, ich –«

Barrington winkte ab. »Es ist in Ordnung, Stephanie. Sie haben Ihre Sache gut gemacht. Wir wollten dem Professor nur ein wenig Freizeit verschaffen und in der Öffentlichkeit die Saat des Zweifels ausstreuen. Zu gegebener Zeit wird es weitere Enthüllungen über unsere christlichen Freunde geben.«

Stephanie blickte ihn mit der müden Gleichgültigkeit eines

Menschen an, der bereits das Wichtigste verloren hat, das er besaß. »Sie sagten ›wir‹. Ich habe mich gefragt, wer hinter all dem steckt. Sie wirken auf mich nicht wie ein Mensch, der einen Hass auf die Religion empfindet, Mr Barrington.«

Er lächelte. »Sie können es offenbar nicht lassen. Immer die furchtlose Reporterin, die hinter einer neuen Story her ist. Ich schätze, Ihre Spürhundnase hört niemals auf zu schnüffeln. Selbst wenn ich Sie an die Kette legen und Ihnen einen Maulkorb verpassen würde«, fügte er hinzu. Mit Genugtuung nahm er zur Kenntnis, dass sich ihre Wangen röteten.

Er stand auf und ging zu einem Schrank mit einer Front aus Rauchglas. »Darf ich Ihnen einen Drink anbieten?«

Sie schüttelte den Kopf. »Nicht während der Arbeit.«

Er lachte. »Na, kommen Sie schon.« Er nahm eine schwarze Flasche heraus und drehte den Draht ab, der den Korken hielt. »Wie wäre es mit einem Glas Champagner.«

»Champagner? Gibt es etwas zu feiern?«

»Ich hoffe doch. Ich hoffe doch sehr.«

Er ließ den Korken in eine Serviette knallen und goss zwei Gläser ein. Mit ausdruckslosem Gesicht nahm sie ihres in Empfang.

»Also, worauf stoßen wir an?«

Mit einem finsteren Lächeln hob er ihr sein Glas entgegen. »Natürlich auf die Marktbeherrschung.«

Sie stießen miteinander an. »Darauf trinke ich immer gern«, bemerkte sie trocken.

Er stellte sein Glas ab und lehnte sich gegen den Schreibtisch. Seine Nähe war ihr unangenehm.

»Es könnte bald Wirklichkeit sein, Stephanie. ›Barrington Communications‹ ist das mächtigste Kommunikationsunternehmen dieser Erde, wie Sie wissen. Aber das ist nur der Anfang. Schon bald könnte da sehr viel mehr sein.«

Sie blickte ihn skeptisch an. »Was wollen Sie denn noch tun? Sich für die Präsidentschaftswahl aufstellen lassen?«

»Ich spreche von *echter* Macht, Stephanie. Die Art von Macht, von der man nur träumen kann.«

Sie trank einen Schluck Champagner. »Nun, das betrifft Sie, Mr Barrington. Aber ich verstehe nicht, was das mit mir zu tun hat.«

»Bitte nennen Sie mich Shane.« Er erhob sich und trat ans Fenster. »Macht und Reichtum können einem viel geben, Stephanie. Aber ich möchte ehrlich sein: Ganz oben kann es ziemlich einsam sein. Natürlich hat es seit meiner Scheidung Frauen gegeben, aber wenn man so viel Geld besitzt wie ich, dann ist es schwer, jemanden zu finden, dem man wirklich vertrauen kann. Jemanden, dem man sich wirklich mitteilen kann. Verstehen Sie, was ich meine?«

Sie fing an zu glauben, dass sie ihn sehr wohl verstand. Er hatte ihre Seele gekauft und jetzt wollte er den Rest. Ihre erste Reaktion war Panik, doch dann begann sie, darüber nachzudenken. Vielleicht wäre das gar kein so schlechtes Geschäft. Wenn sie sich schon verkaufte, dann könnte sie wenigstens den besten Preis erzielen. Barrington schien zu glauben, dass er der König der Welt werden könnte. Sie konnte sich Schlimmeres vorstellen, als seine Königin zu sein.

Sie ging zu ihm hinüber und gemeinsam blickten sie über die Stadt hinweg. Nach einer Weile stand ihr ein Bild aus der Bibel vor Augen. Satan und Jesus auf dem Berg. Bei ihrem letzten Anfall von Interesse an der Bibel hatte sie diese Geschichte gelesen. Hatte Satan Jesus nicht alle Reiche der Welt angeboten, wenn er nur niederknien und ihn anbeten würde?

Sie legte den Kopf an Barringtons Schulter. Nun, sie war klüger als dieser Jesus. Mr Barrington ... Shane ... würde sie nicht zweimal bitten müssen.

Kapitel 60

Isis blickte Dr. Aziz nach, der mit seiner schwarzen Arzttasche im Aufzug verschwand, und schloss die Tür hinter sich. Bei der letzten Bestandsaufnahme hatte sie festgestellt, dass sie ein Dutzend arabischer Dialekte beherrschte, dazu weitere zehn Sprachen aus dem Nahen und Mittleren Osten. Insgesamt wohl einige Millionen Worte. Aber sie fing an, zu erkennen, dass es nur eines gab, das wirklich zählte.

Bakschisch.

Für ein paar Dollar hatte der junge Mann an der Rezeption gern Dr. Aziz gerufen und ihnen versichert, dieser sei »sehr diskret«.

Und der Arzt war nach einer weiteren ansehnlichen Zuwendung gern bereit, Murphy zu versorgen. Als sie ihn zur Tür geleitete, hatte er sie breit angegrinst, sodass ein Goldzahn zu sehen war. »Keine Polizei, keine Polizei!«, sagte er und legte einen Finger auf die Lippen.

Ob sie den beiden nun wirklich trauen konnte oder ob sie mit falschen Karten spielten und sofort die Polizei verständigten, konnte sie nicht sagen. Falls es so wäre, nun, sie und Murphy hatten schließlich nichts Illegales getan. Soweit sie wusste, hatten sie niemanden getötet, und was den Bauch der Schlange betraf, es war schwer festzustellen, wem er gehörte. Sie fing an, zu glauben, dass Hiskia die richtige Idee gehabt hatte: Sie wäre wirklich besser zerstört worden.

Isis lehnte sich mit dem Rücken gegen die Tür. Ihr Körper fühlte sich auf einmal ganz schwer an. »Wie es scheint, werden Sie überleben. Er hat mir ein paar übel aussehende Schmerztabletten gegeben, die vermutlich für Pferde bestimmt sind, aber nachdem ich erlebt habe, dass Sie so eigensinnig sind wie ein Maultier … Murphy?«

Seine Augen waren geschlossen, und er wirkte sehr blass, aber sie glaubte erkennen zu können, dass seine Brust sich langsam hob und senkte. Sie ging zum Bett und empfand den Drang, ihn zu berühren. *Nur um sicherzugehen, dass er wirklich am Leben ist*, redete sie sich ein.

Seine Haut war kühl, aber sie spürte seinen Pulsschlag an seiner Halsschlagader. »Gute Nacht, Murphy«, flüsterte sie. »Angenehme Träume.«

Dann zog sie sich in ihr Zimmer zurück, legte sich auf das Bett und schloss für ein paar Minuten die Augen, um ihrer verwirrenden Emotionen Herr zu werden. Schließlich atmete sie tief ein, ließ den Atem langsam entweichen und richtete sich auf. Arbeit. Das war der einzige Weg, wie sie ihr Gleichgewicht wieder finden könnte.

Sie goss sich ein Glas Whisky ein, legte sich ein Dutzend gespitzter Bleistifte zurecht und den Bauch der Schlange unter die Schreibtischlampe. Es würde eine lange Nacht werden.

Sie erwachte vom Klirren zerbrechenden Glases. Gelbe Seiten flatterten im Raum umher, die der Wind dann durch das geöffnete Fenster wehte. Die Bettlaken waren beiseite geweht worden und sie zitterte. Die Lampe lag flackernd auf dem Boden.

Jemand hämmerte an die Tür und instinktiv zog sie ein Laken über sich. Ihre Hand berührte die weiche Baumwolle ihres Nachthemds. Verwirrt knipste sie die Nachttischlampe an.

Alles war an seinem Platz. Die Lampe stand auf dem Schreibtisch. Die Seiten lagen ebenfalls sauber gestapelt, die Schlange oben auf. Das Fenster war geschlossen. Abgesehen von ihrem keuchenden Atem war alles still.

Sie lachte vor Erleichterung, ging zum Schreibtisch und las, was sie auf dem obersten Blatt notiert hatte. Zumindest das hatte sie nicht geträumt. Sie las es noch einmal durch und versuchte, es sich zu merken, dann kroch sie wieder ins Bett. Noch bevor sie sich den Text einmal aufsagen konnte, war sie bereits wieder eingeschlafen.

Am darauf folgenden Morgen ging es Murphy schon sehr viel besser. Als sie sich zu ihm an den einzigen besetzten Tisch in dem an eine Höhle erinnernden Restaurant setzte, verspeiste er schon fröhlich Brötchen und Kaffee.

»Sie scheinen ja ziemlich gut gelaunt zu sein«, meinte sie.

Er blinzelte ihr zu. »Ich habe auch den Schlaf des Gerechten geschlafen.«

»Nun, lassen Sie es langsam angehen. Dr. Aziz sagte, Sie sollten mindestens ein paar Tage im Bett bleiben.«

Murphy schnaubte. »Er wollte Ihnen nur ein paar Dollar mehr aus der Nase ziehen und den Anschein erwecken, als ginge es um Leben und Tod. Das ist doch nur ein Kratzer. Wie auch immer, es wartet Arbeit auf uns.«

Triumphierend griff sie in ihre Tasche. »Entspannen Sie sich. Ist schon alles fertig.«

Er nahm das verknitterte Blatt Papier und las es durch. »Ich fange an, zu glauben, dass Ihr Vater Recht hatte mit dem, was er über Sie gesagt hat. Haben Sie überhaupt nicht geschlafen?«

Sie starrte auf die Tischdecke. »Es hat nicht lange gedauert.«

»Und haben Sie es ist auch richtig übersetzt?«

Sie hätte ihm das Blatt am liebsten wieder entrissen, doch er brachte es schnell in Sicherheit. »Das war nur Spaß.« Er las es erneut durch. »›Im Land der Flut ruht es bei einer Königin‹. ›Das Land der Flut.‹ Damit könnte die Flut aus der Bibel gemeint sein.«

Sie nickte. »In der babylonischen Literatur gibt es viele Hinweise darauf. Die Frage ist, wo genau liegt es?«

»Viele Menschen denken, die Arche sei auf dem Berg Ararat

hängen geblieben. Vielleicht in Anatolien. Gibt es dort in der Nähe irgendwelche Königinnen?«

»Nicht in diesem Zeitrahmen. Das Gebiet liegt zu weit nördlich.«

»Okay, vielleicht meinte er nicht *die* Flut, sondern nur einen Ort, an dem es regelmäßig Überschwemmungen gibt.«

Sie goss sich eine Tasse Tee ein und rührte etwas Milch hinein. »Wo zum Beispiel?«

»Wie wäre es mit Ägypten? Der Nil tritt jedes Jahr regelmäßig über die Ufer. Ohne das hätte es keine ägyptische Zivilisation gegeben, keine Sphinx, keine Pyramiden.«

»Das ergibt Sinn. Lesen Sie den nächsten Teil.«

»›Begraben von Stein treibt es in der Luft‹.« Murphy schüttelte den Kopf. »Keine Ahnung.«

Sie stellte ihre Tasse ab. »Einen Moment: Wenn Sie Recht haben und Dakkuri von Ägypten spricht, dann bedeutet ›begraben von Stein‹ und ›ruhend bei einer Königin‹, dass sich der letzte Teil in einer Pyramide befinden muss, richtig?«

»Richtig.«

»Na, los doch, *Sie* sind der Archäologe. Wie viele Pyramiden gibt es am Nil?«

»Mehr als Sie glauben.«

»Aber hier ist sicher keine gewöhnliche Pyramide gemeint.«

Er schlug mit der Hand auf den Tisch, und sofort kam ein Kellner aus der Küche geeilt, um zu sehen, was los sei. Isis winkte stirnrunzelnd ab.

»Haben Sie schon mal von der Pyramide der Winde gehört?«

»Eigentlich nicht. Sind Sie sicher, dass Sie die nicht gerade erfunden haben?«

Er grinste. »Sie existiert tatsächlich. Auf der Ebene von Gizeh, westlich von Kairo steht sie ganz allein. Nicht nahe genug zu den drei bekannten – Cheops, Chephren, Mykerion –, um auf die Postkarten zu kommen, darum schenkt ihr niemand große Beachtung.«

»Und woher kommt der Name?«

»Nach der Legende soll es in der Mitte der Pyramide einen Aufwind geben, der so stark ist, dass er einen Mann vom Boden hochreißen und für immer in der Luft halten könnte.«

»Einen Mann … oder den Kopf einer bronzenen Schlange«, ergänzte sie.

»Warum nicht. Wenn ich mich recht entsinne, ist es die letzte Ruhestätte von Königin Hephrat der Zweiten.«

»Bingo! ›Begraben von Stein, aber in der Luft schwebend‹. Also, was machen wir jetzt?«

»Wir werfen einen Blick ins Innere der Pyramide, ist doch klar. Kommen Sie.«

In Murphys Zimmer sah sie ihm über die Schulter, während er sein Notebook hochfuhr und sich in die Datenbank der *Preston*-Universität einloggte. Nach ein paar Sekunden erschien ein komplexes Diagramm der Pyramide der Winde auf dem Bildschirm. Das Innere war dreidimensional zu sehen.

Isis deutete auf eine Reihe rechteckiger Löcher im Fundament der Pyramide. »Was ist das?«

»Luftschächte. Die Luft wird in die große Kammer gezogen – das ist die große, leere Kammer in der Mitte der Pyramide, oberhalb von Hephrats Bestattungskammer –, und sie kommt hier durch, durch diese kleineren Löcher im letzten oberen Drittel der Wände.«

»Das ist sehr beeindruckend. Da haben die alten Ägypter doch tatsächlich 3.000 Jahre vor der eigentlichen Erfindung eine Klimaanlage gebaut.«

»Nur für die Könige«, erklärte Murphy. »Und selbst die mussten vorher tot sein, um eine zu bekommen. Vielleicht erklärt diese Logik, warum die ägyptische Zivilisation nicht von Dauer war.«

Isis schenkte ihm ein trockenes Lächeln. »Also, woher stammt nun die Legende von den Gegenständen in der Luft?«

»Ich erinnere mich kaum noch an meinen Physikunterricht in der Highschool, aber meine Theorie ist Folgende: Die Luft wird durch die Luftschächte im Boden angezogen. In der großen Kammer heizt sie sich auf, steigt auf und wird zusammengepresst, wenn die Pyramide enger wird. Das steigert die Schnelligkeit, und sie schießt aus den oberen Schächten, gleichzeitig wird unten mehr Luft eingesogen. Das ist ein nicht endender Kreislauf.«

»Und Sie denken, der Kopf der Schlange würde in der großen Kammer schweben?«

»Das bezweifle ich. Ich wette, er ist entweder in der Bestattungskammer oder wahrscheinlicher noch in einem der Luftschächte.«

Isis betrachtete den Bildschirm mit skeptischem Blick. »Ich habe zwar gesagt, dass ich nicht unter Klaustrophobie leide, aber diese Luftschächte scheinen mir ziemlich eng zu sein. Wie werden wir …?«

Murphy tippte etwas ein und die Pyramide der Winde verschwand. Stattdessen erschien eine sich drehende Grafik von etwas, das wie eine Art hoch technisierter Staubsauger aussah.

»Hier sehen Sie den Pyramidenkletterer. Ein ferngesteuerter Roboter, der speziell für die Luftschächte der Pyramiden erbaut wurde.«

»Sie machen wohl Witze. Diese Dinger hat tatsächlich jemand gebaut?«

»Allerdings. Ich weiß nicht, ob er der Verkaufsschlager der ›iRobot Corporation‹ ist, aber im Augenblick ist er genau das, was wir brauchen. Welche Farbe möchten Sie? Ich glaube, es gibt ihn in Dunkelgrau oder einem etwas helleren Grau.«

Isis las die Produktbeschreibung: ein computergesteuertes Fahrzeug mit Allradantrieb, zwei übereinander angeordneten Tankanlagen, die gegen die Seitenwände gepresst werden, sodass eine am Stein haftende Zugkraft entstand. Eine Reihe von Sensoren, Lichtern und kleinen Fernsehkameras vervollständigten das Bild.

»Angenommen, Sie könnten eines dieser Dinger organisieren – wie könnten wir uns Zugang zu der Pyramide verschaffen? Sie können doch nicht einfach ein oder zwei Kamele anheuern und zu graben beginnen.«

Er wirkte beleidigt. »Denken Sie etwa, ich hätte keine Verbindungen? Haben Sie schon mal von Dr. Boutrous Hawass gehört, dem Direktor der Pyramiden? Nun, in der Grundschule war mein bester Freund ein Mann namens Jassim Amram. Jetzt ist er Professor für Archäologie an der amerikanischen Universität in Kairo und zufällig ist er Assistent bei Hawass. So wie ich Hawass kenne, hat er einen dieser Pyramidenkletterer bereits darauf trainiert, einen anständigen Martini zu mixen und ihn ihm zu bringen, wenn er vor dem Fernseher sitzt.«

»Also gut«, entgegnete Isis und öffnete die Tür. »Sie regeln alles mit Ihrem Freund Professor Amram, und ich werde unseren Piloten aufstöbern und ihm sagen, er solle unsere Abreise nach Kairo vorbereiten.«

Murphy hatte das Notebook zugeklappt und fing an, seine Sachen in den Rucksack zu packen. »Das klingt gut.«

In diesem Augenblick läutete das Telefon. Isis nahm ab. Auf der anderen Seite der Leitung war die Stimme einer aufgeregten Sekretärin zu hören. »Oh, Gott sei Dank, Dr. McDonald. Einen Augenblick bitte, ich verbinde Sie mit Direktor Compton.«

»Isis.« Harvey Compton klang sehr angespannt, fand Isis. Vermutlich machte er sich Sorgen darüber, dass sie das Innere seines Flugzeugs beschädigt hatte. Sie beeilte sich, ihm zu versichern, dass er etwas für sein Geld bekäme. »Harvey, wir haben das zweite Stück der Schlange gefunden und jetzt den Kopf der Schlange ins Visier genommen.«

»Ja, gut, wie auch immer. Ich habe versucht, Sie zu erreichen. Hier sind zwei Wachmänner ermordet worden und der Schwanz der Schlange wurde gestohlen. Isis, Sie und Professor Murphy müssen die Reise abbrechen und sofort wieder zurückkommen.«

Kapitel 61

Seltsam. Unerklärlich und entsetzlich. Die Ermordung der beiden Wachposten hatte sich buchstäblich in einer ganz anderen Welt ereignet, doch da es sich um Männer handelte, die sie im Rahmen ihrer Arbeit kennen gelernt hatte, war sie am Boden zerstört.

»Isis, es tut mit Leid, dass ich Sie und die Stiftung in diese Sache mit hineingezogen habe.« Murphy wusste, dass seine Worte Isis nicht trösten konnten. »Direktor Compton hat natürlich Recht, wir müssen nach Hause zurück.«

Isis starrte an die Wand. »Murphy, wir werden nicht zurückfahren. Nicht jetzt. Vor allem nicht jetzt. Wer auch immer, *welche Macht* auch immer versucht, die Schlange in ihre Gewalt zu bekommen, muss aufgehalten werden.«

»Isis, Sie stehen unter Schock. Wir sind hier in Tar-Qasir in größerer Gefahr, als wir geahnt haben. Das war ganz bestimmt kein Kindergarten-Ausflug. Packen Sie Ihre Sachen.«

»Nein, Murphy. Wir bleiben am Ball. Direktor Compton ist zu

weit entfernt, um uns jetzt noch aufzuhalten. Außerdem gibt es etwas, das ich Ihnen noch nicht erzählt habe.«

»Was?«

»Murphy, wer immer den Schwanz der Schlange gestohlen hat, war ziemlich dreist. Er nahm sich die Zeit, um eine höhnische Botschaft für Sie zu hinterlassen. Er ritzte das Symbol der Schlange in das Metallregal, auf dem der Schwanz gelegen hat. Sie war in drei Teile zerbrochen.«

Murphy ging zum Fenster. Nach ein paar Minuten drehte er sich um und sagte: »Nun, wer immer hinter dem Schwanz der Schlange her war, weiß, dass wir ebenfalls auf der Suche sind. Unter den wenigen Personen, denen wir Einzelheiten über das, was wir suchen, verraten haben, gibt es keine Mörder und Diebe.«

»Wenigstens bisher, meinen Sie. Offensichtlich hat diese Schlange etwas an sich, das über Jahrhunderte hinweg die Menschen zu seltsamen Dingen getrieben hat.«

»Ja, vielleicht haben wir es mit einem rivalisierenden Archäologen zu tun, der für diesen Schwanz morden und stehlen würde. Wir können aber in jedem Fall davon ausgehen, dass, wer immer hinter uns her ist, ganz entschieden finstere Absichten hat.«

Isis blickte ihn besorgt an, als sie nach seiner Hand griff, um ihm den letzten Stoß zu versetzen. »Murphy, ich muss Ihnen noch etwas sagen. Sie haben mir von dem Holzkreuz erzählt, das Sie Laura geschenkt haben, und dass es jemand bei der Beerdigung zerbrochen hat, erinnern Sie sich? Nun, unmittelbar neben der Schlange auf dem Regal der PFF hat derselbe Verrückte ein Kreuz eingeritzt, das in drei Teile zerbrochen war.«

Murphy war schockiert. Dann ging er zur Wand und schlug dreimal mit der Faust dagegen, so fest er konnte. »Der schlimmste Verdacht ist damit bestätigt. Es fängt an, allmählich Sinn zu machen. Irgendwie scheint alles miteinander verbunden zu sein: der Fremde in Preston, der sich mit Chuck Nelson verbündet, um Unruhe zu stiften, die Explosion in der Kirche, der Diebstahl der Schlange – « Seine Stimme brach beim Gedanken an die letzte Verbindung.

Isis führte den Gedanken zu Ende. »Und die Tatsache, dass Laura nicht durch irgendwelche Trümmerteile ums Leben kam. Dass sie definitiv ermordet wurde.«

»Isis, hier geht es nicht nur um Archäologie oder um den Glauben und Belege für die Echtheit der Bibel. Das ist eine persönliche Sache. Wir müssen den Kopf der Schlange finden, und wenn es uns das Leben kostet. Aber wenn wir mit unserer Suche fortfahren, ist es nur noch eine Frage der Zeit, bis wir diesem bösen Fremden von Angesicht zu Angesicht gegenüberstehen.«

Kapitel 62

»Und wenn wir den Kopf der Schlange gefunden haben, was dann?«

Murphy konzentrierte sich auf das lebhafte, staubige und schreiende Chaos in Kairo, während ihr Taxi sich mühsam den Weg zwischen den Autos, Fahrrädern, Fußgängern und gelegentlich einem Ochsenkarren hindurchbahnte. Die Frage traf ihn unvorbereitet.

»Ich meine«, fuhr Isis fort, »es ist ja nicht so, als könnten Sie sie wieder zusammensetzen. Der Mann, der in die Stiftung eingebrochen ist, hat jetzt den Schwanz. Ich verstehe, dass Sie mit seiner Hilfe beweisen wollen, dass die biblischen Berichte keine Geschichte, sondern tatsächliche historische Ereignisse sind. Sie könnten das auch mit zwei Teilen. Aber deshalb sind wir nicht hier, nicht wahr?«

Seit sie im Mittleren Osten angekommen waren, hatte sie etwas Sonnenbräune bekommen, und das stand ihr. Sie wirkte zuversichtlicher, weniger wie ein Schattenwesen, das beim kleinsten Anzeichen, dass die Welt dort draußen gefährlich werden könnte, wieder in ihr Loch in der Stiftung huschte. Aber im Augenblick wusste er nicht so genau, wie er mit ihrem neuen Selbstbewusstsein umgehen sollte.

»Meine Aufgabe ist es, die Wahrheit der Bibel zu beweisen. Ich kann mir nichts Wichtigeres vorstellen.«

Sie betrachtete ihn skeptisch. Der Fahrer fuhr hart nach rechts, um einem alten Mann auszuweichen, der auf seinem Fahrrad sehr stark schwankte. Nachdem sie ihr Gleichgewicht wieder gefunden hatte, fragte sie: »Ach nein? Und was ist mit der Prophezeiung? Der biblischen Prophezeiung?«

»Das gehört dazu. Wenn wir beweisen können, dass die Propheten aus dem Alten Testament ihre Berichte wirklich zu der Zeit verfasst haben, wie sie behaupten, dann ist damit bewiesen, dass sie Recht hatten.«

»Ich weiß nicht, ob ich Ihnen folgen kann.«

Widerstrebend wandte er den Blick von dem hektischen Gewimmel draußen auf der Straße ab. »Einiges von dem, was sie vorhergesagt haben, ist eingetroffen. Skeptiker behaupten, ihre Berichte seien erst nach den tatsächlichen Ereignissen verfasst worden, sie würden also in die Vergangenheit zurückschauen, nicht in die Zukunft. Wenn wir beweisen könnten, dass sie ihre Berichte tatsächlich zu der Zeit verfasst haben, wie sie behaupteten, dann wäre damit belegt, dass sie die Ereignisse in der Geschichte tatsächlich vorhersehen konnten.«

»Und warum ist das so wichtig?«

»Wegen der Vorhersagen, die sich bisher *noch nicht* erfüllt haben. Damit die Menschen erkennen, dass sie noch eintreten *werden.*«

Sie nickte zustimmend. »Dann klären Sie mich über den Teil des Buches Daniel auf, der sich noch nicht erfüllt hat.«

»Daniel? Ich dachte, Sie würden sich mehr für Marduk und Ereschkigal und diese Leute interessieren.«

Sie blickte ihn wortlos und eindringlich an, und er erkannte, dass er zu harsch gewesen war. Und ihm fiel auch auf, dass sie zum ersten Mal ihr Amulett nicht trug.

»Es tut mir Leid. Ja, natürlich erzähle ich Ihnen von Daniel, wenn Sie möchten. Aber warum jetzt?«

»Sie haben gesagt, Ihre Suche nach der ehernen Schlange hätte mit einer geheimnisvollen Botschaft über Daniel begonnen. Ich dachte, das sei der Grund für all dies hier. Dafür riskieren wir unser Leben. Und darum würde ich gern erfahren, worauf ich mich einlasse.«

Sie schlug einen leichten Tonfall an, aber das nahm er ihr nicht so richtig ab.

»Also gut. Durch Daniel hat Gott Nebukadnezar gesagt, dass es in der ganzen Geschichte vier Weltreiche geben würde, das Babylonische, dargestellt durch den goldenen Kopf seiner Statue, dann das Reich der Meder und Perser, danach das griechische und schließlich das römische Weltreich. Jedes Reich würde zunehmend schwächer und das Römische würde schließlich geteilt sein – was durch die beiden Beine der Statue dargestellt wurde, die wiederum aus unterschiedlichen Materialien bestanden.«

»Rom und Byzanz.«

»Genau. Also vier Weltreiche. Und *nur* vier. Seit den Römern hat es keiner mehr geschafft, ein fünftes zu errichten – Napoleon nicht und Hitler auch nicht.«

Sie wirkte verwirrt. »Und welche Vorhersage hat sich noch nicht erfüllt?«

»Es bleibt nur ein Teil von Nebukadnezars Statue übrig: die zehn Zehen. Bibelforscher glauben, dass die Zehen aus Ton und Eisen für eine instabile Regierungsform stehen werden, die in der nahen Zukunft die heutigen Nationen ablösen wird. Zehn Könige oder Herrscher werden vermutlich dem Antichristen den Weg bahnen.«

Sie wandte den Blick ab. Es dauerte eine Weile, bis sie das, was er gesagt hatte, verarbeitet hatte. Sie fuhren jetzt auf der Corniche al-Nil, der Hauptverbindungsstraße, die parallel zum Ostufer des Nils verlief. Die prachtvollen Bauten des Botschaftsgebietes flogen regelrecht an ihrem Fenster vorüber.

»Und Sie denken, das Geheimnis, über das Dakkuri sprach, könnte etwas damit zu tun haben?«

Er zuckte die Achseln. »Mein Gefühl sagt mir, dass es etwas mit Daniels Vorhersagen zu tun hat, ja. Irgendetwas hat mir keine Ruhe gelassen, und ich habe eine Weile gebraucht, bis ich es herausgefunden hatte. Es war das Wort, das Sie gerade benutzt haben: ›Geheimnis‹. Im Buch der Offenbarung ist damit immer Babylon gemeint. Dakkuri sagte in seiner Botschaft, das Geheimnis werde zurückkehren.«

»Ich verstehe nicht. Wollen Sie damit sagen, Babylon werde zurückkehren?«

Er nickte. »Die Macht Babylons, ja. Wenn der Antichrist seine Weltregierung aufrichtet.«

Sie strich sich mit der Hand durch die Haare. »Jetzt verstehe ich gar nichts mehr. Kehren wir doch noch mal zu der Schlange zurück. Wenn das, was wir in der alten Kanalisation gesehen haben, wirklich das war, wofür ich es halte, dann haben die Menschen die Schlange seit Jahren, möglicherweise seit Tausenden von Jahren, im Verborgenen angebetet – oder zumindest den mittleren Teil. Der Himmel weiß, wie viele Unschuldige dabei ihr Leben verloren haben.«

»Ich weiß. Es ist schrecklich.«

»Aber hat dieser Kult irgendetwas mit dem zu tun, wovon Sie gesprochen haben, mit der Rückkehr Babylons?«

Er kratzte sich am Kinn. »Sagen wir, es gibt noch eine sehr starke, grundlegende Verbindung. Die Mächte der Finsternis. Das Böse. Am Ende ist alles dasselbe.«

»Und wir beide sind geradewegs auf dem Weg in die Höhle des Löwen, oder?«

Er suchte nach Worten, um sie zu beruhigen, aber in diesem Augenblick fuhr das Taxi am Hauptgebäude der amerikanischen Universität vor, und ein großer, gut gekleideter Mann mit einem strahlenden Lächeln öffnete die Wagentür. Draußen war es so heiß wie in einem Glutofen.

»Murphy, du alter Filou! Willkommen in Kairo.« Zehn Minuten später saß Jassim auf einem bequemen Stuhl mit hoher Metalllehne, die scheinbar genau an seine gedrungene Gestalt angepasst zu sein schien. Er trank einen Schluck von seinem Martini.

»Bist du sicher, dass du keinen möchtest?«

»Machst du Witze? Ich weiß, was das ist. Ganz zu schweigen vom Alkohol.«

Jassim gab ein tiefes, volltönendes Lachen von sich. »Immer noch der alte Murphy.«

»Immer noch der alte Jassim.« Murphy hob sein Glas mit Limonade.

»Ja, leider bin ich ein sehr schlimmer und ungehorsamer Moslem.«

»Dazu kann ich nichts sagen, aber in meinen Augen bist du ein guter Mensch. Der Brief, den du mir nach Lauras Tod geschrieben hast, hat mir sehr gut getan.«

Jassims Überschwänglichkeit verschwand. »Ich musste dir sagen, was ich empfand.«

Sie schwiegen eine Weile und schwelgten beide in ihren Erinnerungen an Laura.

Schließlich meinte Jassim: »Geht es Dr. McDonald gut? Sie war sehr nett, aber vielleicht ein wenig zerstreut.« Isis hatte sich entschuldigt und sich sofort zu der Unterkunft begeben. Jassim hatte sie und Murphy im Gästehaus für Gastprofessoren und ihre Familien untergebracht.

»Im Augenblick stürmt so vieles auf sie ein«, erklärte Murphy.

Jassim ging nicht weiter darauf ein. »Nun, ich hoffe, dass sie morgen wieder fit ist. Vor uns liegt ein großer Tag.« Strahlend rutschte er unruhig auf seinem Stuhl herum.

»Professor Hawass ist also darauf angesprungen?«

»Sofort. Als damals in den Sechzigern das Grab von Königin Hephrat mit Röntgenstrahlen untersucht wurde, war es vollkommen leer. Wieder einmal waren uns die Grabräuber zuvorgekommen.«

»Um einige 1.000 Jahre vermutlich«, meinte Murphy.

Jassim lachte. »Zurückgeblieben war ein tiefes, dunkles, leeres Loch am Boden der Pyramide. Wenn tatsächlich noch etwas anderes zurückgeblieben wäre, das die Räuber vielleicht übersehen haben – etwas, das ein chaldäischer Priester aus der Zeit Nebukadnezars dort versteckt hatte, und zwar nichts Geringeres als den Kopf von Moses eherner Schlange –, das wäre doch etwas. Professor Hawass stellt dir gern seine bescheidenen Mittel zur Verfügung.«

»Könnten wir vielleicht zuerst einmal den mittleren Teil der Schlange hier deponieren? Angesichts dessen, was in Washington geschehen ist, würde ich es allerdings verstehen, wenn du ablehnen würdest.«

Jassim winkte ab. »Wir sind nicht so leicht abzuschrecken. Es wird uns eine Ehre sein, dieses Teil zu bewachen.«

Murphy schlug seinem alten Freund auf die Schulter. »Großartig. Das ist eine große Erleichterung. Du hast also einen Pyramidenkletterer für mich?«

»Oh ja. Und ich freue mich sehr darauf, ihn in Aktion zu erleben. Die Grabräuber haben manchmal kleine Kinder oder sogar Liliputaner durch diese schmalen Schächte geschickt.« Er schüttelte den Kopf. »Leider sind viele von diesen Unglücklichen nicht wieder herausgekommen. Wir werden mithilfe des Pyramidenkletterers wohl hoffentlich in der Lage sein, die größten Geheimnisse unserer Pyramide zu ergründen, ohne dass Menschen dran glauben müssen.«

»Das hoffe ich, Jassim, mein alter Freund«, erwiderte Murphy. Sein Gesicht verfinsterte sich. »Das hoffe ich doch sehr.«

Kapitel 63

Als sie sich früh am folgenden Tag trafen, um in Jassims Landrover zur Pyramide zu fahren, in dem sie die Ausrüstung verstaut hatten, hatte Murphy den Eindruck, dass Isis einen Entschluss gefasst hatte. Sie sprach nicht sehr viel, aber die ruhige, geschäftsmäßige Art, mit der sie überprüfte, ob sie alles hatten, was sie brauchten, ließ auf eine innere Ruhe schließen, die er bei ihr noch nicht erlebt hatte.

Als sie zur *Rodah Island*-Brücke über den Nil auf die *Shar'a al-Haram* abbogen, die geradewegs durch das Gebiet von Giseh zum Rand der Wüste führte, fragte er sich, warum er nicht genauso empfand. Nachdem er sich einige Stunden lang unruhig im Bett herumgewälzt hatte, hatte er aufgegeben und den Rest der Nacht im Garten hinter ihrer Unterkunft verbracht.

Murphy hatte auf irgendetwas gehofft – ein Zeichen vielleicht, dass er das Richtige tat, dass es zu Gottes Plan für ihn gehörte, hier zu sein. Aber als die Dämmerung anbrach, war er müde und zerschlagen und überhaupt nicht klüger als zuvor.

Er betrachtete das sphinxähnliche Lächeln auf Isis' Gesicht, während sie Jassims lächerlichen Geschichten über Mumienflüche und verfluchte Skarabäen lauschte, und fragte sich, ob Gott vielleicht beschlossen hatte, ihr das Zeichen zu geben und nicht ihm. Vielleicht war sie die von Gott Begünstigte, genau wie der verlorene Sohn in der Bibel. Nicht, dass er ihr das übel nähme. Solange wenigstens *irgendjemand* wusste, dass sie sich auf dem richtigen Weg befanden.

Die Pyramidenstraße. So wurde die Straße zur Wüste genannt. Als er sie zusammen mit Laura das erste Mal darüber gefahren war, hatte es noch Spuren der üppig blühenden Akazien- und Eukalyptushaine gegeben.

Als die Wohngebäude schließlich verschwanden und die drei Pyramiden von Giseh am Horizont auftauchten, schnappte Isis verblüfft nach Luft, und Jassim lachte in sich hinein. Murphy fragte sich, ob die bemerkenswerte Nebeneinanderstellung von Alt und Modern vielleicht das Zeichen war, worauf er wartete.

Hier in Kairo stürzten sich die Menschen kopfüber in die Zukunft, während ihnen die Monumente aus der tiefsten Vergangenheit zusahen, unverändert, als wollten sie sagen: *Wenn ihr wissen wollt, was vor euch liegt, dann müsst ihr zurückschauen.*

Die Straße stieg zu dem großen Plateau an und führte um die Tausende von Jahren alte Sphinx herum. Nun lagen die drei Ehrfurcht gebietenden Pyramiden vor ihnen, in denen ein königlicher Vater, ein Sohn und ein Enkel ruhten. Um die Großen Drei waren die sehr viel kleineren Pyramiden der Königinnen und Prinzessinnen angeordnet, was die majestätische Größe der anderen drei noch besonders hervorhob.

Der Landrover fuhr zum nordöstlichen Rand des Plateaus weiter und die großen Pyramiden verschwanden allmählich wieder in der Ferne. Isis verrenkte sich den Hals, um jedes Detail des außergewöhnlichen Anblicks in ihrem Gedächtnis festzuhalten, bis Jassim ihr schließlich auf die Schulter tippte und nach vorn zeigte.

An der hinteren Ecke des Plateaus stand die Pyramide der Winde, perfekt in ihrer antiken Geometrie. Obwohl sie kleiner war als ihre berühmteren Cousins, war sie doch ebenso beeindruckend, und die Wände aus exakt ineinander passenden Steinblöcken gaben Zeugnis von dem zeitlosen Genie ihrer Erbauer.

»Unglaublich«, hauchte Isis, als sie aus dem Landrover stieg und das Bauwerk bestaunte.

»Eine der größten Bauleistungen der Welt«, pflichtete Jassim ihr bei.

»Natürlich hatten sie Tausende von Sklaven, die die Steinblöcke an ihren Platz gezogen haben«, ergänzte Murphy.

»Natürlich. Darum sind unsere modernen Gebäude im Vergleich dazu so mickrig«, lachte Jassim. »Heutzutage bekommt man einfach keine Sklaven mehr.«

Isis entfaltete die dreidimensionale Karte vom Inneren der Pyramide, während Jassim und Murphy die Systeme des Roboters überprüften. »Perfekt«, verkündete der Ägypter schließlich, als ein kristallklares Bild der Pyramide auf dem Bildschirm des Notebooks erschien, das auf seinen Knien lag. »Und er scheint genau auf meine Befehle zu reagieren.« Er tätschelte den Pyramidenkletterer wie einen treuen Hund und deutete zur Pyramide. »Geh, fass«, sagte er streng.

Murphy klemmte sich den Roboter unter den Arm und kletterte über die großen Sandsteinblöcke zum Eingang des ersten Luftschachts. »Der Wind kommt von Süden«, erklärte Isis Jassim, »darum wird dieser Schacht vermutlich den stärksten Luftzug haben. Dies scheint mir der wahrscheinlichste Ort zu sein.«

Jassim nickte. »Hoffen wir nur, dass der Wind nicht allzu viel Sand in den Schacht geweht hat.«

Murphy lief über den Sand zurück und Jassim schickte den Roboter auf seine Reise durch den Schacht. Über seine Schulter hinweg beobachteten Murphy und Isis, wie die körnigen Bilder langsam den Bildschirm ausfüllten.

»Der Schacht scheint frei zu sein. Der Roboter kann sich problemlos bewegen. Ich schätze, er wird in etwa drei Minuten das Ende des Schachts erreicht haben. Bisher scheint nichts seinen Weg zu blockieren.«

Während sie im klimatisierten Landrover hockten und versuchten, die dunklen Bilder zu deuten, die der Roboter mit seinen Minikameras übertrug, erschienen ihnen drei Minuten wie 30. Schließlich drückte Jassim eine Taste und brachte ihn zum Stehen. »Wir sind weit genug, denke ich. Er müsste jetzt in der Nähe des oberen Randes des Schachts angekommen sein. Wir dürfen sie nicht verlieren. Falls etwas in dem Schacht wäre, hätten wir es mittlerweile sehen müssen.«

Murphy fragte sich, wann der Roboter eine *Sie* geworden war. »Noch ein Stück höher, Jassim.« Sein Blick hing wie gebannt an dem Bildschirm. »Was ist das? Da bewegt sich was.«

Widerstrebend setzte Jassim den Roboter wieder in Bewegung. »Es könnte ein kleines Tier sein, vielleicht eine Ratte, obwohl ich bezweifle, dass es für diese Nager im Grab noch etwas zu knabbern gibt.«

»Okay, weit genug. Da ist es wieder. Da, am Ende des Schachts, bewegt sich ganz eindeutig etwas.«

Jassim richtete die beiden Kameras aus. »Mal sehen. Ist das so besser?«

Murphy nickte. »Da muss etwas über dem Luftschacht sein. Etwas in der großen Kammer.«

»Der Kopf der ehernen Schlange zum Beispiel, der in der Luft schwebt?«, lachte Jassim.

Murphy blickte ihn fest an. »Es gibt nur einen Weg, wie wir das herausfinden.«

Während Jassim verhalten schimpfend den Roboter wieder zurückholte, überprüfte Murphy, ob er alles hatte, was er brauchte. Seil, Taschenlampe, Messer. Und seinen Bogen.

Jassim sah ihn an, als wäre er verrückt geworden. »Wofür um alles in der Welt brauchst du den Bogen?«

»Als ich das letzte Mal in ein Loch gestiegen bin und nach einem Teil der Schlange gesucht habe, hätte ich ihn gut brauchen können. Diesen Fehler mache ich nicht noch einmal.«

Isis sagte auf dem Weg zum Fuß der Pyramide kein Wort, doch als er sich bereitmachte, um zum Eingang des Luftschachts zu klettern, legte sie ihm die Hand auf den Arm. »Seien Sie vorsichtig.«

Er sah ihr in die Augen. »Ich versuche immer, vorsichtig zu sein.« Aber das sorglose Grinsen wollte ihm nicht so recht gelingen.

»Ich meine es ernst«, sagte sie.

Den Bogen fest an seinen Körper gebunden, begann er mit dem Aufstieg, indem er Schultern, Knie und Ellbogen fest gegen die Felsen drückte. Allmählich verstand Murphy, warum die Grabräuber Kinder und Kleinwüchsige durch die Luftschächte der Pyramiden geschickt hatten. Aber bei den Höhlenwanderungen in Mexiko hatte er gelernt, dass sich selbst ein durchschnittlich großer Mensch durch eine erstaunlich enge Spalte winden kann, wenn er die Nerven behält. In den meisten Fällen war es die Panik, die dafür sorgte, dass man stecken blieb, nicht die räumlichen Ausmaße des Loches, durch das man sich zwängte. Er wartete einen Augenblick ab, um seine Atmung zu verlangsamen und seine Muskeln zu entspannen, dann schob er sich vorwärts. Die warme Luft wurde an ihm vorbei nach oben gesogen. *Vielleicht komme ich nie mehr hier raus, aber wenigstens werde ich nicht ersticken*, dachte er.

Nach zehn Minuten waren seine Knie und Ellbogen aufgeschrammt, und er begann, sich zu fragen, ob es nicht doch ein Fehler gewesen war, den lästigen Bogen mitzunehmen. Ohne ihn hätte er das Ende des Luftschachts mittlerweile erreicht. Aus Erfahrung wusste er, dass vollkommene Dunkelheit das Gefühl der Klaustrophobie paradoxerweise minderte, darum schloss er die Augen und schob sich weiter nach oben.

Ein paar Minuten später schlossen sich seine Finger um den Rand des Schachtes und er öffnete die Augen. Irgendwo in der Dunkelheit befand sich das Grab von Königin Hephrat, aber wegen der Neigung der Pyramidenwände war es unmöglich, an ihnen herunterzuklettern. Wie die Grabräuber dies geschafft hatten, war ihm ein Rätsel.

Er schob sich aus dem Schacht und rollte sich auf einen schmalen Vorsprung. Als er sich davon überzeugt hatte, dass er darauf stehen konnte, ohne in den Abgrund zu stürzen, hob er den Blick. Der Wind wirbelte um ihn herum, aus allen Richtungen, wie es schien. Er war jedoch nicht so stark, dass er ihn von seinem Vorsprung wehte, aber er zerrte an seinen Haaren und seiner Kleidung.

Nachdem er sich an den Luftzug gewöhnt hatte, bemerkte er, dass es nicht gänzlich dunkel war. Aus einem der Luftschächte an der Spitze der Pyramide fiel ein schmaler Lichtstreifen in den Abgrund. Das Licht schien bewusst so geplant zu sein, um das unglaubliche Spektakel zu inszenieren, von dem sich Murphy nicht losreißen konnte.

Knapp 30 Meter von ihm entfernt schwebte ein Gegenstand hoch über ihm in der Luft. Der Lichtstrahl fiel auf einen etwa faustgroßen Metallklumpen, der schwerelos in der Luft trieb. Und der hatte genau die richtige Größe, schätzte Murphy, um der Kopf der ehernen Schlange zu sein.

Murphy wusste nicht, wie lange er – gebannt von dem Anblick des Kopfes der Schlange – einfach nur dagestanden und ihren Tanz in der Luft beobachtet hatte. Auch wenn das Artefakt Tausende von Jahren unbeobachtet gewesen war, erschien es ihm unmöglich, den Blick davon loszureißen. Er wusste, solange er lebte, würde er kein so außergewöhnliches Schauspiel mehr erleben.

Als hätte jemand seine Gedanken gelesen, riss eine Stimme ihn aus seiner Träumerei.

»Ein wundervoller Anblick, Murphy. Aber Sie sollten sich fragen: ›Wird es mein Letzter sein?‹«

Kapitel 64

Murphy spähte an dem schwebenden Schlangenkopf vorbei in die Dunkelheit, um zu sehen, woher die Stimme gekommen war. Auf dem gegenüberliegenden Vorsprung konnte er die Umrisse einer menschlichen Gestalt erkennen.

»Wer sind Sie?«

»Mein Name ist Talon. Ihrer Frau hatte ich mich bereits vorgestellt, aber ich schätze, sie hatte keine Gelegenheit mehr, Ihnen davon zu erzählen.«

Endlich hatte das Böse, dem Laura zum Opfer gefallen war, einen Namen und ein Gesicht. Jede Faser von Murphys Wesen schrie nach Rache, und wenn der Zorn allein genug Antrieb gewesen wäre, wäre er mit einem Satz über den Abgrund gesprungen und Talon an den Hals gegangen. Doch stattdessen versuchte er, seinen Zorn zu beherrschen und sich auf die anstehende Konfrontation zwischen ihnen zu konzentrieren.

»Sie Mistkerl. Ich hatte also Recht. Sie sind für all das Schreckliche verantwortlich, das in den vergangenen Wochen geschehen ist.«

»Ja, wer hätte gedacht, dass ein Archäologe so viel Action erlebt. Sie sind ein ziemlich cleverer Typ, Murphy, das muss ich Ihnen zugute halten. Aber bei all dem Geld und der Macht, die Ihnen entgegenstehen, gibt es keine Geheimnisse, weder von Ihnen noch aus der Vergangenheit, die nicht offen gelegt werden können.«

»Was wollen Sie mit der Schlange? Wieso ist sie Ihnen so viel wert, dass Sie dafür morden?«

»Ich brauche *meine* Geheimnisse nicht offen zu legen, Murphy. Sie brauchen nur zu wissen, dass ich dank Ihrer Hilfe den Schlangenkopf bekommen und dann zur amerikanischen Universität zurückfahren werde, wo Sie das mittlere Stück aufbewahren.«

»Sie sind sehr selbstsicher, Talon, das merke ich. Aber ich habe den Eindruck, dass Sie dort nicht näher an dem Schlangenkopf dran sind als ich hier. Ihr ganzes Geld und all die Macht, mit der Sie prahlen, scheinen es mit einem klugen Kopf aus alter Zeit und ein wenig Wind nicht aufnehmen zu können.«

Talon lachte. »Darin, Professor, irren Sie. Es sieht so aus, als hätten Sie keine Möglichkeit, den Kopf zu holen, während ich durchaus eine Lösung parat habe, die beinahe so alt ist wie die Pyramide selbst.«

Murphy nahm eine dunkle Bewegung wahr, und einen Augenblick lang sah es so aus, als würden sich zwei Gegenstände in der Mitte des Schachts befinden. Der eine war der Schlangenkopf, der andere schien sich eigenständig bewegen zu können und kämpfte mit dem Wind.

Ein Vogel, dachte er. *Natürlich. Ein Falke*. Widerwillig musste Murphy eingestehen, dass Talon sich eine findige Methode ausgedacht hatte, um den Schlangenkopf aus dem Luftstrudel zu holen.

Selbst im trüben Licht des Inneren der Pyramide konnte Murphy erkennen, was für ein prächtiges Lebewesen der Falke war. Er konnte den haselnussbraunen Schimmer seiner Flügel erkennen, das gesprenkelte Beige seiner Brust. Ein Turmfalke. Sein alter Name, Rüttelfalke, fiel ihm ein, während er beobachtete, wie der Vogel Abstand hielt, um nicht vom Wirbel erfasst zu werden. *Er ist an Aufwinde und Gegenströme gewöhnt,* dachte Murphy, *aber nicht an so etwas. Er muss das Gefühl haben, in einen Wirbelsturm geraten zu sein. Aber er lernt schnell. Noch ein paar Versuche, dann hat er ihn.*

Ohne nachzudenken, holte er seinen Bogen aus dem Kasten und legte einen Pfeil ein.

Er zielte auf den Falken, der nur noch wenige Meter von dem treibenden Schlangenkopf entfernt war. Seine Willenskraft erlahmte, und Murphy richtete den Bogen auf das Ziel, dem er nicht widerstehen konnte. Talon. Er zog das Nylonseil zurück, bis jedes Molekül des Bogens nach Befreiung schrie. Sobald er seine Finger löste, würde ein Pfeil den Abgrund zwischen ihnen überbrücken und sich durch Talons schwarzes Herz bohren.

Die Rache ist mein.

Lauras Mörder stand dort drüben. Bildete sich Murphy das nur ein oder lächelte Talon? *Er weiß, dass ich ihn im Visier habe,* dachte Murphy. *Denkt er vielleicht, ich würde es nicht tun?* Sein ganzer Körper vibrierte vor Anstrengung, weil er den Pfeil festhielt, als hätte sich sein Verstand verselbstständigt.

Die Zeit schien still zu stehen, während er darauf wartete, zu erfahren, was sein Verstand tun würde. Talon klatschte auf einmal in die Hände.

»Kommen Sie, Murphy. Tun Sie es! Was hält Sie zurück? Wir beide sind doch allein. Ihr Gott kann Sie nicht sehen! Tun Sie es!« Murphy spürte, wie seine Finger zu zittern begannen. Viel länger würde er ihn nicht mehr halten können.

Er riss den Bogen nach links oben und ließ los.

Trotz des Windes fand der Pfeil sein Ziel. Den Falken. Murphy konnte einfach keinen Menschen töten. Nicht einmal dieses Ungeheuer, das Laura das Leben genommen hatte. Auch war ihm klar geworden, dass Talon ihn herausforderte, um ihn von dem Vogel abzulenken, der den Schlangenkopf jetzt ergreifen wollte.

Auf keinen Fall durfte das Ungeheuer Talon den Schlangenkopf bekommen.

Der Falke stürzte mit ausgebreiteten Flügeln auf den Luftwirbel. Er griff den Kopf an der dünnen Bronzekrümmung, die das mittlere Stück mit dem Kopf verbinden würde, und schlug wild mit den Flügeln, um zu Talon zurückzukehren.

Murphys Pfeil traf den linken Flügel der Falken. Mit einem markerschütternden Schrei, der durch den Schacht hallte, fiel der Schlangenkopf aus dem Griff des Vogels. Er schien einen Augenblick lang in der Luft zu hängen, als hätte er für immer dem Sog der Schwerkraft entsagt, dann stürzte er in die Dunkelheit hinab. Nachdem er vom Sog seiner jahrhundertealten Rotation befreit worden war, konnte der Kopf nun endlich dem Gesetz der Schwerkraft folgen. Der verwundete Falke folgte ihm mit derselben Geschwindigkeit.

Murphy blickte ihm nach. Er war so nah gewesen, dass er beinahe die Hand hätte ausstrecken und ihn berühren können. Jetzt würde die Schlange nie mehr zusammengesetzt werden können.

Er wirbelte zurück in Talons Richtung, aber die Dunkelheit hatte seinen Gegner verschluckt.

Auf einmal spürte er einen scharfen Schmerz an seinem Hals und ein noch lauteres Krächzen, das einem das Blut in den Adern gefrieren ließ. Ein zweiter Vogel. Murphy erholte sich so schnell von seinem Schrecken, dass er ihn wegschlagen konnte. Dann wurde sein Gegner offenbar von dem Sturz des ersten Falken abgelenkt und flog davon, um ihm zu helfen.

Murphy sah, dass er sich entfernte. In den Krallen hielt er Lauras Kreuz, das er ihm vom Hals gerissen hatte.

Kapitel 65

Der Abstieg durch den Schacht glich einem Albtraum. Jeder Zentimeter schien ewig zu dauern, weil Murphy immer daran denken musste, dass Isis und Jassim gerade von dem Mörder umgebracht wurden, den er im Visier gehabt hatte. Der Gedanke quälte ihn, während er seinen zerschlagenen und blutenden Körper durch den Schacht trieb: *Ich hätte ihn schnappen können. Ich hätte ihn aufhalten können.*

Als er schließlich herauskletterte und auf den Sand sank, konnte er nichts erkennen – der Sonnenschein blendete ihn. Dann spürte er Arme, die ihn auf die Füße zogen, und er hörte ihre aufgeregten Stimmen. Ihnen war nichts geschehen.

Während er gierig aus einer Mineralwasserflasche trank, erzählte Murphy ihnen im Landrover, was sich im Inneren der Pyramide zugetragen hatte.

»Zum Glück weiß ich, dass deine Fantasie sehr begrenzt ist«, sagte Jassim und verdrehte die Augen, »denn sonst würde ich dir kein Wort glauben. Ein Vogel, sagst du, der den Kopf der Schlange aus der Luft geholt hat, wo er sich seit Jahrhunderten gedreht hat! Selbst jetzt noch bin ich nicht sicher, dass ich das wirklich glaube.«

»Halte lieber die Augen nach einem zweiten Fahrzeug offen«, riet Murphy. »Er muss von der anderen Seite zur Pyramide gekommen sein.«

»Woher wusste er, dass wir hier sind? Das verstehe ich nicht«, meinte Isis.

Murphy schüttelte den Kopf. »Keine Ahnung.« Er schloss die Augen und fühlte sich plötzlich vollkommen erschöpft. »Ich habe versagt«, sagte er mehr zu sich als zu den anderen. »Ich dachte, Gott würde das von mir erwarten. Die Schlange zu finden. Ich dachte, dies sei meine Aufgabe.«

Isis lächelte. »Wieso glauben Sie, Sie hätten versagt?«

Murphy schlug mit der Faust gegen das Fenster. »Ich habe den Kopf der Schlange verloren. Er liegt jetzt auf dem Boden der Pyramide. Dort wird ihn niemals jemand finden.«

»Vielleicht ist das auch gut so«, meinte Isis. »Ich denke, die

Schlange – jedes Teil davon – ist einfach nur böse. Wenn Gott eine Aufgabe für Sie hatte, dann vielleicht, dass Sie die Inschriften finden sollten. Dakkuris letzte Botschaft.«

»Nun, für den Fall, dass Ihnen das entgangen sein sollte: Die liegt jetzt auch auf dem Grund der Pyramide.«

Isis ignorierte seinen sarkastischen Tonfall. »Nicht unbedingt.«

»Was meinen Sie?«

»Die Kamera des Roboters war eine ganze Zeit lang auf den Kopf der Schlange gerichtet. Vielleicht sind die Bilder nicht kristallklar, aber da er sich gedreht hat, haben wir bestimmt Aufnahmen von jeder Seite. Wenn Jassims Labor auch nur eine halb so gute Ausrüstung hat, wie er behauptet, dann können wir sie rekonstruieren und vergrößern. Vielleicht können wir sogar ein Bild zusammensetzen – und die Keilschrift trotzdem entziffern.«

»Natürlich«, stimmte Jassim zu. »Das ist möglich.«

Auf der Rückfahrt zur amerikanischen Universität durchlebte Murphy die Ereignisse im Inneren der Pyramide noch einmal. Fast hätte er Talon ermordet. Er konnte sich nicht erinnern, seine Meinung bewusst geändert zu haben. Auch dass er auf den Falken gezielt hatte, wusste er nicht mehr – es war einfach passiert, als hätte sich der Bogen von allein auf ihn gerichtet.

So fühlte sich immer der perfekte Schuss an. Als wäre er von Gott inspiriert. *Nun, vielleicht war er das ja auch*, dachte er.

Jassim war genauso ungeduldig wie Isis; auch er wollte unbedingt herausfinden, ob ihnen die Aufnahmen des Roboters weiterhalfen. Er fuhr mit Höchstgeschwindigkeit, auch wenn der Verkehr zunehmend dichter wurde. Isis hielt die Hände auf dem Schoß gefaltet und die Augen geschlossen. Als sie schließlich vor dem eleganten Stuckgebäude anhielten, in dem Jassims Labor untergebracht war, bestand der Ägypter darauf, alles vorzubereiten, während Isis eine Dusche nahm und Murphy seine zahlreichen Schrammen versorgte.

Eine halbe Stunde später saßen sie vor einem Bildschirm und Jassims schlanke Finger flogen nur so über die Tasten. Nach einer Weile war der Schlangenkopf zu sehen, der schwach im trüben Licht funkelte, während er sich um seine eigene Achse drehte. »2.500 Jahre hat er sich dort gedreht«, der Ägypter schnalzte mit der Zunge, »und jetzt – *puff* – weg ist er.«

»Wir haben ja die Fotos, die wir den Leuten zu Hause zeigen können, das zählt doch auch«, sagte Murphy.

»Aber bisher ist gar nichts darauf zu erkennen. Noch nicht«, schimpfte Isis. »Lassen Sie weiterlaufen, langsam.«

Jassim ließ den Film weiterlaufen, bis die Unterseite des Kopfes zu sehen war. »Halten Sie an!«, befahl Isis, und Murphy musste unwillkürlich daran denken, wie sie mit den Schlangenanbetern im Kanalsystem gesprochen hatte. »Vergrößern Sie das Bild, so weit es geht.«

Langsam wurde das Bild größer, bis es den ganzen Bildschirm ausfüllte. Und als Jassim es noch mehr vergrößerte, verschwanden die Umrisse, und sie sahen nichts als die vernarbte und körnige Oberfläche aus Bronze, die an die Oberfläche eines fernen gelben Mondes erinnerte.

Jassim schüttelte den Kopf. »Weiter kann ich es nicht –«

»Da!«, schrie Isis.

Murphy beugte sich vor. Sie hatte Recht. Was Augenblicke zuvor noch wie zufällige Kratzer und Risse eines von Umwelteinflüssen mitgenommenen Stückes Metall ausgesehen hatte, nahm nun die ordentliche Form von geschriebenen Buchstaben ein: die deutlichen Einkerbungen von Dakkuris Keilschrift.

Jassim druckte das Bild aus. »Vermutlich ist das ja wieder so eine unglaubliche Geschichte«, meinte er dann, »aber vielleicht wäre jetzt der richtige Zeitpunkt gekommen, mir zu erklären, worum es überhaupt geht.«

Murphy legte seinem Freund die Hand auf die Schulter. »Warte ab, bis Isis es übersetzt hat. Ich verspreche dir, dass ich dir dann alles erzähle.«

Jassim nickte, während Isis den Ausdruck praktisch aus dem Drucker zerrte. Keiner von ihnen rührte sich. Wie lange es auch dauerte, sie würden ausharren.

»Wenigstens ist es nicht so viel«, sagte sie nach einer Weile. »Ich schätze, er dachte, wenn der Leser es bis hierher geschafft hat, dann hätte es keinen Zweck, noch weiter mit ihm zu spielen.«

Ihr Blick flog über das Stück Papier, und Murphy hatte den Eindruck, als könnte er ihren Verstand beinahe arbeiten hören. Ihre Lippen bewegten sich stumm, und immer wieder sagte sie sich die Worte vor, bis sie Sinn ergaben. Dann legte sie das Blatt auf den Schreibtisch.

»Und?« Jassim schien noch aufgeregter zu sein als Murphy, der den Atem anhielt.

Sie brauchte eine Weile, um sich zu sammeln, dann meinte sie.

»Es beginnt wie gewöhnlich mit einer rituellen Ermahnung: *Die Diener der Schlange haben dieses Geheimnis bewahrt. Ehre sei ihnen und Macht in Zukunft.*«

Sie hustete. »Dann der wichtige Teil.

Babylons große Türme sind Staub, der Wind weht sie hin, wohin es ihm gefällt.

Aber finde den Kopf und der Körper wird danach auferstehen und seinen Schatten wieder über die ganze Erde werfen.

Er besteht aus Gold und bezeichnet einen König, den mächtigsten.

In Marduks Wohnung wirst du ihn finden.

Oh treuer Diener der Finsternis, dir sei befohlen, ihn aufzurichten.

Aus dem Staub wird Babylon aufgerichtet werden, um wieder zu herrschen.«

Erwartungsvolle Stille hing über dem Raum, dann fügte Isis hinzu: »Das ist alles.«

»Das reicht auch«, erwiderte Murphy leise.

»Aber was bedeutet es?«, fragte Jassim.

»Das bedeutet, dass Babylon sich wieder erheben wird. Zumindest, wenn die falschen Leute den goldenen Kopf in die Hände bekommen.«

Isis betrachtete ihn nachdenklich, aber Jassim war bereits aufgesprungen und rang frustriert die Hände. »Du sprichst in Rätseln, Murphy. Wie kann sich Babylon wieder erheben? Was ist dieser *goldene* Kopf? Ich dachte, ihr würdet nach dem Kopf der *ehernen* Schlange suchen und hättet ihn gerade verloren.«

»Entschuldige, Jassim. Ich werde versuchen, es dir zu erklären. Nach Daniels Deutung von Nebukadnezars Traum war das babylonische Weltreich das mächtigste der Welt. Diese Macht wurde durch den goldenen Kopf der Statue symbolisiert – der Statue, die Nebukadnezar dann hat bauen lassen. Als Nebukadnezar seinen Irrtum erkannte, ließ er die Statue wieder zerstören. Aber ich wette, der Kopf wurde von den Menschen, die die eherne Schlange anbeteten, irgendwo vergraben.«

»Aber warum? Wenn sie ihn nicht zerstören wollten, warum haben sie ihn nicht eingeschmolzen? Das Gold hatte doch einen unermesslichen Wert.«

»Ich bin ziemlich sicher, dass sie glaubten, wenn sie den Kopf verschonten, würde ihn eines Tages die richtige Person finden und Babylon würde sich wieder erheben.«

Jassim rieb sich die Augen, als wollte er sehen, ob er träumte.

»Und was bedeutet: *Babylon wird sich wieder erheben?* Die alte Stadt wird wieder aufgebaut?«

»Nicht nur das«, erklärte Murphy. »Es bedeutet auch, dass die Macht Babylons wiederhergestellt wird. Dieses Mal als böse Macht, die die Welt beherrschen wird.«

Jassim wandte sich an Isis. »Ich würde gern erfahren, was Sie von all dem halten, Dr. McDonald. Sie sind ein vernünftiger Mensch, genau wie ich. Glauben Sie wirklich, dass eine böse Sekte Nebukadnezars goldenen Kopf 2.500 Jahre versteckt und darauf gewartet hat, die Weltherrschaft zu übernehmen?«

Isis ließ sich mit ihrer Antwort Zeit. »Ich weiß nicht so genau. Meine Ansicht von dem, was möglich, was real und was nicht real ist, hat sich in letzter Zeit verändert. Sehen Sie, ich glaube, ich habe das Böse jetzt am Werk gesehen – das echte, reine Böse. Unschuldige Menschen wurden wegen eines Stückes Bronze getötet.« Ihr Blick glitt über Murphy hinweg. »Ich weiß nicht, was ich in Bezug auf den goldenen Kopf, die Rückkehr Babylons und all das glauben soll. Ich weiß nur, dass ich Angst habe. Größere Angst, als ich je in meinem Leben gehabt habe.«

Jassim nickte ernst, dann wandte er sich an Murphy. »Mir geht's ähnlich wie Dr. McDonald. Ich weiß nicht, was ich glauben soll. Aber um auf der sicheren Seite zu stehen, sollten wir vermutlich zusehen, dass wir diesen goldenen Kopf finden, bevor ein anderer es tut.«

»Da kann ich dir nur zustimmen«, erwiderte Murphy.

»Also, wo vermutet ihr Marduks Wohnung?«

»Das ist leicht«, erklärte Isis. »Der Tempel Marduks stand in Babylon.«

»Dann meinen Sie also …«

Murphy nickte. »Genau. Hierfür werden wir jede Hilfe in Anspruch nehmen müssen, die wir bekommen können: die der Stiftung ›Parchments of Freedom‹, die der amerikanischen Universität und meines Freundes Levi, der alle seine Verbindungen in der Region spielen lassen muss. Wir müssen in den Irak reisen.«

Kapitel 66

»Die Hängenden Gärten von Babylon«, sagte Isis verträumt, während sie in ihrem Eistee rührte. »Für mich gibt es keine geheimnisvolleren und verführerischeren Worte. Sie klingen so vertraut – aber niemand weiß genau, wie die Anlagen ausgesehen haben.«

Murphy beobachtete, wie sie in kleinen Schlucken trank. »Sind Sie sicher? Sie können sich nicht daran erinnern, vor 2.500 Jahren hindurchspaziert zu sein?«

Isis holte einen Eiswürfel heraus und warf ihn nach Murphy. »Hören Sie schon auf damit.«

Jassim runzelte die Stirn. Er hatte das Restaurant ausgewählt, weil es ruhig war und weil man einen Tisch in einer ruhigen Ecke bekommen konnte. Er war nicht in der Stimmung für Spielchen. »Wo genau stand nun der Tempel Marduks? In den Hängenden Gärten?«

»Oder oberhalb. Das wissen wir erst, wenn wir dort sind«, erwiderte Murphy.

»Das klingt alles so leicht. Wir können doch nicht einfach dort auftauchen und anfangen zu graben. Viele der Antiquitäten des Landes sind bereits geplündert worden.«

»Das ist der Punkt, Jassim. Derzeit ist der beste Platz für die alten Schätze Iraks ein Museum in einem anderen Land. Wenn Gesetz und Ordnung wiederhergestellt und die Museen wieder in Betrieb sind, sollte alles zurückgegeben werden, und das irakische Volk wird sein altes Erbe wieder bewundern können, ohne befürchten zu müssen, dass irgendein Verbrecher es fortnimmt und in den Handel bringt.«

Jassim wirkte skeptisch. »Es ist schwer zu glauben, dass etwas so Großes den Plünderern entgangen sein könnte. Was hast du noch gesagt, wie groß der Kopf ist? Fünf Meter hoch, gut zwei Meter im Durchmesser? Bestimmt hat ihn irgendjemand bereits gestohlen, entweder diejenigen, die nach dem Krieg gekommen sind, oder die, die das Land 30 Jahre lang regiert haben. Vermutlich wurde er eingeschmolzen und man hat daraus vor langer Zeit die Wasserhähne für Saddams Bad gemacht.«

»Das ergibt aber eine Menge Wasserhähne«, meinte Murphy.

»Nun, er hatte ja auch viele Badezimmer.«

Murphy trank nachdenklich sein Wasser. »Wie sich gezeigt hat, ist Dakkuri bisher ziemlich schlau vorgegangen. Er hat es geschafft, ein biblisches Artefakt so zu verstecken, dass niemand es fand, bis … der richtige Zeitpunkt gekommen war. Ich wette, er hat auch den Kopf sehr gut versteckt.«

»Und jetzt ist der richtige Zeitpunkt gekommen, um ihn zu finden?«

»Ich weiß nicht, ob jemals der richtige Zeitpunkt kommen wird, um so ein Ding zu finden. Aber jeder Zeitpunkt ist richtig, wenn wir verhindern wollen, dass die falschen Leute ihn in die Finger bekommen.«

Isis blickte auf die Uhr und nahm ihren Rucksack vom Boden. »Dann sollten wir uns jetzt auf den Weg machen. Unser Flugzeug startet in zwei Stunden.«

Jassim legte die Hand auf ihren Arm. »Einen Augenblick, bitte, Dr. McDonald.«

»Sagen Sie doch bitte Isis.« Es war seltsam, aber nun, da ihre Göttinnen für sie an Bedeutung verloren, weil sie zu ahnen begann, dass dieser andere Gott vielleicht doch real war, fühlte sie sich mit ihrem Namen sehr viel wohler. »Was ist, Jassim?«

Er schien sich unbehaglich zu fühlen. »Du bist ein tapferer Mann, Murphy. Oder vielleicht auch nur dumm – aber wie auch immer. Vielleicht ist das auch dasselbe. Und Sie, Isis, haben einige schlimme Erlebnisse mit außergewöhnlicher Stärke gemeistert. Ich dagegen bin kein Held. Die Menschen, die den goldenen Kopf in die Hände bekommen wollen, sind sehr mächtig und absolut rücksichtslos. Das ist eine Kombination, die ich überhaupt nicht mag.«

»Ich kann dich verstehen, Jassim«, bemerkte Murphy. »Und wenn du nicht mit uns in den Irak kommen möchtest, dann würde ich es dir nicht übel nehmen. Ich gebe zu, ohne dich wird unsere Arbeit schwieriger sein, denn wir brauchen deine Hilfe bei den logistischen Dingen. Aber wir schaffen das schon. Aus zwei Gründen denke ich jedoch, dass wir nicht mehr auf Typen wie unseren Vogelmann stoßen werden. Erstens hat er die Inschrift auf dem Schlangenkopf nicht gesehen und zweitens hast du den Film zerstört und alles auf dem Computer gelöscht. Wir sind die einzigen Menschen, die wissen, wo sich der goldene Kopf befindet.«

»Ich wünschte, ich könnte deine Zuversicht teilen.« Jassim blickte sich nervös in dem Restaurant um. »Dieser schreckliche Mann, dieser Talon, scheint immer einen Schritt hinter dir zu sein, wenn ich das so sagen darf. Wie können wir sicher sein, dass er nicht in diesem Augenblick unser Gespräch belauscht?«

»Vielleicht tut er das«, räumte Murphy ein. »Aber da ist noch etwas. Wir sind bei unserer Suche nach dem Tempel Marduks nicht auf uns allein gestellt. Im Augenblick ist eine Einheit der US-Marines dabei, die Ausgrabungsstätte zu sichern.«

Jassim strich sich nachdenklich über das Kinn. »Nun, ich hoffe nur, sie haben den Befehl, sofort auf verdächtige Gestalten zu schießen – und auf verdächtige Beutevögel.«

»Das tun sie sicher, Jassim. Also, bist du dabei?«

»Ich denke, ich treffe gerade eine ziemlich unkluge Entscheidung«, seufzte er, »aber wenn du tatsächlich den Kopf fändest und ich wäre an der größten archäologischen Entdeckung der Modernen nicht beteiligt, würde ich mich sowieso in den Hintern treten. Also, ja, ich bin dabei.«

Kapitel 67

Während der Landcruiser langsam durch die Ruinen der alten Stadt holperte, musste Isis sich zwicken, um sich davon zu überzeugen, dass sie nicht träumte. Seit dem Tod ihres Vaters, den sie über alles geliebt hatte, hatte sie sich von der Welt zurückgezogen. Ihre akademische Arbeit diente als Vorwand, alles zu meiden, was ihr Angst machte. Ihr kleines Büro im Stiftungsgebäude war im Grunde eine Art Bunker, von dem sie die Welt dort draußen erfolgreich fern gehalten hatte.

Bis Michael Murphy in ihr Leben getreten war.

Jetzt war sie innerhalb von wenigen Tagen Gefahr, Angst und Tod ausgesetzt gewesen. Sie hatte sich buchstäblich ins Unbekannte vorgewagt. Sie war durch das dunkle unterirdische Herz einer mittelalterlichen Stadt gelaufen, sie hatte das Innere einer

Pyramide gesehen. Und jetzt sollte sie die Stätte betreten, an der früher das große Babylon gestanden hatte.

An den Mauern, die das berühmte Ischtar-Tor einrahmten, entdeckte sie wilde Drachen, die fast 3.000 Jahre lang Regen, Wind und Sandstürmen getrotzt hatten. Aber ihr Herz tat nicht wie erwartet einen Sprung. Vielleicht hatte sie nach all den Jahren, in denen sie sich mit den vielfältigen Gottheiten beschäftigt hatte, die die Menschen im Laufe der Zeitalter angebetet hatten, endlich einen Blick auf etwas Größeres erhascht.

»Da sind sie.« Murphy deutete auf ein nahe gelegenes Hügelland, in dem noch die Mauerreste der abgestuften Terrassen der Königin Semiramis in die Luft ragten. Oben war der Tempel Marduks durch eine einsame Zinne aus Sandstein markiert.

Wie Jassim vorausgesagt hatte, sah die berühmte Stätte so aus, als hätten die Plünderer sie schon vor langer Zeit ausgeräumt. Ganze Teile des Berges waren zusammengebrochen und begruben die früheren Tore und Stufen unter Erde und Geröll. Alle noch existierenden Steinsegmente mit Inschriften oder Ornamenten – welcher Art auch immer – waren weggeschleppt worden, kleine Fragmente genauso wie komplette Säulen.

Murphy betrachtete gerade die Verwüstung, als ein braun gebrannter Marineoffizier auf ihn zugerannt kam, um sich vorzustellen. »Colonel Davis, US-Marines. Sie müssen Professor Murphy sein.«

Murphy reichte ihm die Hand. Sein Gegenüber zerquetschte sie ihm beinahe. »Schön, Sie zu sehen, Colonel.« Zum ersten Mal bemerkte er die Soldaten in Tarnanzügen, die den Berg in lockerer Formation umstellt hatten. »Und Ihre Männer.«

»Gern. Wenn wir irgendetwas für Sie tun können, brauchen Sie nur Bescheid zu sagen.«

»Ich weiß nicht, wo ich anfangen soll«, gestand Murphy. »Wir müssen sehen, was unter dem Schutt begraben ist. Wir suchen nach irgendeiner unterirdischen Kammer.«

Der Colonel grinste. »Das dachte ich mir. Darum habe ich, als wir hier ankamen, schon mal angefangen, hier und da ein wenig zu graben. Wie es scheint, haben die Leute, die diesen Ort gesäubert haben, rein zufällig ein paar Gegenstände zurückgelassen, für die sie auf dem Schwarzmarkt keine Abnehmer finden konnten.«

Murphy begann zu strahlen. »Wie zum Beispiel?«

»Wie würde Ihnen ein Sonarschlitten gefallen?«

Murphy begann zu lachen. »Der würde mir sehr gut gefallen, Colonel.«

Eine halbe Stunde später zogen Murphy und Jassim den Schlitten – einen Leichtgewicht-Plastikschlitten von der Größe einer Kindermatratze – langsam über den Abhang, während Isis die Bilder auf dem Bildschirm von Murphys Notebook verfolgte.

Bisher hatte sie nichts als schattenhafte Umrisse von eingestürzten Kammern und leeren Gewölben entdecken können. Dann wurde ihre Aufmerksamkeit plötzlich von der bemerkenswerten Symmetrie zweier dunkler, parallel verlaufender Linien auf dem Bildschirm gefesselt. »Augenblick! Könnt ihr etwas zurückgehen?«

Murphy und Jassim steuerten den Schlitten im Zickzack über die Steine. Ein Irrtum war ausgeschlossen. Dort unten, einige Meter unter der Oberfläche, lag ein von Menschen gemachter Gegenstand. Und er war durchaus nicht klein.

Murphy und Jassim kamen zu ihr und sahen sich die Bilder an. Jassim nickte. »Zwei Türen vielleicht? Auf jeden Fall irgendein Eingang.«

»Aber wie kommen wir daran?«, fragte Isis.

Colonel Davis stand dabei und beobachtete sie bei der Arbeit. »Entschuldigen Sie, Madam, aber würde ein Bulldozer vielleicht helfen?«

Ohne auf eine Antwort zu warten, marschierte er davon, und kurz darauf vernahmen sie das Ächzen eines Bulldozers, der sich den Berg hocharbeitete. Ganz in der Nähe der Stelle, an der Murphy und Jassim mit dem Schlitten gearbeitet hatten, kam er zum Stehen. Murphy hielt den Daumen in die Höhe, und der Bulldozer begann, das Geröll vorsichtig beiseite zu schieben. Der erste Durchgang schien nur die Oberfläche anzukratzen, aber der junge Marinesoldat im Führerhaus des Bulldozers begeisterte sich schon bald für seine Aufgabe, und nach 20 Minuten gab Murphy ihm das Signal zum Aufhören.

Er ging hinüber zu dem frisch ausgehobenen Areal, dann wandte er sich an Colonel Davis. »Jetzt brauchen wir nur noch ein paar Schaufeln.«

Davis salutierte. »Kommen sofort. Und ich habe 20 Männer mit viel Erfahrung beim Graben, falls Sie Bedarf haben.«

Als sie etwa drei Meter tief gegraben hatten, waren Murphy und Jassim schon ziemlich erschöpft von der Anstrengung, doch den sechs Marinesoldaten standen nicht einmal Schweißtropfen auf der Stirn. »Oh, das klingt nach Metall«, sagte einer von ihnen, als seine Schaufel auf etwas Hartes traf. Auf Händen und Knien fegten sie die letzte lockere Erde herunter und traten dann beiseite.

Isis, Murphy und Jassim blickten auf zwei große Bronzetüren hinab. Trotz der mineralischen Ablagerungen und des Rosts waren die Abbildungen auf den Türen sehr gut zu erkennen. Bilder von Nebukadnezar und seinen unzähligen Eroberungen kamen nach 3.000 Jahren ans Tageslicht. Und da, über dem großen Nebukadnezar, befand sich das Bild Marduks, des Krieger-Gottes.

Einen Augenblick lang sprach niemand ein Wort. Dann meinte Jassim: »Ich würde sagen, wir befinden uns an dem Ort, an dem Marduk wohnt. Sollen wir hineingehen?«

Die fast horizontal liegenden Türen sahen aus, als seien sie die ganze Zeit versiegelt gewesen, und selbst wenn sie mithilfe aller anwesenden Männer geöffnet werden könnten, so waren die Wissenschaftler nicht sicher, ob sie dahinter etwas anderes als Erde finden würden. Das gesamte Bauwerk hatte sich vor langer Zeit von der Vertikalen in die Horizontale verlagert – vermutlich bei einem der häufigen Erdbeben in dieser Region –, und sie mussten damit rechnen, hinter den Türen eine große Leere vorzufinden.

Unter Murphys Anleitung stellten sich drei Marinesoldaten auf eine der Türen und versuchten, die andere mit ihren Schaufeln aufzudrücken. Schon bald brach sogar ihnen der Schweiß aus, und Murphy kam der Gedanke, dass die Türen vielleicht eine Kammer dahinter vermuten lassen sollten, die in Wirklichkeit aber gar nicht existierte.

Dann gab es auf einmal ein lautes Knirschen und einem der Soldaten flog die Schaufel aus der Hand. Ein Spalt war zu sehen und abgestandene Luft drang von unten herauf. Gemeinsam griffen sie nun in den Spalt und zogen an der Tür. Mit einem lauten Ächzen der alten Angeln schwang sie langsam auf.

Murphy klammerte sich an den Rand der Tür und ließ sich in die Dunkelheit hinab. Seine Beine schwangen frei in dem leeren Raum. Hinter diesen Türen verbarg sich also tatsächlich *etwas*. Die schale Luft war jetzt fast unerträglich. Ein scharfer Gestank von Verfall, der stärker als alles war, was er je erlebt hatte, raubte ihm den Atem. Eine Welle der Übelkeit ging über ihn hinweg, seine Brust begann sich zu heben, seine Lungen verkrampften sich. Er hörte Isis schreien, als seine Finger vom Rand der Tür abrutschten, und dann stürzte er in die Tiefe.

Der Sturz schien sich hinzuziehen, und Murphy dachte daran, dass Sterbende den Eindruck haben, dass ihr Leben im Bruchteil einer Sekunde an ihnen vorüberfliegt. Dann ein harter Aufschlag und ein stechender Schmerz in seinen Beinen. Bevor er schreien konnte, schlug sein Kopf gegen etwas Hartes, und eine schwarze Wolke breitete sich in seinem Kopf aus und blendete alles andere aus.

Als er wieder zu sich kam, vernahm er Stimmen von oben. Einen Augenblick lang war es nur Lärm, dann verwandelten sich die Geräusche wieder in Worte, und er begriff, dass Isis und Jassim ihn fragten, ob er in Ordnung sei. Er hörte, wie auch die zweite Tür zurückgeklappt wurde.

»Ich bin okay«, stieß er mühsam hervor, während er sich aufrichtete. Ein neuer Hustenanfall überfiel ihn, als noch mehr von der verbrauchten Luft in seine sich hebenden Lungen drang. Er spürte, dass seine Augen vor Tränen brannten. Als der Anfall abgeklungen war, wischte er sich mit dem Handrücken über das Gesicht. Seine Ohren klingelten, aber der Schmerz in seinen Beinen hatte nachgelassen und war einem gleichmäßigen Pochen gewichen. Er öffnete die Augen.

Und schloss sie sofort wieder wegen der blendenden Helligkeit. *Der Schlag auf den Kopf*, dachte er. *Ich bin geblendet worden.*

Er kämpfte gegen eine Welle der Panik an und atmete betont langsam und ruhig. Dann blinzelte er durch die halb geöffneten Lider. Das goldene Licht war noch immer überwältigend, aber er zwang sich, die Augen offen zu halten, und ganz allmählich nahm der blendende Glanz Konturen an.

Er blickte in die Iris eines riesigen goldenen Auges.

Murphy kroch auf Händen und Knien zurück, bis er den Rest des Gegenstandes erfassen konnte. Zunächst ergaben die tiefen Rillen und Kurven in dem Metall keinen Sinn – sie sahen aus wie die ungeordneten Gesichtszüge eines riesigen Picasso-Kunstwerks. Dann neigte er den Kopf zur Seite und plötzlich funkelte ihn das 2.500 Jahre alte Gesicht Nebukadnezars an.

Der Archäologe wich noch weiter gegen die Wand aus Erde zurück und betrachtete das Gesicht des Königs. Wie naturgetreu der Bildhauer die Gesichtszüge des Königs eingefangen hatte, konnte er nicht sagen, aber die Skulptur verfügte zweifellos über einen beunruhigenden Realismus. Die großen Augen schienen sich wie Laser durch Murphy hindurchzubohren und der verächtlich verzogene, befehlsgewohnte Mund schien zu sagen: *Hol mich hier raus, du Hund! Ich habe lange genug in der Erde gelegen!*

Er wusste nicht, wie lange er dort gehockt hatte – hypnotisiert von dem gebieterischen Blick des vor so langer Zeit verstorbenen Königs –, bevor er das dumpfe Geräusch von Stiefeln neben sich und aufgeregte Stimmen und Bewunderungsrufe wahrnahm. Dann wurde er von starken Händen aus der Kammer gezogen. Er schloss erneut die Augen und war dankbar, nicht mehr in das Gesicht des Bösen blicken zu müssen.

Kapitel 68

Shari zog an Pauls Hand. Der Krankenhausaufenthalt hatte ihn sehr geschwächt.

»Hey«, protestierte er, »das Pflaster wurde gestern erst abgenommen. Du musst vorsichtig sein.«

»Hör auf, dich so anzustellen«, erwiderte sie. »Dr. Keller hat gesagt, zu viel Mitleid sei nicht gut für dich. Es würde den Heilungsprozess behindern. Sieh nur – da ist es!«

Er hatte sich von ihr nach Washington mitschleppen lassen. Jetzt warteten sie in der Nähe der Landebahn, auf der das Frachtflugzeug landen sollte. Sie hatten die große Anzahl an Reportern und Kameras gar nicht bestellt, aber das Eintreffen eines so spektakulären Artefakts ließ sich nur schwer vor der Presse geheim halten.

Bei der Landung des Flugzeugs begann Shari, die wie alle anderen hinter der Absperrung warten musste, aufgeregt zu winken.

Schließlich kam Michael Murphy die Stufen heruntergesprungen. »Professor Murphy!«

Er blickte sich fragend um, dann kam er strahlend auf sie zu. »Das ist schon in Ordnung, Officer. Sie können diese beiden durchlassen. Sie haben es verdient.«

Brummend trat der Wachposten beiseite und Murphy und Shari umarmten sich. Paul spürte die wortlose Kommunikation zwischen ihnen.

Schließlich lösten sie sich voneinander und Shari sagte: »Ich kann kaum glauben, dass Sie es geschafft haben. Er ist wirklich hier!«

Murphy grinste. »Das war nicht leicht. Wir mussten eine Menge Leute davon überzeugen, dass es das Beste ist. Ohne meine Freunde hier –« Er deutete auf eine zierliche rothaarige Frau und einen eleganten, dunkelhäutigen Mann in einem cremefarbenen Anzug, die sich angeregt mit der Mannschaft der Transportfirma unterhielten. »– und den Einfluss der Stiftung ›Parchments of Freedom‹ sowie die amerikanische Universität in Kairo hätte ich das nicht geschafft. Du kennst mich ja, das Umschmeicheln von irgendwelchen Bürokraten gehört nicht gerade zu meinen Stärken.«

»Aber Sie haben es geschafft!«, wiederholte Shari.

»Auch jemand anderer hat uns enorm geholfen.« Murphy zog die Kopie eines Briefes aus der Jackentasche. »Wartet nur, bis ihr das lest, Leute. So bedeutend die Ankunft des goldenen Kopfes auch ist, das hier ist ein noch größerer Grund zum Feiern. Dieser Brief wartete auf mich, als ich das Flugzeug bestieg. Hört nur:

Mein lieber Professor Murphy,

danke, dass Sie mein Heim mit Ihrem Besuch geehrt haben und dass ich Ihnen bei Ihrer Suche nach der ehernen Schlange – wie ich jetzt weiß – helfen konnte, die Sie wiederum zu dem goldenen Kopf von Nebukadnezar geführt hat. Ich fühle mich doppelt geehrt, dass ich einen kleinen Beitrag zu der Beschaffung der Ausfuhrgenehmigung leisten konnte.

Aber vor allem danke ich Ihnen dafür, dass Sie sich die Zeit genommen haben, um mir zu erklären, warum Jesus Christus der einzige wahre Weg zu Gott ist.

Nachdem Sie an jenem Abend zu Bett gegangen waren, saß ich allein in meinem Zimmer und dachte über das nach, was Sie mir über das Wesen Gottes erzählt hatten. Zum ersten Mal begriff ich, dass Jesus Christus für meine Sünden und für die Sünden der ganzen Welt gestorben und dann von den Toten auferstanden ist.

An diesem Abend habe ich ihn im Glauben angenommen, wie Sie mir geraten hatten, und ich habe ihm mein Leben anvertraut.

Wenn ich Sie in diesem Leben nicht mehr wieder sehen werde, dann ganz bestimmt im nächsten, im Himmel.

Mit herzlichen Grüßen,
Scheich Umar al-Khaliq«

Ein strahlendes Lächeln trat auf Sharis Gesicht. »Oh, Professor Murphy, das muss doch ein tolles Gefühl sein, zu wissen, dass Sie diesem Scheich bei *seiner* Suche geholfen haben.«

Murphy umarmte sie und dann fiel sein Blick auf Paul. Er ergriff seine Hand. »Hey, wie schön, dich zu sehen, Paul. Du schaust gut aus. Und wie ich höre, hast du ein Stipendium von Barrington bekommen. Ich bin fest davon überzeugt, dass du nun ein Studienfach finden wirst, das dir mehr Spaß macht als Wirtschaftswissenschaften.«

»Jawohl, Professor. Nur unter dieser Bedingung durfte ich zustimmen, dafür hat Shari gesorgt. Sie hat mir sehr geholfen.« Er errötete und Shari stieß ihn in die Seite.

»Sei nicht so streng zu ihm, Shari«, ermahnte Murphy sie. »Er ist noch jung. Es wird eine Weile dauern, bis er erkennt, dass er die wichtigen Entscheidungen seines Lebens Gott und einer guten Frau überlassen muss, und zwar in dieser Reihenfolge.«

Sie drohte ihm mit dem Finger. »Professor Murphy!«

Die schlaksige Gestalt von Dekan Fallworth kam aus dem Hangar geschlichen. Er stellte sich Murphy in den Weg. Bevor dieser reagieren konnte, ergriff Dekan Fallworth seine Hand und schüttelte sie begeistert.

»Murphy, wie schön, Sie wiederzuhaben. Die Fakultätsleitung und ich, wir sind unendlich stolz auf Sie wegen Ihres Erfolges, der auch ein gutes Licht auf die Universität wirft. Dies ist in der Tat ein großer Tag für ›Preston‹. Wir sind Hauptgesprächsthema in den Nachrichten.« Ein verlegenes Grinsen trat auf sein Gesicht, und er senkte die Stimme, sodass nur Murphy ihn hören konnte. »Ich hoffe, wir können unser kleines Missverständnis überwinden. Meine Bemerkungen in diesem Fernsehinterview waren vollkommen aus dem Zusammenhang gerissen, wissen Sie. Ich überlege sogar, ob ich nicht eine Beschwerde gegen BNN und diese schreckliche Reporterin einreiche. Sie hat mir die Worte praktisch in den Mund gelegt.«

Murphy wusste nicht, was er sagen sollte. Er würde seine Rechnung mit Fallworth begleichen, wenn der richtige Zeitpunkt gekommen war. Im Augenblick war er einfach nur erleichtert, dass seine Stellung an der Universität wieder gesichert war. Sobald sich die Aufregung etwas gelegt hatte, würde er sich wieder seiner Aufgabe zuwenden und die Studenten wieder mit biblischer Archäologie begeistern können. Das hätte sich Laura gewünscht.

Er warf Fallworth einen Blick zu, der diesem sagte, dass er im Augenblick auf eine Auseinandersetzung verzichten, ihn aber keinesfalls ungeschoren davonkommen lassen würde. »Später, Dekan.« Er eilte an ihm vorüber und ließ Fallworth mit seinem aufgesetzten Lächeln einfach stehen.

»Isis, Jassim. Ich möchte euch gute Freunde und Studenten von mir vorstellen, Shari Nelson und Paul Wallach.«

Jassim streckte ihnen die Hand hin, während Isis noch ein paar Anweisungen an einen der Männer weitergab, die die Kiste öffnen würden. »Das Vergnügen ist ganz auf meiner Seite«, sagte er. »Ich habe von euch beiden viel Gutes gehört. Die ›Preston‹-Universität kann sich glücklich schätzen, solche herausragenden Studenten zu haben – vor allem angesichts der, sagen wir, *unkonventionellen* Methoden eures Professors.« Er blinzelte Murphy zu.

Isis trat zu ihnen. »Achtet nicht auf Jassim. Er genießt es, im Rampenlicht zu stehen. Er hofft, dass er auf ›Discovery‹ eine Dokumentarserie über die Geheimnisse der Pyramiden bekommt.«

»Und warum auch nicht?«, fragte Jassim. Er tat so, als sei er beleidigt. »Ich könnte so etwas ausgezeichnet rüberbringen, denke ich, und die Menschen würden mein Gesicht mögen. Miss Nelson, was sagen Sie?«

»Ich würde Ihnen zustimmen«, erwiderte sie lachend. »Nach allem, was Sie beide getan haben, um Murphy dabei zu helfen, den goldenen Kopf zu finden, ist das das Mindeste, was ich tun kann.«

Murphy lachte. »Da wir gerade davon sprechen: Wir sollten jetzt anfangen, unsere Fracht auszuladen.«

◊ ◊ ◊

Es dauerte fast eine Stunde, die Kiste aus dem Frachtraum zu holen und auf einem Transporter zu verstauen. Nun stand die Kiste allein in der Mitte der Ladefläche und erinnerte an ein riesiges modernes Kunstwerk.

Murphy gab das Zeichen, und die Männer, die in gleichmäßigem Abstand um die Kiste herumstanden, zogen an den vier Seilen. Die Holzbretter krachten gleichzeitig zu Boden. Ein Team der *Parchments of Freedom*-Stiftung kam angerannt, um die Stoff- und Plastikhüllen zu entfernen, die den Kopf schützten. Als die letzte

Schicht gefallen war, trat Murphy vor das Mikrofon, das neben dem Kopf aufgebaut worden war.

»Meine Damen und Herren, es gibt vieles zu diesem großen Fund zu sagen, unter anderem darüber, wie wir ihn entdeckt und geborgen haben und welche Bedeutung er hat. Aber das alles wird warten müssen, bis er sicher in seinem vorläufigen Heim angekommen ist, der Stiftung ›Parchments of Freedom‹, die großzügigerweise die Mittel für die eingehende Untersuchung dieses großartigen Artefaktes zur Verfügung gestellt hat. Ich möchte Gott für seine Kraft und Führung während des gesamten Prozesses danken. Wir freuen uns darauf, Ihnen bald über seine Wunder und Geheimnisse berichten zu können. Danke.«

In diesem Augenblick des großen beruflichen Triumphes wurde seine Freude durch den Gedanken an Laura und die Wachmänner der PFF und an all die anderen schrecklichen Ereignisse, von denen diese wundersame Entdeckung begleitet gewesen war, gedämpft. Er erschauderte, als er an den Mann dachte, der für einen großen Teil dieses Leids verantwortlich war, diesen Talon, der noch immer frei herumlief und vermutlich genauso erpicht darauf war, den goldenen Kopf Nebukadnezars in seinen Besitz zu bringen, wie er die eherne Schlange haben wollte.

Vielleicht sogar noch mehr, denn durch Murphys Schuld war es ihm nun unmöglich, die Schlange wieder zusammenzusetzen. Und falls dieser geheimnisvolle Talon sich wirklich für die Artefakte interessierte, die, wie viele glaubten, dämonische Macht besaßen, dann würden die vor ihnen liegenden Wochen sicherlich noch ereignisreicher verlaufen als die vergangenen.

Aber mit Gottes Hilfe und seinem Schutz würde er ihnen entgegentreten. Er war bereit.

Kapitel 69

Die Sklaven zogen mit all ihren Kräften gemeinsam an den Seilen. Endlich krachte das massive Stück Gold zu Boden. Der Götze, der dem König und seinem Volk so viel Leid gebracht hatte, lag nun zerstört im aufgewirbelten Staub. Der Kopf starrte voller Verachtung auf den Mann, nach dessen Bild er geformt worden war. Daraufhin befahl Nebukadnezar, die Teile aufzusammeln und zu Dakkuri zu bringen, dem chaldäischen Obersten Priester in der Stadt. Das Gold würde für heilige Gefäße verwendet werden, das zumindest wurde dem König gesagt.

Der König war verrückt, daran hatte Dakkuri keinen Zweifel. Sieben Jahre lang hatte Nebukadnezar im Staub gelegen, wie ein Tier im Schatten seines eigenen Palastes gelebt, und sein Verstand war an die Ecken eines Weltreiches verstreut worden, das an einem seidenen Faden hing, während neidische Nachbarn seinen Sturz planten. Und obwohl der König nun wieder zur Vernunft gekommen war, obwohl er wieder wie ein Mensch sprach, dachte und handelte, hatte Dakkuri das seltsame Gefühl, dass er wahnsinniger war als je zuvor.

Wie sonst konnte man seinen Erlass erklären, alle Götzenbilder zu zerstören? Irgendwie hatten Daniel und sein Gott den König in ihren Bann gezogen.

Dakkuri erschauderte, und das nicht nur wegen der feuchten Luft in seiner Kammer. Wenn die Götzen nicht mehr angebetet werden durften, an wen würde sich das Volk in Zeiten der Gefahr und Unsicherheit, der Plage und Pestilenz wenden, wenn die Ernte vernichtet wurde oder die Flüsse über die Ufer traten? Von wem würden sie die Kraft bekommen, ihre Feinde zu vernichten, deren Städte einzunehmen und Söhne zu versklaven? Wer würde ihnen die Macht geben, die Welt zu regieren?

Und worauf würden sich Dakkuris Macht und sein Ansehen gründen? Wenn er in das heilige Feuer blickte, war er es – und er ganz allein –, der die sich verändernden Lichtformen deuten konnte. Wenn Nergal, der wilde Gott der Unterwelt, zornig war, konnte nur Dakkuri die Zeichen deuten. Wenn Nergals Zorn nur durch Menschenopfer besänftigt werden konnte, dann war es Dakkuri, der die Opfer auswählte. Wenn Dämonen in die Stadt kamen, konnte nur er entscheiden, wer besessen war und wer nicht – wer gesteinigt wurde und wer verschont blieb. Manchmal fürchtete sich das gewöhnliche Volk mehr vor ihm als vor seinem grausamen König, so schmeichelte er sich selbst.

Sein Lohn war seines Status angemessen. Mit Goldfäden durchwebte Gewänder, die wie die Sonne funkelten. Das seltenste Zuckerwerk, die besten Weine, wann immer ihn danach gelüstete. Und natürlich konnte er unter den Tänzerinnen des Tempels auswählen.

Aber in einer Welt ohne Götzen wäre es mit all dem vorbei.

Er hob den Blick. Ein Licht flackerte vor der nackten Steinwand. Und dort, im Schatten, war die Schlange.

Er wusste nicht mehr, aus welchem Impuls heraus er die zerbrochenen Teile wieder zusammengesetzt hatte, warum er die Schlange aufgestellt und ihr einen Ehrenplatz unter den vielen Gottheiten Babylons gegeben hatte. Aber nachdem sie in einem Stück wiederhergestellt war, hatte er eine dunkle Macht in seinem Körper gespürt – wie ein Becher, der bis an den Rand mit einem starken Wein gefüllt war. Sein Kopf wurde von einem Licht erhellt; ein köstliches, unerträgliches Feuer hatte in seinen Adern gebrodelt. Er hatte eine unendliche Kraft in sich gespürt. Er konnte alles schaffen. Eine Messerklinge in seinem Herzen wäre von der Energie geschmolzen, die in ihm glühte. Er war ein Gott.

Und von diesem Augenblick an war er der Sklave der Schlange.

Tief und langsam atmend richtete er den Blick auf die geschmeidige Bronzegestalt. Im Dämmerlicht wirkte sie sehr groß, ihr Schatten schlängelte sich wie ein Lebewesen an der Wand entlang. Er öffnete seinen Geist, spürte, dass sein Wille wie Wasser aus einem zerbrochenen Krug entwich.

Als er die vertraute Ekstase in sich spürte, lächelte er mit geschlossenen Augenlidern. »Sag mir, was ich tun muss«, flüsterte er.

Nebukadnezar vertraute Dakkuri voll und ganz. Dieser hatte viele Jahre treu als Priester in der Umgebung des Königspalastes gedient. Aber Dakkuri hatte ein Geheimnis. Er war ein Anhänger des ehemaligen Engels des Lichts geworden, der gegen den Schöpfer rebelliert hatte. Dakkuri, der Chaldäer, gehörte dem dunklen Engel Luzifer und war sein Diener.

Dakkuri stand im Keller des Tempels und sprach mit dreien seiner vertrauenswürdigsten Dienern. Die zerbrochenen Teile von Nebukadnezars Standbild lagen nun neben anderen heiligen und götzendienerischen Anbetungsgefäßen in dem dunklen und Unheil verheißenden Lagerraum. Nebukadnezar hatte die meisten dieser kostbaren Gegenstände viele Jahre zuvor bei dem Überfall auf Jerusalem erbeutet.

Dakkuri sprach mit stiller Leidenschaft zu seinen drei Jüngern, die ebenfalls Diener Luzifers waren. Jeder dieser Jünger hatte geschworen, die Aufgabe auszuführen, die er zugewiesen bekäme. Der Oberste Priester hatten einen Plan, der den Lauf der Menschheitsgeschichte für immer verändern würde.

»Meine Mitdiener Luzifers, hört mich an. Der goldene Kopf Nebukadnezars muss vor der Welt verborgen werden bis zur Zeit des Endes.«

Dakkuri nahm die wundervoll geformte eherne Schlange – die wirklich ein passendes Symbol war – zur Hand.

»Auf dieser Schlange habe ich die Worte eingeritzt, die zu dem Ort führen werden, an der der goldene Kopf vergraben werden wird.«

Dakkuri legte die Schlange auf den Arbeitstisch und zerbrach sie mit einem großen Hammer in drei Teile. Dann reichte er jedem der drei Diener eines der Teile.

»Jeder von euch soll zu seinem ihm bestimmten Gebiet reisen und seinen Teil der Schlange wie angewiesen verstecken. Jedes Teil der Schlange ist natürlich ohne die anderen beiden Teile nutzlos.«

Einer der Jünger erhob sich und fragte: »Meister, warum muss der goldene Kopf verborgen bleiben?«

»Die Welt hat im Augenblick keine Verwendung für den goldenen Kopf. Aber es wird eine Zeit kommen, in der der Herrscher dieser Welt die Macht brauchen wird, die dieser goldene Kopf repräsentiert. Diese Zeit liegt in der Zukunft. Es ist die Zeit, von der Daniel, der Prophet, in seiner Deutung des Traumes Nebukadnezars gesprochen hat …«

Dakkuri hielt inne und dachte über die Bedeutung seiner Worte nach.

»Es ist die Zeit, in der sich Babylon zum zweiten Mal erheben und die ganze Welt regieren wird.«

Kapitel 70

Die Sieben waren in ihrem Saal zusammengekommen, der sich tief im Inneren des Schlosses befand. Der Mann namens Talon saß vor ihnen. Er zeigte keineswegs Anzeichen von Angst, weil er ihre Aufträge nicht hatte erfolgreich ausführen können, sondern vielmehr Verärgerung, weil er ihre Fragen über sich ergehen lassen musste.

»Murphy hatte Glück. Er hatte die Hilfe der US-Marines, und Sie hatten mich ja, wie Sie sich vielleicht erinnern, angewiesen, ihn nicht zu töten und seinen Leuten nichts anzutun.«

»Ja.« Die Stimme mit dem britischen Einschlag leitete die Befragung. »Es war eine Enttäuschung. Wir werden nie wissen, welche Macht die eherne Schlange gehabt hat. Eine Schande, aber welche Macht auch immer sie besessen hat, wir brauchen sie nicht, um unsere Ziele weiterzuverfolgen.«

»Nun, sie hat ihren Zweck erfüllt«, erwiderte Talon impulsiv. Er schien sich mehr auf den Gegenstand zu konzentrieren, mit dem er in seiner Hand spielte, als auf seine Worte. Mit seinem scharfen Zeigefinger stieß er ihn an. »Sie hat Sie zu Ihrem kostbaren goldenen Kopf geführt.«

»Allerdings. Sie hat *Murphy* dorthin geführt. Nicht Sie. Nachdem nun die ganze Welt von seiner Existenz weiß und den goldenen Kopf gesehen hat, müssen wir unsere Strategie ändern. Wir werden unseren Plan sorgfältig überarbeiten und anpassen müssen. Aber die gute Nachricht, Talon, ist die, dass der Kopf bei dieser Bekanntheit ein Symbol noch größerer Macht und Herrlichkeit sein wird, wenn wir uns seiner bemächtigen werden – und das werden wir. Das ist auch der Grund, warum Sie bei uns noch in Gnaden stehen.«

Talon erhob sich. »Gut. Lassen Sie mich wissen, wie ich weiter vorgehen soll. Macht und Ruhm überlasse ich gern Ihnen.« Er wandte sich zum Gehen und schwang dabei den Gegenstand, den er in der Hand gehalten hatte. Es war ein Lederband mit einem Kreuz, einem Kreuz, das er in drei Teile zerbrochen hatte, das aber wieder zusammengeklebt worden war.

»Jetzt habe ich ein persönliches Interesse an der Sache.«

Dank

Kein Mensch ist eine Insel ganz für sich allein! Das gilt zweifellos auch für Autoren. Um ehrlich zu sein, wir werden alle von zahlreichen Menschen beeinflusst, die uns dazu angespornt haben, unsere Fähigkeiten und unser Wissen zu erweitern, damit wir unsere Leser spannend und informativ unterhalten können.

Danken möchte ich besonders Joel Gotler, meinem Agenten. Seine Vision, sein Glaube und seine Verbindungen haben mich mit Irwyn Applebaum von *Bantam* in Kontakt gebracht, einem engagierten Verleger. Dank auch meinem Lektor Bill Massey für seine Erfahrung und sein großes berufliches Geschick.

Ich bin meinem Agenten dankbar, dass er mich mit Greg Dinallo bekannt gemacht hat, der ein hervorragender Schriftsteller ist. Er hat meinen Blick geweitet und mich angeregt, biblische Prophetien und eine aufregende und spannende Handlung miteinander zu verbinden. Ich arbeite gern mit ihm zusammen.

Und schließlich möchte ich David Minasian, der mir bei der Recherche assistiert hat, meine tiefe Wertschätzung und meinen Dank aussprechen. Er teilt meine Liebe zum Wort Gottes und hat mir bei meinen Nachforschungen und der Aufbereitung des Materials für dieses Buchprojekt unschätzbare Hilfe geleistet sowie wertvolle Ideen beigesteuert.